"巍巍南开灿芳华"系列丛书

刘凤义　主编

斯文有传

南开园知见学人侧记

韦承金◎著

SIWEN YOUCHUAN

NANKAI YUAN ZHIJIAN XUEREN CEJI

图书在版编目（ＣＩＰ）数据

斯文有传：南开园知见学人侧记 / 韦承金著. --
天津：天津社会科学院出版社，2023.11
（巍巍南开灿芳华 / 刘凤义主编）
ISBN 978-7-5563-0941-2

Ⅰ．①斯… Ⅱ．①韦… Ⅲ．①散文集－中国－当代
Ⅳ．①I267

中国国家版本馆 CIP 数据核字 (2023) 第 220779 号

斯文有传：南开园知见学人侧记
SIWEN YOUCHUAN：NANKAI YUAN ZHIJIAN XUEREN CEJI
选题策划：韩　鹏
责任编辑：刘美麟
责任校对：李思文
装帧设计：高馨月
出版发行：天津社会科学院出版社
地　　址：天津市南开区迎水道 7 号
邮　　编：300191
电　　话：（022）23360165
印　　刷：北京盛通印刷股份有限公司
开　　本：710×1000　　1/16
印　　张：29.5
字　　数：326 千字
版　　次：2023 年 11 月第 1 版　　2023 年 11 月第 1 次印刷
定　　价：68.00 元

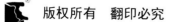

叶嘉莹先生题词：斯文有传　学者有师

"巍巍南开灿芳华"丛书

前　言

一百多年来，一代又一代南开人开创了爱国奋斗、公能日新、底蕴厚重的南开道路、南开品格、南开精神，也逐渐养成了特色鲜明的南开文化。为进一步打造南开文化品牌、汇聚南开文化成果，在南开大学建校 105 周年暨南开系列学校建校 120 周年之际，南开大学党委宣传部策划推出"巍巍南开灿芳华"丛书。

丛书名源自校歌"巍巍我南开精神"与古诗"独持五色笔，摘辞灿芳华"，旨在展现南开文化的多彩绚烂。丛书将聚焦南开文脉、师生风采、逸闻掌故、校园风物、心灵感悟等，通过专题文章、散文随笔、回忆访谈、书画摄影等，以活泼多样的呈现形式，反映独具魅力的南开文化。

巍巍南开，百余春秋，必然有许多难以磨灭的文化印记。范孙楼、伯苓楼、周总理塑像、宁园、迦陵学舍……绿荫掩映着南开名贤宿儒的襟怀与气度。沧桑静穆的思源堂、浑厚宏亮的校钟、白杨萧萧的大中路、荷香氤氲的马蹄湖、碧波荡漾的新开湖、回味无尽的天南街……折射着南开文化性格的斑斓多姿。我们期待更多的同道者，一起营造文化氛围、书写文化南开。

"美哉大仁，智勇真纯，以铸以陶，文质彬彬……"南开校歌唱出了文化育人之功能：陶冶情操、启迪思想、温润心灵、鼓舞精神。厚重而丰富的南开文化底蕴，在南开教育中发挥着越来越重要的作用。我们期待更多的南开人，共同承担以文化人、以文育人、以文培元的使命。

习近平总书记指出："以文化人，更能凝结心灵；以艺通心，更易沟通世界。"南开文化离不开中华优秀传统文化的滋养，也离不开对人类文明优秀成果的借鉴。伴随着中华民族走过世纪更迭的南开，如今伴随着东方巨龙的飞腾，昂首阔步在创建世界一流大学的征程上。我们相信，薪火相传、不断丰富、特色鲜明的南开文化，是中国的也是世界的。

编者

2023 年 11 月

《斯文有传：南开园知见学人侧记》

自　序

　　我在南开大学求学、谋职二十多年的经历中，有很多与学人接触的机会。他们的学问与修养，给我留下了深刻的印象。这本《斯文有传：南开园知见学人侧记》，收录的就是最近二十年间，我对这些学人的记录与回忆小文。

　　首先需要向诸位读者说明的是，我所记录的这些学人，不仅是我个人崇敬的学者、长辈，而且多是具有较大社会影响力的学术专家、文化大家，然而我这个记录者只不过是一名"业余"的文字工作者——

　　我出生于广西的一个壮族小山村，我的母语并非汉语，直到上小学以后才开始学习汉字和汉语的表达方式；高中时候分文理班，我在理科班；我是以一名理科生的身份考上大学的，所以我在南开所学也不是文史哲类专业；在近二十年的工作中，我的主要职责是学校报纸、网站的编辑，写作也多是编辑的余事。

　　不过，文字与写作一直却是我保持了几十年的业余兴趣爱好。

　　小时候虽然长在生活清贫、文化发展相对落后的山村，但是因为我祖父是小学语文教师，我父亲、叔父也曾做过小学语文代课教师，这种机缘让我从小就对汉文字、文艺产生浓厚的兴趣。上学后，虽然小学到中学课堂上老师所用语言多是混杂着壮语、不太标准的汉语普通话或桂柳方言，但是并不太妨碍我逐渐沉迷于阅读小说诗歌之类的杂书，并尝试一些写作的练习。尤其是中学时，承蒙语文课韦宇老师等的教导、鼓励，我多次在校园文学杂志《地罗之春》上发表习作、并且我写的毛笔字在全校书法比赛中拿了个一等奖，这让我这个理科生意识到，将来也许可以把文字工作当作一个"副业"。

　　而真正让我斗胆想要把"副业"搞成"主业"，则是主要归功于我的大学生涯。高考填报志愿时，我这个理科生却并不太想报考理工科的专业、院校，因为虽然我的理科成绩还不错，但是始终感觉自己没有那股真正想钻进去的劲头，于是就填报了作为综合性大学的南开。填报的第一专业志愿是经济学类，也并不是因为我对经济学非常感兴趣，主要原因是随大流——经济学专业毕业应该比较好就业、可以让家里人放心——当时南开经济学科在全国排名前三，同时也是南开四大支柱学科之一，社会影响力很大、就业率很高；其次是因为高考理科生只能填报理工科或文理兼收的社会科学专业，而经济学是文理兼收的。在学科门类齐全、校园文化生活丰富的南开园里，我彻底把自己放飞成为一个"文艺青年"：我喜欢旁听一些文史哲类的讲座；选修了"诗词格律与创作""中国书法""美学概论""中国民族器乐概论与欣赏""中国音乐史"

"西方音乐史"等文学艺术类通识课；参加南开书画苑、谷雨诗社、口琴协会等社团，参与创办笛箫协会、古琴学社等社团；我还在"我爱南开"BBS上担任过好几个文学艺术类板块的"斑竹"，在"发帖""灌水"的过程中，无意之间也锻炼了我的文字表达能力……

到大三的时候，我的兴趣由文学艺术而转入美学、哲学。这时我发现自己的兴趣爱好有点杂，主要范围在中国传统的文学艺术类，但又对西方文学艺术、哲学十分好奇。当时读了一些杂书，隐约觉得，中西文化在最高层次上，是可以沟通、互补的，这需要研究中西思想史、文学艺术史。我决定跨专业考研，志愿是北大哲学系中国美学专业。因为彼时我以为：哲学是可以沟通古今中外思想的学问，而中国美学可以将我的一些文艺的爱好沟通起来，在形而上的层面上，"链接"中西思想史、文学艺术史，以期沟通中西文化。当时觉得，这种"链接"做得最好的是北大哲学系，于是我决定报考北大哲学系。

说实话，从就业意义上的"热门专业"经济学跨越到"冷门专业"哲学美学，只是遵照内心的一种模糊的直觉引导，有些"任性"，但并不是没有动摇过。这时候，我在庆祝叶嘉莹先生八十华诞的诗词研讨会上，听到叶先生说了这样一段令我至今难以忘怀的话："我觉得，我们国家、民族，现在虽然是日臻富强了，可是我常常想，我们在追求物质这方面的成就之外，我们的精神、我们民族的精神、国民的品质，也同样是非常重要的……我们虽然生命是短暂的，但我们的感情、我们的理想、我们的希望、我们的追求是永远的，我们诗歌的生命、我们中国文化的那个血脉的源流，这种精神是生生不已的。"先生的话给了彷徨的我很大的鼓舞。有时候你自己心里其实已经有了一个模模糊糊的方向，这时如果有人给你深刻的鞭策，你会更加坚定。

虽然经过一番自以为较为用功的准备，但北大哲学系考研竞争是相当激烈，我最终没能"上岸"。不过，备考过程中我阅读过的三十多本专业课参考书，让我受益匪浅——包括西方哲学史、中国哲学史、西方美学史、中国美学史、中国文艺批评史教材，中西哲学原著选读资料，以及朱光潜、宗白华、朱良志、叶朗、彭锋等北大哲学系教授的一些专著。读这些书非常的"烧脑"，逼着我在读书略有所悟时，必须"划重点"并尽量组织自己的语言记录下点滴心得。后来渐渐发现，写作是对自己所思所感进行梳理的最有效方式。

此外，我以为，我对世界和人生较早地拥有一种也许很浅薄、然而比较系统的理解和认知——假如可以如此自诩的话，那么，南开作为综合性大学所特有的那种丰厚的人文滋养，以及我在南开四年大学生活中阅读的那些杂书，对我的认知之"系统化"起到了极大的帮助。这种影响让我一路走来受用不尽，同时也让我的信念由"量变"渐而"质变"，促成了我后来选择从事文字工作的"内核驱动"。

大学四年，倒不是我看轻我的"主业"经济学，但是由于遵从自己内心的兴致之所在，导致我花了大量的精力在那些"副业"上面，自然而然，我的本来的专业经济学只能说是表现很平庸，对待成绩的态度也多是"60分万岁"。不过，我的毕业论文成绩倒还是不错。我选择资源与环境经济学方向的选题，因为刘纯彬教授的课堂和研究方向（农业与农村经济学、资源与环境经济学）让我产生了兴趣。他在实践方面扎根农村基层调研几十年，而理论上又能够在形而上的层面对资源和环境之关系、对农村的社会和文化秩序有深入的思考，我深为刘老师那种"三农"情怀和学术造诣所感动、鼓舞，因此选择刘老师作为我的毕业论文指导教师。据同届经管法试点班的王慧娜同学转述，刘老师认为，王慧娜的论文和我的论文是他所指导的那届毕业论文中最满意的两篇。我觉得一方面因为刘老师指导有方，令我在所研究方向有所思考、发现，另一方面大概要归功于自己在搞"副业"的过程中锻炼了文字表达能力，最终在毕业论文的写作中见到了成效。

家里的条件不允许我考研"二战"，这时候最要紧的是找到一份工作。以专业对口的原则，我在大四下学期初（2005年2月至4月），得到两个 offer：一是到一家农业银行做客户经理，这个工作比较安稳，收入应该也不错，但是我当时觉得，整天待在银行柜台那里数着不属于自己的钞票，那岂不是挺没劲的？于是我并没有立即签署就业协议。第二个 offer 是到一家农产品产研企业作市场调研与营销，比较有挑战性，令我有点动心，因这个工作让我想起刘纯彬老师的抱负。这家公司还报销路费和食宿费，让我前往公司体验一番工作环境，那天晚上，我躺在那家公司提供的单身宿舍里，听着夜风吹着窗户沙啦啦作响，一种来自遥远农田旷野里的清新与未知，夹杂着些许难言的情绪杂糅交涌在我的心头，我取出随身携带的竹笛，就着这复杂的心情即兴创作了一首名为《夜窗听风》曲子——"到底意难平"啊……

找工作得闲的间隙，我还是喜欢在BBS上"灌水"，除了打理我担任"斑竹"的那几个文艺类板块，有时也在BBS上面聊一些生活感触、奇闻八卦之类的话题。所写的东西，多少有些炫耀我肚子里那点"墨水"的意思——所谓"年少轻狂"嘛。有一天，我的BBS邮箱突然收到一个陌生人的私信。来信者大意是，他关注我很久了，很欣赏我的涉猎广泛的爱好。知道我临近毕业在找工作，所以把一则校报编辑部最新发布的招聘信息链接发给我，觉得我文笔很不错，建议我不妨去应聘试一试。我打开链接一看，是《南开大学报》编辑部的招聘信息，不过只招一名编辑。

我想，应聘这个岗位，竞争应该是蛮激烈的吧。不过曾听人说，好的编辑应该是个涉猎广泛的"杂家"，这个说法正好与我喜读杂书、向往文字工作的性格与爱好契合。我要好好珍惜这个机会。

2005年4月下旬，满怀兴致地来到校报编辑部应聘。

初试是编辑部主任赵明老师跟我面谈，问我为什么选择来校报编辑部应聘、平时喜欢读什么书之类的问题。我如实回答说，我本专业是经济学，但是喜欢读一些文学艺术、哲学类书籍，平时也喜欢写点文字。觉得以这样的基础以及我的个人兴趣，相信我能够胜任这份工作。赵老师还问我发表过哪些文字类作品。我把自己"发表"在BBS上的文字，选了几篇打印给赵老师看。赵老师看了之后大概说了两点：一是有一篇《新开湖畔的笛声》，稍加修改，可以发表校园版"南开故事"栏目（后来赵老师帮我润色之后、又经责编冀宁老师精心编辑校对，发表在了"南开故事"栏目）；二是同意我通过初试并参加实习，但是我这些作品都不是新闻作品，我还要在实习过程中学习新闻体的写作。并且赵老师告诉我，我应聘的这个编辑岗位，已经有大约三十个毕业生来参加过应聘，我得在实习期间的工作业绩获得认可，才可能进入最后的复试。

我实习工作的第一个任务，是在 2005 年 4 月 27 日下午，去范孙楼参加学校为刚刚逝世的社会学家费孝通先生举办的追思会。我的任务是协助编辑部的一位资深记者记录这次活动的概况和发言内容。但是，我在刚刚实习的短短十来天之内，竟参加了三个这样的追思会：继费孝通先生于 4 月 24 日逝世之后，哲学家刘文英先生于 4 月 27 日逝世，史学家王玉哲先生于 5 月 6 日逝世……追思会上南开师生那种深切的悲痛与缅怀之情，令我十分难以忘怀，真有泰山其颓、哲人其萎之感。因了这样的经历，早在实习工作之初，我便觉得大学里的教师、学者，是非常值得去关注、记录的对象。诚如南开校友、教育家梅贻琦先生所言："所谓大学者，非谓有大楼之谓也，有大师之谓也。"

实习期间，几乎天天都要撰写新闻稿。由于不是新闻与传播专业出身，也没有写过新闻体裁的经验，一开始写得很不规范。记得头几篇稿子，让赵明、李黎等几位前辈编辑老师花了很大工夫帮我修改，改得版面都"花"了。不过也幸亏有这些前辈编辑替我仔细把关、编校，才让我在稿件终审时，较少受到主编刘景泉教授的批评。后来我就参考编辑部老师推荐的文章，或者自己认为写得好的前人文章，模仿着写。过些天，我所写稿子的校样终于不那么"花"了，便斗胆向二版责编李黎、薄晓岭两位老师请缨：我想试试为"南开人物"栏目撰写人物通讯。两位编辑前辈很高兴，并给了我一些选题方面的指点。

我为"南开人物"采访撰写的第一篇人物通讯稿件是经济学院李秀芳教授，记得我事先做了很充分的准备，但是第一次作人物专访，有点紧张，加之我普通话口音比较重，提问时总是磕磕巴巴的。好在李教授善解人意，总能够理解我心中的想要问的问题，所以采访倒还算顺利（母院的老师们不介意我拿他们来"练笔"，我感念至今）。记得当时学校电视台的编辑马长虹老师也一同去采访摄像，回来路上，马老师跟我说，写人物专访挺难的，没想到我刚实习便敢于挑战这个难度。

固然是"初生牛犊不怕虎"，然而也是"万事开头难"。第一篇写完，我认真吸收编辑老师修改意见、反复删改多遍。专访发表后，从受访者到编者、读者，都给了我一些肯定和鼓励，我就有了动力，为这个栏目写了一篇又一篇。

后来我就通过了实习期考察，通过了由校领导主持的最后面试，我也就决定放弃专业对口的那两家企业，选择留校做一名校报编辑，开始了我的文字工作生涯。

当然，我自知能够成功留在校报编辑部，固然因为自己用心工作，更因为得到诸位领导同事的提携、帮助。后来我才知道，当初给我BBS邮箱发信提供招聘信息的那位陌生人，正是时任编辑部主任赵明老师——可以说，是素昧平生的赵老师的一封电子邮件，改变了我的人生轨迹。

留校工作的头两三年，我在编辑部主要担任记者工作，这本集子中"人物速写"这一篇目中的文章，大多数是这一时期所写，受访对象多是当时南开教学、学术的中坚人物。由于当时的采访、撰稿多借助一些具有社会影响的新闻（如教学、学术获奖或服务社会成果）由头，所以在当时比较有时效性，稿子也多是在一周时间之内赶写出来的，所以在这本书里，这个篇章命名为"人物速写"。

从 2006 年开始，我还协助赵明老师共同负责校报文艺副刊的编辑工作；从 2007 年开始，我便独自承担文艺副刊的编辑工作了。此后，我的工作职责以编辑为主，除了校报的编辑，同时还承担学校新闻网的编辑工作。

记得大约是 2008 年前后，由于同事工作调动等原因，人手紧张，有一段时间整个南开新闻网只有我一人担任责编。因编辑工作任务繁重，我的业余写作不得不暂时中断了一段时间。

不过，副刊编辑的工作，让我有机会接触到许多著名学者与文化大家。这些前辈学人，有着很深的学养，而且都是非常敬业而正直的，可以说是百年来南开教育事业发展的重要人物，也多是中华文化传统的传播者和中华文化传承发展的参与者。我在工作过程中，深为他们深厚的学养和伟岸的人格所鼓舞，尤其是在我工作头绪多、身心疲惫的时候，是他们的鼓励和支持，给了很大的动力，让我重新抖擞精神投入工作，因此我始终心怀感激。于是我在业余时间里，又拿起笔来，围绕这些前辈学人陆续写了一些文章。

这些文章所记叙的前辈学人包括杨敬年、陈鹤、陈省身、申泮文、周汝昌、杨振宁、来新夏、李世瑜、叶嘉莹、倪庆饩、宁宗一、杨心恒……文章以较长篇幅的为主，有的是记录往来点滴的散文随笔，也有的是附有采访手记的人物通讯。对这些老先生，尽管我与他们交往的程度未必很深，但心里却总是满满的感激。有时想，如果没有遇见这些前辈，我的人生也许就是走别的路了。这些文章多不是工作上领导给派的"任务"，主要是心有所感、觉得应该写点什么，所以就挤出时间来写了。写作的过程，我仿佛觉得，自己不仅仅是在工作，也是在追随着先生们接续一种学风、修养一种性情。于是，每写完一篇，精神上就仿佛得到一次升华。

这些文章大多数也并非是为了发表而写，后来承蒙一些报刊编辑的垂青，倒是陆续都发表出来了，给了我很大的鼓励。文章撰写的材料虽以我的亲历、亲见、亲闻为基础，但毕竟是以才疏学浅的"我"的视角为这些前辈大家所记录的一个"侧影"，所以在这本书中，这个篇章名之为"长者侧影"。

在南开求学、谋职这些年，我在业余时间喜欢听讲座。

上学时所听讲座，多是随听随记的笔录，由于保存不当，很多笔录内容很遗憾地遗失了。部分内容由于大二大三时学会电脑打字，当时偶尔于讲座后将笔录内容输入电子版发在"我爱南开"BBS上的"个人文集"或电脑中，因而幸存下来。比如2004年3月25日晚中国社会科学院哲学研究所霍桂桓研究员在南开哲学系所作"文化哲学研究的基本前提和可能性"演讲，以及 2004 年 10 月 21 日在南开东艺楼举办的"庆贺叶嘉莹教授八十华诞暨国际词学研讨会"上叶嘉莹先生、陈省身先生、杨振宁先生等的演讲。

2005 年留校工作后，工作中时常感到"本领恐慌"，便一直延续了听讲座的爱好；同时也因自己作为学校媒体编辑、记者的身份，觉得有责任尽力记录下自己所听过的讲座。为了更加便捷高效，主要以现场录音和笔记本电脑录入相结合的方式记录，辅以笔录。这二十年来听过的讲座应该不下百场，留存有记录（包括只言片语的笔录）的讲座六七十场，这些讲座内容以我所感兴趣的文史哲领域为主，兼及经济、政治、社会、数理、生科等。本书中"讲坛札记"篇，便是其中的约二十场演讲，包括叶嘉莹、罗宗强、杜维明、宁宗一、刘泽华、张伯礼、龚克、葛墨林、陈洪、陶慕宁、张铁荣、施一公等名家的讲座。文章以记录者的身份，提炼、转述演讲的主要观点、精彩内容，描述现场情况，偶或有所述评——我对这些讲座的记录，并非一字不漏地全文实录，而是借鉴了老一辈学人读书"做卡片"的方法（每读一篇文章或一本书，则将文中或书中重要论述、精彩片段摘抄在卡片上，通过卡片即可合乎逻辑地叙述出此文、此书主要观点和精彩内容），结合到新闻体的写作中，形成了这种姑且名之为"札记"的文章。

我以为，名师大家讲座在大学中，是尤能体现高等学府文化与学术气息的一道校园风景线，我的工作和生活也受益于这些年所听过的讲座。这些年，我听记讲座、翻阅书籍所涉及学科门类也是五花八门，时常惭愧于学问无所专长，不过倒是自以为略无愧于被世人称为"杂家"的编辑身份。

值得一提还有，我对于这些前辈学人、专家教授的记录，除了文字之外，偶尔还辅以摄影。对于摄影我原来完全是个"小白"，由于新闻中心工作任务多，要求除了文字采写、编辑工作之外，还得会拍照，所以我的摄影技术是在"边干边学，边学边干"中逐渐懂了一点皮毛（这在本书中《我心中的"李大爷"——忆李星皎先生》《祁小龙：新闻摄影之"技"与"道"》两文有约略的记录）。我认为，每个人都有其平凡普通的一面（常态），也有其"神性"的时刻，高明摄影师应该能够留住一个人"神性"的瞬间。有时文字所难以完全记叙的人物之神态，可以借助摄影的方式来记录，当然这样的摄影要求摄影师对拍摄对象的精神状况和神态特点有比较好的观察和抓拍能力。秉持这样的理念，我这些年拍了不少南开学人的照片。本书中的配图，就有一些是我自己的摄影作品。有部分照片曾获得过一些荣誉或在知名报刊上发表，这都是意外之喜。当然，我的摄影水平和精力有限，不可能把所有的拍摄对象都拍得很好，不过作为一种亲历者的见证与记录，相信这些照片仍具有辅助文字记载的史料价值。

总而言之，我只是一个半路出家的文字工作者。在这样一所名师大家云集的大学校园里，我深感自己的渺小和卑微。我所知道的南开、我所见识的学人，并不比别人多，也不比别人深刻。对于我所知见的人和事，以我可怜的笔力、有限的精力，能够落到白纸黑字的，只是其中很小的一部分。而以浅薄的个人学识和阅历，不可能十分熟悉这些前辈学人的全部经历，更没有资格评价他们的学术造诣，我所写到的只是我所知、所见之学人的一个侧面而已，故曰"南开园知见学人侧记"。

我原来拟将这些文字编为"南开园知见学人侧记""南开聆听名家讲座札记"两辑。书稿整理即将完毕之时，想起二十年前我作出从事文字工作的决定，有聆听叶嘉莹先生讲座受到鼓舞的缘由。故而斗胆将书稿的目录和内容摘要作为一份小作业，转呈先生过目。先生以九十九岁高龄而不辞目力、体力之辛劳，认真审阅后欣然赐题"斯文有传，学者有师"。此八字原本是苏东坡在《祭欧阳文忠公文》中称颂欧阳修的句子，大意是，求学问道的人幸遇良师，文化能够因而流传下来。先生把这八个字题给拙著，令我深受鼓舞，遂将其分别作为这两本书稿的书名。（此外，叶先生以前赠我新著时所题上款都是客气地称我"韦承金先生"，而这次题词的上款将"先生"改为更加亲近的"同学"，大概是正式认了我这个编外的门生，让我觉得十分荣幸，也深感任重道远。）

这些年来，我自以为在工作中是认真而诚恳的，就这本书而言，所写的人和事，自问敢于秉笔直书。但是在我的工作中，也曾经历过一些挫折。现在回想起来，这些阻力反而让卑微的我性格中多了一些坚韧的东西，这也许就是叶先生所谓"弱德"的力量。我虽不敏，但时常为我所接触到的南开前辈学人的持守所鼓舞，也希望自己能像他们那样拥有一种"足乎己无待于外"的定力，来"完成自己"，并成就这份工作的意义。

书稿是在四十贱辰即将到来的时候整理的，我本来只是想给自己这些年的工作留个痕迹，好让自己觉得心安。是的，敝帚自珍而已——我知道自己离世俗意义上的"成功"很遥远——这根本算不上是什么成绩，实在没什么值得炫耀的。我毕业留校至今，已经工作整整十八年。十八年，足以让一代人风起云涌、逐浪弄潮。而我的这十八年，恰是人的一生中美好的年华，如果我说这些文字算是我工作十八年的成绩的话，是会让很多成功人士嘲笑的。我想，假如换作是别人，能够坚持十八年做这项工作，很多人一定能比我做得更好、更成功。

而今，这本《斯文有传》有幸入选为"巍巍南开灿芳华"丛书之第一种——或许，这些文章还有一些继续存留下去的意义吧？那么，就以这些"业余"的文字当作引玉之砖吧。希望我的绵薄之力、我的这些粗浅的工作，可以唤起更多的人，来一同襄助南开学风和中华文脉代代相传、生生不息。

言不尽意，乃赋小诗一首以结束这篇拉拉杂杂的自序：

出家半路操文墨，遑论道谋非食谋。
卅载年华如水逝，两编拙稿恐名浮。
悲欣秉笔常中省，用舍由时免外求。
信有心灯传万古，照人无惧亦无忧。

著　者

2023 年 8 月 6 日初稿

2023 年 10 月 17 日改定

目　录

上篇　长者侧影

中篇　人物速写

下篇　讲坛札记

附录

从校报副刊管窥百年南开的精神传统

-上 篇-

长者侧影

尽心尽性 智圆行方
——追记杨敬年先生

2016 年 9 月 4 日，著名经济学家、教育家、翻译家，南开大学教授杨敬年先生仙逝，享年 108 岁。

虽是松龄鹤寿，杨先生的逝世还是让人感到意外。讣告在南开大学官方微信甫一发布，就有网友留言叹惜："早晨刚看到先生当选牛津大学荣誉院士的新闻，孰料晚间就听到这一不幸的消息……"

"牛津大学荣誉院士"，是 2016 年 6 月牛津大学圣体学院颁发给杨敬年的一项荣誉，这是该学院授予杰出院友的最高级别头衔。这个荣誉只颁给在专业领域作出突出贡献的杰出人物，此前英国作家杰夫·戴尔等也曾获此殊荣。

为此，杨敬年专门录制了答谢视频，该视频在牛津大学圣体学院官方网站播放。视频中，杨敬年脱稿进行了 5 分钟的演讲。这位 108 岁的老人，英文还像七十年前在牛津大学求学时那么流利，思维也仍是那么清晰。

在中国学界，提到杨敬年这个名字，许多人都会竖起大拇

杨敬年先生在伏案写作

摄影/韦承金

指：他是一棵"常青树"——74 岁时，他率先在中国的大学里开设"发展经济学"课程；86 岁时，他才从南开大学的讲台上退休；88 岁时，他写出了贯通哲学、经济学、政治学的著作《人性谈》；90 岁时，他翻译了亚当·斯密的《国富论》，成为十多年间连印 16 次的学术畅销书；100 岁时，他完成了27 万字的自传《期颐述怀》，出版后八年间连印四次；105 岁时，《人性谈》再版，他在初版基础上增补一万多字；在逝世前不久，他还有新作品问世，那是今年 5 月 18 日发表于《中华读书报》的《我与商务印书馆的百年书缘》……

生命意义

1908 年 11 月，杨敬年出生在湖南省湘阴县（今汨罗市）

一个农民家庭。他的童年时代，军阀横行，民生凋敝。幼时因父母不和，父亲外出谋生，杳无音信，母亲只好抱着他投靠外祖父黎贞。

黎贞是湘浙两省的秀才，在私邸开设经学堂，不但讲授四书五经，而且还传授一些新思想。杨敬年从 4 岁起就跟外祖父读私塾，到 13 岁时，已能背诵四书五经。杨敬年晚年清楚记得，那时还读过一本介绍了华盛顿、林肯、拿破仑等人事迹的《英雄豪杰传》，令他心生景仰。"外祖父从来不讲如何读书、如何做人的大道理，而只是以身作则，潜移默化，譬如春雨，润物细无声。"

外祖父的影响，使杨敬年少年时便以无限远大的前途自许，这也是旧世中国读书人所共有的理想："为天地立心，为生民立命，为往圣继绝学，为万世开太平。"

有一天，外祖父对杨敬年说："你文理清通，可以在乡间教书糊口了，不过还是要到城里学校戴个帽子回来更好。"于是，他在叔祖父杨志高举债资助下，到岳阳县立高等小学就读。1924 年春，杨敬年考入湖南省立第一师范学校。这所学校供给膳宿，且每人还发一套夹制服，这为杨敬年缓解了不少经济负担。

因结婚生子，家庭负担较重，1926 年，杨敬年休学一年。这一年之中，他又要教书，又要照料妻儿。心力交瘁之时，他读到梁启超《新民说》中的四篇文章《论自尊》《论自由》《论冒险进取》《论毅力》，得到莫大的鼓舞。"自尊者必自爱，自尊者必自治，自尊者必自立，自尊者必自牧，自尊者必自任"；

"勿为古人之奴隶，勿为世俗之奴隶，勿为境遇之奴隶，勿为情欲之奴隶"……句句鼓荡胸间，他"心潮澎湃，不能自已"。他亟思改变现状，因此暗下决心，"路曼曼其修远兮，吾将上下而求索"。

1927 年，杨敬年从湖南第一师范毕业。恰逢大革命时期，他考进黄埔军校长沙分校，学习步兵科，准备参加革命。谁知仅仅过了三个月，许克祥在湖南发动了反共的"马日事变"。出身贫苦的杨敬年出于对共产党的朴素的阶级感情，自动离开了黄埔军校。

1932 年，杨敬年又考上中央政治学校大学部行政系，他选择去那里读书只是因为大学四年不用自己交学费。毕业时，学校分配杨敬年去江苏省民政厅工作，但他固执地拒绝了。中政校是国民党用来培养干部的一所学校，好多人报考它无非是为谋个一官半职，像杨敬年这样毕业后不服从分配工作的，尚无先例。

这是国民党用来培养干部的一所学校，录取比率是每 20 人录取 1 人，可见考上有多难。好多人报考这所学校无非就是为了谋个一官半职。"如果当年走这条路，那我现在就在台湾了，我的好多同学后来就在台湾，都是高官厚禄。"杨敬年晚年曾这样回忆道。

杨敬年并没有后悔当初的选择，他"不想当官"。早在上大学时，他就经常订阅《大公报》，喜欢读其中由南开大学经济研究所主编的《经济周刊》。何廉、方显廷、张纯明、李锐、陈序经、王赣愚……这些学者的鼎鼎大名，仿佛时时刻刻都在召唤着他。于是，他毅然报考了南开大学经济研究所的研究生。

1936 年秋，28 岁的杨敬年成为南开大学经济研究所第二届研究生。杨敬年曾多次跟人提及一个故事：当时经研所要求三天一小考，五天一大考。大家对这种考试方式不能适应，于是杨敬年作为班代表和几个同学一道以集体退学的方式相"威胁"，要求改革。最后，时任经研所所长的方显廷只好作出让步，改为期中期末各考一次。

这种宽容、尊重学生的教学氛围令杨敬年难以忘怀。

按照杨敬年自己的规划，本打算读完研究生就去考庚款留学，不料七七事变爆发，他不得不中断学业。迫于生计，他先是教书谋生，后又应老师的召唤，先后到国民政府行政院、农本局、财政部等部门工作。

1944 年，杨敬年终于考取第八届庚款留学，于 1945 年 10 月到达英国，进入牛津大学圣体学院，就读于"政治学哲学经济学"（PPE）专业。牛津大学对学生要求十分严格：对于申请博士学位者，要求其对知识须有"原创性的贡献"。因此当时只有一半学生能顺利获得博士学位。

1948 年，杨敬年以《英国中央政府各部职权的分配：兼与美国及英属自治领比较》通过论文答辩，获授哲学博士学位。

而今时隔 68 年，在获授牛津大学荣誉院士之后，杨敬年在答谢视频中说："博士论文完成后，导师将我引荐给英国财政部，请他们提意见。我将论文分为十大问题，财政部官员接待了我，告诉我这些问题正是他们所研究的。这使得我感到自信，因为我所研究的是实际问题……"这篇论文现藏于牛津大学图书馆，最近有学者认为该论文在公共管理学科领域仍有重要的参考价值，遂翻译成中文，并联系商务印书馆出版。

获得博士学位时，杨敬年已经 40 岁了。"一个人在 28 岁的时候就可以成为博士，而我却推迟了 12 年。"在这漫长而曲折的求学过程中，他多次因为经济上的困难而暂停学业，然而却是数度放弃进入政府工作的机会，从来没有放弃的是学问上的追求。"当时支配我的唯一动机，就是充分发挥自己天赋的聪明才智，此外并无其他目的。"

杨敬年在他的自传《期颐述怀》中解释道：从现代人本主义心理学的观点来看，充分发挥自己天赋的聪明才智，就是自我实现的一个方面。自我实现是充分利用和开发自己的天资、能力、潜能等，竭尽所能，使自己趋于完善。当然，往往只有很少的人肯花时间和精力去追求自我实现。从中国哲学的观点看，充分发挥自己天赋的聪明才智的动机可以说是"尽性"。人的知觉灵明，是人之所以特异于禽兽者。充分发挥其心的知觉灵明，就是"尽心"。人的知觉灵明愈发展，则其性愈得体现，所以尽心即尽性。

杨敬年所言现代人本主义心理学的理想人格观点，来自马斯洛等西方思想家，而"尽心尽性"的理想人格观点，则来自孟子、冯友兰等中国哲人。杨敬年认为，中西方文化在深层次上是可以相互沟通的。在他看来，西方人本主义心理学的需求层次理论和中国哲学关于尽心尽性的论述是相通的，他以此为自己理想人格的追求标尺。

"生命的永恒追求，就是追求无所不知和无所不能，追求更多的知识和更大的力量。这是我们所有的人都在追求的，即使危及我们的生命，牺牲我们的快乐，亦在所不惜。进化就是这种追求，此外别无其他。这是通往神性的道路。"杨敬年进一步阐释道。

铮铮傲骨

获得博士学位后，杨敬年立即回国，于 1948 年 10 月回到南开。此时的天津已被解放军四面围城。当了两个月校长的何廉辞职去了美国。他临走时给杨敬年留下些钱说："你还年轻，要好自为之。"杨敬年的出国护照还在手中，完全可以"说走就走"，但他最终还是决定留在天津，迎接解放。

1949 年 1 月天津解放后，市军管会任命杨敬年为南开大学校务委员，兼天津市财经委员会委员。同年 9 月，踌躇满志的杨敬年创办了南开大学财政系，任系主任。他觉得，施展才华的时候终于到来了。

可是，谁能想到，迎接杨敬年的，将是长达 22 年的多舛之途。

1957 年 8 月 3 日，杨敬年被错划为"右派分子"。一年后，他被张榜公布为"极右分子，另案处理"，随即被以历史反革命罪判处管制三年，同时剥夺政治权利三年，撤销教授职务。他先是在经济系资料室改造，后又到农场拔草，到基建工地劳动。牛津大学的博士帽从此"一文不值"。

原本 207 元的四级教授工资，降为每月 60 元的生活费，维持家用常常需要依靠变卖书籍和衣物，这样才能勉强度日。

有一次，家里实在没啥东西可卖了，杨敬年就把他从海外带回来的英文原版书拿到了劝业场内天祥市场的旧书肆，老板很识货："这种书，你有多少我都要，五毛钱一本。"思来想去，杨敬年终究不舍得卖掉，又把书带回家了。最后，他把打字机卖了，因为"打字机在国内能买到，而书不是有了钱就可买到的"。

那些年背诵过的古诗文，这时候突然间在杨敬年的脑海里变得异常清晰，年少时那些半懂不懂的篇章，此时已是柳暗花明、豁然开朗。

司马迁的《报任安书》和《太史公自序》，让他知道如何忍辱负重，去完成自己的事业；诸葛亮的前后《出师表》，让他理解知其不可而为之的精神；而范仲淹的《岳阳楼记》，那"不以物喜，不以己悲"的广阔胸怀和"先天下之忧而忧，后天下之乐而乐"济世宏愿，此时与杨敬年相知相通。

"《道德经》中讲'祸兮福之所倚，福兮祸之所伏'，我相信祸福之间可以相互转化，人是能够'置之死地而后生'的。"杨敬年说。

当时他看到一幅苏联名画，大海之滨一块巨大的岩石，上面是乌云密布的天空，下面是汹涌的波涛，它却岿然不动。杨敬年心想："我就是这块岩石，我要做这块岩石。"

回国十年，年已半百的杨敬年，赋诗一首，歌以咏志：

十年如逝水，半百转蹉跎。

顽体欣犹健，雄心信未磨。

丹诚贯日月，浩气凛山河。

大地寒凝肃，春华发更多。

正所谓"不畏则心定，心定则神全，神全则沴戾之气不能干"。在被迫离开讲台的 22 年间，南开大学经济系资料室里大量的外文著作成为抚慰杨敬年心灵的"好朋友"。他先后翻译了《不稳定的经济》《美国第一花旗银行》《垄断资本》《银行家》等八部著作，共计二百三十多万字。

其中，熊彼特的《经济分析史》在商务印书馆出版并重印多次，并曾在台湾出版，成为传世佳作。此外，他还翻译了许多英文与俄文的经济学资料和文件。所有这些，凡是在其获平反（1979 年 3 月）之前出版的译著，都不能署名"杨敬年"，甚至常常毫无报酬。杨敬年觉得无所谓，只要能够工作。

1960 年代末，杨敬年的五百多本外文书全部被抄走，装了满满三辆排子车，临走时那些人还在楼下高呼："杨敬年，这些都是你剥削来的。"而那些外文书，正是他当年朝不保夕、难以糊口时都舍不得卖给劝业场旧书肆的那批书。

1974 年，杨敬年的妻子因脑出血瘫痪。1976 年，他唯一的儿子又因急病辞世。真可谓"屋漏偏逢连夜雨"。

"二十余年中我身处逆境，但这对我也并不是完全不好的事情。逆境可以予人一种锻炼，一种刺激。况且有些道德价值，非在逆境中不能实现。"杨敬年爱读冯友兰的哲学著作，尤其赞同冯友兰关于"以力胜命""以义制命"的阐释："不管将来或过去有无意外，或意外之幸或不幸，只用力作其所欲作之事，此之谓以力胜命。不管将来或过去之有无意外，或意外之幸或不幸，而只用力作其所应作之事，此之谓'以义制命'。"

对于曾经的这段苦难经历，杨敬年总是很看得开。晚年在回忆录中，他写下的名字都是在困厄之境帮助过他的人，而对于那些无情伤害过他的人，他一个名字都不提。

面对前来采访的记者，他回顾这段历史时总爱引用左宗棠的两句诗回应："能受天磨真铁汉，不遭人嫉是庸才。"在沉缓的语气里，有铮铮之傲骨，更多的是宽容的气度和智慧。

填补空白

"二十余年如一梦，此身虽在堪惊。"

1979 年 3 月，被错划为"右派分子"的杨敬年得到"改正"，他自言"获得新生"。此时他已年逾古稀，早该退休了，可却抱着"欲为国家兴教育，肯将衰朽惜残年"的心情，决心有所作为，他似乎要将憋了二十余年的劲儿都使出来。

"得知 1977 级外语教学的需要时，杨先生自告奋勇承担1977 级英语、俄语的教学任务。"杨敬年的学生、南开大学经济学院教授张俊山清楚记得，杨先生当年所讲授的专业英语课很"另类"，不是让学生读那些中国人编的英语课本，而是让学生直接阅读外文原著。结课时，杨敬年在黑板上给学生留下这样一段英文："The drop hollows the stone, not by its force, but by the frequency of its fall." 意思是：滴水不已，阶石为穿。

80 岁时，杨敬年加入中国共产党，有人说这是作秀，杨敬年却回答说："你们不了解我。"

"杨先生既非求名，也不求利。他从旧时代过来，受儒家思想影响较深，他有积极入世的人生观，总是希望以一种积极的心态投入社会做事情。不了解他的人生观则无法理解他的选择。"杨敬年的忘年交、南开大学经济研究所副教授关永强说。

平时勤于阅读、翻译西方学术书刊的杨敬年，对西方经济学发展动态一直保持着密切的关注。在这过程中，他发现了一门中国急需的学问——发展经济学。

发展经济学是 20 世纪 40 年代适应时代的需要，在西方国家逐步形成的一门综合性经济学分支学科，是研究经济发展规律、经济发展与社会发展相互关系规律、以经济发展为基础的社会发展规律的经济学，旨在研究第三世界国家经济发展的理论、实践与政策问题。当时这门学问在西方已有三十多年历史，但是由于几十年的闭塞，在中国学界几乎是空白。

"发展经济学在我国引进较晚，学者们对它大体采取三种不同的态度：一是只介绍内容，不加评论；二是基本上持否定态度，因为它的理论基础是具有庸俗经济学特点的新古典学派的综合，不过认为它也还不无可取之处；三是采取研究、分析、吸收和批判的态度。"杨敬年更欣赏第三种态度。

他觉得这门学问将有助于解决中国进行改革开放和社会建

设所面临的重大问题。

1982年，杨敬年率先在中国的大学里开设"发展经济学"课程。而早在1979年以前就撰写的《科学·技术·经济增长》书稿，为他开设发展经济学课程作了思想准备。

"他是最早讲授和引入发展经济学的学者。"学术研究方向为经济史的关永强介绍，当年教育部在南开大学举办了一个发展经济学的培训班，外方负责人是发展经济学的著名学者拉尼斯，中方负责人则是杨敬年。

没有现成教材，杨敬年一边授课，一边编写教材。历时五年，他编写的54万字的《西方发展经济学概论》终于出版，并获得教育部优秀教材奖。同时他还编译出版了61万字的《西方发展经济学文献选读》，入选的60篇文章，都由杨敬年翻译，自觉"忠实可靠"。在这过程中，杨敬年先后指导了研究生20名，并坚持给经济学系学生讲授专业英语，连续讲了13年，直到86岁退休。

杨敬年的学生、南开大学教授王玉茹认为，杨先生在经济学研究领域有两大突出的成就：一是将发展经济学引入国内，填补了学术空白；另外一项成就，则是翻译亚当·斯密的《国富论》，并且成为畅销书。

20世纪90年代末，陕西人民出版社策划出版"影响世界历史进程的十本书"，其中经济学方面约请杨敬年翻译英国古典经济学家亚当·斯密的《国富论》。亚当·斯密所著《国富论》于1776年出版，是英国工业革命开始时期的著作，距今已有二百多年。那时候的英国社会和英语习惯与现在大不一样，翻译这样的经济学名著需要有深厚的学术素养和语言功底。

虽然觉得任务很艰巨，但杨敬年自认"余勇可贾"，于是"毅然答应"。此后，他每天凌晨 3 点起床，翻译到 7 点，得三千字译文。上午休息锻炼身体，下午校对。

历时 11 个月，杨敬年终于完成了 74 万字的书稿，后来又陆续补充了 6 万字的索引。

这本书曾有两个中译本。最早是 1902 年的严复译本，名为《原富》，是为介绍新思想而译的；后又有郭大力、王亚南译本，初名《国富论》（1930 年），后名《国民财富的性质和原因的研究》（1972 年），郭王译本"只是要作为翻译《资本论》的准备、为宣传马克思主义政治经济学作准备"。

而杨敬年的译本，则是为了显示该书在影响世界历史进程中的作用而译的。与此前出版的两个译本相比，杨敬年翻译的《国富论》中加入了熊彼特、萨缪尔森、马克思等经济学巨匠的批注。

《国富论》经杨敬年翻译于 2001 年出版后，十多年间连印 16 次，发行十多万册。他从没想到这种专业的学术书籍也能成为畅销书。

回归哲学

晚年的杨敬年研究志趣悄然回归于哲学，并将其定位为"晚年的一个事业"。

为什么说是"回归"？"回归哲学"有"归本"之意，这体现了人的一种终极关怀。另外，别忘了，早年在牛津大学求学时，杨敬年读的就是"政治学哲学经济学"（PPE）专业，并获得哲学博士学位。

PPE是一个跨学科专业，课程内容由政治学、哲学、经济学三个学科组成，这个专业也正因为牛津大学的创始而闻名于世，百年来先后被许多大学效仿开设。

"杨先生治学的特点，就是视野宽广。他一直强调，社会科学的学者不能只做一个领域的研究，而必须有一个比较宽广的视野。所以他非常推崇牛津大学的PPE。他认为，现代学科划分得越来越细了，这对于学术的发展未必是一件好事。"关永强说。

而1998年11月付梓的《人性谈》，正是杨敬年横跨政治学、哲学、经济学的一部著作。

有人曾劝告杨敬年：人性论是个敏感问题，最好不要去碰它。"你是经济学家，还是写'人力资本'为好。"

"我觉得人性问题在哲学史上是一个大问题，时至今日，从国内外的客观形势来看，这个问题仍然具有重大的现实意义。"杨敬年理直气壮、不改初衷，"再说经济学和人性有着密切的关系。苏联为什么解体？中国为什么要改革开放？为什么要从计划经济转为市场经济？都和人性有直接关系，所以我还是要研究人性。"

该书初版长达二十多万字，全书分为"从科学的角度看人""人性剖析""人性与社会"三编。百岁后，杨敬年仍在阅读学习中西先哲的著作。基于新的体悟，他在 2013 年再版的《人性谈》中，又增补逾万字，增补内容主要为"人性的善恶"一章，以及尾语"一个和谐的世界"。

也曾在这方面做过一些思考和研究工作的南开大学社会学系杨心恒教授，读完《人性谈》后大为感动："这是一部严谨的学术著作。全书三编紧密相连，逐步深入和展开对人性的论述，始终贯穿着理性分析，不带任何偏激情绪。"

杨敬年在《人性谈》中提出，生存、发展、求知、创造以及其他欲望和感情，这是人人具有、生来具有的人的本质属性，总称人性。而生存、发展、求知、创造是人性概念的内涵，作为人类行为动机的各种欲望、冲动和情感，则构成了人性的外延。人性既有善的一面，也有恶的一面，从其善者为善人，从其恶者为恶人。

杨敬年认为，人性体现在社会关系中，就形成了政治领域中的权力分配和经济领域中的收入分配这两个核心问题。迄今为止人类仍未能妥善处理好这两个问题。

杨心恒说，对事物的判断有两种：一种是价值判断，另一种是事实判断。价值判断有善与恶、美与丑、好与坏、是与非之分。事实判断只有真假之分，而无好坏区别。因此界定需要人们共同认可的人性概念不应使用价值判断，应作事实判断。"杨老依据事实判断而提出人性的定义，令人无法反驳。他把生存、发展、求知、创造以及人的欲望感情看作是共同人性，这是对具体人和具体人性的抽象。然而人性一旦涉及社会制度，问题就复杂化了。杨老以他从容不迫的学者态度攻克难题，以人为本，分析社会经济政治制度的功能、存在问题，提出合理建议，对当前的经济政治改革与社会发展是很有现实意义的。"

杨敬年以《人性谈》的哲学思辨，通过对人性之本质的解剖，试图让人们反思己身，探讨人生的意义和使命，以聪明才智共同"缔造一个和谐的世界"，在这样的理想世界中，"人与人之间亲密无间，人与自然之间水乳交融，千秋万代，以至无穷"。

如果说杨敬年在经济学方面所做工作以"经邦"为旨归，那么，他在九旬高年后转向哲学领域，虽自称"和当前现实的关系不是那么太密切"，但却颇有"济世"的意味。

如果说《人性谈》因其学术性而显得"严肃"甚或"艰深"，那么，杨敬年的百岁自传《期颐述怀》，则以通俗易懂的语言忠实地叙述了自己的百年经历，以生命的体悟启迪后来人。

"杨敬年教授是我的老师……杨先生留在我脑海中的印象是深刻的、清晰的。他在课堂内外对我的教诲是令我难以忘怀的。"已故著名经济学家谷书堂曾受教于杨敬年先生，他在《期颐述怀》序言里回忆道，"1949 年我选修了他开设的'西方政治思想史'课程，这门课使我第一次知道了西方启蒙运动时期许多思想家，例如卢梭、孟德斯鸠、狄德罗等。"

此外，更令谷书堂受益的是，"杨先生的身上蕴含着一种惊人的毅力。在他一生坎坷曲折的经历中，每当身处逆境，他都能宠辱不惊地以平和心态去面对。他没有消极，更没有悲观，因为在他的内心有一个坚定的信念支撑着他——他热爱生活，他坚持自己的良知，他对自己的历史有一个清晰的判断"。

"《期颐述怀》展示给我们的，是一位德智双全学者的百年人生。"已故著名经济学家熊性美与杨敬年先生在南开园相处逾半个世纪，他在读完《期颐述怀》后说道："杨先生不仅是一位历经人生坎坷始终秉持报国理想的爱国者，不仅是治学严谨、坚持攀登学术高峰且诲人不倦的南开学者，更是一位怀着人生理想、探索人生哲理的智者。"

谦谦人瑞

谦谦人瑞，茶龄登仙，可谓人间传奇。

曾有许多好奇者问起杨敬年的"长寿秘诀"。他说，因为自己有所追求。追求新的东西可以让一个人精力集中，生活有目的。

在一些人看来，这样的回答似乎是"有所保留"或"答非所问"，然而杨敬年就是这样做的，他虽注重身体的健康，但从没有去刻意地追求"长寿秘方"。

86岁从南开大学讲台上退休后，杨敬年并不愿真正地"退休"下来。几十年不变的习惯是，每天凌晨3点钟起床，自己洗漱、收拾床铺，然后读书、学习，然后做一种自创的体操，每个早晨最少要做10次下蹲。

杨敬年一直笔耕不辍，直到2013年因眼睛出现黄斑病变而视力严重下降，才改为口述，由关永强做笔录，其中包括

《人性谈》的修订。

"杨先生的著作，每一个字都是他的，我只是协助他做如实的记录，并不是合作者。"关永强感叹，"所谓'出口成章'就像杨先生这样，他每次都打好腹稿，口述的都是完整的书面语句。我只需要如实记下来就可以了，连标点符号都不用改。记录完毕，我会再给杨先生念一遍，看看有无遗漏。偶有个别地方，比如引文，杨先生会叮嘱我帮忙再核实一遍———但是，往往都一字不差"。

"杨先生一生非常淡泊、平和，不会跟任何人摆架子，对任何人都很客气。"关永强清楚记得自己大二时听的一次讲座，那时杨敬年已是 90 岁的老人，但他一直站着讲。每逢有学生登门造访，他总是热情接待，告别时他会一直送到门口。

背诵古诗词，是杨敬年保持脑力的方式之一。直到今天，他仍能背出许多唐诗和《古文观止》的绝大部分章节。他关心时事，去世之前仍坚持听新闻。有晚辈来看望，他会问最近有什么新鲜事。

杨敬年喜欢与年轻人聊天。"聊天就是很放松地交流，杨先生并不以教诲的方式来与人聊天。"关永强说。

前两年，杨敬年还通过电话与远在美国的学生邹玲聊中国哲学。他跟邹玲说，冯友兰的著作是学习中国哲学的一条捷径，冯友兰的哲学是研究整个人生系统的，如何做人、做事，怎么样活着。

冯友兰认为中华民族的特点之一，即"把道德价值看得高于一切"和"满不在乎"的精神。前者是受儒家思想影响，后者是受道家思想影响。杨敬年认为自己就是这样一个人。

2016 年 7 月 28 日，在第二十六届全国图书交易博览会上，国家新闻出版广电总局主办的年度"十大读书人物"揭晓，108 岁的杨敬年入选，他也是获奖者中年龄最长者。

8 月，杨敬年在接受一名记者的采访时还谈吐自如，当被问及如今思考最多的问题时，他说："我还是在想，中国的未来。"

也许在杨敬年看来，作为一名知识分子，只要思想没有停止，就无所谓"退休"。

8 月下旬，杨敬年因肺炎住院。9 月 4 日晨，消化道出血。在他生命的最后时刻，有家人在病榻前陪伴。

"他的遗言就这么简单几句：不麻烦学校，丧事从简，不留骨灰。"杨敬年的孙子杨华说，"爷爷这一辈子经历了太多的磨难，但是他待人诚恳，善良而豁达。他走的时候，神态非常的安详，非常的平和。"

杨敬年逝世后，各界人士以不同方式表示哀悼。

人人颂扬的，是他造诣精深的学问，是他高标卓立的人格。

杨先生的身体"退休"了，他的精神没有"退休"。

2016 年 9 月 8 日

（本文原刊于 2016 年 9 月 19 日《光明日报》，略有删节，此为 2016 年 11 月 4 日《南开大学报》所刊全文。《光明日报》记者陈建强对本文亦有贡献）

采访手记：我所认识的杨敬年先生

杨先生的一生太不容易了，而先生竟能如此从容度过这一生！老爷子不是那种锋芒毕露的人，甚至可以说是很善于"藏锋"的人。对先生了解得越多，你就会对先生愈发钦佩。

第一次采访杨先生是在 2006 年 4 月，陪同《南方都市报》记者田志凌老师采访。那时候杨先生还住在南开大学北村一个很老旧的楼里（大概 2007 年到 2008 年之间，杨先生才搬往白堤路寓所）。

我是南开经济系毕业的，上学时只是听闻南开大学经济学院有这么一位岁数很大的老教授，大约是入学之初，在圆阶教室见过一面，但是对杨先生的生平及学术一无所知。杨先生看起来比较低调，甚至可以说是"其貌不扬"，所以包括我在内的很多同学都不太愿主动去深入了解他的过往。

可是 2006 年那次采访之后，我对自己作为南开经济系毕业的学生，对杨先生的了解竟然如此之少而感到惭愧。这位彼时年近百岁的老人，说起话来逻辑还那么清晰，而且非常干净，几乎都不用借助"嗯""啊""那么""这个"之类的词语来让脑子"歇一歇"。他侃侃而谈，就像聊天一样，从不"掉书袋"，但能让我感觉到他学识非常渊博，读过的书很杂，有中有西，有古有今，是善于读书而能"化"的那一类读书人。听杨先生忆及自己中央政治大学毕业时不服从分配、就读南开经研所时带头抗议考试制度不合理的故事，又让人觉得，原来这位谦和的老人也曾"轻狂少年"、也有"金刚怒目"的一面。

当时还觉得，一个学问家，从经济学转向哲学，真了不起。告别时，我说跟杨先生说对先生的大著《人性谈》很感兴趣。杨先生爽快地赠给我一个复印本。说："这本书好几年前

杨敬年先生赠予笔者的《人性谈》复印本

出版，出版社已经没有库存，买不到了。我只有复印本了，可以先给你一个复印本。这书还有许多不足之处，等将来出修订版了，我再给你一册。"我翻开那个复印本，发现多处笔迹，是杨先生亲手订正的笔误，老先生治学的严谨认真于此可见一斑。

那次采访我还拍了一些照片，可惜后来因电脑遭遇比特币病毒入侵，不慎丢失了。（在南方日报出版社出版的《最后的文化贵族——文化大家访谈录（第二辑）》里还能见到几幅我拍的杨先生照片。）

第二次拜访杨先生是 2007 年 11 月，当时我所负责编辑的校报副刊拟在 11 月底做一期纪念杨先生百岁诞辰的专版，我需要用到一些杨先生的照片做配图，因此登门叨扰杨先生。时隔一年多，杨先生还记得我，先生说"我送你一本新出的

2007 年，笔者拜访杨先生时的合影

《期颐述怀》"。杨先生先在一个小纸条上写了我的姓名，问我写得对不对。得到我点头称是后，才在书的扉页上为我题字留念。

此后，可能有那么一两次，在不同的场合偶遇，但也仅仅是远远地望杨先生。后来，因为工作上分工变动的原因，就再没有机会采访过杨先生。此外，虽然很敬佩杨先生，但总不好意思打扰一位年逾百岁的老人。

2016 年 9 月 4 日下午两点左右，正在休假的我，先后收到学校新闻中心主任马长虹老师和光明日报记者陈建强老师的电话，说杨先生过世了，希望我能写一篇人物通讯稿。

因为我近些年主要负责编辑工作，所以很久没有采访杨先生了。一听到这个任务，感到有些压力。但杨先生在南开是非常受到尊敬的学人，也是我非常钦佩的经济系前辈，我一直希望自己能为杨先生做点什么。所以，我就一口答应接下了这个任务。

我把过去别人所写的关于杨先生的文章，都搜罗来读了一遍，陡然觉得压力很大。我看到《新华每日电讯》《中国青年报》《南方都市报》等媒体，都把杨先生一些故事写得很深入了，比如他笑对人生苦难，他的勤奋，他的长寿秘诀……可以说各种角度都把杨先生写"透"了。甚至此次约稿的《光明日报》，在2013年就已经刊登过写杨先生的一篇长篇通讯。写得最多的大概是《中国青年报》，这位记者是我以前的同事，入行比我早，接触杨先生比我早，采访杨先生的次数也比我多。

但我隐约觉得，我对杨先生的理解，与他们还是有一些不太一样的地方。我回想初次见到杨先生的感觉，并遵循这种隐约的感觉去寻找突破口。

杨先生是个很圆融的人，这大概是他能够长寿108岁的原因之一。他在某些场合下说的话，我并不认为完全是他的本意，或许谈不上"狡猾"，但他有时确实是比较善于"藏"和"让"的，这一点，我以为深受老子思想的影响。

所以，我觉得，需要深入了解杨先生的思想，才能真正发现那些被隐藏的"本意"和"亮点"。

为了印证我的感觉，我花两天的时间重读《期颐述怀》和《人性谈》。然后，通过采访与杨先生有密切往来的社会学系杨心恒教授，采访杨先生的忘年交关永强教授，以及杨先生孙子杨华教授等周围的人，我的直觉得到了逐步的印证。

我还发现，杨先生虽然"圆融"，但又是极为诚实的。他的诚实在于，他人生每一步的重大选择，都是非常尊重自己强大的内心。而他内心的强大，是来源于他所读过的那些书和他的阅世、体悟之深。尤其在读书方面，他那一辈从旧世过来的人，面对很多矛盾，旧的、新的，中的、西的。但不论是中的、西的、古的、今的，那些书的思想精髓在都已经融化在杨先生的精神血脉里，甚至不知不觉流露在先生的一言一行之中了。也许在人生某些时候、有些片段，某个人或者某种"主义"对先生影响略大一些，但总体看来，先生非常善于贯通所学，转化为行动的智慧，从而不局限于仅仅为某个"主义"代言。

于是我觉得自己找到了写作的角度——从杨先生的思想观念入手，可以更容易理解杨先生的行为、选择。我以为，这样写，应该就更加能让人明白，他为什么能够历经磨难而坚忍不拔、笃定勤奋、平淡从容……于是，奋笔疾书，一天写就。

当然，一千个人眼里会有一千个杨先生。而这篇小文，算是我眼中的杨先生吧，我希望人们能通过这样的角度，能够了解到杨先生的一个侧面。

2016 年 9 月 19 日

缅怀甲子曲社的三位老前辈

——陈鹜　李世瑜　刘立昇

2004 年，甲子曲社成立 20 周年纪念合影

（前排左四为陈鹜，后排左五为李世瑜。摄影/刘立昇）

陈鹔先生与甲子曲社

陈鹔先生走了。她是甲子曲社的创始人之一，一个多月之前我刚慕名拜访过甲子曲社，陈先生还参加了曲会活动，那是我第一次见到她老人家，不想竟成永别，怎不怀念。

我喜欢昆曲，时而也习曲撇笛。最初知道陈老大名只是因为昆曲。

听说，天津有个甲子曲社，曲会地点在陈鹔先生的家中，每逢周末，众曲友便雅聚于此，调笙弄笛，品茗唱和。社中一些曲家如陈宗枢先生等，常与词家夏承焘先生、张伯驹先生等相酬唱，著名学者叶嘉莹先生也曾多次光顾曲社。

听说，陈老的家便在南开大学东村一个安静的小院里，繁薇护径，翠竹绕庭……

而直到今年春天，我才有缘来到这里。不想竟成记忆里的"唯一"，怎不怀念。

偶然得知甲子曲社仍在活动，今年 3 月 25 日那天，我与友人刘芃兄一同前往拜访。走在东村的石板路上，春风吹面不寒，感觉这里是那样的安宁祥和，以至于我们以为走入另外一个世界。一大早，我俩便来到南开大学东村陈先生家门口，这幢平房实在太旧，门牌号码已有点模糊，以至于差点认不出。据说陈老不愿离开这间古旧的小平房，是因为她的丈夫吴大任先生生前曾和她在这里一起度过晚年。

9 点整的时候，我们和曲社的张家骏老师一同敲开陈老家

2007 年，陈鹗先生参加甲子曲社活动

摄影／韦承金

　　的门，开门的是她家的保姆。进得客厅来，我便注意到墙壁上挂着好几幅吴大任先生生前的照片，其中还有他们夫妇俩年轻时的合影。这是怎样一种朴实和坚贞的思念啊。

　　张老师说，以往陈老都早早在客厅里等着曲友们的到来，可今天没有。这时陈老的儿媳沈琴婉教授进来了，说陈老这几天身体不太舒服，所以躺在里屋休息着。又说，"实在不好意思，因为中午家里要来客人，希望曲会 11 点半之前能结束"。张老师答应说没问题，大伙儿唱到 10 点半就走。

　　李世瑜、孙白纯、刘兆鸿、孙立善、高伟等几位前辈曲友随后也陆续到了，沏好茶，打开曲谱，大伙儿便开始唱曲了。

　　陈老还没来，张家骏老师便主持曲会，他把我们这两位新曲友介绍给诸位老曲友之后，便让我吹笛给大家伴奏。一开始我有点紧张，但有一刻，我感觉自己似乎从这些老者们的曲唱里，听见了自己的内心，于是，我不知不觉忘情地投入。高伟老师的《琴挑》《拾画》清劲中略带沙音，张家骏老师的《寄子》《弹词》醇厚而洒脱。印象最深刻的是孙白纯老师，他老人家由于患耳疾，几乎已听不见笛声，但仍唱得兴致盎然，为防曲唱与笛子节奏脱节，他便让张老师随着节奏的行进给他指着谱子。孙白纯老师最喜欢唱《紫钗记》的《折柳阳关》一折，虽年事已高，但他的曲唱特别有韵味，很自然的那种"一唱三叹"。而李世瑜老师自始至终只是坐在靠近窗台的沙发上安静地听曲，偶尔翻翻谱子，一抹阳光透过窗户洒在他身上，一幅宁静而恬淡的画面……后来，我读了高准先生写的《满庭芳·甲子曲社纪事》，读到"斗室茶香几净，纱窗外籁寂云停"一句时，悠然心会。

将近 10 点的时候，陈鹢先生进来了，保姆在后面推着她的轮椅，刘苁兄便往边上挪了挪，让出一个位子，陈老的轮椅就在我的身边停下。这时候孙白老《折柳阳关》还没唱完，但他并没停下来，大家也还在击掌为拍，轻声附和，一切如常。我一边吹笛子一边站了起来，向陈老点头鞠躬之后就又坐下了。《折柳阳关》一曲终了，陈老便侧过头来问我："我坐你旁边不影响你吹笛子吧？"我有点惶恐地回答："没关系，不影响，您就这样坐着。"然后老人便不再说话，静静地听大家唱曲。

曲会活动继续进行。孙立善老师唱《秋江》，这曲子我不太熟练，便让张老师摛笛了。我趁机拿出相机拍了几张照片，可惜技术不好，大多都拍虚了。这时张家骏老师对我说："别拍了，以后还会有机会的，先吹你的笛子吧。"我便不再多拍。当时怎么也想不到再没有这样的机会了。

10 点半的时候，大家便都收拾曲谱，准备结束曲聚活动。张家骏老师把曲社当天的签到名单给陈老过目。也许因为意识到散会时间比以往提前，陈老很不解地问："你们为什么要走啊？既然来了，为什么要走啊？"然后又自言自语，"是我不好，对不起，我老了，记性不好，最近总把曲社的活动给忘了"。张家骏老师忙解释说："您儿媳妇说家里中午有客人来，活动便提前结束了，下次我们还来的。"老人家否认说："没有客人，哪有客人？她说的客人是你们，你们才是客人，你们才是客人呢，我不让你们走……"

"既然来了，为什么还要走啊……"我们走出客厅时，老人家仍坐在原位喃喃自语，以至于我现在一想起陈老就想起这句话，这触动了我的内心深处。

4 月 30 日，北仓殡仪馆，最后的告别，那时我也好想问一声：您为什么要走呢？可是，我知道陈老已经不能回答了。

关于陈老与甲子曲社的事迹，是在听了张家骏老师的讲述之后，我才算知道得多一些。张家骏，甲子曲社的曲友，师从天津曲家刘楚青先生等前辈——刘楚青先生也是甲子曲社三位创始人之一，已于十年前故去。刘楚青先生去世后，甲子曲社的内部交流刊物《津昆通讯》便由张老师任主编了，所以甲子曲社的故事他知道得很多。得知陈老去世的消息之后，他便把有关陈老与甲子曲社的一些故事，缓缓地说给我听。

1909 年，陈鹝生于四川奉节县历史悠久、风光旖旎的白帝城。童年在江苏度过，11 岁前于江苏省女子师范大学附属小学读初小，由于环境的熏陶，她从那时候起便开始学习昆曲。

1920 年，陈鹣来到北京，先后在北京国立女子师范附属小学、附属中学上学。中学时，得知曲家袁敏萱家中有昆曲会，每天一放学，她便往袁敏萱家里跑，去那里学昆曲。后来她还向曲家滑莟白（滑是她的干哥哥）学唱《闻铃》与《折柳阳关》，这是陈老生前酷爱的曲子。

1928 年，陈鹣考入南开大学，就读于数学系，在这里她结识后来成为她丈夫的吴大任。

1934 年 3 月，陈鹣来到英国，她在这里求学、与吴大任结婚。在国外的那些日子里，每当想念家乡，她便唱起昆曲，这中国才有的清丽婉转，唱着唱着她便落泪。

1946 年以后，陈鹣一直在南开大学数学系任教直至退休。1984 年秋，南开大学校友、天津曲家刘楚青来到南开拜访陈鹣，两人 47 年前已为互相认识的曲友，又请到陈鹣的老曲友、南开大学外文系教师李云凤，重温旧曲，岁在甲子，遂自号"甲子曲社"。后来，高准、陈宗枢、李世瑜、韩耀华、刘立昇等十余名曲友相继加入甲子曲社。多年来，甲子曲社先后整理编印《孤云曲谱》《琴雪斋曲集》《〈桃花扇〉全谱》《北昆大嗓曲谱》等"昆曲精粹辑存"系列曲谱。

陈老说，我喜欢昆曲，我不希望这么美的艺术没了。

1987 年以后，甲子曲社多次无偿为南开大学、天津师范大学学生举办昆曲讲座、演出，把昆曲艺术引入教育阵地。

2002 年，甲子曲社派出仝秀兰、孙立善、刘立昇等，组

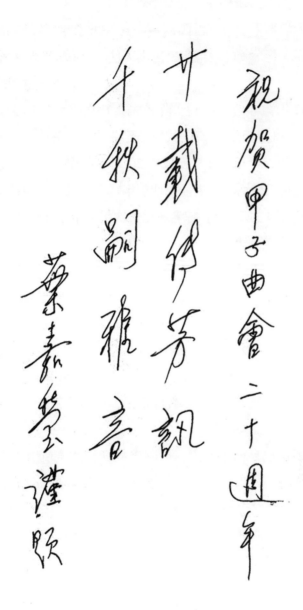

2004 年　叶嘉莹先生为甲子曲社 20 周年题词

织南开大学学生学习《游园》《夜奔》等折子戏。同年 10 月 13 日，首届北昆"重阳曲会"在南开大学东方艺术大楼成功举行。

2003 年，"非典"刚过，陈鹥先生几次坐着轮椅来到南开大学东门，对门卫说，有来找我唱昆曲的人，请让他们进来。

2004 年，甲子曲社庆祝成立 20 周年。陈老说："我期望甲子曲社能长久地活动下去。我期望年轻人能来甲子曲社唱曲。"

2007 年 3 月 25 日，陈老最后一次参加甲子曲社的聚会。4 月 28 日，陈老辞世。

张家骏老师说，对于昆曲，陈老虽只是一名业余爱好者，但她为昆曲付出了最纯粹的爱。二十余年来，年事已高的她一直坚持着主持曲社的活动，每次都早早来到客厅里等候大家的到来，亲自为大伙儿沏茶。倘有曲友无故缺席，事后她便亲自打电话问：为什么不来参加曲会？是不是我哪里做得不够好？你可以提意见嘛。倘若有年轻曲友来，那她是万分高兴……

而如今，我来何迟。

98 岁虽已是松年鹤寿，但陈老的逝世终究让人觉得有点突兀。"既然来了，为什么还要走？"又想起陈老的喃喃自语。可是来了，终究会有走的时候，有聚则有散——老人家不会不知道。我想，她只是希望世上美好的东西能长长久久，却深切体会到世上美好的东西总是那么的短暂，所以才有如是感叹。肉身终有一了，也许这并不能阻止灵魂对永恒的期盼。

"人有悲欢离合，月有阴晴圆缺，此事古难全。但愿人长久，千里共婵娟。"

呜呼！

2007 年 5 月 2 日 于南开大学

（本文刊于 2007 年 5 月 18 日《南开大学报》）

李世瑜先生与昆曲二三事

从报上得知，李世瑜先生于去年 12 月 29 日去世，不胜悲怀。

李世瑜先生是著名的学者，于史学、社会学造诣颇深，可谓著作等身。他最为老百姓所熟知的研究之一，是发现天津话这一"方言岛"形成的缘由，并确定了天津话的母方言。鲜有人知的是，李老最大的业余爱好是昆曲，几十年来，他一直为古老昆曲在天津的传承与发展默默耕耘着，对昆曲倾注了最纯粹的爱。我与李老仅有的三面之缘，都与昆曲有关。

首次遇见李老，是在三年前的一个春天。那时甲子曲社在南开大学教授陈鹒先生家举办曲会，我慕名前往。记得那次曲会上，李老身体状态似乎并不是太好，没说一句话，也没有唱曲，只是听到会心之处时，便莞尔一笑。我与这位老人没有任何言语交流，但对他印象十分深刻。他自始至终只是坐在靠近窗台的沙发上，安静地听别人唱曲，偶尔翻翻工尺谱，一抹阳光透过窗户洒在他身上……一幅宁静而恬淡的画面，定格在我的记忆深处。

后来，因陈鹒先生去世，甲子曲社活动场地便由陈老家搬出，由我通过文学院石俊生老师联系有关负责人，获允在东方艺术大楼后的小平房（校公选课的音乐教室）继续开展活动。记得曲社第一次在这里开展活动时，李老不顾身体有恙，在家人的搀扶之下前来参加。

　　一开始，李老只是不声不响地坐在后排，听曲友们唱曲吹笛，看见有好几位大学生也来参加曲社活动，他似乎很高兴。曲社活动主持人张家骏老师请李老唱一曲。李老摆摆手说："唱不动喽。你们唱吧，我听听就好。"在众位曲友的再三邀请下，李老才答应"哼一哼"，并请大伙儿一起唱。记得，李老与孙立善老师一同唱了《长生殿·酒楼》中的一曲《集贤宾》："论男儿壮怀须自吐，肯空向杞天呼……"李老虽只是低吟浅唱，但那歌声里满是慷慨与沧桑。想象，面前这位老人壮年时引吭高歌，该是何等气度?!唱完后，张家骏老师向李老介绍我的姓名。李老点点头，鼓励我说："你的笛子吹得不错。"又询问我关于昆曲和笛子的学习情况，然后若有所思地对我说："曲社的未来，昆曲的未来，托在你们年轻人身上啊。"再以后，李老因身体不适，再没来过曲社。不到一年后，由于种种原因，甲子曲社被迫于 2008 年初搬出南开大学，此后很长时间没有机会再见到李老。

　　直到 2009 年 11 月 21 日，我在天津中华剧院又一次见到李老，那也是我最后一次见到李老。彼时上海昆剧团来津演出新编剧《班昭》，我对这出戏本没有太大兴趣，但在天津难得看到昆剧专业剧团演出，又有免费赠票，便决定去看看。演出开始前十几分钟，甲子曲社刘立昇老师、陶丽曲友和我等，已

2007 年，李世瑜先生参加甲子曲社活动

摄影/韦承金

坐在剧场里等着演出开始。回头一瞥之间，我见到一位老人在旁人搀扶下慢慢地向前面几排走来。剧场灯光不亮，等老人走近了，才看清是李老。这时刘老师已经上前向李老打招呼，我们几位曲友也都站起来向李老围过去。李老坐下后，甲子曲社几位老师为李老介绍前来看戏的熟人。李老一一点头示意。刘立昇老师指着我向李老介绍说："这是青年曲友小韦，您见过吗？"李老点头微微一笑，说："不用介绍。我知道，他叫韦承

金。"我惊叹这位耄耋老人的记忆力，此前他与我只见过两次，且我只不过无名小辈，两年多过去了，他竟还记得我，心中十分感动。这时，李老指着身边的座位叫我坐下。观众没坐满剧场，正好李老左手边上的座位没有人，我便坐了下来。我握着李老的手，问候他身体可好。李老叹了一口气说："身体嘛，就是这个样子啊。曲社，就靠你了啊?"面对李老的微笑，我欲言又止，心中既感且愧。感激李老还惦记着甲子曲社，还记得我。惭愧的是我才疏学浅，于昆曲更是所知所能甚少，且事务冗冗，没能投入更多的精力，近来进步很小，恐怕是辜负了前辈的厚望。看完演出与李老告别后，再没见到李老，但好长一段时间，他的话语总在我的耳边回响。

有时淘旧书，见到《天津文史资料选辑》《天津文史丛刊》上登有李老的大作，我总会倍感亲切地品读起来。对李老的学问由衷地钦佩。

后来，我又通过曲社师友的介绍并阅读曲社相关刊物，才对李老与昆曲的"情缘"了解得更深一层。李老自幼酷爱昆曲，1932 年起先后师从姜伯贤、白云生、王益友诸先生，1938 年与朱经畬先生一同组织创办志达昆曲社。1945 年以后，李老积极参与一江风曲社、天津广播电台昆曲社、天津昆曲研究会、甲子曲社等天津业余曲社的活动，为古老昆曲在天津的传承与发展而奔波操劳。1987 年，众曲友向天津市有关部门申请注册成立天津昆曲研究会未果，经过李世瑜先生出面联系、多方奔波，1988 年，市文化局终于批准天津昆曲研究会正式注册成立，并指定和平文化宫为排练场。2001 年，面对甲子曲社的发展困境，李老奔走呼号，通过其辅仁大学校友、著名学者叶嘉莹先生争取到澳门实业家沈秉和的资助。有了这笔经费，《孤云曲谱》《琴雪斋曲集》《〈桃花扇〉全谱》《北昆大嗓曲谱》等"昆曲精粹辑存"系列曲谱得以付梓，内部交流刊物《津昆通讯》得以继续刊行，首届北昆（天津）重阳曲会（2002 年 10 月在南开大学举行）也得以成功举办。

对李老了解得越多，我越想找个时间登门拜访，以请益于李老。但想到李老年事已高，且以他的身份，求访者肯定不少，我与他又非亲非故，怎么好意思冒昧打扰？没想到，我竟再也没有机会实现这个愿望。

逝者已矣，其未竟之事业，若有来者继续，李老在天有灵，或当莞尔一笑。

2011 年 1 月 14 日初稿　1 月 20 日改定
（本文刊于 2011 年 4 月 25 日《中老年时报》）

曲师刘立昇先生

1. 不求闻达的"曲师"

有"水磨调"之雅称的昆曲，其传承、传播是一个复杂的系统工程。由于度曲方面有着精深的艺术要求，学习过程需要有曲师"拍曲"。可以说，古老昆曲不论是桌台清唱形式、还是舞台剧唱形式，之所以能够数百年生生不息、绵延至今，离不开曲师的教习、传播之功。

然而，以往关于昆曲的史籍记载略偏重于"文""戏"，而轻于"乐"。这很大程度上乃是因为关乎"文""戏"一端的曲词剧本、文人曲事、戏剧演绎、梨园轶闻等，便于文字记载而流传，而关乎"乐"一端的度曲、谱曲、器乐等，更依赖于口传心授，难以行诸文字。被后世尊为"曲圣"的曲师魏良辅，尚且因为史籍鲜有记载而身世如谜。那些因自觉"书不尽言，言不尽意"而不轻易将度曲经验诉诸文字的曲师，更是终生默默拍曲授曲而鲜有留名于昆曲史者。这对于诗、乐、舞于一体的昆曲来说，不能不说是一种遗憾。

曲师重在教授昆曲度曲技艺，往往或兼擅谱曲、订谱，或兼擅文武场，甚或兼通身段表演。明代曲师钮少雅、清代曲师叶堂兼工度曲、谱曲，汤显祖传奇作品盛行于舞台，得益于钮、叶曲师的订谱和传腔；阮大铖家乐教习陈裕所是兼工度曲、表演的昆曲曲师；而钱岱家乐两位女曲师则是各有分工：沈娘娘"善度曲"、薛太太"善丝竹"。

近现代以来昆曲在天津的传承传播，曲师授曲也曾发挥了重要作用。如江苏曲师徐惠如先生曾于1926年应著名曲家王季烈先生之邀，到天津为曲友授曲，徐氏精于笛艺，故而同时还担任天津业余曲社同咏社的笛师。周铨庵等京津地区的曲家曲友均曾追随徐惠如先生拍曲。先师刘立昇先生也是这样一位为昆曲传播默默耕耘于沽上曲坛一生的曲师。

刘师祖籍安徽芜湖，1943年生于天津。其父刘汝礼先生雅好京昆艺术，能撇曲笛、操胡琴，刘师少时，即授以京昆唱

刘立昇先生

摄影/庞春云

念、撕笛操琴之技艺。彼时刘府家境殷实，家中常有京昆雅集，曾延请曲师乐工为刘师拍曲传艺。自 1962 年起，刘师随著名京昆女小生梁桂亭先生学习昆曲小生，器乐、曲唱亦曾得昆曲曲家、十番乐师刘楚青先生和琴师赵金奎先生等的指点。刘师以其聪颖好学，颇得老先生们的垂青而倾囊相授。

刘师遵父训仅以昆曲为业余爱好，然而以业余时间潜心研习昆曲，如琢如磨，几十年不移其志。曾彩串折子戏数场，后因嗓音"塌中"而专攻撅笛及昆曲文武场研究。积数十年习曲撅笛经验而成《曲笛演奏之管见》诸篇文章（连载于《津昆通讯》第十七至二十一期），并编著《水磨传情——昆曲笛谱与乐队》等以飨曲友。曾在天津昆曲研究会、甲子曲社、南薰京昆社、山花曲社、河东昆曲研习社、天津老年大学等义务为曲友授曲、撅笛捧笙，诲人不倦而不求闻达，深得曲友爱戴。

平心而论，若以曲学理论研究之建树而言，刘师的成就称不上大家，然而若以昆曲传播之用功以及曲笛、昆曲文武场之深研而言，刘师无疑是同侪中之佼佼者。

2. 昆曲的"劲头"和"味儿"

我自幼喜音律，志学之年开始习笛，及至北上津门、负笈南开大学，因选修"中国音乐史"和"中国民族器乐概论与欣赏"两门课程而喜昆曲、曲笛。2006 年春，我作为"我爱南开"BBS 网站之"艺苑百花（戏曲曲艺）"版、"国乐飘香（民乐）"版两版版主，组织南开诸同学同访津门昆曲曲社，同行者约略记得有陶丽、刘芃、李嘉、江天晓、曲天舒、谢梦兰、赵梦柳、张吉凤等。拜识刘师，正缘于这次网友线下聚会……

几次旁听观摩，三五好友逐渐入迷。在这过程中，一位戴着粗框眼镜的老先生引起了我们的注意。此老沉默寡言，但给曲友讲解曲子时头头是道，时而在乐队里撅笛捧笙，笛风饱满、浑厚圆润，颇有老派的"范儿"，尤其那种乐在其中的神情令我们十分向往，这位老先生正是曲师刘立昇先生。刘先生虽非科班出身，然而当时许多资深曲友，以及一些出身戏校昆班的老艺术家都对刘先生尊敬有加。我等遂经张家骏先生、黄树声先生等老前辈之介绍而从刘师拍曲习笛。

2008 年，刘立昇先生在甲子曲社为曲友拍曲

（撇笛者为韦承金）

所谓"拍曲"，乃是教曲、学曲的一种方式。昆曲"调用水磨，拍捱冷板"，一腔数转、抑扬顿挫。初学唱曲时需用手掌拍桌、手指点眼以明其节拍、速度，体会节奏、收放。几年间，我们辗转于天津昆曲艺术研究会、甲子曲社、南薰京昆社等曲社之间，经刘师指导拍曲，先后学习了《牡丹亭》《长生殿》《玉簪记》中的经典折子戏，及《夜奔》《思凡》《痴梦》《刺虎》《寄子》《三醉》《八阳》《写状》《借茶》等折子戏或单曲的唱腔、司笛。而 2006 年春同访津门曲社的南开同学中，几年后

由于毕业工作等种种原因，都陆续各奔东西了，只剩下我和历史学院研究生陶丽曲友还在继续参加活动，我俩以共同的爱好而相识相知，后来结发为夫妻。

至今我和陶丽还存有当年随刘师拍曲所作的部分记录。如讲到《惊变》时，刘师强调"列长空数行新雁"的"列"为去声字，谱记"四√（上）合四"，"四"要唱实，然后上掉到"上"音时要虚化，做到声如游丝，最后再放出"合四"两音，中间不能断，需一气呵成，以昆曲唱腔的虚实、抑扬之特点，体现曲情、意境。再如《游园惊梦》中"宕三眼"如何通过丹田气控制"橄榄腔"以体现昆腔之婉转与"收放"，"嚯腔""撤腔"如何通过"偷气"以在顿挫中体现摇曳空灵之美等，刘师拍曲时均作细致讲解，不一而足。

如有唱得不对的地方，刘师时常有类似这样的批评："不是这样唱，唱昆曲不能'一道汤'式的"，"要有曲子的'劲头'"，"要唱出昆曲的'味儿'"……什么是曲子的"劲头"、什么是昆曲的"味儿"？这是颇难以言传的，也是我至今习曲时仍在琢磨的，然而却再也没有刘师在一旁提点了。

3. "好笛师得会唱曲"

"曲有三绝：字清为一绝，腔纯为二绝，板正为三绝。"这是被尊为"曲圣"的明代曲师魏良辅所撰《曲律》中之名句，刘师曾请书法家誊录并装裱悬挂于书房中。刘师以为，魏良辅"三绝"之说这不仅是度曲之宗旨，也应当是习笛之规范。刘师曾多次跟我强调："好笛师不只是会吹笛伴奏，还得会唱曲。"

我在追随刘师拍曲习笛之前，曾学习民乐笛子，然而在曲笛方面，刘师对我的影响极大。要而言之有三个方面：一是强调为昆曲伴奏的曲笛要用丹田气，曲笛笛风以"满口笛"为贵，音色首先要圆润浑厚，方能收放自如地为各种风格的曲唱者"托腔"、传曲情达曲意。此外，刘师从执笛法、运气、口风等方面，纠正了我此前学习民乐笛带来的不适于昆曲的吹奏习气。二是强调曲笛要为曲唱"托腔保调"，因此笛师应懂得昆曲"依字行腔"的道理，同时要以笛子的音乐性来"润腔"。在懂腔格、理解曲情基础上而适度发挥的"加花"可为曲唱锦上添花、与曲唱水乳交融，而为了炫技而乱"加花"则为下品。三是强调业余习笛同样要以科班标准要求自己，不拘于一门一派、博采众长，熟而生巧乃至技进乎道，方能把谱子"吹活"，臻于曲情表达的至善境界——这也是刘师所编曲笛与乐队谱题名"水磨传情"之缘由。

刘师要求学曲习笛要做功课、不断实践，"曲子要多唱，所谓'曲不离口'，笛子要多给唱曲的人吹，多在乐队里吹"。在曲社里拍曲时，我一般都是先与各位曲友一同跟着刘师拍曲学唱，这时刘师为大家撇笛伴奏，命我唱曲时同时也要留意笛子。唱得略微熟练后，刘师让大家再复习一遍唱，由我来吹笛伴奏。学习过程中，刘师不时提醒唱、笛需要改进的地方。每逢曲社曲会、公演或外地曲家曲友莅津曲叙，刘师总鼓励我吹笛唱曲并向外地曲家曲友交流请益。2009 年中秋节，刘师和孙立善先生、李英曲友、陶丽曲友和我代表甲子曲社前往苏州参加第十届虎丘曲会，孙立善、李英、陶丽在虎丘曲会上清唱昆曲，刘师捧笙，我司笛。那年，天津甲子曲社被苏州虎丘曲会组委会评为优秀曲社。更重要的是，此行给了我与各地同道切磋交流的机会，极大地开阔了我们的视野。

平时在乐队里，刘师总是把笛师的位置谦让于我，意在让年轻人多一些实践锻炼机会，刘师则在乐队里捧笙。起初这让我觉得被"赶鸭子上架"，然而因为乐队里有刘师捧笙给我"托着"，让我有所依傍，从而慢慢放松而渐入佳境，在与曲唱者和乐队互相配合的司笛实践中，笛艺逐步得到提高。现在想来，特别感激刘师那时的良苦用心。

刘师曾当着他的老友张家骏先生的面跟我讲："只要你愿意学，我可以倾囊以授。不过我水平有限，只能算是你的蒙师，以后遇到昆曲名师，你还要继续拜师学艺。"可见吾师若谷之虚怀，可见吾师一片赤诚之心！

4. "独乐乐"与"众乐乐"

刘师为人低调而不事张扬，以曲会友、以诚待人，不以清工或戏工而区别对待、另眼相看，故而既能与曲社中陈宗枢先生、李世瑜先生、高准先生等学者文人曲家相处无间，也与全国各地昆曲艺术家或笛师、演奏家常有往来。刘师曾应外地曲家曲友之约请而撗笛录制伴奏带（如应杭州资深曲友俞妙兰先生之约而录制《昆曲小生唱段伴奏》专辑），也曾应江苏省昆剧院乐队演奏员之托而帮忙订制乐器。

在天津业余曲界，刘师得到许多曲友的爱戴和追随。南开大学中文系校友、诗词家程滨曲友追随刘师拍曲之后，介绍朱赢（叶嘉莹先生博士生、现在北大任教）、马玢（南开大学校友，现留学美国，为纽约梨园社主要成员）、李庆昊（南开大学校友）等多位毕业大学的曲友或中学生在校生，以及天津京剧院著名演员王艳、笛师刘畅等跟随刘师拍曲习笛。程滨曲友还与诸同好组"南薰社"，经刘师指导排练，联合北京、杭州等地曲友在天津举办多场昆曲公演，彩串《游园》《惊梦》《寻梦》《八阳》《借茶》《别母》《了梦》《写状》等折子戏、清唱昆曲经典名曲若干。并在刘师配器、指导之下，录制《戛哀玉》（录音监制：孙志宏）伴奏专辑以飨曲友同好。经刘师配器及指导排练，朱赢、程滨策划录制《迦陵清曲三首》（录音监制：韩健）、并在叶嘉莹先生九十华诞暨中华诗教国际学术研讨会期间演出昆曲折子戏。《津门曲坛》编辑李英跟随刘师拍曲有年，刘师编著《水磨传情——昆曲笛谱与乐队》得以付梓，有李英助力之功。天津师范大学新闻学院学生李健跟随刘师拍曲后，曾在天津市"昆曲艺术进校园"等多次演出中彩串昆曲经典折子戏，并因喜好昆曲而报考河北大学词曲学硕士、中山大学戏曲文献学博士。曾跟随刘师拍曲的还有南开大学法学博士唐颖侠（现为南开大学副教授）、河北大学文学博士李俊勇（现为河北大学副教授）等曲友，都表示追随刘师拍曲获益匪浅。此外，刘师几十年来应天津昆曲艺术研究会等多家曲社和"天津市学校弘扬民族艺术活动昆曲专场"等活动之邀，为曲友彩串指导排练、司笛，赢得好评。除了前面提及的曲社、曲友，刘师这些年奔走于津门各曲社，曾跟随刘师拍曲的曲友不计其数，还有很多是我所不了解或一时想不起来的。

刘师一生淡泊名利，一直自谦为"曲友""普通昆曲爱好者"。时而受曲友尊称为"曲家"，然而刘师一直谢绝这样的称呼。于昆曲，刘师只知以"玩票"的心态乐在其中，并在持续多年的授曲过程中，与曲友们分享昆曲之美——刘师欣于"独乐乐"，亦喜"众乐乐"。曲友们习曲或有所得而能以自娱自足，都十分感激刘师的教诲，从而倍加怀念刘师给拍曲擫笛的美好时光。

5. 笙笛和鸣

一直以为，昆曲大概是刘师有意无意之间选择的一种生活方式。《牡丹亭》里有一句曲词"一生儿爱好是天然"，或许可以用来形容刘师一生对于昆曲的钟爱。

大约 2015 年，刘师因病做了手术之后，身体虚弱，从那以后很少吹笛子了。因擫笛需要丹田气，体力不够则力不从心。然而即便是如此，刘师还时常到曲社为曲友拍曲。2016年我因身体有微恙，遵医之嘱需要休养几年，不可做过多体力活动。而吹笛唱曲颇耗体力，所以此后几年习曲、练笛时间很少，也几乎停止了所有的昆曲活动。对此，我始终心中有愧，刘师却从未怪罪，安慰我说："我们业余习曲，本来主要就是自娱以养精神嘛。身体养好了，精神的追求才能有依托的基础。"

从此，每隔段时间我总会到大沽北路看望刘师，妻儿有时也一同去。小儿对刘爷爷书房里的音响设施最感兴趣，两个环

绕音箱吊挂在天花板的两顶角上。刘师曾用那音箱播放昆曲和
配乐诗词朗诵给小儿听，放音效果立体感十足，美得小儿时而
竖耳倾听、时而乐得哈哈笑。玩一会儿，师母会把小儿引到客
厅里，与他聊天陪他玩，大概是怕小儿打扰我们和刘师唱曲吹
笛的兴致吧？然而，多数时候我们只是与刘师没有主题地随意
聊见闻、聊生活。以主业背景而言，刘师是理工型的那种知识
分子，早年毕业于大连铁道学院机械制造系，后任教于天津第
二商业学校。刘师在电化教学、摄影摄像等方面颇有心得，所
以有一回老师得知我工作上也涉及摄影，就跟我讲快门、光圈
和 ISO 如何搭配组合的问题——那种神情，就跟刘师讲昆曲乐
队如何搭配组合的时候一模一样。每次聊到最后临告别时，刘
师总会说："咱合作一曲你再走吧？"几年间我虽疏于功课，然
而平日得闲时还是总会偶尔轻声浅唱一两小段的，不至于完全
"退功"。何况刘师不嫌弃，我就厚着脸皮不怕献丑了。一般
老师撤笛的话，我就唱；老师捧笙，我就吹笛。

　　而刘师留给我的最后印象，永远停留在了 2019 年 2 月 17
日的那次拜访。那次临别，老师照例命我"合作一曲再走"。
因那天刘师正好刚给一位曲友讲解过《游园惊梦》，就顺着话
题跟我说："你来吹一段'山坡羊'吧。"随着刘师模仿鼓签击
两记"笃笃"以开场，笙笛同时响起，笛子的线性旋律，融
入笙的立体和声之中，那种共振、共鸣的感觉是我所熟悉的，
或可谓"笙笛和鸣"罢？"想幽梦谁边，和春光暗流转……"
远远听到，正在客厅烧水沏茶的师母，和着我们的笙笛，轻哼
浅唱，那般宁静而美好的时刻，永远烙在记忆深处。

不曾想到，那样的时刻，伴随着那年的春光永远逝去，再也不复返。深受曲友们爱戴的刘立昇先生于 2019 年 5 月 26 日溘然长逝。

在那个晚春时节的傍晚，惊闻噩耗后，我一下班就往刘师家里赶。师母含泪告诉我："你跟老刘合作的那曲《惊梦·山坡羊》录音，老刘隔三岔五地用音箱播放，反复播放……"呜呼！承蒙恩师垂爱若此！

因缘巧合，2020 年春天，在南开大学的支持下，经中国古典小说戏曲研究专家、南开大学文学院教授宁宗一先生和陶慕宁教授之力荐，"昆曲赏析与清唱"课得以首次在南开大学开设，在下承蒙厚爱，聊充讲师。虽然学识很有限，然而愿把昆曲带给我的感动与鼓舞与青年学子们分享，很高兴同学们被古老昆曲的魅力吸引了。当然，我深知这些初步的工作还谈不上"传承"。只有尽己所能将这项工作认真进行下去，才不负刘师等前辈曲人的教诲和厚爱。

（本文 2020 年 10 月 19 日至 2020 年 11 月 2 日分为五篇连载于《今晚报》副刊）

数学大师的诗情与哲思

——记陈省身先生

陈省身先生被尊为"现代微分几何之父"、20世纪最伟大的数学家之一。然而，鲜为常人所注意的是，这位举世公认的国际数学大师，有着不凡的文学素养。他有许多别具一格的诗文作品传世，这些诗作记录了他异常丰富的心灵世界。2021年，在陈省身先生110周年诞辰之际，南开大学陈省身数学研究所举办"陈省身先生手迹珍存展"，七十余幅难得一见的陈省身先生手迹得以公开展出，笔者以这些手迹为线索，搜集研读了陈省身先生的诸多诗文作品，窃以为借此可以从较深层次了解这位数学大师攀登科学高峰、奉献数学事业背后的"心史"，管窥这位智者将科学精神与人文精神融会贯通的智慧。

喜读杂书的"文艺少年"

1911年10月28日，陈省身诞生于在江南水乡浙江嘉兴，此地自古以来富庶安逸而文化底蕴深厚，崇文重学是许多嘉兴人骨子里的追求。从嘉兴走出来的近现代文化名人，就有沈曾植、王国维、茅盾、张元济、王蘧常等大家。陈省身父亲陈宝桢是晚清"秀才"，有很好的旧学修养，此外陈省身的祖母、姑姑的国文启蒙教育也给陈省身很深的影响。在这样的氛围中，陈省身幼时背得不少古诗词，喜读《封神演义》之类的闲书，因而国文基础扎实，文学气质亦因环境熏陶而逐渐培养。

中学时，陈省身不仅数学成绩好，其他各门功课也不错，并养成了自主读书、求知若渴的习惯。陈省身曾回忆："我书看得很多，喜欢去图书馆看杂书，什么书拿来就看。我喜欢看历史、文学、掌故，乱七八糟的书都看。时常跑到书库一待就是几个钟头……我有个看书的习惯，是自己主动去看书，不是老师指定要看什么参考书，而看什么书。"

而写作则是陈省身读书思考之余自然而然养成的一个爱好。扶轮中学 1926 年的两期《扶轮》校刊上，就曾发表由陈省身中学时代撰写的七篇诗文。其中诗歌《纸鸢》是这样的：

> 纸鸢啊纸鸢！
> 我羡你高举空中，
> 可是你为什么东吹西荡地不自在？
> 莫非是上受微风的吹动，
> 下受麻线的牵扯，
> 所以不能干青云而直上，
> 向平阳而落下。

陈省身先生

摄影/李星皎

但是可怜的你！
为什么这样的不自由呢？
原来你没有自动的能力，
才落得这样的苦恼。

　　正所谓"诗言志"，此诗以朴素而生动的语句，体现了少年陈省身不愿做受人摆布的"纸鸢"，渴望以"自动的能力""干青云而直上"，反映了陈省身不肯随俗、追求独立自由、自觉主动求知的精神。他还在另一首诗《雪》中，表达了人即便在为"足迹所污染"的环境中，也要追求雪那样"洁白""美丽"的人格之美的思想。这些精神、意志可谓贯穿了陈省身的一生，所以陈省身夫人郑士宁在 20 世纪 80 年代读到这两首诗之后，对陈省身说："你的思想没有改变。"

　　1926 年，陈省身年仅 15 岁就考上南开大学。那时候，除了数学成绩好，陈省身的国文水平也不低，写作能力很强。有时国文老师出题目，陈省身能同时有几种不同想法并且写作速度极快，因而能同时写作几篇。有同学向陈省身索要作业，他从不吝啬。"有时他拿了去的那篇，得的分数比我还高，我自己那篇反而低。"陈省身曾这样回忆道。

诗写天伦之乐、家国之思

成年后的陈省身，逐渐在数学领域发挥出他的卓越才华。当然，他并没有放下读文史类"杂书"的业余爱好，并且留下不少诗歌作品。与少时诗作以新诗为主要形式不同，陈省身后来的诗作主要借鉴了中国古典诗歌的形式，多为押韵的七言诗。陈省身虽不以诗才名世，然而这些作品朗朗上口，词浅意深，十分耐人寻味。

父亲陈宝桢是 1904 年（甲辰年）中的秀才，在中秀才 60 周年的 1964 年，他"重游泮水"，感慨万千，作诗数首以为纪念，并集友人贺诗若干成帙印行。这里摘录陈宝桢当时所作绝句三首：

> 六十年前此甲辰，蓝衫著体倍生春。
> 一时佳话传鸳水，二八韶华席上珍。
> 幡然改计学申韩，法理闳深未易殚。
> 赢得一官权驻足，争如展季亦心安。
> 在昔穰侯见事迟，我今身世几同之。

优游岁月待终老，赖有儿曹鹤立时。

陈宝桢"待终老"的晚年岁月优游，自然是以"儿曹鹤立"为心中的骄傲。陈省身亦赋二绝敬呈父亲：

泮水芹香六十年，风光虽改意情牵。
孤灯残月成追忆，经史诗词展旧编。
一生事业在畴人，庚会耆龄训育真。
万里远游亏奉养，幸常返国笑言亲。

第一首是陈省身读罢陈宝桢的诗作，对父亲此番重游故地抚今思昔的感慨深表共鸣。第二首是陈省身联想到自己因"一生事业在畴人"而"万里远游"，难免在奉养双亲方面有所亏欠，因而也格外珍惜每次回国省亲的天伦之乐。其情意之真切溢于字里行间。

还有一首写给妻子郑士宁女士的《寿士宁六十》，也反映了陈省身对亲情的眷恋、对妻子的感恩：

三十六年共欢愁，无情光阴逼人来。
摩天蹈海岂素志，养儿育女赖汝才。
幸有文章慰晚景，愧遗井臼倍劳辛。
小山白首人生福，不觉壶中日月长。

随着中美两国关系缓和，1972 年，陈省身偕妻女回到祖国，不禁感慨万千。后来他作了一首绝句《回国》：

> 飘零纸笔过一生，世誉犹如春梦痕。
> 喜看家园成乐土，廿一世纪国无伦。

这首诗以极为朴素而真挚的语句，表现一名海外游子对故土、对祖国的怀思与祝愿。此时的陈省身已是誉满全球的数学大师，然而心中始终有一种深深的漂泊感，以为过去一切都不过是"飘零纸笔过一生"，再大的世俗声誉，都不过是"春梦痕"；虽然"文革"尚未结束、中国处境不容乐观，然而令陈省身激动的是，他看到"中国人民已经站起来了"，尤其随着中美关系"破冰"，他觉得报效祖国的机会来了，心中满是欣幸与期盼，是"喜看家园成乐土，廿一世纪国无伦"。

1977 年以后，陈省身多次回国访问，参加学术交流活动，并到国内各地参观访问。一年时间里，他还见到了邓小平、方毅、周培源等领导同志，因此更加坚定了"归根"的决心。1978 年，陈省身写下一首七言诗，再次表达了对祖国的眷恋和对中国数学的期望：

> 百年已过三分二，人事代谢理固然。
> 重踏刘祖出生地，再传高黎绝世业。
> 老成矻立中流柱，少长涌出百丈泉。
> 数学旧国成大国，同心协力更无前。

讴歌数学之美、造物之妙

高斯–博内公式的内蕴证明是陈省身最得意的工作之一，相关论文在 20 世纪 40 年代发表，这项工作极大地推动了整体微分几何学的发展，而整体微分几何学中的许多概念、理论又深刻影响了近代数学其他分支。为此，陈省身以其卓越贡献后来获得了国际数学界的最高奖——沃尔夫奖，证书上写道："此奖授予陈省身，因为他在整体微分几何上的卓越成就，其影响遍及整个数学。"

令人惊奇的是，陈省身给微分几何带来的这些新观念，竟然与物理学中的"场论"存在着惊人的一致，但这是很多年后才被发现的——1970 年代，杨振宁发现陈省身在 20 世纪 40 年代的研究成果与杨振宁在 50 年代的规范场论研究成果之间有着紧密的联系。弄清规范场和纤维丛的关系后，杨振宁立即向陈省身报告这一消息。陈省身惊叹："我们竟不知道我们的工作有如此密切的关系，20 年后两者的重要性渐为人们所了解，我们才恍然我们所碰到的是同一大象的两个不同部分。"这真是太神奇了！

陈省身的整体微分几何研究成果与杨振宁的规范场论研究成果，让几何学与物理学的联系更加紧密了。为此，杨振宁给陈省身写了一首后来在国际科学界广泛传诵的诗：

天衣岂无缝，匠心剪接成。

> 浑然归一体，广邃妙绝伦。
> 造化爱几何，四力纤维能。
> 千古寸心事，欧高黎嘉陈。

杨振宁在诗中惊叹物理学与几何学之紧密关联、讴歌造物之"广邃妙绝伦"，更赞颂陈省身之伟大——末句"欧高黎嘉陈"中，杨振宁以出生时间为序，将陈省身与数学史上的欧几里得、高斯、黎曼和嘉当并列，认为这是历史上最伟大的五位数学家。杨振宁还特别强调表示他对陈省身的这个评价并不夸张："在国外，念数学的人都知道这首诗，人们都很认可。我想我这个评价还很客观。"

后来，陈省身在访问中国科学院理论物理研究所后，也赋诗两首：

> 物理几何是一家，共同携手到天涯。
> 黑洞单极穷奥秘，纤维联络织锦霞。
> 进化方程孤立异，对偶曲率瞬息空。
> 筹算竟有天人用，拈花一笑不言中。

这两首绝句正是陈省身感慨于大自然的无穷奥秘以及几何学与物理学之相近相通而作。他将数学与物理学的最新发现纳入诗境之中，表达了对科学的挚爱，赞颂了科学之美、造物之妙，末句"拈花一笑不言中"颇有"此中有真意，欲辨已忘言"的意味。

数学大师与文学巨匠的切磋琢磨

2002 年，在北京召开的第 24 届国际数学家大会上，陈省身为中国少年数学论坛题词"数学好玩"，这四个字像一股清新的风，吹进许多青少年的心田——陈省身要把"数学之美"与更多国人分享，要让中国数学教育打开一片新天地。

在陈省身晚年定居的南开大学宁园里，人们可以看到他书架上的书很杂，除了数学书，还可以看到

陈省身为中国少年数学论坛题词

中国古典诗词、《红楼梦》、武侠小说、围棋、医学等书。有一回，一位来宁园拜访陈省身的南开大学工作人员发现，靠床的书架上还有阿来的小说《尘埃落定》，茶几上则放着《嘉兴市市情小册子》，《张爱玲文集》放在饼干桶上，里面夹着张纸条。

曾在宁园里担任陈省身秘书的南开大学原信息技术科学学院教授沈琴婉在回忆文章中曾提道："他读过金庸的大部分小

说，我们看《笑傲江湖》《射雕英雄传》时，我不明白的地方，他会给我讲故事情节。"陈省身的藏书中就有金庸的全套作品，其中《笑傲江湖》还是金庸在香港亲手赠给他的。

早在 1964 年，金庸就在他创办的《明报》上刊发了陈省身的回忆性散文《学算四十年》，此文也刊登于台湾《传记文学》，后来又被台湾的数学普及刊物《数学传播》转载。这篇文章当时曾引起很多关注，并激励过许多读者走上数学研究的道路，其中包括当时的两个青少年学子、后来成为陈省身得意门生的丘成桐和郑绍远。

2001 年 5 月，金庸受聘为南开大学名誉教授并作讲座。讲座前，陈省身特意在南开大学明珠园会见了金庸，并与金庸就武侠和数学作交流探讨。谈起萧峰、郭靖、黄蓉、杨过、小龙女、张无忌……陈省身如数家珍。两位巨匠来言去语，相谈甚欢。陈省身说，武侠和数学在最高层面是相通的。数学其实是一门艺术，关乎心灵与智力的学问，是常人难以达到的境界。他认为金庸武侠小说里蕴含着高度的美感与哲学内涵，这种内涵与数学的境界是相通的。后来金庸在南开大学伯苓楼作"文学中的故事性"主题演讲，陈省身也和其他青年学子一样在台下聆听。

在古典诗词方面，陈省身酷爱陶渊明、杜甫、李商隐的诗。晚年陈省身在南开大学定居后，常与一些精通诗文的友人谈诗论词，这其中就包括著名古典诗词研究专家叶嘉莹先生。

陈省身与叶嘉莹的往来是从 20 世纪 80 年代开始的，那时候陈省身回国来到南开大学创办数学研究所，而叶嘉莹则是在每年秋天从加拿大来南开大学讲学。那时起，叶嘉莹在南开大学主楼里给中文系学生上课时，陈省身夫妇经常出现在听众席上，并且表现了很大的兴趣，有时陈省身还把自己写的诗给叶嘉莹看。此后，叶嘉莹每年秋天回到南开后，都会致电陈省身问安或看望陈先生，诗词也就成了他们相见时的共同话题。

值得一提的是，陈省身尤其钟爱李商隐的《锦瑟》一诗。李商隐的诗以旨意隐晦、意境深远著称，其中最深奥晦涩的一首诗，则非《锦瑟》莫属。其旨意内涵各历来众说纷纭，莫衷一是：有悼亡说、爱情说、自况说、诗序说等。陈省身与叶嘉莹之间常谈诗论词，对于《锦瑟》的认识观点颇为相近。

陈省身甚至在自己诗作中多次化用《锦瑟》中的诗句。2002 年，中国科学院院士彭桓武等许多科学家接到陈省身赠送的新年贺卡。正面是陈省身的近照，背面印有他的一首诗，末句"一生得失已惘然"正是化用《锦瑟》中的诗句"只是当时已惘然"。诗是这样写的：

筹算吸引离世远，垂老还乡亦自欢。
回首当年旧游地，一生得失已惘然。

2004 年 10 月 21 在南开大学"庆祝叶嘉莹教授八十华诞暨词与词学国际学术研讨会"上，陈省身、杨振宁、叶嘉莹、冯其庸等大师名家聚集一堂。陈省身在会议开始之前早已坐着轮椅来到会场。会上，南开大学校长侯自新主持开幕式，陈省身是第一位发言人，他给叶嘉莹带来一份"惊喜"——那是陈省身自作的一首诗，并用毛笔写下来、精心装裱在镜框里，赠给叶嘉莹以祝寿：

锦瑟无端八十弦，一弦一柱思华年。

归去来兮陶亮赋，西风帘卷清照词。

千年锦绣萃一身，月旦传承识无伦。

世事扰攘无宁日，人际关系汉学深。

陈省身先生为叶嘉莹先生八十寿辰赋诗手迹

诗的头两句即化自《锦瑟》一诗，在当时的即兴讲话中，陈省身坦言自己"一向非常崇拜李义山的诗"，并笑言"我这首诗也从《锦瑟》诗中抄了两句"。随即饶有兴致地阐述了自己对《锦瑟》一诗的理解，认为此诗是李商隐为自己诗集写的序，表示"我的看法，不一定对"，"希望在座的对历史文学有兴趣的人讨论一下这个问题"。除了对叶嘉莹的祝福，陈省身一再表达自己对中国古典诗词的钟爱、对年轻人传承发扬古典诗词的寄望，认为"对于中国诗不仅要能够欣赏，而且还有继续发扬光大，中国字的一些性质是西文没有的"。

叶嘉莹十分感动地说，如果就一般诗家的谨严之格律而言，陈先生这首诗自然是有些不尽合格律之处，但若撇开外表的格律而论诗歌之本质，则陈先生这首诗所表现的情意之真诚、事典之贴切，却决然是一首好诗。

叶嘉莹进一步阐释说："先生认为李商隐《锦瑟》诗是自序之作，则'一弦一柱'当然就都象喻了诗人对于华年往事的点点滴滴的回忆。先生虽是引用了古人的诗句，但我以为先生的引用和改写，实在十分恰当。如果把年华喻作丝弦，则八十岁的年龄自应是'八十弦'，我在自己八十岁的生日回想起过去八十年的往事，自然也有着'一弦一柱'的追忆。先生的诗，可以说正是道出了我当日的心情。至于后面的两句，'归去来兮陶亮赋，西风帘卷清照词'，也写得极为贴切。陶渊明的《归去来兮辞》，是当他决志归去时之所作，我猜想先生的这首诗可能有两层喻义：一层自然是说我回到祖国来教书的决志；另一层我不知先生是否也有冀望我像他一样回国来定居的喻义，这也是可能的。至于先生所用的李清照之事典，则自然是用李清照来喻指我是一个爱好诗词的女性，纵然我不能与李清照相比，但先生的喻指则是极为恰当的。下面的'千年锦绣萃一身，月旦传承识无伦'，则是最使我感到惶愧的两句诗。从80年代我与陈先生夫妇相识以来，他们夫妇二人就都对我十分关爱，他们夫妇二人对我的谬赏和偏爱，这是使我最为感愧难忘的。这短短的两句诗，可以说是包括了先生对我平生所致力的诗词创作、论著与教学三方面的评价。'锦绣'句应该指的是我的创作，'月旦'二字应该是指我的论著，而'传承'二字，则应该是指我的教学。先生的这两句诗当然使我极为惶愧。不过就诗而言，则先生在短短的 14 个字内，竟然写尽了对我平生三方面的评说，其简练概括的能力实在令人赞佩。至于这首诗结尾的'世事扰攘无宁日，人际关系汉学深'二句，则所写的应该就正是我们以诗歌相交往的一份友谊。在此烦扰之人世中，能够与几个有传统文化修养的友人一起谈讲诗词，这自然是人际间一种难得的境界。总之，先生这首诗所表现的情谊之真诚，喻写之贴切，都是极为难得的。"

陈省身的毛笔字有一种自然自在的散逸朴拙，也令叶嘉莹非常喜欢。这幅作品后来成为叶嘉莹最珍视的陈省身的绝笔之作。

大师的智慧：淡泊以明志　宁静以致远

年逾古稀的陈省身教授辞去美国国家数学研究所所长的职务，回到中国，到南开大学担任南开数学研究所所长——陈省身认定自己一生中最后的事业在中国，他预言"中国必将成为数学大国"。

1986 年，75 岁的陈省身写了一首七绝《七十五岁偶成》：

百年已过四分三，浪迹平生亦自欢。

何日闭门读书好，松风浓雾故人谈。

写这首诗时，南开数学研究所才刚刚揭牌没多久，按一般人的理解，此时陈省身应是十分忙碌的，应当高唱"老骥伏枥，志在千里"才对，怎能写出闭门读书、故人谈往这么怡然自适的诗来？

笔者以为，如果以陈省身喜欢李商隐诗歌来参照，则此诗与"永忆江湖归白发，欲回天地入扁舟"的诗意颇有暗合之处。而这种恬淡出世的意味，其实与陈省身所尊崇的中国古代思想尤其道家思想不无关系。哲学家冯友兰也曾说："中国的圣人是既入世而又出世的。"致力于把"中国必将成为数学大国"的"猜想"变成现实，是为陈省身的"入世"的一面，然而他又能时时保持一种淡泊的"出世"心态，从而超脱于功名的羁绊，这是"以出世之心作入世之事业"的修养境界。

这样的智慧，我们从陈省身早年的一些经历和选择，亦可略窥一斑。陈省身少时就不是一个爱争名利的人，"不是一个规规矩矩、老老实实念书的学生，分数好坏不大在乎"，虽然功课很好，但并不是第一名（陈省身在南开求学时，学习成绩最好的往往是他好朋友吴大任）。陈省身自言"花点儿劲也可以很好，但懒得费那个力气"。"懒得费那个力气"，是为了"空下来喜欢到图书馆看杂书，历史、文学、掌故，乱七八糟的书都看"。

看这些历史、文学、掌故之类的杂书有什么用？看似无用其实有大用。陈省身每一步重要的选择，都离不开这些"杂书"的滋养。他曾说："选择在于关键的几步，这种选择有时几乎能决定整个命运。我的建议是，要有广博的知识，不要只念自己本身学科的东西，不管相关与否，都应该尽量吸收。因为了解的范围越广，作出正确决定的可能性就越大。"

作出正确选择之后，还需要有对理想信念的笃定坚守。陈省身说过："其实我是一个生性淡泊的人。我年轻时就想隐居，不愿与人有过多的往来……留学以后看出数学是条路子，自己可以走，就在这方面发展了。"

"淡泊"的思想，最早可以追溯到春秋战国时期的道家，老子《道德经》有言"恬淡为上，胜而不美""道之出口，淡乎其无味"。三国时期诸葛亮《诫子书》亦有谓："夫君子之行，静以修身，俭以养德，非淡泊无以明志，非宁静无以致远。"这都对中国读书人有着很深的影响。

淡泊能使自己的志向更加明确坚定，而不为名利所牵。"有一年我跟内人去参观罗汉塔，我就感慨地跟她说：'无论数学做得怎么好，顶多是做个罗汉。'菩萨或许大家都知道他的名字，罗汉谁也不知道那个是哪个人。所以不要把名看得太重。"陈省身说。可见，他对名利之淡泊，为人处世之通达，来自对人世的哲思。

陈省身留学时所从事的微分几何学研究方向是一个冷门，当时甚至有人认为"微分几何已经死了"，假如追求时髦与名利，而不是以淡泊的心态坚守内心的理想的话，则陈省身未必能在微分几何学方面取得"影响遍及整个数学"的伟大成就。

现在我们再来看陈省身在 75 岁时写的那首诗，"何日闭门读书好，松风浓雾故人谈"。他的确是能做到在忙碌于数学事业的同时，也能偷闲读书、怡然自得。

陈省身的办事方式是"少做事""没计划""要紧的是把有能力的数学家找在一起，让他们自己去搞"，颇有老子"无为而治"的意味，却能使南开逐渐成为国际上享有盛誉的数学重镇；他还曾发表文章说"数学没有诺贝尔奖是幸事"，不把世人争相尊奉的诺贝尔奖当一回事；接受媒体采访时，他把做数学研究比作炒木须肉，颇类于老子所谓"治大国若烹小鲜"；"非典"疫情期间不能给学生讲课，他索性闭门潜心研究六维球面上的复结构问题并取得了突破；晚年每隔一段时间，陈省身家中都有一次小聚会，座上曾有理论物理学家杨振宁，曾有著名数学家和物理学家法捷耶夫，曾有著名数学家阿蒂亚，曾有"两弹一星元勋"彭恒武，也曾有文学艺术家叶嘉莹、范曾等，从数学、物理学的前沿问题，到中国古典诗词，再到司马迁、八大山人……陈省身以与友人们畅谈古今中外为乐。

早年在普林斯顿大学的时候，著名物理学家爱因斯坦就曾几次邀请陈省身到他家里喝咖啡、畅聊物理与数学。当时爱因斯坦有意吸引陈省身与自己合作研究。但陈省身觉得不合适，于是婉言拒绝了爱因斯坦。他还是决心按照自己的兴趣专门研究自己喜欢的纤维丛、整体微分几何学。

爱因斯坦家中的书并不太多，但其中有一本吸引了陈省身，那是德文译本的老子《道德经》。在陈省身印象中，西方不少有思想的科学家，都喜欢老庄哲学，崇尚道法自然。印象深刻的还有，爱因斯坦对陈省身说，他一般是不见外人的，包括记者，因为他觉得时间总不够用，他需要宁静。陈省身说自己一向唯求宁静，在这一点上，爱因斯坦对他影响很大。这也令两位科学大师颇有"惺惺相惜"之感。

除了同样喜欢老庄哲学、同样喜欢宁静，这两位科学大师大概至少还有一样是相似的：陈省身喜读文史书、喜欢写诗，而爱因斯坦思考哲学问题、听音乐、拉小提琴。其实无论数学还是文学艺术，无论科学还是人文，都体现了人的心灵对于自然与社会的思考、反映。科学精神与人文精神是可以相通相融的，东方人和西方人在求真、求善、求美的精神层面上是可以相知相惜的，东西方文化在高层次上是可以相通互补的。

叶落归根，陈省身晚年回到中国，在南开创办数学研究所，他期望更多中国人通过数学为人类精神家园的构造添砖加瓦。后来在南开大学定居时，陈省身将这处寓所命名为"宁园"，这个名字藏着他对妻子郑士宁女士深沉的爱和无尽的感激，更蕴含着这位数学大师的人生智慧——淡泊宁静。

2004 年 12 月 3 日，这位国际数学大师安息了。然而，宁园的灯火，没有熄灭；新开湖畔，烛光点点。天上，有一颗名为"陈省身"的星星，永远闪耀在那深邃苍茫的宇宙中；在世人的心中，陈省身先生正安宁地走向亘古与未来……

2021 年 12 月 8 日

"越活越年轻"的"南开传奇"

——记申泮文先生

2005 年 8 月 17 日下午，中国科学院院士、南开大学教授申泮文先生作为著名化学家、教育家，受教育部与中央电视台之邀参加由中央电视台录制的 2005 年教师节大型专题特别节目《2005 奠基中国》。

节目中，谈到如何能做到九旬高龄依然躬耕讲坛，申泮文先生说："最有名的国际名牌大学都希望学术、科研造诣深厚的专家学者为本科生授课，这是个好传统，南开大学是国际名牌大学之一，我愿意尊重这个传统。如果有来生，我仍选择当一名教师。"

这位老寿星在节目中，声音依旧洪亮、饱含激情。在南开园中，申泮文先生一直是个"传奇"。

这位酷感十足的耄耋老人经常骑着自行车上下班，他"上坡不下车，下坡不刹车"的风范曾因学生网友热议而成为"我爱南开"BBS 论坛上的热门话题——因为体力好，所以"上坡不下车"，他又自认为"喜欢表现自己"，所以"下坡不刹车"。

早在 77 岁那年，申泮文先生就被诊断出胃癌，胃部被切除五分之四。出院后，本该颐养天年的他却执意回到讲堂。直至今天，他已 90 岁高龄，依然在坚持给本科生讲课，声音洪亮、思路清晰。因此创下了让后辈们直呼"望尘莫及"的荣耀纪录：中国执教最长的化学老师——累计从教 65 年。教过的学生数以万计，从 20 世纪 40 年代、50 年代、60 年代、70年代、80 年代、90 年代跨越到 21 世纪。

他潜心于化学研究，而且在不同的年龄段都有突出的成绩。40 岁时获国家教委科学技术进步二等奖。70 岁时，研制出我国第一代镍氢电池。80 岁时，创办南开大学新能源材料化学和应用化学两个研究所，承担"863 计划"和"973 计划"的多个研究项目，共取得国内外专利 34 项。累计出版专著、译著、编写教材七十多部。

80 岁时，申泮文先生还有一件令人夸耀的"壮举"——他"赶时髦"，开始学习计算机。在他的带领和感染下，他的学生也开始学习计算机。作为他的博士学生、如今是同事的车云霞老师谈起学习计算机，起初很"发怵"："我都这么大岁数了，还能学计算机吗？"申泮文先生说："怎么不能？我 80 岁能学，你 40 岁不能学？"最终他们开发出了先进的多媒体教学软件，促成教育教学方法的重大改革，因而连续两次荣获教学界最高奖励——国家级教学成果奖。

2005 年的教师节，恰逢申泮文先生 90 岁寿辰，在这个别具意义的日子里，申泮文先生收到了来自学生的两件别具意义

申泮文先生

摄影/魏孝明

的礼物：一部自任教以来和各届毕业生合影的照片影集；一幅学生们专门为他书写的贺词。而《2005 奠基中国》节目的录制，无疑让申先生的九十大寿更增添了几分特殊的意义——教育部部长周济、南开大学校长侯自新亲临节目现场并道贺，该节目于 2005 年 9 月 10 教师节当天晚上在中央电视台科教频道播出……可以想见，全国各地的人们，将纷纷传颂着申泮文先生"越活越年轻"的传奇。笔者作为学校新闻中心记者，有幸见证节目的录制，提前一睹为快。

2008 年，93 岁的申先生依然在"赶时髦"——他开始写个人博客，成为最高龄的"博主"，取名"申泮文教育家博客"，宣讲自己的教育改革主张。让我印象极深刻的是，申先生还曾针对"General Chemistry"的译法，在博客上与网络"打假"名人方舟子"论战"。方舟子在网上与人辩论很有名气，但是申泮文的"论战"博文有理有据、不失风度，让青年学子赞叹不已。

毕业于西南联大的申泮文先生，亲身见证了祖国和母校南开的苦难历史。每逢南开"728 校殇日"，他会展示自己珍藏的日军炸毁南开的历史照片，呼吁青年学生牢记历史，报效祖国——他认为，"只有每个人都爱国，国家才有希望"。

申泮文先生敢爱敢恨，敢于与社会不良现象作斗争。在他眼里，"爱国者"不等于要唯唯诺诺，但凡遇见涉及损害国家、学校利益的原则性问题，他毫不犹豫地与之作斗争。例如他曾为教学用地和学校规划建设相关事宜向有关领导反映情况、多方奔走，呼吁政府重视教育、改善南开大学和天津大学的办学条件，体现出一位老知识分子的铮铮铁骨……

曾有人问及保持年轻的秘诀，申先生答道："是工作的欲望让我年轻，是教育让我年轻。"

（此文以"申泮文院士央视做寿 教育部部长周济亲临道贺"为题，载于 2005 年 9 月 7 日《南开大学报》，于此有所修改补充）

聆听周汝昌先生谈中国书法

——忆 2008 年的一次拜谒

一提到周汝昌先生大名，想必许多人脑海中都会不自觉地就想到了他的"红学家"身份，似乎周先生"一生只干一件事"——"死啃"《红楼梦》。其实，周先生在红学上取得的巨大成就，离不开其广博精深的学识修养。而周先生虽以红学名世，却又不囿于一学之专，于诗词、书法等中国古典文化诸多领域广泛涉猎，以孜孜不倦之毕生努力而在诸多领域有卓著的成就。尤其于书法一道，周老曾自认为在"书学"上下的功夫要比"红学"多得多（周伦玲《〈兰亭秋夜录〉编后记》）。2008 年，笔者作为《南开大学报》文艺副刊编辑，于当年 11 月 29 日有幸来到北京城东红庙周先生府上，拜谒并聆听周先生谈论中国书法与传统文化，深感受益良多。而今重听当年录音，尤觉周老的真知灼见于今仍有颇多可资启发之处，而且至今未曾公开发表，更未曾收入其著述，遂不敢独享，乃结合笔者所闻所感整理成文，在周先生逝世十周年之际，借此以资追思缅怀。

中国书法的独特魅力：
将实用技能升华为艺术

"什么叫书法？这个事儿不好说。"周老开门见山便抛出一个形而上的问题，然后以一番自问自答的阐述娓娓道来……

为了解答"何为书法"这个根本问题，燕京大学西语系出身的周老，首先以西方文字的书写为参照，分析了其与中国书法之异同："拿洋文字来作比方，有一个词叫'penmanship'，那个'pen'就是洋人的笔，他们所谓'写得好'，这个'好'主要是指工整、清楚、易认。还有一个词比这个要高一级，'calligraphy'，偏向于指书写的学问、道理，这个比较能够和咱们中国书法接近，但仍然不是一回事。"为什么呢？周老认为，西方人往往只是把书写文字当作一种语言、符号记录的方式，在符号之外并没有太多的意义。"洋文字母虽然也有各种图案，比如有些字母有打圈儿、打弯儿，看着很美。但那是美术字、图案字，跟我们中国书法完全不是一回事。"

"中国文化的一个重要特点是把实用的技能艺术化。"周老认为，书法尤其能体现传统文化的这种"中国特色"。钢笔、圆珠笔笔尖是硬物制造的，以实用意义而言，这类硬笔在记数、记事、记人等方面确实很便捷。但是中国的毛笔除实用性之外，由于在书写过程中有着起伏、转折、虚实、收放等各种丰富的变化，于是便由实用升华到兼有艺术性。"为了把艺术性玩得更高、更好、更美，必然要专题研究它的道理，让它

周汝昌先生在北京寓所

摄影/韦承金

更加美好、让它完足起来，这样子我们中国人的文化精神境界
才更高。"——周老认为，这正是中国书法不同于西方文字书
写的独特魅力之所在。

也可见，毛笔软毫的丰富表现力，是汉字书写能升华为
"书法"一个重要的物质基础。因此，周老将毛笔称为中华
"四大发明"之外的"第五大发明"。为什么给毛笔赋予如此
重要之地位？在周老看来，西方文化是重于科学技术的，所
以，基于西方文化视角被提出来的造纸术、印刷术、指南针、
火药等"四大发明"，就体现了这种重于科学技术的"偏颇"。
中华传统文化是富于艺术精神的，而毛笔与书法对于中国文化而言又是非常重要的。"毛笔的发明正是体现了中华民族的高级智慧，真是了不起。没有这个东西，中华文化的现状达不到这样的高度。"周老说。

如何领悟书法：要有临池日课，
在"涵泳"中升华人格修养

"什么是书法？不好说，书法只能够去练，没法说明白。光说不练不行。按北京的俗话，光说不练那是过去嘲笑天桥卖艺的把式：他老是嘴里白话，人家看他打拳，他就晃这么两下，摆摆胳膊，就收起来，这就是光说不练。"周先生认为，既然书法是从实用中升华而来的艺术，那么想领悟书法艺术的真谛，自然需要下一番临池的功夫。他深有体会地说："学书法，如果你不经常下功夫、不做日课是不行的。日课就是每天的临池功课，别的什么安排都不能把这个日课给挤没了。文徵明八十多岁了还坚持日课，他也不是为了成为一个什么书法家而这么做，而是为了满足自我的精神生活，坚持这样的日课才能写出好的字来。"

说到日课的坚持，周老十分谦虚："像我这样，已经几个月不摸毛笔了，这样怎么能写出好字来？这不是谦虚，这是实实在在的话。"不过周老坦承，自己曾经在楷书和行书方面下了不少工夫，尤其重要的是下了功夫临摹王右军（羲之）法书，"虽然也没有临得很全面——王右军的那些草书我不敢临写，因为我认为从草书入手不是个好办法——但是右军的行书我可

真下了功夫。说出来不怕你们见笑，一个《圣教序》，一个《兰亭序》，的确下了一些功夫"。

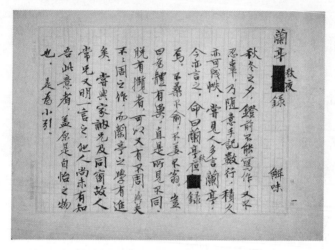

周汝昌《兰亭秋夜录》手稿（局部）

　　笔者注意到，周先生有一部专著《兰亭秋夜录》，是他早年关于《兰亭序》帖本研究文章的集结，显示了周老在书学研究尤其王羲之书法研究方面所下的深功。其中还收录了周老在 1965 年至 1975 年背临的几通《兰亭序》，十分精彩，而且每一通都体现了不同时期略有不同的体悟。"背临"是在不看原帖的情况下，凭借记忆把原帖的笔法、精神尽量还原于自己的笔下，难度要远远高于一边看字帖一边临摹的"对临"。如果不是下过一番临池苦功，是很难做到"背临"而能如此形神兼备的。此外，《兰亭秋夜录》手稿小行书的瘦劲洒脱，则显示了周先生善于吸收右军书法而化为自家风貌。

　　书法艺术的真谛不仅仅在于字形的临摹、笔法的练习，更在于习字过程中体悟碑帖中的中华文化之"精、气、神"，在文化之"涵泳"中不断升华、丰富自己的精神和人格，最终让笔下的字里行间自然而然流露出自己的性情、品格、修养。周老举例说："旧社会长辈看晚辈，一看这小伙子，字写得好，就说这个孩子行。这科学吗？西方人也许会说你们中国人鉴定人就用这么一个方法，太不科学了。我要说：这太科学了！一个人的内秀、气质都表现在他的字里了，完全挡不住行家的眼光！"

"我们还要做很多工作，让更多的人，尤其是下一代的青少年学子，让他们逐步地了解我们中国几千年的文化精神，了解书法这门艺术。"周先生认为，书法教育要从青少年开始抓起。当然，让小学、中学、大学生学习书法，不是要让每个人去做书法家，而是通过学习书法而提升气质、提高修养。"把字写美就意味着，这个人的品格、气质、内心精神的高度都升起来，这个人就'高'了，他就不是一个庸俗卑鄙、每天追名逐利，甚至做最丑恶的事的人。他要是喜欢上了美术、书法，我坚定相信他不会老想一些乌七八糟的见不得人的事。"

针对青少年书法教学，周老提出自己的见解："不能够让孩子感觉太苦，不要让他觉得我又接了这么一个困难的任务，受不了，那书法教学就失败了。要想办法引导他，让他对书法发生兴趣，培养生于自心的乐于习书的艺术享受，从而愿意下日积月累的功夫。"此外，周先生认为，书法的学习还应注重"字外功"，对中国传统文化其他门类要能够触类旁通，"中华传统文化各门类不是'个体户'，它们之间有着千丝万缕的联系，不能将这个大关系割裂开来"。

中国人有责任把书法之美介绍给世界

的确，中华传统文化承载着中华文明的悠久历史、延续着中华民族的精神血脉、塑造着中华儿女的"精""气""神"。不仅如此，中华传统文化被认为是解决当今人类共同问题的重要精神资源。

因此，除了希望更多的中国青少年了解中华传统文化和书法艺术，周先生认为"中国人有责任要把书法这门艺术介绍给世界"。周老满怀期待地"预言"："这个目标很远大，我这个人真是狂妄无比。但咱们头脑里要有这个雄心壮志。也许不是今天，也不是明天能实现，甚至也许咱们都老了，也赶不上完全实现。但将来必然有那么一天能够实现这个愿望。"

周先生早些年亦曾尝试践行这个目标。20 世纪 70 年代末到 80 年代，他曾应邀到国内外大学讲学，包括曾应美国鲁斯基金会之邀以威斯康星大学访问教授身份赴美讲学。在美期间，他有一回应邀以英文演讲中国书法。虽然讲座很受欢迎，但他对演讲的效果表示怀疑："我讲了一个小时，讲完临出门时，有一个年龄比较大的听者，跟我说'Your English is very good'，意思是'你的英语非常好'。这当然是夸奖我了，但是反过来我仔细一琢磨，我讲完了，他对于中国书法的感受有没有？这一个小时，他获得了什么？我不知道。他只是说你讲的英语还不错，人家这是礼貌。"

周先生由此认识到，像这样一个关于书法的英语演讲，如果听者没有习字的经验、没有对中国传统文化精神的体悟，也许是比较难以从中获得精神层面的共鸣的。那么，是不是可以借助西方文艺理论、美学思想来阐释中国书法，或许更加便于西方人理解中国书法呢？周先生认为这并非是好办法："拿西方现代的、时髦的一些个文艺理论，往我们中国书法上套一套，来写写文章，这个是可以的，不是说绝对不行。但是这样做往往是隔靴搔痒，搔不着我们中国书法的痛痒处。"

那该怎么办呢？周先生其实早已在用自己的行动来回答这个问题。他尝试以深入浅出、通俗易懂的方式做书法普及工作，其中周先生为书法普及而撰著的《书法艺术答问》一书，1980 年在香港出版后，内地相继出版，后来成为再版多次印行数十万册的畅销书，就在不久前的 2022 年 1 月，中华书局又出版了该书的彩图增订本。另一个方面，他尝试通过向西方翻译、阐释中国文艺理论的方式，让西方人通过借助中国古代文艺理论来理解中国古典文化的精神，这将有助于对中国文学艺术各具体门类的深刻体悟。周先生曾先后把中国古典文艺理论《文赋》《二十四诗品》等翻译成英文介绍给西方，他认为这样有利于帮助西方人理解中国古典文学艺术，当然也包括书法艺术。

恩师顾随先生的影响：
回归中国古典文化的本位

周汝昌先生早年在燕京大学本科读的是西语系，然而为何没有走上西方语言与文化的专门研究，而是回归中国古典文化的研究呢？周先生坦言受到了恩师顾随先生的影响："顾先生读大学的时候本科也是外文系，后来我们走的都是一个回归我们中国古典文化本位的路子。我今天不能忘记顾先生的话，他说我们学外国的东西还是有限度的，因为中西文化、民族历史各有特点和分别，我们学点儿外文，不是要'镀金'，而是为了通过对照而帮助我们更好地了解本国的文化和文学。顾先生曾举一首禅诗来启发我：'尽日寻春不见春，芒鞋踏破岭头云。归来笑拈梅花嗅，春在枝头已十分。'你把高山岭头云都踏破了，还找不着'春'，找不着那就回来吧，回来手拈着梅花一看，春意十分！这不正是你往外费那么大劲找没找到的'春'吗？老师没有用死话来教训我，他只是借助这首诗这么一点拨，却给了我深刻的影响，我一下子就回归了。"

　　同样师从顾随先生的叶嘉莹先生，在南开大学授课时也曾谈到顾先生寄望她不满足于"能为苦水传法弟子而已"，而要"别有开发，自有建树"，并建议她"取径于蟹行文字"、借鉴西方学说来阐发中国古典诗词的精义。谈到叶嘉莹先生时，周先生露出亲切的表情笑道："我们是同门而不同学，她是老辅仁的，我是老燕大的。"周先生与叶先生虽然同门，然而并不同校，因而早年并不相识，直到 1978 年，两人因为同时受邀参加美国威斯康星大学举办的国际红学会议，才得以首次相见。"我们尊奉的共同的恩师是顾随先生啊……"说到这儿，周老发出满怀深情的一声长叹……

　　眼前这位年已九旬的老人，虽然面对的是我等晚辈后生，然而自始至终他的话语都是十分谦恭。虽然双目几近失明、双耳几近失聪，然而周先生有着非凡的记忆力，谈起中国传统文化各门类如数家珍，引经据典而几乎不出差错，思路开阔而汪洋恣肆。可是周先生却很谦虚地自评："我说话很随便，因为我一开谈起来，就喜欢'跑野马'，我不光是闲话太多，而且没主题。"

"跑野马"这个词儿于笔者而言很耳熟。笔者曾在南开大学多次听叶嘉莹先生古典诗词讲座，叶先生一向不在课前准备具体讲稿，任凭自己的联想来发挥，兴之所至，无迹可寻，事后又自谦地认为是"跑野马"。其实这种"跑野马"式的授课或谈话方法，来自周先生、叶先生共同的老师顾随先生的影响。据说当年在课堂上，顾随先生也以"跑野马"式的授课方式著称，如今我们读根据叶嘉莹、刘在昭当年听顾随先生讲课笔记整理的《传诗录》，从其纵横古今中外、文史哲禅、旁征博引、跳跃通透的语气，亦可略窥顾先生当年"跑野马"之一斑。

笔者以为，在 20 世纪初新文化运动以来，中国的学术研究向西式的规范靠拢的时代背景中，顾随、周汝昌、叶嘉莹这一脉以"跑野马"式的感发为特色的古典文学艺术分析方式，留存了中国传统文化艺术中那种注重印象与感悟、即兴与感发的欣赏与批评方式。这种方式是直觉式的、诗意的，因而利于阐发中国古典文化之精义。

那次拜访回来之后，限于版面，《南开大学报》只是发了一则新闻消息和周先生谈论欧楷的一篇随笔。一同前往采访的一家天津网络媒体，也只是截取了一些视频片段发在网站上。此后没过几年，周先生便辞世了，那次拜访也便成了笔者见到周先生的最后一面，也是唯一一面。时隔多年，检索旧资料重听当年录音，深觉周老当年的讲话意味深长。笔者以为，周老当日的所思所想，于当今中国书法及传统文化之传承与发展或许仍有许多启示与意义——有识者当能明鉴！

（本文刊于《中国书画》杂志2022年第8期，南开大学文学院李诗卿同学对本文亦有贡献）

附：
拜谒周汝昌先生之缘起

那是2008年深秋，我收到南开大学东方艺术系教授田蕴章先生之邀约，希望一同赴京拜谒周汝昌先生，听听周老谈书法。

于公而言，我当时是《南开大学报》文艺副刊编辑，而周老是南开系列学校之一——南开中学的校友，南开系列学校向来以共同的校训、校歌而紧密联系，故而不论中学、大学，校友都统称"南开人"。此外，除了"南开人"的身份，周老还与著名学者、南开大学中华古典文化研究所所长叶嘉莹先生同为顾随先生门下高足，此次拜访如能见报，想必会受到南开校报的有心读者的关注；于私而言，我本人习书有年，并且大学时曾选修"中国书法"课，能有机会与田老师一同拜谒周老，是一次难得的学习机会。因此，于公于私此次拜访都是一件意义非凡的事，我很荣幸地接受了这个"美差"。

于是，2008 年 11 月 29 日一大早，我们乘车从天津出发，大约上午九点半，抵达北京城东红庙周先生府上。周老所住的这片住宅区据说大约建于 20 世纪六七十年代，都是老式居民楼。周老所居住的，也是其中一套很普通的小三居室。我们就在进门后最先到达的书房（大概也是客厅）拜见周老。周老见到我们很高兴，让周建临先生（周汝昌先生哲嗣）给我们倒茶。可是我们每个人都得端着茶杯，因为杂乱的书籍几乎占满了整个屋子，没有空闲的地方可以容得下一张茶几。我们都很惊讶周先生这样一位著名的大学者，居室竟如此之逼仄。周建临先生似乎有所意会地向我们解释说，老爷子已经住在这里近二十年了，想给他置换一套宽敞点儿的房子，但老爷子觉得太麻烦，不让换。"在别人看起来这些书摆放得很乱，可是老爷子虽然双目近于失明，心里头却非常清楚那本书放在哪里，别人一整理，他就找不着书了，所以不让别人动他的书。"这么一解释，我们对周老愈加肃然起敬了。

除了田老师与我，还有天津一家网络媒体的记者也一同前往（周先生 1918 年 4 月生于天津咸水沽镇，作为一位从天津走出来的文化名人，周老当然颇受天津媒体的重视）。知道我们都是从天津来，周老热情地请我们坐下。笔者同时注意到，周老这间书房的墙上挂着一张条幅，内容是周老抄录《红楼梦》中林黛玉的一首诗，落款"天津周汝昌"，可见周老像许多旧时文人一样，有着深厚的乡情。

2008 年 11 月 29 日，笔者拜访周汝昌先生

　　坐定后，周老提议道："我建议啊咱今天这样安排，今天既有《南开大学报》的同志，又有网站主持人的同志，我提议先请他们提问，问我一个问题，我就聊一聊，这样能有个主题。然后我和田先生最后再总结、再聊聊。"由于考虑到周老已是九旬老人，怕老先生过于劳神费力，我们来时路上就提前在电话中跟周建临先生约定好，此行访问周老限定尽量控制在一个小时之内，主要是聆听周老随意畅谈关于书法与中华传统文化的高见。而笔者事先所准备的需要向周老请教的问题，也

都汇总到了田蕴章老师那里，由田老师择机代为提问。于是，我们便开始静静听聆听周老畅聊书法与中国传统文化……

时间过得飞快，临近十一点，我们生怕时间太长而让周先生过于劳累，便向周先生提出告辞。周先生很热情地邀请我们"有机会再聊"，并执意让我们吃完午饭再返津："你们是老家来的客人，不能让你们就这样回去。我让建临陪着你们到外面吃个便饭。"周老让周建临先生带我们一行人去"全聚德"。

"人老了有很多不方便，很惭愧我只能失陪了。"周老送我们到门口，挥手目送……

杨振宁先生译诗赠叶嘉莹先生

　　著名物理学家杨振宁先生近日迎来百岁华诞，学界及社会各界通过多种形式为这位人瑞祝寿。笔者与杨先生虽仅有过遥遥一面之缘，但却由此逐渐认识到杨先生除在自然科学方面有卓越成就之外，还有着不俗的文学修养。杨先生喜古典诗词，而与南开结缘、与叶嘉莹先生相识仿佛更"助长"了他的这个"偏嗜"。

　　杨振宁当年在北大、清华、南开三校组成的西南联大读书时，是数学家陈省身先生的学生，陈先生也喜欢古典诗词，两人从那时起便建立起亦师亦友的亲密关系。20 世纪 80 年代，杨先生应陈先生之邀在南开大学数学所建立了理论物理研究室之后，便时常造访南开。由于杨先生雅好诗文，因而他与同在南开任教的诗词大家叶嘉莹先生亦颇有往来。基于这般渊源，那些年几位大师在南开园中时有雅聚，我等南开学子便因"近水楼台"而有幸目染耳濡。

　　2004 年 10 月 21 日，"庆祝叶嘉莹教授八十华诞暨词与词学国际学术研讨会"在南开大学东方艺术大楼举办，前来参加会议的除古典文学界名家罗宗强、王水照等先生之外，更有数学家陈省身先生、物理学家杨振宁先生等其他领域的大师名家。笔者当时作为一名学生观众，便是在这次会议上第一次见到杨振宁先生。

这次名家云集的词学研讨会，气氛十分融洽热烈。开幕式上，来宾们纷纷致辞以向叶先生祝寿，贺礼皆颇有风雅而又各具心意。数学大师陈省身自书诗"锦瑟无端八十弦，一弦一柱思华年。归去来兮陶亮赋，西风帘卷清照词。千年锦绣萃一身，月旦传承识无伦。世事扰攘无宁日，人际关系汉学深"以贺，红学家冯其庸作梅花图以贺，画家范曾作班昭续固图以贺……而时年82岁的杨先生则是将陆游的两句诗翻译成英文赠予叶先生。

"叶教授跟我都是80岁了，到年纪大的时候，我特别喜欢两句陆游的诗，我想叶教授看了这首诗一定会跟我有同感。"杨先生先将陆游诗句"形骸已与流年老，诗句犹争造物功"以中文朗诵一遍，又以其英文翻译诗句"My body creaks under the weight of passing years, My poems aim still to rival the perfections of nature"朗诵一遍献给叶先生。其朗诵语调朴实然而富有动人的力量。值得一提的是，杨先生英文口语流畅自如，虽在美国生活多年然而犹带中国口音，丝毫没有时下一些国人学英文用力模仿美式发音的那种刻意，而他的英译诗句以直译与意译结合，严谨贴切而又形象生动，读来朗朗上口、十分富于感染力。叶先生听罢颔首微笑，杨先生对于这两句诗的理解和翻译似乎让她十分赞赏。

杨振宁先生在庆祝叶嘉莹教授八十华诞
学术研讨会上致辞

杨先生在致辞中还谈到了自己关注、阅读叶先生的著作并与叶先生结识的经历。他最初是在美国浏览台湾的报纸杂志时读到叶先生的诗文。后来 1991 年有一回访问南开时，杨先生才得以经人引见而拜访叶先生，两位大家一见如故、相谈甚欢。转年杨先生又特意在南开大学听了叶先生的诗词讲座，觉得"演讲非常之精彩，因为叶教授对于中国的诗词有深入的研究、深入的了解、深入的见解，而她又非常会讲"。从那以后，杨先生便更多地关注叶先生的工作、阅读叶先生的著作。而最近读的一本，是叶先生在香港城市大学的讲演集，杨先生认为

2007 年，叶嘉莹先生向来津出席陈省身先生逝世三周年纪念活动的
杨振宁夫妇赠送新出版的诗词集

摄影/祁小龙

"每一章都是非常精彩的文章"，"比如有一章讲杜甫的……对
于每首诗的背景，还有诗里的一些含义，经叶教授一解释，我
才知远比我的认识深得多"。

杨先生也曾以自己的著作相赠，叶先生读后感触颇深。她
曾问杨先生：科学定律的不变中之变数，是不是有时候也像诗
词格律的拗律与变化一样，有相通之处？叶先生写过几首诗赠
给杨振宁，其中一首七言绝句这样写道："谁言文理殊途异，才
悟能明此意通。惠我佳编时展读，博闻卓识见高风。"

杨先生不仅喜欢读诗，还曾写有不少诗词作品，最广为人
知的大概是那首赠给陈省身先生的《赞陈氏级》：

天衣岂无缝，匠心剪接成。

浑然归一体，广邃妙绝伦。

造化爱几何，四力纤维能。

千古存心事，欧高黎嘉陈。

　　杨先生写这首诗是因为 1974 年他发现陈先生在 1940 年代将微分几何和拓扑学引入新境界的数学研究成果，竟然与自己在 1950 年代在物理学中"规范场论"研究成果存在着惊人的密切联系。他将这个发现告诉陈省身后，陈省身也觉得叹为观止。杨先生特以此诗抒怀，认为陈先生的大才堪与欧几里得、高斯、黎曼、嘉当等数学大师并肩，合称"欧高黎嘉陈"。这首诗后来在国际数学、物理学界广为流传。

　　"诗词写作立意要真实、表达要自然，唯有如此作品才会美，才会被岁月所钟爱。"叶先生曾撰文分析杨先生《赞陈氏级》的妙处。她认为，杨先生此诗"虽未严格遵循传统格律音韵，却流传甚广，究其原因，应当是立意高远、真实自然的缘故"。

　　笔者以为，卓越的科学家往往与卓越的诗人、哲学家一样，身上有一种追求真理的赤子之怀、终极关怀的深切之情和寻找精神家园的不倦之心。当学问研究登峰造极，科学与人文是殊途同归的。叶先生的诗句"谁言文理殊途异，才悟能明此意通"说的正是这个道理。

　　（本文刊于 2022 年 11 月 4 日《今晚报》）

归去，也无风雨也无晴

——感念来新夏先生

来新夏先生走了，一年来，大家都在追思他、缅怀他。我没有受教于来先生门下的荣幸，仅仅因为在《南开大学报》任编辑的缘故，得以数次拜访。自知才疏学浅，对来先生的学问没能有深入的了解，因此写怀念文章不是十分适当。但觉得来先生的人格给了我力量，所以将来先生与我的几段因缘记录下来，以表达我对先生的感念。

一

2006 年我初到《南开大学报》编辑部不久，便有幸陪同《南方都市报》记者专访来先生，那是我第一次拜访来先生。"邃谷"是来先生的书房，水泥地板，陈设简朴，四壁都是书架，在北窗下电脑后方的那面墙，总算是有些"留白"，那里挂着来先生一些师友的墨宝。

来先生家学渊深，祖父来裕恂是清朝末年的经学大师俞樾

来新夏先生在南开大学寓所

摄影/韦承金

的弟子。他从军阀混战的幼年谈起，讲了家学的影响，回忆了陈垣、余嘉锡、张星烺、启功、范文澜等老一辈学者的言传身教。在来先生的记忆中，这些恩师在学业上对学生要求无比严格，而相处时对学生却是关怀备至。如陈垣先生虽身为校长，但亲自上四门课，布置的作业必定亲自批改，并示范一篇，与学生作业一同贴在教室里，让同学们通过对比检查优缺点。有一回来先生和一些同学整了一出调侃老师的"恶作剧"，陈垣先生及时给予批评，让同学们认识到自己的错误，但事后陈先生并不记"仇",而是一如既往地关爱学生。随余嘉锡先生修目录学时,来先生期末成绩得了个"B",他觉得分数有点低于是斗胆询问原因,结果余先生说:"我读了半生的书,只得了半个'B'。"来先生后来得知余先生给的"B"其实他所给过学生的最高分,从而体会到老师对学生要求之严格和肯定之充分。而教国文和绘画的启功先生,则常在周末时请学生到他家里"改善生活",学生衣服掉扣子破口子,师母常帮补补丁……

言谈间,来先生神色儒雅而透着刚正之气,透过那清癯的面相,仿佛能窥见前辈学人的风骨。

来先生谈兴很高,甚至讲了他从前很少提及的"文革"磨难。批斗、游街、劳改、坐"喷气式飞机"、罚站、拳打脚踢……各种各样的批斗方式来先生都遭受过,然而他并没有渲染——也许他不忍心在我们这些后辈面前揭开伤疤,也许更因为他已经淡然面对这场灾难。来先生回忆,有一回自己被剃阴阳头准备拉去游街,这时候红卫兵给他戴高帽,因为来先生头比较大,高帽子一戴就掉下来,如此反复几次之后,红卫兵被惹急了:"把这个拉出去,下一个!"来先生因此幸而免于戴高帽……说到这儿时,来先生颇有些得意地笑了起来。我想,只有这种超脱的精神境界,才能让来先生在那段艰难的处境里,还能笃定地埋头做学问——在那几年里他整理了三部旧稿,撰写了一部目录学方面的著作。

相对于对自身所遭受迫害的"轻描淡写",来先生对他的"棚友"穆旦先生的回忆则是"笔力深沉"的。那时,来先生与穆旦可谓"一对黑",他俩同进牛棚,共同承担洗刷游泳池等劳动。劳作的间隙,穆旦会跟来先生聊天,谈他的诗和译作,谈他的经历。每当来先生在劳动中不小心流露出情绪时,穆旦会悄悄提醒他少说话。而当来先生因发牢骚被打小报告从而受到"革命群众"斥责时,穆旦又时常来开导他。在来先生印象中,"穆旦是个很内向的人,有诗人的气质,但绝无所谓'诗人习气'。他是一位读过很多书的恂恂寒儒,有才华横溢的诗才,却又像一位朴实无华的小职员,有一种'敛才就范'的低姿态"。来先生认为,这种低姿态,也许是从"反右"运动以来一直到"文革"这十几年间磨炼出来的。得知穆旦在身心俱疲时仍能坚持诗歌创作、文学翻译,结出精神的"珍珠",来先生无法想象面前这位低姿态的诗人,内心有多么的强大……

来先生语调低沉,但用词十分肯定。由于上了年纪,声音已不算洪亮,然而话语里时有斩钉截铁之势,又不忘时而自我调侃一番:"我们扫地那些年,是南开最干净的几年。"当时听着这话,我们笑了,但笑过之后是一种揪心的痛让人眼泪直打转。

许多人曾劝来先生撰写回忆录,但他都婉拒了。他认为一个人写回忆录,固然可以反思,但反思不一定要写出来,自己明白就可以。"特别像我们高龄,90岁的人,总有难过的事,等于在自己伤口上撒盐,何必呢?"

是的,来先生很少跟人谈论他身经的风风雨雨,传世的著述中也较少提及。然而关于穆旦的回忆,来先生却是郑重其事的。他把自己所知晓的关于穆旦的事迹（包括这段"文革"记忆），单独成《怀穆旦》一篇（来先生去世前两个月由南开大学出版社出版的《旅津八十年》收录有此文，文末注明"1999 年春初稿，2006 年 6 月修订"）。虽然"在自己的伤口上撒盐"疼痛难忍，但为了让穆旦的人生能有比较完整的记述，作为"文革"中某一时期穆旦所受遭遇的唯一见证人，来先生觉得"后死者应该担负起这种追忆的责任"，他在《怀穆旦》一文中十分热烈地赞扬了穆旦："他没有任何怨悔，没有'不才明主弃'的咏叹。穆旦只是尽自己爱国的心力，做有益于祖国和人民的事，他代表了中国真正知识分子坚韧不移的性格。"

能理解并如此激赏穆旦之人格的人，也必定拥有一颗不平凡的心灵。对学术和理想的敬畏，让他们保持着一般人难以做到的坚守。而这种坚守时常让不理解的人以为是"自命清高"。所以，南开园里传言来先生"孤傲清高"的一些段子，我猜都是真的。譬如传言来先生在任南开大学图书馆馆长和出版社社长时，坚守原则，要求严格，办事雷厉风行，因触犯了某些人的私心而遭受怨恨。再譬如传言来先生曾在尽心竭力写出某一部史学著作后，因固执地请启功先生题签并坚持拒绝某位领导的题签，而使该著作在印行时遭受莫名的阻力，对此他虽颇有不快，但毫不后悔。还有，据说他在给学生讲课时，不仅在讲课内容方面条理分明、深入浅出，甚至衣着都非常讲究，西装革履，风度翩翩，派头十足，俨然"南开大学形象大使"……

　　那次陪同采访，虽说是工作上的安排，但对我来说，却是非常难得的学习机会。当时我还有一个任务——《南方都市报》只来了文字记者，并未有摄影记者随同前来，所以只好由我临时充当摄影师。后来我通过电子邮件将所拍摄照片给《南方都市报》传去，过不久他们给我寄来一笔稿费。想必我拍的照片已经刊登了，但我并没有见到样报。转年，因为办公电脑换新，旧电脑里的部分文件在复制过程中竟然没备份上，又过了几个月我才察觉到这个失误，但为时已晚，我发现自己所拍摄的来先生的那些照片，已尽数丢失，再也无法恢复，徒留一个命名了的空文件夹——

　　"20060417 访来新夏先生"！

二

　　初任《南开大学报》副刊编辑时，我发现这份报纸很少登有来先生的文章，这是一个很大的遗憾。我希望来先生这样的大家能成为校报副刊的"铁杆"作者。于是斗胆登门，恳请来先生赐稿。记得第一次跟来先生约稿是在 2008 年，那时秋季学期刚开学，我希望来先生面向青年学子写一篇谈读书治学经验的文章。约稿之前，我一直惴惴不安，因为对于我这样的无名晚辈，印象中"冷傲"的来先生，说不定以怎样的理由来拒绝我。但没想到来先生很爽快地答应了，他说以前虽然零散地跟别人谈过自己读书的一些经验，但很少写有这方面的专文，正好趁此机会归纳总结一下那些"只言片语"，并且没过几天就告知我前去取稿。

这篇《闲话读书》，首发于 2008 年 9 月 26 日《南开大学报》"新开湖"副刊上，后来在《博览群书》等杂志转载，又被《新华文摘》（2009 年第 14 期）收录。很多读者纷纷反映读了这篇文章深受教益，应该多发这样的好文章。

我本人也从这篇文章得到很深的教诲。上学时，我在阅读方面很随性，爱读一些看起来"才情四射"的文章，以为读书只需要这般"痛快"就可以了。后来遇到来先生等前辈，尤其读了来先生这篇《闲话读书》和其他随笔，我才意识到，很多青年人如我，可能因为年轻时的所谓"满腔热血"使然，在阅读面上往往轻于那些"严肃"的经典原著，并认为那些过于严肃的学术活动无非就是钻故纸堆、做一些枯燥的考据，因而颇为不屑。可是年岁渐长时越来越发现：自己年轻时浅阅读获得的那些"思想的火花"，并不高明到哪里去，而且因为没有一定经典作品阅读的积累，对那些"才情四射"之作的理解也往往是比较浅薄的；另一方面，那些看起来"严肃"的经典之作往往是"源头活水"，那些"沉着而痛快"之作，往往值得一而再地"咀嚼"。真正经得住历史考验的精神产品，往往是要经过广博精深的积累和清苦的劳作。因此，来先生所强调的"立足于勤，持之以韧，植根于博，专务乎精"的读书"十六字经"，可谓切中我读书习气之"要害"。

出于对来先生的尊敬，更因为作为一名编辑的责任感，我在编校来先生稿子时格外精心。除了从他的文章里获得教益，也帮助他改正了个别"笔误"。当然，在我迄今近十年的编辑生涯中，经手过南开不少知名学者以及优秀学生、校友作者的稿件，但有来先生这般渊深学识、而写稿又如此认真的作者，是极为罕见的。来先生写作的过程十分严谨，一般他都是亲自用键盘敲出电子版，又打印出来自己校对过后，才交给我。同时他又很谦虚地跟我说，稿子若存在什么问题一定要及时提出来。工作中，我偶尔发现来先生原稿中的个别错字，经他同意都改正了。记得有一回在编辑来先生一篇以文言文形式撰写的文稿中，发现一处语序的笔误，我及时向来先生提出修改建议，拿去给来先生看后，他完全同意我的修改，并点点头向我投以感激的目光。与来先生往来渐多之后，每当我觉得文稿中有个别地方需要改动或因版面所限而需要略加删节时，来先生都爽快地跟我说："由你全权处理吧，我不用看了。"知道来先生对我如此信任，我既感到高兴，又觉得有压力，更得到一种动力。

受到来先生等前辈的影响和鼓励，我时常也写写记记，但大多是以日记的形式存在，不敢轻出以示人。2011 年年初，我得知李世瑜先生去世，打算写一篇怀念李老的文章。我曾在甲子曲社与李老有几面之缘——我平素有一些附庸风雅的业余爱好，昆曲是其中一方面——因感念李老在昆曲方面给予我的关爱，便从这个角度写了一篇《李世瑜先生与昆曲二三事》。后来看到《今晚报》所刊登来先生《悼念世瑜学长》一文才得知，来先生与李先生是辅仁大学的同窗，又是多年的知交。其中关于李老对于戏曲与曲艺的嗜好，来先生这样描写：

世瑜学长是一位多才多艺的才子，他不仅通中英文，旧诗词，还熟谙昆曲，会唱各种曲艺，无不娴熟。20世纪70年代，他在近郊咸水沽中学当教师，由市里骑车去上课，每天往返，骑车约需两小时，他不以为苦，总是高高兴兴的。有一次他告诉我，这一路骑车一路歌，真带劲！我问他都唱些什么，他说京韵、梅花、西河、京东各种大鼓，时调、八角鼓，能唱的段子都翻来覆去地唱，把原来不太熟的段子复习多遍，说完哈哈一笑。80年代后期，他去美国调查研究教堂和教派，在一封来信中说，他还在一次联欢会上说了段洋相声，让洋人听众都大笑不止。真不可思议，一位学者能如此洒脱，我们这些人中，谁能有这种才情？

逸笔草草，一位博学多才、乐观豁达的学者被来先生勾勒得神完气足、跃然纸上。而这"一路骑车一路歌"的经历，我也时常有，因此很能引起我的共鸣。我想，除相知较深的原因之外，如果没有来先生这样的学识，是很难写得这么好的。

我终于鼓足勇气，把我所写的《李世瑜先生与昆曲二三事》拿出来，一份打印出来给来先生看，另一份传给一家报社的编辑，希望能给我提提意见。记得来先生很仔细地看完拙作后，先是默不作声，似乎在回忆什么，然后轻声地说："哦，你也喜欢昆曲。"紧接着又问："你这篇文章发表了吗？"我回答说："刚寄给了《中老年时报》，编辑回信说可以采用，但要过一阵子。"来先生说："我打电话给你推荐一下，让他尽快刊发。"我有些难为情地说："不必了来先生，再等等也没关系的……"没等我说完，来先生已翻开号码簿开始拨起电话，但电话那头无人应答。来先生说："他可能在忙别的事，等傍晚我再打。"第二天一大早，我便接到来先生来电："我已经跟编辑商量好了，你的文章过两天就能刊发出来。"就这样，来先生自始至终都没有对我的这篇"习作"提出任何批改意见，但是他实际行动让我体会到一种莫大的鼓励，同时我还通过他那篇"示范作业"《悼念世瑜学长》体会到自己的不足。

来先生曾任图书馆馆长、出版社社长兼总编辑，熟谙编辑出版业务，这方面曾著有《中国古代图书事业史》《中国近代图书事业史》等。他还说过，以前曾想编写一部"中国古代编辑事业史"，由于种种原因，一直没能抽出时间来实现这个想法。但来先生始终都没有针对我的编辑工作做过很具体的指点，而只是不断鼓励我"多读点书""眼界要宽"。我后来才渐渐明白，这大概是一种"君子不器"的教诲吧。

来先生每有新著付梓，总能惦记着留给我一册。2011 年 6 月 9 日，我接来先生电话，让我去他家一趟。见面后来先生告诉我："《书目答问汇补》已由中华书局出版，昨天刚在北京举行新书发布会，书店都还没上架。家里暂时只有一套样书了，先把这一套给你。"然后翻开扉页认真地为我题字："承金小友存，来新夏，二〇一一年六月。"临别时嘱我："这部书要认真读，对学问根柢有帮助。"过些天，来先生又让同事陈鑫兄捎给我一枚带作者签名的藏书签，陈兄转告我，来先生说忘了给我藏书签了。

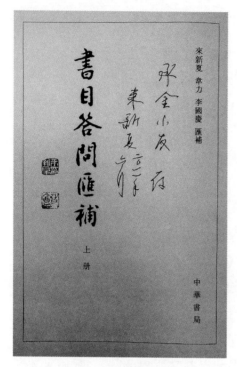

来新夏先生签名赠予笔者的新著，书名
"书目答问汇补"六字为来先生自题

我总跟来先生说，平时有什么需要我帮忙的地方，可以随时召唤我。然而被来先生喊去帮忙的时候，只有过那么几次，大多是因为他有新著出版，出版社将样书送到楼下之后，他就打电话喊我前去帮忙搬书。来先生打办公室电话找我时，一般都问："小韦在吗?"因为"韦"字来先生念阳平声，有时候导致同事没反应过来，没意识到找的是我，以为或许是想找一个名字叫"晓唯"的人而打错了电话。"韦"字念阳平声是对的，不知什么原因，多数人都把这个字读成上声，以讹传讹之后，我在北方认识的大多数人都把我的姓念成上声字（当然，我并不太介意那么念），唯独来先生坚持念阳平声。除了我，一般陈鑫兄和文学院付善明博士，也经常被叫去帮忙。搬完书，来先生立即给我们每人签名赠书一册，让我们得以先睹为快。

接触多了，渐渐了解到，来先生并不是我先前想象的那么"冷傲"，总板着面孔"正襟危坐"，他其实挺随和的。记得是在 2011 年的夏天，有一回到北村访来先生，大热天的，他也不开空调，穿着一件短袖衬衣，而且敞开着胸膛，朴实得像个农民——面对我略有些惊讶的表情，来先生笑了笑没说话。这笑容里颇有些"不见外"的意味——来先生并不是失态，而是不介意以这样"随意"的方式见我。我问："天那么热您怎么不开空调？"来先生说，空调不能总开，天热了就应该多淌淌汗，现代人身体的很多毛病，都是违背自然规律闹出来的。

来先生对我的关怀，还体现在一些很小的生活细节上。2010 年 9 月初去见来先生时，他问我："暑假回广西了吗？"我答道："没有回广西，去了趟安徽。"来先生立即说："哦，去了岳父家呢？"我点头称是，同时暗自惊叹来先生记忆力之好。记得我只在 2009 年登记结婚之后有一回跟来先生提及内人陶丽是合肥人，没想来先生竟一直能记得，难怪宁宗一先生把"惦念"作为关键词来形容来先生心中装着许多人。

陶丽是南开大学史学专业毕业的，有时她与我在旧书肆淘到来先生的旧著，便由我在登门约稿时顺便请来先生签名，来先生对我们这些"粉丝"的索求总是慨然应允。有一次在来先生为我题字时，我说："您的毛笔楷书有'二王'小楷和北朝墓志的笔意，硬笔行书有颜真卿的圆劲笔力和宽博体势，又似乎略参黄庭坚的笔势。"来先生只是淡淡一笑，也许对我的看法颇有几分同意。老一辈学人大多能写一手好字，但来先生晚年只有记日记、为著作题签或应他人之索书时才写字，因为电脑毕竟更方便。

2013 年 6 月拜访来先生时，他又问及我的生活近况。得知陶丽已有 8 个月的身孕后，来先生建议："这个时候，饮食要适量，吃太多了孩子在肚子里个儿太大不好生。如果胎儿正常，这时候可以适当锻炼身体，运动运动。"来先生知识面之广博，以及对晚辈关心之无微不至，令我赞叹不已。我在来先生身上依稀见到，他的那些授业恩师学识渊博而关爱后学的遗风。

三

我并非文史哲专业出身，但在我的编辑工作中，来先生并没有因此而对我另眼相看，而是给予我非常纯粹的关怀和支持。我对此时常心怀感激，但除偶尔登门取稿件、送样报之外，一般不敢随意叨扰来先生。因为我知道经常写作的人，不愿总受到外界干扰。更主要是因为，我脸皮薄，不愿总登门造访，让别人觉得我别有企图似的。我的这种性格，着实导致了一些永久的遗憾。

2014 年 3 月初的一天，学校新学期刚开学不久，我收到来先生赠送的一部随笔新著《旅津八十年》，是陈鑫兄受来先生之托转给我的，扉页上还有来先生题字，笔迹略有些颤抖："承金存 来新夏 二〇一四年正月。"我这才想起来，我又是好久没有拜访、也好久没有问候来先生了，真是不应该。

于是我拨了来先生家电话想问候一下并感谢来先生赠书，没想到电话那头无人应答。过几天才打听到，来先生已因感冒转肺炎而住院、并且进入重症监护室了，可能不太方便接受外人的探望。我心想来先生身体一向很好，应该没什么大问题。

医院里有医生和护士的专业护理，我去了也许不仅帮不上忙还打扰了来先生休息，还是等他出院再登门拜谢吧。可万万没想到，三月的最后一天，传来来先生去世的噩耗。我竟再也见不到来先生，连一声"谢谢"都没能再让来先生听到，这给我留下了深深的遗憾。

再一次来到"邃谷"，北窗之下，那台电脑依旧在，但它的主人已无法再按下开机启动键。在电脑的正上方，是一个相框。相框里的来先生，神情泰然，目光深邃而邈远，似乎在看透了人世间的风雨晴明。

印象中这幅照片已经挂在这里很多年了，每次拜访来先生看到这幅照片，我都会莫名想起第一次拜访来先生时的光景。说真的我一直有些怀疑这幅照片是我初见来先生时拍摄的，但每次我要向来先生问个究竟时，都开不了口。怎么可能是我拍的呢？因为我从没给来先生洗过照片。更何况，2006 年刚学摄影没多久，想必摄影水平很差劲，来先生怎么可能把我拍的照片挂在这样重要的位置？我总这样想。于是我总开不了口。

来先生去世后，我在南开校报副刊组一期缅怀来先生的专版。焦静宜老师（来先生夫人、南开大学编审）拿出来先生的影集让我挑选配图。忽然，一幅照片引起了我的注意，这幅照片与来先生电脑上方相框里的那幅是同一幅，同样的神态、同样的构图，而图片说明写着："2006 年，接受《南方都市报》记者采访"。难道这幅照片真有可能是我拍摄的？

焦静宜老师回忆说，这照片是 2006 年来先生接受《南方都市报》记者采访过后没多久，那位记者寄给来先生的，后来由天津图书馆的李国庆先生帮忙装了个相框，来先生很喜欢这幅照片，所以一直挂在他工作的电脑上方。

这么说，这幅照片十有八九就是我拍摄的了。我还想进一步证实这个猜测，可是当年采访来先生的田志凌记者已无法联系上。但很快，我从网上淘到了一册南方都市报出品、南方日报出版社出版的《最后的文化贵族——文化大家访谈录》，该书收录了 2006 年的那次访谈，采用了若干幅配图，而图片的署名赫然写着"摄影：韦承金"，其中一幅就是来先生电脑上方这幅。终于找到了肯定的答案！

就摄影技术而言，这幅照片拍得略有些虚，当时室内光线不是太好，而且因为我摄影经验不足，手端得不够稳当，此外可能 ISO 值设得比较高，从画面上看噪点略多。略有可取之处，是抓住了来先生那深邃而泰然的目光。来先生口才好、思维敏捷，在回答记者提问时少有凝神停顿之时，唯独这一瞬间，被我抓到了。

记得来先生曾说他非常喜欢苏词，尤其这首《定风波》：

莫听穿林打叶声，何妨吟啸且徐行。竹杖芒鞋轻胜马，谁怕？一蓑烟雨任平生。料峭春风吹酒醒，微冷，山头斜照却相迎。回首向来萧瑟处，归去，也无风雨也无晴。

来先生曾在他的随笔里多次提及这首词，又以"一蓑烟雨任平生"题名自己的"九十初度著述展"，足见他对于这首词的钟爱和体悟之深切。

而我所拍摄的这幅照片中，来先生目光中是宁静淡泊的自在，没有沉郁或孤愤，也没有飞扬之意气——那心境，当是"也无风雨也无晴"的"太上意境"吧——来先生曾说："以我的心得，太上意境莫过于'也无风雨也无晴'。"我现在已无法回忆起拍摄这张照片的那一瞬间，来先生正在谈论什么话题，但我相信，来先生将这幅照片一直挂在电脑上方一定有他的理由。我甚至以为，来先生会认同我的这番理解。

来先生出生在军阀战乱中，辗转于日寇铁蹄下，又历经"反右"和"文革"之狂澜……身处"穿林打叶"的时代风雨中，面对明枪暗箭、天磨人忌，先生从未低头，而是始终坚信，一时的风雨与坎坷，终究不废江河万古流，"何妨吟啸且徐行"！而当他终于迎来"山头斜照"之晴空万里时，又能泰然处之，自律而兼济天下，泽被后来人。来先生告别人世的那一刻十分是平静而从容的（据来先生夫人焦静宜老师回忆）。我想，那一刻必定是"也无风雨也无晴"的坦荡。

　　　　　　2015 年 3 月 30 日初稿　2015 年 4 月 5 日改定
　　（本文收录于焦静宜编《忆弢盦——来新夏先生纪念文集》，天津古籍出版社 2015 年 5 月出版；后收录于《来新夏学记》，广东人民出版社 2023 年 6 月出版）

斯文赖有先生传

——叶嘉莹先生对我的鼓舞

　　我因求学、任职在南开大学，故而得以有幸在南开聆听叶嘉莹先生（以下敬称"迦陵先生"）古典诗词讲座近二十年。虽然，大多数时候我只是讲台下远远望着迦陵先生的一名普通听众，而工作中与先生的往来也多是间接的，因而鲜有向先生当面请益的机会。然而自问这些年我确实得益于迦陵先生的启发和鼓舞颇多。记得迦陵先生曾说："既然我们同样遨游于诗歌感发生命的长流之中，我真诚地希望我们这条兴发感动的长流能够生生不息地绵延下去。我不辞辛苦地来讲，大家热情洋溢地来听，我想你们一定也得到了一份兴发感动的生命。日本的有岛武郎说过一句话：对于幼小者，你们得到了，就如同饮过血的狮子，从此增添了力量，可以更勇猛地向前奔走。我不敢这样说，但是，既然我们曾经得到过什么，就应该保存下去，传播下去。"由是我想，既然我从迦陵先生这里曾经得到那么多的启发和鼓舞，就有责任把这份感动记录下来。

叶嘉莹先生在南开大学寓所

摄影/韦承金

校报生涯记迦陵先生

作为学校新闻中心的记者，由于我常听迦陵先生的讲座，所以对先生的授课内容、方式方法乃至潜在的理路有所了解，因而撰写有关迦陵先生的新闻稿并不觉得很吃力。先生对于有关自己的新闻报道比较在意其准确性，有那么一两回，我的同事写了关于迦陵先生的新闻稿，先生还通过助手可延涛老师建议，最好让我来一起看稿、一起校订一下有关内容。先生对我如此信任，令我备受鼓舞。

不过，有一次我撰写的稿件却被先生批评了。那是 2017 年的一次讲座，记得由于是周末晚上的活动，单位安排不出那么多的人手，当晚便安排我担任文字记者兼摄影记者。那天晚上讲座现场灯光调得比较暗，所以摄影出片率比较低，导致我花在记录演讲内容上的工夫不太够，虽然讲座结束后也请学生助管同学帮忙整理了一些录音，但成稿之后，心中没有以前一心一意听讲座之后所撰写稿件的那份踏实。那次先生花了不短时间修改那篇新闻稿，据可老师转述，迦陵先生改罢稿子说了这么一句话："以前看韦承金的文稿，觉得写得还可以，很少需要费心思修改的，但这次则不太高明。"迦陵先生以"不太高明"委婉地批评了我，也让我吸取教训——凡事是否下了真功夫，不仅自己心知肚明，别人也能看得出来。假如我在撰稿的时候，多下一分功夫，那样也许就不会让年逾九旬的迦陵先生那么费心地熬夜审稿了。后来，我把那次拍的迦陵先生讲座照片，连同 2016 年一次讲座的照片，洗了几张委托可老师转给迦陵先生，据说先生看了照片挺高兴，说我拍得不错。看来先生并没有对我之前"不太高明"的一些失误放在心上。为了对我表示鼓励，先生还委托可老师赠送我一册《给孩子的古诗词》，翻开扉页，上面赫然是迦陵先生的签名，而且上款题了小儿韦牧的名字，这让我们一家子颇受感动和鼓舞。后来我为小儿启蒙古诗词，便一直用迦陵先生的这一册《给孩子的古诗词》。

作为《南开大学报》副刊的编辑，几次编辑迦陵先生大作的过程，也是让我从中颇受教益。最深的体会是，虽然迦陵先生讲课喜欢"跑野马"，但对于文字表达有着一种特别的敬畏之心，可谓反复推敲、精益求精。比如就诗词本身的分析来谈纳兰性德时，嘉陵先生都从俗用"纳兰性德"或"纳兰容若"这个名字，但唯独谈到作为叶赫纳兰氏的祖上名人时，迦陵先生特意用纳兰性德的本名"纳兰成德",这细微的不同,体现了嘉陵先生的讲究。再比如演讲稿《九十回眸——〈迦陵诗词稿〉中之心路历程》因篇幅所限不能全文刊登,迦陵先生让我根据版面字数要求来删节,然后再给她审定。审稿过程中,迦陵先生把一些我原先认为可以减省的语气词又恢复回来了。我仔细体会之后发现,迦陵先生目的是要保留自己说话的语气,因为这种语气体现了讲座的一种生动的现场感,删除了也就让"跑野马"的那种现场感和生动性大打折扣了。

当然,编辑迦陵先生文稿的过程,多数时候是通过可老师或张静老师转达。偶然有那么一次,是 2014 年校报刊登了迦陵先生的《影响我后半生教学生涯的前辈学者——李霁野先生》之后,我给可老师打电话说,敝报这期刊登了迦陵先生大作,是不是像以往那样送到文学院古典文化研究所信箱让可老师代为转呈叶先生?可老师说:"我现在恰好就在先生家里,你等我问问先生是送信箱里呢还是直接送家里来。"可老师并没放下电话,直接询问迦陵先生,电话里还隐约能听见迦陵先生说"欢迎韦老师来。"几秒钟后,可老师就说:"叶先生说欢迎韦老师过来,那你受累来叶先生家里一下吧?"这是我第一次面谒迦陵先生。记得是可老师开的门,随之见到迦陵先生起身向我招呼:"韦老师,谢谢你,还特意跑一趟。"我说:"叶先生您直接喊我名字就可以,我听了您十年的讲座,也算是您的'旁听生'吧。"迦陵先生听了微微一笑。奉上样报,迦陵先生展开副刊版,浏览一番说:"好,编得不错,谢谢你。你原来学什么专业的。"我还没来得及回答,身旁的可老师先猜测:

"我猜韦兄应该也是文学院毕业的吧？他很喜欢昆曲。"我接着可老师的话回答迦陵先生："我原来是经济学系毕业的。昆曲是我的业余爱好，我的两位曲友程滨、朱赢说准备下月演出一折昆曲为您祝寿，他们邀请我司笛伴奏呢，能以这样的方式为叶先生的九十大寿送上祝福是我的荣幸。"迦陵先生略显惊讶地连问我："哦，你也喜欢昆曲，而且还会吹笛子？你大概是因为喜欢昆曲而弃经济学转做编辑的吧？"我说："的确有这方面的原因，昆曲和中国古典文学的魅力太大了。另外，我这些年在南开一直旁听您的讲座，记得您在课上曾说：我们国家、民族虽然是在经济上日渐富裕，但我们国民的品质、我们在精神生活方面、在文化领域仍是不容乐观的。所以我也想，当个编辑也许可以为我们文化的传承传播做一些力所能及的工作吧。"

那次迦陵先生还与我聊到甲子曲社，我说："我曾到陈已同先生家里参加曲叙活动，《津昆通讯》里记录您也曾经常参加甲子曲社的活动。"迦陵先生说："是的，我以前回国时去过几次的。曲社也不容易，后来我好像曾经联系到澳门的沈秉和先生为曲社提供一些力所能及的帮助。可老师，是有这么回事吧？"一旁的可老师说："是的，叶先生，沈先生给曲社活动提供了一些赞助。"我补充道："是的，有了您和沈先生的帮助，甲子曲社才得以继续编印社讯《津昆通讯》，并刊印'昆曲精粹辑存'系列曲谱行世。"说到昆曲，此前应迦陵先生指导的博士朱赢女史之邀，我为她策划录制的《迦陵清曲三首》专辑司笛，也算是提前为迦陵先生祝寿，不过我却没好意思在迦陵先生面前提及此事。

这是我第一次面对面听迦陵先生说话，先生已是满头华发，看上去很文弱，但在那种慢声细气、与世无争的语调里，有一种清明、自信、强韧，那种感觉给我留下了如沐春风的回忆。

聆听迦陵先生古典诗词讲座

回想起来，第一次有机会（然而错过了这个机会）聆听迦陵先生讲座，大约是 2002 年，那时的大学生都喜欢上 BBS 论坛"灌水"，获取信息的途径也多在 BBS。有一回看到 BBS"我爱南开"站"古典诗词"板上有迦陵先生讲座的信息，但是在我看到这个"帖子"时，已迟了一步，讲座已经结束。

第一次真正聆听迦陵先生站在讲台上谈古典诗词，是 2004 年在南开大学"庆祝叶嘉莹教授八十华诞暨词与词学国际学术研讨会"上，那也是第一次见到迦陵先生真容，那时，先生还是满头青丝。而十多年听迦陵先生讲座的过程，也见证了先生华发渐生的过程，想来感慨万千……

最近的一次在公开场合聆听迦陵先生讲话，则是 2019 年 9 月 10 日的在南开大学主楼小礼堂举办的"叶嘉莹教授归国执教四十周年暨中华诗教国际学术研讨会"上。因此前跌了一跤、行动不便，迦陵先生大约有一年时间没有露面了。那次，先生讲了自己跌倒摔到后脑勺并疗养治愈的过程。末了，先生放慢语速，连说三遍"奇妙的事情发生了"——这个"奇妙的事情"就是迦陵先生后脑勺受伤处经过中医治疗，伤疤处旧头发掉下后，竟然长出了新头发，而且那新头发完全是黑的——当先生撩起新长出的黑头发，现场所有人都不禁鼓掌，欢呼笑声满堂。"我还要继续努力工作，希望上对得起古代的诗人，下对得起后来的学习者。"迦陵先生说。"莲实有心应不，人生易老梦偏痴。千春犹待发华滋。"这是迦陵先生的词句，我想，迦陵先生近百岁而长黑发，难道不是先生虽老而"梦偏痴"对上天的感动吗？

迦陵先生近二十年来在南开大学所作公开讲座，由于多是面向全校学生的缘故，所以难免时有重复讲授的内容，先生分析的有些古诗词作品我可能听过好几遍，但总觉得听不厌。除了因为迦陵先生每次讲同一内容总有新意，还因为我总觉得，古典诗词里那种震撼人心的生命力量、那些伟大的人格在迦陵先生"跑野马"里，在先生"梦偏痴"的襟怀里，每次听罢总抑制不住内心的感动，这种感动，我觉得是与阅读文本的感受是不太一样的，有时甚至是超越了文学文本的。

2019 年底，南开大学新开设一门"昆曲赏析与清唱"通识课，本人聊充该课主讲教师，然而因为没有任何讲课经验，怎么讲好这门课让我一时感到很"发怵"。忽然想起，在南开二十年间，迦陵先生的讲课令我印象特别深刻，给了我很大的鼓舞。于是我把从前听讲座的录音、笔记找出来温习，以期从中获得教学上的启发。顺带着便有了一个"副产品"——我把这些年听讲座的经历和感悟写成了《"跑野马"之境——在南开聆听叶嘉莹先生古典诗词讲座札记》一文。初稿于 2019 年秋开始写，写着写着，我就逐渐忘了自己本来是为了备课而温习这些旧日讲座，纯粹因为再次受到感动而写。2019 年底初稿写就时，又自觉写作水平有限，故而一直未敢轻出以示人。

叶嘉莹先生与笔者的合影

摄影/于辰浩

2020 年 8 月中旬，我终于鼓起勇气，将拙稿投递到范孙楼的信箱里，请迦陵先生的助手可延涛先生转呈先生过目，信封里同时还附了我的几首诗词习作，几幅我拍摄的迦陵先生讲课的照片和马蹄湖荷花照片——很巧，与迦陵先生一样，我也出生在荷月，也喜欢荷花。

十多天后，迦陵先生请助手可延涛先生转告我，说小文写得不错，并且先生没有作任何改动。可老师还通过微信传来了迦陵先生的语音。先生只是很客气地说了一些鼓励的话。兹转录如下："韦先生，前些时候，你曾经把你的作品叫小可带来给我看过，我觉得你的根底不错，写得很好，我很欣赏你的作品。还有，可延涛来，带来你照的荷花，照得非常好，非常美丽。也谢谢你给我照了这么多相。谢谢！"我当时想，迦陵先生为人宽厚，不轻易批评后学，这些鼓励的话可能只是先生对一名普通"粉丝"的客套话罢了。像迦陵先生这样的名家大师，大概不会花太多时间来仔细读一个无名小子的文字吧？

我又斗胆向报纸杂志投稿。承蒙《世纪》杂志厚爱，小文作为该杂志 2021 年第 4 期"本刊专稿"栏目发表，发表时编辑将标题改为"在南开聆听叶嘉莹先生古典诗词讲座"（全文见本书"讲坛札记"篇之《"跑野马"之境——聆听叶嘉莹先生古典诗词讲座札记》）。

收到杂志样刊那天是 7 月 10 日，恰巧是农历六月初一，迦陵先生 97 周岁寿辰，我麻烦可老师帮我转给先生一册样刊。可老师说，叶先生见到拙作发表很高兴，并转述说先生对我的诗词习作印象也很不错，希望我多写。

"跑野马" 其来有自

迦陵先生在讲座中曾多次提到顾羡季先生对她的影响，当年听顾羡季先生授课近六年间，迦陵先生积笔记八册，半生颠沛流离而这八册笔记始终珍藏什袭。"顺藤摸瓜"，听迦陵先生讲座之余，我囫囵吞枣式地翻阅了《顾随全集》和《顾随诗词讲记》，才知迦陵先生之"跑野马"其来有自。尤其由迦陵先生听课笔记整理而成的《驼庵诗话》和《驼庵讲诗》部分，堪称顾随文学思想、授课艺术的精华，再现了顾羡季先生当年"跑野马"之神采。

在诗词学思想方面，顾羡季先生也是立足于"人生"。比如，顾先生在谈到"一切'世法'皆是'诗法'，'诗法'离开'世法'便站不住"时，"跑"了一下"野马"打了一个譬喻："人在社会上要不踩泥、不吃苦、不流汗，不成。此种诗人即使不讨厌也是'豆芽菜'诗人。粪土中生长的才能开花结子，否则是空虚而已。在水里长出来的漂漂亮亮的豆芽菜，没前程。"顾先生强调诗之"力"要在人生之"担荷"中生发。而迦陵先生认为，诗词中被称述为"低徊要眇""沉郁顿挫""幽约怨悱"的好词，其美感之特质都含有一种"弱德"之美感，这是"在强大的外势压力下所表现的不得不采取约束和收敛的一种属于隐曲之姿态的美"。"弱德"之说，可谓与顾先生"力"说一脉相承，然而"弱德"说对诗词中"力"的收放情形之阐释更为具体，可以说是对顾先生"力"说的进一步发扬。

在授课艺术方面，顾羡季先生亦以"跑野马"式的"感发"为特色，在《驼庵诗话》和《驼庵讲诗》里，顾先生的"跑野马"可谓"一骑绝尘"纵横古今中外、文史哲禅，旁征博引、跳跃通透。因为我对于戏曲、书画较感兴趣，因而对顾先生在"跑野马"时对于戏曲、书画的议论印象最为深刻：顾先生在京剧、书画等领域有极深的修养和见地，在《顾随诗词讲记》里，顾先生不时以京剧界如谭鑫培、杨小楼的表演艺术或书画界如吴昌硕等的书画作品与文学名作作比较。如顾先生讲李义山诗句"虹收青峰雨，鸟没夕阳天"写得美，"大红大绿"，"如花明柳暗，绿瘦红肥"。由此"跑野马"谈到国画、服装皆如此，"欲漂亮必须大红大绿"。然而大红大绿而能美的前提是"须有支配、把握之本领，否则必俗"。随之顾先生举吴昌硕的国画为例——"画得好，净是大红大绿，却真充满了生之色彩、力量见识，直到九十岁，老年尚如此。别的画家不敢如此，用红绿有分寸，宁肯少，不肯多，因其易俗。吴用之不免海派、过火，而绝不俗。"到此，顾先生将"缰绳"一收，将"野马"拉了回来："义山诗一带青山、一片夕阳，是红是绿，而用'虹收''鸟没'，二字皆好，成为调和的美，一幅好画。"因我也极为喜欢吴昌硕的书画，觉得顾先生对于吴昌硕书画的点评虽寥寥数语却字字说到点子上，又结合而分析义山诗真令我对于义山诗的精神境界有一种豁然开朗的领悟。

诚如迦陵先生所言："顾先生的讲课是纯以感发为主，全任神行，一空依傍。是我平生所接触过的讲授诗歌最能得其神髓，而且也最富于启发的一位难得的好老师。"而迦陵先生在授课艺术方面，正是继承和发扬了顾先生"跑野马"式的"纯以感发为主，全任神行"之风格。而顾氏-叶氏这一学派"跑野马"式的授课艺术之神髓，我以为是与重印象与感悟、重即兴与感发的中国传统文学艺术观念和审美习惯是一脉相承的，中国古代诗话、词话乃至书论画论，往往是注重内心直觉与外物感应的随感式的评论，同时这种评论又往往辅之以直观式的形象类比，以求传神表达文学艺术作品的美感特质，如钟嵘《诗品》中多是类似"采采流水，蓬蓬远春""落花无言，人淡如菊"等具象的比拟即是如此。

　　这种"跑野马"式授课方法，对学生的知识积累和领悟能力有一定的要求，诚如迦陵先生所言，"如果没有知识的积累"，则"不能尽得其三昧"，"如果只欣赏其当时讲课之生动活泼之情趣"，则"不免有买椟还珠之憾"。然而，近世以来，这种传统的授课方式因为却并不是所有人都能欣赏，曾有不理解的人认为顾随先生"跑野马"式授课不注重理论规范、说话没边儿。然而对顾先生、迦陵先生来说，这才是欣赏诗歌的不二法门。我以为，在 20 世纪初新文化运动以来，中国的学术研究向西式的规范靠拢的时代背景中，顾羡季–迦陵先生这一脉以"跑野马"式的感发为特色的诗词分析和讲授方式，留存了中国传统文化艺术中那种注重印象与感悟、即兴与感发的欣赏与评论方式，这种方式是直觉式的、诗意的，因而利于阐发古典诗词之精义。

　　当然，与传统诗话随感式评点所不同的是，从顾羡季先生到迦陵先生，都意识到了西方文艺理论和美学注重抽象的普遍法则之归纳的重要性。因而顾羡季先生在给迦陵先生的一封信中表示，不希望迦陵先生仅仅限于成为"苦水传法弟子而已"，而是希望迦陵先生"别有开发，能自建树，成为南岳下之马祖"。此外，顾先生还为迦陵先生指明一条道路———"取径于蟹行文字"。因此，迦陵先生的授课艺术在传顾羡季先生之法的基础上，还借助于西方文艺理论和美学思想来阐释中国古典诗词——我以为，这固然因迦陵先生常年在国外从事教学工作而有巧合的因素，更重要的是顾羡季先生的启迪和迦陵先生的眼界之开阔。

　　我们看到，迦陵先生的授课固然依旧与顾羡季先生一样的注重"跑野马"式的"感发"而"全任神行"，又因为迦陵先生引入了西方文艺理论和美学思想而使得其授课在古典诗词分析方面更具体而微，并且具有一种逻辑上的系统性。这反映在学术思想上，则体现为具有一种一以贯之的体系性。两相比较，我以为顾羡季先生的"跑野马"是"度慧根人"——因顾先生的学生不少是像叶嘉莹先生、周汝昌先生这样既有学养的积累又有诗词天分的。而迦陵先生这种更加具体而微的讲授方式和学术思想上一以贯之的体系性，不仅能让慧根人得到启迪，而且能让像我这样知识积累较差而领悟力仅仅为中人之资的学生也能接受并获益。因而，迦陵先生的授课，可谓为普罗大众说法。可以说，假如没有迦陵先生的讲授在先，我读顾羡季先生著作的过程将会是更加费力费时，很多艰深地方未必能有毫厘的"悟入"。

迦陵先生对拙作的鼓励与批评

　　2021年，由南开大学文学院原院长沈立岩教授主编的《为有荷花唤我来——叶嘉莹在南开》，将我记录迦陵先生诗词讲座的《"跑野马"之境——在南开聆听叶嘉莹先生古典诗词讲座札记》一文收入其中。文集收录的文章绝大多数是迦陵先生弟子、南开文学院师生校友以及王蒙、席慕蓉等这样的文化大家记写迦陵先生的大作。小文有幸忝列文集之中，令我深感荣幸。

由于入选的稿件数量较多而文集体量有限，故而编辑老师对来稿下了很多筛选删节的功夫。文集几位编委老师不愧是前辈方家，小文"减量版"非但没有"伤筋动骨"，反而在结构上更显紧凑。难得的是，编辑老师对原标题"'跑野马'之境——在南开聆听叶嘉莹先生古典诗词讲座札记"予以保留，我十分感激。

据说迦陵先生很认真仔细地审阅批改了入选文集的所有文章。而小文经过迦陵先生审阅之后，迦陵先生只字未动，只是打了一个"√"并批了一行字："写得好，此一篇文稿全然不需改动一字！"没想到迦陵先生居然如此认真地读过拙文，而且给了这么大的鼓励。收到文集副主编余晓勇先生转来的先生批语手迹图片时，我非常感动。我虽自知才疏学浅，未必能道出先生授课神采之万一。然而所谓"一千个人眼中有一千个哈姆雷特"，对于迦陵先生而言，我觉得也是这样的。这大概也是我这名自诩为迦陵先生之"讲座弟子"的普通听众写就这篇听课札记的意义吧？

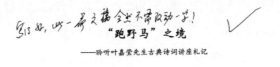

写得好，此一篇文稿全然不需改动一字！ √

"跑野马"之境
——聆听叶嘉莹先生古典诗词讲座札记

韦承金

听过叶嘉莹先生讲课的都会有这样的
印象：先生一向不看讲稿，任凭自己的联想

叶先生对《"跑野马"之境》一文的批语手迹

转几天，文集副主编可延涛先生嘱我将诗词习作再次传给迦陵先生，他说先生虽然读过我的诗词习作，然而时隔一年，可能记忆不深了，希望能再看看我的诗词作品，我遵嘱将一些近作用电子邮件给迦陵先生发过去。

2021 年八月底的一天，有一个来电，是个陌生座机号，我犹豫几秒钟后，才接了电话。没想到竟然是迦陵先生的熟悉声音。"上次你写的那篇文章，写得很好，大家也都很赞赏。"先生开门见山地点评我的习作说，"可是我读了你的旧体诗词之后，觉得你的应酬作品太多了。以你的才分，写旧体诗还可以有很大的提高。可是你把才华浪费在这样的世俗唱和上面太多了，就把作品的品格降低了。你是很有才华的人，不要走那条庸俗的路子！"

我说平时偶尔有想写诗的冲动，但是总觉得没有信心写好，写不出来。有时收到师友赠诗，往往又觉得假如不回赠一首，有些过意不去，自知水平有限，对此我也很困惑。迦陵先生赐教道："宁可少作诗，但是要作就一定尽力作出好诗来。要多写发自性灵的诗，要在心里面真正有所感动时才写诗。""另外，你要多读古人的诗，读古代的大家的好作品。这样你的语汇、你的 vocabulary（词汇量）、作诗的那个智慧就会丰富起来。你就可以用很精微、美妙的字句，来表达你的精微、美妙的情感。"

那么，我该读哪些古人的诗呢？正想向迦陵先生请教，电话那头的迦陵先生已为我列出一串名单："建议你读陶渊明、李白、杜甫，还有'小李杜'——李商隐、杜牧之，以及苏东坡……"

迦陵先生与我聊了将近十分钟，末了，再次殷殷叮嘱："总而言之，你对诗词的感悟能力、你文字表达的能力，都是很好的，你是相当有才华的人。但你要珍惜自己的才华，不要把才华、时间太多地浪费在世俗的事情之上。你有新的作品可以给我发邮件。我们保持联系……"

电话挂断之后，有一种如沐春风的感觉久久萦绕心头。迦陵先生此次特意给我打电话，围绕如何作诗为我"开小灶"、指点迷津。所谈内容是从前讲座中未曾听到的。作为迦陵先生讲座的一名普通听众，能得先生如此垂爱。我既因受到启迪和鼓舞而感到十分欣幸，又因受到鞭策而颇有压力。当然，主要还是为老一辈学人孜孜不倦赓续中华文脉的精神而感动。因赋得小诗一首谨向迦陵先生致敬：

踽踽行吟继古贤，斯文赖有先生传。
诗骚李杜魂何在？野马云程逐八千。

2021 年 8 月 9 日

（本文部分内容曾刊载于 2021 年 8 月 15 日"迦陵学舍"公众号、2022 年 7 月 7 日《今晚报》第 12 版）

"南开精神是我一生的信仰"
——记罗明锜先生

2005 年 10 月 30 日，南开大学在迎水道校区举行"增强团员意识，弘扬南开精神"主题报告会，会场内座无虚席，一位八旬老人热情洋溢而又诚实朴实的演讲，令在场无数南开人热泪盈眶。这位声音洪亮、精神矍铄的老者就是南开国际管理论坛高级顾问罗明锜先生。2001 年至今，他先后为南开师生作了三十余场"南开精神"主题演讲，他的家族中有 18 人就读南开学校，被称为"南开世家"。衣着朴素而整齐，头戴一顶印着南开校徽的礼帽，面对我的采访，罗明锜谈话的内容始终围绕着"南开精神"。

最崇拜的人是张伯苓老校长

1939 年至 1947 年在重庆南开中学上学期间，罗明锜直接受教于老校长张伯苓先生，老校长的思想、言行、人格魅力深深感染着罗明锜。1944 年，他进入高中二年级，日寇进逼贵

罗明锜先生

州独山，重庆危在旦夕。国家危亡，罗明锜毅然投笔从戎，报名参加驻印度远征军，走向印缅战场前线，抗击日寇，直至1946年才又回到重庆南开中学。

回顾这段难忘的岁月，罗明锜感慨万千："可以说，南开人没有不爱国的，不爱国就不配做南开人！爱国主义与进取创新是南开精神的两大特征，从中学到大学，我接受南开教育长达十年，潜移默化、耳濡目染，深受南开精神的影响，使我对祖国、对自然怀有深厚的感情。南开教会了我怎么做人，我这一辈子最崇拜的人就是张伯苓老校长，南开精神是我一生的信仰。"

回馈母校　创南开管理论坛

罗明锜于1939年进入重庆南开中学，1947年保送南开大学工商管理系，1951 年保送人民大学，之后一直从事教育工作。直到 1993 年退休，他又回到南开。2000 年，他创建南开国际管理论坛。罗明锜说："南开精神奠定了我的人生观、价值观，使我活着感觉非常充实，虽然已经退休、上了年纪，但我的精力还是很旺盛，所以我觉我应该回报母校。"

重回南开大学后，在一次会议上，罗明锜认识了美籍华人曾宪章博士，曾宪章出身于教育世家，十分尊崇张伯苓先生。出于共同的教育理想，两人一拍即合，萌生了创建南开国际管理论坛的想法。2000 年底，南开国际管理论坛成立，该国际性论坛是我国致力于国际管理理论与经验交流的首家具有法人资格的常设论坛，是由天津市市长挂帅、南开大学校长担纲、政企学联合的组织。

罗明锜则担任论坛的高级顾问和社团组织的法人代表。作为顾问，罗明锜不必经常参与论坛的工作。但是，从论坛创办至今，他坚持在工作岗位第一线。他说："因为人手很少，也因为南开国际管理论坛是我亲自创建起来的，我经历过创办过程中的种种困难，我舍不得扔下它不管。虽然我上了年纪，但我有精力、有能力管好它。"

旺盛的精力源于坚定的精神内核

采访过程中，罗明锜自始至终神采飞扬，侃侃而谈。80岁的老人少有这么旺盛的精力，问及缘由时，他坦言："精神是一个人的灵魂，没有精神等于没有灵魂，如同行尸走肉。我工作、吃住条件和别人一样，但我有坚定的精神内核，那就是南开精神。我一直坚持早睡早起，晚上十点之前睡下，早晨五点起床锻炼身体，这个生活习惯是从重庆南开中学培养起来的。足球、篮球、排球、垒球、体操、游泳等，我都喜欢，中学时，中长跑是我的强项。我还有一个持续一生的一个好习惯——剪报，这使我受益终身。"

罗明锜说，如同一个国家、一个民族必须有精神、灵魂，一个人必须有精神内核。现代社会中，许多人为了某种功利而入党，这不是真正的信仰。对这些人来说，高薪、享受是他们的唯一目的，这是缺乏精神内涵的表现。"我喜欢说实话，干实事，这在当今的现实社会中不一定很受欢迎。但是，作为南开人，做人就要做真正的人。南开的学生应该把校训铭记在心，从'允公允能'中体会做人的道理，从'日新月异'中学会做事，不断创新，不断发展。"

离开南开国际管理论坛办公室时，罗明锜送给笔者几本有关南开历史的书籍，他说："有空去我家玩吧，我家有一个大书柜，装的全是关于南开系列学校的书籍。南开的明天靠你们，你们将是南开精神最好的见证。"笔者不禁对他内心深处那坚不可摧的精神内核肃然起敬。

（本文刊于 2005 年 11 月 18 日《南开大学报》）

一位校报老读者的来电

——记熊性美先生

我与熊性美先生之间的接触，仅是偶然的一次通电话，然而那次通电话给我留下了难忘的记忆。

记得那是 2008 年的一个春天，我在单位接了一位老先生的电话，语速不快然而略显低沉："周报吗？我找你们的副刊编辑。"

从前很长一段时间校报曾叫"南开周报"，一听这位老先生直呼"周报"，就知道一定是位老读者。然而听着那略显低沉的语调，我暗自嘀咕：该不会是报纸出现什么"硬伤"让老读者给揪住了吧？因而颇有些忐忑不安地回答道："您好，我叫韦承金，我就是副刊的编辑。请问您是？有什么事儿需要我的帮助吗？"

老先生还是那个语速和语调："早晨翻报纸，看到周报副刊发了杨心恒的文章《大学　大楼　大师》，谈了一些问题，谈得不错。这么多年了，周报的面孔终于有了一些改变，终于能有一些不一样的声音。作为一名南开老教师，作为周报老读

熊性美先生

者，我感到很高兴。"老先生稍顿了一下，说："我姓熊啊，熊性美。"

噢，熊性美！早在 2001 年我考入南开大学经济学院之初，就不时听到师长、学长们谈论熊性美先生对南开经济学的贡献，然而那时除了知道熊先生是南开经济研究所和国际经济研究所的前所长，因而觉得似乎很厉害外，我对他并没有太多的了解。我入学时熊先生已经退休，所以我没有能够听到他讲的课，也没有机会见到他的真身。没想到的是，与熊先生的初次接触竟是这样的偶然。

熊先生提到的那篇文章，是杨心恒先生写的《大学　大楼　大师》，刊发于 2008 年 3 月 21 日《南开大学报》"新开湖"副刊的头条，杨先生以切身体会谈了几十年来中国教育体制的问题，分析为何中国大学"有大楼无大师"。这种分析也许在某些人看来是有些尖锐的，因而于当时的校报风格而言略显"不合时宜"，然而正所谓"爱之切责之深"，此文因有作者的亲身经历、真情实感，写得有理有据，所以可视为作者对于"钱学森之问"的一种解答。我觉得堂堂南开大学的校报，不仅需要刊登业已取得的"辉煌成就"，也应有容纳一些"批判"与"反思"言论的气度，这样才有可能"日新月异"，不会因自满自得而故步自封。因此便将这篇文章排上版面并且放在副刊头条的位置。我知道自己顶着不小的压力——因为很多年来校报极少刊登这样的文章。按某位时已"跳槽"另谋高就的同事的话说，这是在试探某些人的"底线"——当然了，多亏领导的宽容，这篇稿子虽被略微改动，但最终还是得以刊发出来了。

记得那期报纸印出来后，好些人跟我提到那篇文章时都"点赞"。我欣慰，因为读者看到了我的努力之所在。然而没想到的是，还受到了大名鼎鼎的熊性美先生的鼓励。我明白，熊先生所说的这种"改变"也许只是那么一点点，然而我深知这一点点的改变有多么的不易。我不知说什么好，只是一个劲地说"谢谢您，熊先生。谢谢您……"来表达我对熊先生的感谢和敬意。"不错，继续努力啊！"说完这话，熊先生就挂了电话。然后我才意识到，我竟然忘了跟熊先生"套近乎"，忘了告诉他我是经济学院毕业的。转而又想，以后总还会有跟熊先生"套近乎"的机会吧。

后来有一天，我在网上读到邓宏图教授转述熊性美先生的一句话——熊先生认为，南开的教师多做专业，很少在思想领域上有所表现。我以为熊先生言外之意大概是：在他看来，理想中的大学教师不应是局限于自己的专业领域，当超出专业领域而"在思想领域上有所表现"。不应仅是一名按部就班的"教书匠",更当是一名具有现实反思和终极关怀的思想者,成为大学精神的缔造者和履践者。于是,忽然间我就理解了熊先生所给我鼓励的意义之所在。

还有一些关于熊先生的片段印象,就都是道听途说了。

熊先生身世极富传奇色彩,父亲熊佛西,是著名戏剧家和教育家,是中国早期话剧运动重要的拓荒者和奠基人,曾因长期从事抗日救亡宣传,被列入日军黑名单;母亲朱君允抗战期间应美学家朱光潜之邀到武汉大学教授英国文学,是 1947 年"六一惨案"中被捕的五教授之一,被誉为"真正的女中豪杰",在熊佛西与她离异后,她一人将熊性美兄妹三人抚养成人。

传言熊性美早年在美国求学时,有一回遇劫,他气沉丹田一声"功夫"喝退彪形劫匪,足见其机智勇敢;传言熊先生家的保姆连续干了十几年都不愿换主家,因熊先生待人平等、和蔼可亲;甚至家里养的狗,因跟熊先生时间长了,也都透着灵性,它曾在熊先生夜里发病时叫醒熊先生的夫人,从而让熊先生转危为安……

曾想着有机会一定拜访熊先生,目睹前辈风采。然而对于上了年纪的著名学者我从不敢轻易叨扰,再加上这些年自己与大学所学经济学专业离得越来越远,怕万一熊先生问起我的专业来,不知如何作答。于是忙忙碌碌之中,一直没有机缘见到熊先生。7 月 8 日晚间,忽闻熊先生已然作古,不禁黯然神伤。然后在心中不停地喃喃自语:再没有机会见到心中惦记的熊先生了，再也没有了。

　　于是，那一次偶然与熊先生的通电话，在我的心中越来越明晰起来了。熊先生的鼓励，让我深切体会到自己作为一名编辑的职业自豪感。那种鼓励像是一种荣誉，让我感到一种不断前进的动力。我虽只是一名资质平平的编报匠，但我愿以愚公之笨拙，尽我所能完成一名编辑的光荣使命。

2015 年 7 月 10 日

独辟"译"径 乐以忘忧

——记倪庆饩先生

毫无疑问，如果没有倪庆饩先生的译介，许多英国文学大家的散文经典，中国读者至今都不能读到。

《诗人漫游记·文坛琐忆》（威廉·亨利·戴维斯）、《鸟和人》（威廉·亨利·赫德逊）、《苏格兰旅游回忆》（多萝西·华兹华斯）《水滴的音乐》（阿尔多斯·赫胥黎）……耄耋之年的倪庆饩先生，还在源源不断地推出一部又一部新的译作。他的译作，近几年引起读书界越来越多的关注，《读书》《中华读书报》《文汇读书周报》《中国图书评论》《羊城晚报》等报刊都发表了评介文章。

虽然堪称"译作等身"，然而广大读者对"译者倪庆饩"仍不甚了解。甚至对于这位曾被学者喻为"南开的门面"甚至"中国翻译界的劳模"的教授，在其工作、生活了几十年的南开园，也没有多少人注意他。所以寻访倪庆饩先生却颇费了一番周折，打了几个电话，均告"查无此人"。这令我心中不由生出"寻隐者不遇"之感。

倪庆饩先生在南开大学寓所

摄影/韦承金

　　七拐八拐的，才终于联系上倪先生。穿过南开大学西南村的几条小巷，在一排白蜡树后面有一栋年代久远的四层红砖老楼，老先生便住在这里的三楼。起居室兼做书房，陈设十分简朴，虽是水泥地板，但十分干净利索。整一面墙的大书架，在没有书架的那面素白墙上，点缀着的一两幅油画，连同那窗前的摇曳树影，颇为这间略有些幽暗的老屋增添了几分灵动的自然之趣。

　　老先生神态朴素而清俊，不太善于言辞，但我们话题切入"翻译"时，他打开的话匣子再也没收住……

从"译"之由

倪庆饩最早发表的译作是希曼斯夫人的诗《春之呼声》，1947 年刊发于报纸副刊上。那年，他正就读于有"东方哈佛"和"外交人才养成所"之称的上海圣约翰大学。当时倪庆饩虽年仅 19 岁，但已经接受了多年的古典英语的熏陶——从圣约翰大学附中到圣约翰大学，倪庆饩一直接受的是全英文授课。

在圣约翰大学英语系，倪庆饩上得最多的课是文学课，"课程都是按专题设立的，如莎士比亚专题课、英诗专题课、小说专题课等，系统而深入地介绍英语语言文学史上的那些重要作家及其作品"。

教课的多是美籍教师，战乱时也有从中国北方的大学转到上海圣约翰大学教书的著名教授，如王文显、司徒月兰等。王文显曾任清华大学代校长、外国文学系主任，是中国现代戏剧的重要先驱之一，曾有学者认为当年曹禺从南开转学到清华，一半是冲着王文显的。而司徒月兰则是在教育界享有盛誉的英美文学家、南开大学英语系的奠基人。"司徒月兰教过我的英语基础课，她的英语发音挺好听的，讲得地道而流利。王文显教的是莎士比亚专题课，他讲课不苟言笑，然而有一种温文尔雅的气质。而英诗、小说这些专题都是外籍教师教，他们的英语素养就不用说了，真是原汁原味。"这样的学习条件，让喜欢文学的倪庆饩如鱼得水。

对于文学尤其英国文学的深深喜爱，使倪庆饩有一种愿望——通过翻译来检验自己的学习所得，并以此与他人分享英国文学之魅力。虽只是"学而习"的尝试，但大学时的译作却时而能见诸报端。

1949 年大学毕业后，倪庆饩曾在北京短暂任职于某对外文化交流部门。后因患肺病而被迫离职回老家养病。1953 年，他到湖南师范学院任教，开始是在中文系教外国文学。十余年的教学与研究，让他"打通"了欧洲文学史的"脉络"，这对文学翻译工作来说是一个极为重要的视野之基。

当时教学之余，也偶尔从事一些翻译工作，但都是"零碎不成规模"的。正当倪庆饩想在翻译方面进一步"扩大规模"时，"文革"的来袭，使他不得不暂时放弃——他在中文系教的外国文学课被批判为"公然宣扬资产阶级人道主义"。当时他觉着自己很委屈："像雨果、狄更斯作品的价值，便在于人道主义精神，但当时讲这些，都是'犯错误'的，那就真是没法讲了。"

于是，只知道温文尔雅，还喜欢在课堂上高谈阔论人道主义，而不知"阶级斗争"为何物的倪庆饩，只得转到英文系教语法了。虽然起初中文系的学生仍然追着将大字报贴到外文系来批判他，但那些枯燥的"主语、谓语、宾语、动词、名词……"逐渐为他筑起了临时"避风港"。

"文革"的遭遇时常让倪先生心有余悸，他因此得了一个教训：就算只是安守本分搞文学研究和翻译，也保不准哪天会被扣上莫名其妙的"帽子"。此后，他的为学处世变得更加低调了，他时常暗暗告诫自己"不要出风头"。

倪先生重拾译笔，是在 20 世纪 70 年代末期调到南开大学外文系任教之后。改革开放带来了文艺的春天，初到南开，他便开始在教课之余做一些翻译工作，当然，只是"试探性的"，因为"还是怕又挨'批判'"，所以难免"有点战战兢兢的"，都是以零散的短篇为主。

倪庆饻先生虽然很低调，但还是引起了同事的注意。经同事张镜潭教授介绍，他认识了著名诗人、学者、南开大学原英文系主任柳无忌先生。柳无忌先生曾于 20 世纪 30 年代以 26 岁的年龄任南开大学英文系教授，一年后任系主任，延聘多名留美人才来南开任教，彼时南开英文系阵容之强，可与国内任何一所一流大学匹敌。20 世纪 40 年代末后，柳无忌先生虽一直客居美国，然而一直心系南开。70 年代后他曾多次回国，专程来南开会晤亲朋好友。

柳无忌先生对倪庆饻的译才很重视，20 世纪 80 年代他当时主编的《英国浪漫派诗选》，其中"雪莱诗选"与"济慈诗选"的翻译，便由倪庆饻、周永启共同承担。柳无忌先生深受英国浪漫派诗人（特别是雪莱）的影响，他在耶鲁大学获得英国文学博士学位的论文题目便是"英国浪漫主义诗人雪莱"，由倪庆饻来翻译雪莱，可见其对倪的赏识。

在南开崭露头角的倪庆饻教授，很快引起时任南开大学中文系主任的著名学者朱维之先生的注意。他称赞倪庆饻是"年富力强的英文教授""有丰富的教学和翻译经验""译笔清新自然，足见功力"，并多次为倪庆饻的译著作序。

爱才心切，朱维之先生提出将倪庆饩教授从外文系调到自己的"麾下"——中文系工作。但考虑再三之后，倪庆饩觉得自己是拙于应付人际关系的那一类人，来到南开大学公共外语教学部之后，好不容易才刚与周围同事熟悉起来，此时若是调到中文系，势必又要花很多精力来处理人际关系，这太折腾了。另外，他认为自己不是南开毕业的，是个"外来户"，到中文系教外国文学也许能充分发挥自己的特长，但可能会让被自己取代职位的那位任课教师感觉不舒服。

因此，倪庆饩虽然很感激朱先生的赏识，但最终还是婉言谢绝了他的美意。"我就想凭自己的业务水平站稳南开的讲台，不想出什么风头。"他想在教学之余安心读些书，搞搞翻译。

独辟"译"径

相比退休前的"小打小闹"，1989 年退休后，他的文学翻译可谓"勇猛精进"。日积月累，倪庆饩先生至今已出版译著二十多部。

细心的读者发现，他的翻译并非"东一榔头西一棒"的"任性"，而是自成体系的——他的翻译对象主要是英国 19 世纪到 20 世纪初的经典散文作品，尤其擅长翻译"自然书写"的诗化散文。在当今世界盛行的生态思潮中，这些作品的价值日益得到彰显。而倪庆饩在许多年前就选择这类作品翻译，并逐渐形成自己的"译作系统"，足见其眼力之独到。

可以说，许多英国作家的散文经典，是经过倪庆饩的翻

倪庆饩先生部分译著

摄影/韦承金

译，才让中国读者渐渐有了深入了解的。就算别人一时难以理解，倪庆饩仍对自己所做工作的意义有着清醒的认识。比如他在《格拉斯米尔日记》中文版序言中，不仅为多萝西·华兹华斯在文学史上标出了位置："英国浪漫主义文学的先驱和奠基者，在诗歌方面是威廉·华兹华斯（1770—1850）和塞缪尔·柯尔律治（1772—1834），在散文上筚路蓝缕，则华兹华斯的妹妹多萝西（1771—1855）功不可没。英国 18—19 世纪的女作家中，和简·奥斯丁、勃朗特姊妹、乔治·艾略特相比，由于我国缺乏介绍，她的光华不如她们耀眼，但她同样是一颗永放光芒的恒星，则是没有疑义的。"甚至以文学史家的远见卓识高度概括英国散文史："在英国文学史上散文的发展，相对来说，较诗歌、戏剧、小说滞后。如果英国的散文以 16 世纪培根的哲理随笔在文学史上初露异彩，从而构成第一个里程碑；那么 18 世纪艾迪生与斯蒂尔的世态人情的幽默讽刺小品使散文的题材风格一变，成为第二个里程碑；至 19 世纪初多萝西·华兹华斯的自然风景散文风格又一变，开浪漫主义散文的先河；随后至 19 世纪中叶，兰姆的幽默抒情小品，赫兹利特的杂文，德·昆西的抒情散文分别自成一家；此后大师迭出，加莱尔·安诺德、罗斯金等向社会与文化批评方面发展，最后史蒂文森以游记为高峰，结束散文的浪漫主义运动阶段，是为第三个里程碑；至此，散文取得与诗歌、戏剧、小说同等的地位。"

大概每一种成功的背后，都有一份鲜为人知的艰辛。20 世纪八九十年代电脑还没普及，所有的译稿，倪先生都是逐字逐句地手写。译完后，再逐字逐句地抄一份投给出版社。出版过程也不是那么轻松，有些译著甚至多次辗转历经十几年才能够最终出版。

比如 1984 年翻译完成的史蒂文生《巴兰特雷公子》，倪庆饩先是交给百花文艺出版社，本来已经通过了审核，将要排版时由于该出版社人事变动，又把它搁下来了。后来，这部译著曾得到著名作家、翻译家李霁野先生的推荐而寄给另一家出版社，但编辑复信称，该出版社只出版现当代作品，古典的东西不列入计划。于是，这部译著躺在书桌里沉睡了十年，直到1995 年才得以在百花文艺出版社付梓。

20 世纪 90 年代，倪庆饩就开始陆续翻译英国杰出散文家威廉·亨利·赫德逊的散文，但赫德逊的《鸟和人》直到近几年才等到它的"知音"。早在 1935 年，中国著名作家李广田在他的《画廊集》中，专文写到赫德逊和他的这本书（《何德森及其著书》）。机缘巧合，于 2010 年出版《李广田全集》的云南人民出版社，想找合适的译者来翻译此书。他们通过李广田的后人，找到了最合适的译者。此时，让他们惊叹的是，《鸟和人》的手写译稿已在倪庆饩先生的案头寂寞地躺了很多年，像是专门等着他们的到来。拂去封尘，2011 年，化身汉语的《鸟和人》终于与东方读者见面。

2011 年对倪庆饩先生来说，可谓丰收的季节。除了赫德逊的《鸟和人》，倪庆饩先生还有另外三种译著出版：威廉·亨利·戴维斯的《诗人漫游记　文坛琐忆》和多萝西·华兹华斯的《苏格兰旅游回忆》《格拉斯米尔日记》。这四种译著引起了中国文学界、读书界的重视。

中国社会科学院文学研究所编审祝晓风在《读书》杂志（2012 年第 5 期）发表了题为《英国散文的伟大传统》的文章，认为这四种译著"可谓之曰 2011 年中国散文界或曰文学出版界'倪译英国散文四种'"。

著名英美文学研究专家和翻译家朱虹曾认为，除了诗歌、戏剧、小说传统，英国还有着伟大的散文传统，其丰富是难以简单概括的，"但若要指出一个主要特点，也许英国散文的嘲讽精神值得我们特别重视"。

而祝晓风在《英国散文的伟大传统》中则认为，读了多萝西·华兹华斯、赫德逊、戴维斯等人的散文，会感到有另一个散文传统，也贯穿在英国文学中，而其同样可称得上是伟大的。或者说，这也是英国散文之伟大传统的重要的一部分，"这些作品从另一个大的角度描述了另一个英国，表达了作家们对自然的一种态度，同时也表达出对人本身的态度。这种态度，这种表达，就是他们的生活方式，就是他们的价值观。而从另一方面讲，因为他们热爱自然，与现实社会保持一定距离，这样才获得了一种反观社会、反观人性的立场，获得了一种反观的支点，才可能有一种超脱的气质。尽管未必是他们这些作家来直接地完成一种对社会、对现实的'嘲讽'，但这种精神气质为英国散文赢得了一种洒脱的精神，而从某种意义上说，他们对自然的热爱，对四季美景的审美，甚至对鸟的亲近，其本身未尝不可以就看做是对现实的一种温和的批评。热爱自然、审美自然，与'嘲讽'社会、批判人性，从大的文学传统来说，其实是相关联的"。

"译" 进乎道

许多读者读了倪庆饩的译著深受启发，常常写了书评发表在文学和读书类报刊上。其中有一名读者在《中国图书评论》上发表的一篇书评，对倪庆饩翻译的《格拉斯米尔日记》这样评论："读这部日记，可以使我们在喧嚣的世界中感到一些清静和爽逸，可以使心灵在物欲横流的时代得到一种净化与抚慰。应该说，多萝西给我们纷繁躁动的现代生活提供了某种借鉴：我们似乎忘记了还可以从大自然中获得意义和启示，从而对抗庸俗、畸形、冷漠的城市生活，保持心灵的健康与安宁。"

当然，直到现在，更多的读者并不一定注意到"译者倪庆饩"，而只是关注译著本身的内容，但倪庆饩对此并不介意。他认为翻译本身是一个幕后工作，译者并不需要很大的公众知名度。

从事这样默默无闻的"幕后工作"，获得的物质回报实在是微不足道的。少得可怜的稿费"不足为外人道"。而在现行的大学评价体制下，翻译乃至文艺创作都不算"科研成果"，不能成为业绩考核和职称晋升的条件，因此不能借此获得优厚的"科研经费"。

从所居住的老房子来看，倪先生的生活条件并不太好。诚如著名艺术史学者、翻译家缪哲多年前所言，倪庆饩先生"以译介英国散文为职志，七十好几了还愁米盐，然其志不辍"。

但在倪庆饩先生看来，为志业而执着求索，虽苦亦甘甜。翻译威廉·亨利·戴维斯的《诗人漫游记　文坛琐忆》给倪庆饩的启发是：一个身患残疾的穷诗人也可以从徒步旅游中找到乐趣和朋友。"我同意他的观点：要使人快乐，需要的东西其实是那么少。"而洋溢在史蒂文生《驱驴旅行记》中的热爱生活、不畏艰险的精神，使倪庆饩"自愧弗如又受到鼓舞"。

也许翻译侦探类、时尚类的作品能获取丰厚的稿酬，但他向来不屑于此。因为对他来说，如果翻译过程中无法获得精神的滋养，稿酬再多也是得不偿失的。这让人不禁想起《论语》中"一箪食，一瓢饮，在陋巷"的颜回，"人不堪其忧，回也不改其乐"。

著名诗人、翻译家余光中曾说："读一本书最彻底的办法，便是翻译。"倪先生对此深有同感，对他来说，一部又一部译作的行世，也标志着自己完成了一次又一次"深阅读"的心灵之旅。

多萝西在《格拉斯米尔日记》中，描绘了格拉斯米尔湖畔的湖光山色，其中有这样一段："向远处望去，在阳光下飞翔的乌鸦变成了银白色；当它们向更远处飞时，就像水波荡漾似的在绿色的田野上滚动……"如此灵动的文笔，清新而自然，仿佛诗中有画。每个词句看起来都很简朴，甚至是口语风格的，但组合在一起却能体现一种诗意来。

虽然阅读的过程很"享受"，但翻译的工作并不像有些人想象的那么容易。碰到《格拉斯米尔日记》这样"词浅意深"的作品，倪庆饩先生从未敢掉以轻心。有些作品甚至近乎口语风格，其词汇与句式看起来比书面语要普通平易，但要译得"如闻其声，如见其人"确非易事。"比如 girl 这个词，书面语可译作'女郎'，或通译为'姑娘''女孩'，口语则可译成'闺女''妞''妹子''丫头''姐儿'等，但文学作品中的口语不完全等同于生活中的口语，是经过作家加工的口语，翻译如果在文体风格上也能跟原文吻合，就称得上是传神的译文，优秀的译作。"倪庆饩先生说。

倪先生觉得，对于翻译来说，"火候"十分重要，"译文读起来不能完全是洋文那样的味道，必须有中文的流畅凝练，但又不能完全地'意译'，要保留点'洋味'，这样才耐品——这个分寸的把握是十分重要的，又是十分的难"。

他认为好的翻译家必须具备很高的中文功底和文艺素养，

诚如傅雷所言："一个成功的译者除钻研外文外，中文亦不可忽视……译事虽近舌人，要以艺术修养为根本：无敏感之心灵，无热烈之同情，无适当之鉴赏能力，无相当之社会经验，无充分之常识（即所谓杂学），势难彻底理解原著作，即或理解，亦未必能深切领悟。"

"很多时候，东西方历史上的那些优秀文学作品在精神层面是相通的。要提高自己的翻译水平，一定要读中国古诗文。那些丰富而凝练的词句，在翻译中随时可以派上用场。"倪先生喜欢读苏东坡、归有光、梁启超等大家的诗文。其实早在圣约翰大学念书时，他就选修了中文系的一些课程，如中国文学史、杜诗研究等。

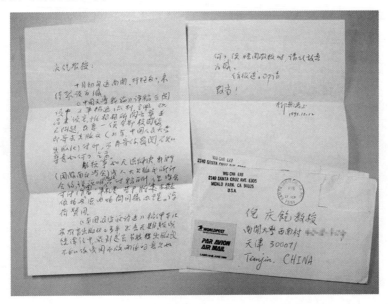

柳无忌致倪庆饩的信函

　　有了这样的中文功底，倪先生在翻译外国文学时才能做到"游刃有余"。正是基于此，柳无忌先生才郑重地将其在北美具有广泛影响的英文著作《中国文学概论》（*An Introduction to Chinese Literature*），交给倪庆饩翻译成中文。倪先生至今还珍藏着柳无忌当年在美国收到译稿之后的复信。柳先生在信中说："《中国文学概论》译稿在阅读中，文笔畅通流利，至佩。现尚未读完，唯根据所阅各章，并无问题……"

　　虽然倪先生所翻译的对象，都是自己所喜爱的作家的作品，但他并非对其一味赞美，对其得失，他有自己的主见。比如，他对卢卡斯的看法是："他写得太多，有时近于滥，文字推敲不够，算不得文体家，但是当他写得最好的时候，在英国现代散文史上占有一席地位是毫无疑问的。"而对于自己十分推崇的小泉八云（原名拉夫卡迪奥·赫恩），倪庆饩认为："我并没有得出结论说赫恩的作品都是精华，他的作品往往不平衡，即使一篇之中也存在这种情况，由于他标榜搜奇猎异，因此走向极端，谈狐说鬼，信以为真，这样我就根据我自己的看法有所取舍。"

　　正因为眼界高，所以倪庆饩先生时常感叹"'译'海无涯"，每当翻看自己从前的译作，他总能发现不足，于是他总没法"消停"下来。

　　在长期的外国文学教学和翻译实践中，倪先生还开辟了一条属于自己的学术研究道路，他的研究方向侧重于中国翻译史。"中国翻译史是个冷门的研究方向，很少有人问津。但我觉得通过这个角度可以管窥中外文化交流的历史及其当代意义。"倪庆饩颇有远见地说。在这方面他发表过《我国历史上翻译制度的演变》《晚清翻译概略》《明清之际我国的科技翻译》《严复的翻译理论与实践》等多篇论文。

闲时，倪先生喜欢听舒伯特、贝多芬的音乐，欣赏莫奈、毕沙罗、西斯莱等印象派画家的画册。他觉得，文学与音乐、绘画确是相通的，能够直抵人性的本真。最近他还着手自学德语，仅仅因为喜欢读海涅的诗："虽然冯至的翻译很好，但我还是喜欢读原作。"

临别了，倪先生赠给我今年出版的一期《散文》（海外版）双月刊杂志，这本杂志有个栏目叫"海外佳作赏析"，该期赏析者是百花文艺出版社原副总编辑、著名作家谢大光先生，他所赏析的是布罗斯的《四月的气息》和小泉八云的《草百灵》。

谢大光所赏析的这两篇散文，译者分别是"林荇"和"孟修"。

"'林荇''孟修'一般人都不知道是谁。"倪先生稍微顿了顿，脸上露出一丝神秘而自得的微笑，"其实那都是我的笔名。这两个笔名我用了好多年。我还用过别的一些笔名，有的因为长时间不用，连我自己都忘掉了……"

（本文原载《博览群书》　2015 年第 8 期，发表时略有删节。完整稿刊于 2015 年 5 月 15 日《南开大学报》）

钩沉老南开中文系师者风骨

——以宁宗一先生口述历史为中心

年逾九旬的古典小说戏曲研究专家宁宗一先生，是一位颇有传奇色彩的"老南开人"，身上有着说不完的故事——他1950年考入南开大学，受教于中文系，毕业后又执教于南开至今，参与并见证了这所百年学府的风雨沧桑；他为人真诚、性情坦率，讲起故事来不讳饰、不遮掩，总能让听者有一种仿佛回到历史深处的真切感受。

我因任职于南开的缘故，与宁先生有十多年的往来。这些年来，几乎每次拜访宁先生，都能有幸聆听他讲老南开的故事，尤其是老南开中文系的逸闻轶事，有些故事甚至听宁先生讲过不止一两遍。令人欣喜的是，最近，宁先生的口述历史终于经由我的同事陈鑫采访整理成为《一个教书人的心史——宁宗一九十口述》一书。承蒙二位抬爱，在2020年秋书初稿刚成型时就让我先睹为快、命我"提意见"，待正式出版时，又向出版方中国大百科全书出版社推荐使用我拍摄的宁先生九十岁玉照作为书的封面。老实说，我真是诚惶诚恐。我嘱咐自己

宁宗一先生在南开大学寓所

摄影/韦承金

要好好研读学习，才疏学浅的我，不可心急妄言什么"意见"。几次读罢掩卷，最触动我的内容，还是宁先生所讲述的关于老南开中文系的故事。这些故事，我在不同时候也曾听宁先生讲述过，此外《心灵文本》《点燃心灵之灯》等随笔集也有所记述，但这些都不是关于老中文系整体情况的专门记述。宁先生讲故事的特点是细节生动而思维跳跃，有时候还回忆起同一个事件的不同侧面、细节。我曾想，如果能把这些故事片段"串联"起来，或可管窥老南开中文系学人风貌之一斑。

于是，通过《一个教书人的心史》及《心灵文本》《点燃心灵之灯》等提供线索和材料，我又查阅相关史料，并再次拜访宁宗一先生，对一些关键历史细节又作了进一步校订、补充，试图"勾勒"出南开中文系早期之概况及前辈学人之风貌，聊供学界及对高等教育史、南开校史有兴趣的读者参考。

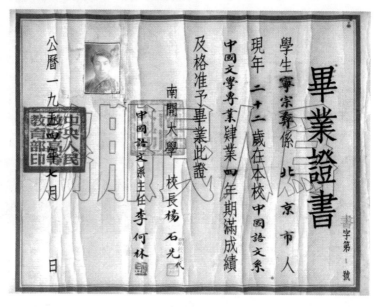

1954 年毕业于南开大学中文系的宁宗一先生，可谓新中国培养的
最早的大学毕业生，其毕业证书编号为"书"字第 1 号

名师云集：从西南联大的孕育到
"院系调整"时期的人才济济

南开大学以自筹办学资金的私立学校创始，建校之初办学以重实用为主，故而彼时文学院并未设立中文系。直至 1942

年，西南联大讨论北上复校后的南开学科组织时，始提出在南开办中文系。此事既已明确，到 1946 年南开大学返津复校时，便正式有了独立的中文系建制。

1950 年考入南开大学的宁宗一先生，也是中华人民共和国成立后南开大学首批入学的学生之一，1954 年毕业时他是"书字第 1 号"毕业证书获得者，可谓新中国培养的最早的大学毕业生。

宁先生对那时期南开中文系的师资情况记得十分清楚。他刚入学时南开中文系只有彭仲铎、张清常、邢公畹、华粹深、孟志孙、杨佩铭、朱一玄、张怀瑾等八位教师，但均是学问渊深的学者。

彭仲铎先生是桐城派古文大家，西南联大时曾任古典文学教授，曾与朱自清、罗庸、浦江清、罗常培、王力、张清常同为《国文月刊》编委，也是南开中文系首任系主任。张清常先生毕业于清华大学研究院中文系，他 1940 年在西南联大任教时，是当时联大最年轻的文科教授，他还是西南联大校歌的谱曲者，他的姐姐嫁给了语言学大师、西南联大中文系教授罗常培先生，可见其与罗先生关系不一般。张先生早期致力于音韵、音乐、文学三者之间关系的研究，后来致力于语音史、词汇史及社会语言学的研究。邢公畹先生在语言学方面造诣很深，他早年在史语所师从李方桂先生，后来在西南联大中文系时，又师从罗常培先生学习汉语音韵学、汉藏系语言调查等课程。杨佩铭先生是罗常培先生在北大时的学生，西南联合大学时任中文系助教的吴晓铃曾回忆说，罗常培视吴晓铃、杨佩铭为"哼哈二将"（吴晓铃《话说那年》）。张怀瑾是 1946 年西南联合大学中国语言系毕业，是闻一多先生的嫡传弟子，致力于文艺理论之研究与教学。

而当时在南开中文系任教的著名戏曲研究家、教育家、剧作家华粹深，1935 年毕业于清华大学中文系，在清华时华粹深颇受俞平伯、朱自清两位先生器重。他曾追随俞平伯先生经常参加昆曲社活动，而朱自清赠给他的鲁迅《中国小说史略》还带有朱先生亲笔批注。后来华先生在南开创立小说戏曲研究室，奠定了南开戏曲研究与教育的基础。此外还有专攻古典韵文学研究的孟志孙先生和专攻古典小说研究的朱一玄先生等。

总而言之，1950 年的南开中文系教师中，有西南联大经历的教师有五位——彭仲铎、张清常、邢公畹、杨佩铭、张怀瑾，而毕业于清华大学的华粹深，也可以说有一定的西南联大因缘（清华是西南联大三校之一）。如果加上此前曾在南开中文系任教的李广田、卞之琳、高华年（三人都有西南联大任教经历），那么，老南开中文系的西南联大"基因"就更明显了。

由于建系之初师资力量的薄弱，南开中文系还注重兼职教师的引进，尤其是华粹深先生利用其兼任中国戏剧家协会天津分会副主席、天津戏曲改进委员会主任、天津文化局创作室副主任、天津戏曲学校副校长等的社会影响力，吸引了许多学界知名专家学者作为兼职教授参与南开中文系的教学和发展建设工作。如那时候来南开兼职授课的有著名剧作家、文艺批评家、编译家阿英，著名诗人芦甸，天津文化局局长、中国作家协会天津分会主席方纪，天津市戏曲学校校长、市戏曲曲艺工作者协会主席、市文联副主席何迟，天津艺术研究所副所长吴同宾，著名文学史家王瑶，鲁迅研究专家李何林等，此外戏曲表演艺术家俞振飞、言慧珠曾来南开作报告。

值得一提的是，早期南开中文系由于师资力量不足而注重引进兼职教授，无意间开辟了南开中文系引进兼职教授参与发展建设的传统。宁宗一先生记得，直到 20 世纪 80 年代，南开中文系引进兼职教授刘叶秋、张庚、郭汉城、王朝闻、傅继馥等，都是在延续这个传统。

1952 年的全国院系调整，让南开中文系迎来了进一步发展壮大的重要机遇。用宁宗一先生的话来说是，"那时（经过院系调整）中文系的师资配备真的是比较完美了"，"没有院系调整，老中文系不会这么迅速地具备这样一个完整的教师体系"。

经过"院系调整"而来到南开中文系的，有许多名师：

外国文学研究领域泰斗级学者、希伯来文学研究专家朱维之先生，同时也是一位中国文艺思想史研究的开拓者。宁宗一先生对朱先生的博学多才十分敬佩："朱维之先生真是大家！古今中外的学问都有涉猎。魏晋时期佛教文学、梵文佛经，他都能够讲。"

吴梅先生的大弟子、著名曲学研究专家王玉章，被学生们尊称为"玉老"。"玉老给讲宋词和明清戏曲，他对曲律研究是最为擅长的。"

中国文学史研究专家王达津先生，被尊称为"达老"。达老与南开历史系的王玉哲先生都是西南联大时唐兰先生的研究生。达老还是中华人民共和国成立后率先在大学里开设"中国文学批评史"的国内学者之一。

此外还有著名古典文献学家、语言文字学家李笠先生，他开的课是专题课"杜甫研究"（那时候叫"专门化课"）；修辞学家陈介白，他曾经翻译叔本华《文学的艺术》，在南开中文系参与近代文学史的教学；文艺理论家顾牧丁，他"个子不高，有点口音"，然而"讲课很棒，知识很渊博"……

院系调整前，彭仲铎已不再担任系主任，此时名师云集的南开中文系，必然需要一个得力的管理者。为此，李何林先生受教育部特派来南开担任中文系主任。

这时候，在李何林先生的努力争取下，著名古典文学研究专家许政扬、著名鲁迅研究专家陈安湖、著名古汉语研究专家马汉麟相继加盟南开中文系。陈安湖是清华大学中文系毕业的，学术水平很高，但是没待两三年就调到华中师大了。李先生对许政扬和马汉麟很看重，夸他们俩为南开中文系的"两匹好马"。宁先生认为："许先生的了不起是外语、考据、理论、思想，他是一位非常注意理论和思想的人，他的考据是为分析作品来服务的。"而中文系的"古代汉语"课是马汉麟先生奠定的，后来著名古汉语学家王力先生还邀请马先生参编《古代汉语》。

总而言之，脱胎于西南联大的南开中文系，建系之初有许多教师有西南联大求学或任教背景，不可避免地受到西南联大学风传统之影响。经 1950 年代初期的院系调整，师资实力愈发雄厚，一时人才济济。那时虽然物质贫乏、办学条件简陋，但是在南开中文系的老教师们身上，呈现一派埋首教育、潜心治学、踔厉昂扬的精神风貌。

授业解惑：课堂教学重视语言文学基本素养之"筑基"

老南开中文系重视学生素养之"筑基"，强调学生的语言文学基本功教育，致力于提高文学院学生的综合素质，课程设置方面尤其重视文学史和语言学基本功的教学。

在院系调整前，南开中文系就开设了"历代散文选""历代韵文选""中国新文学史"等多门文学史类课程，并以史带动作品分析开了不少"专门化课"。

如"历代散文选"课由彭仲铎先生主讲。宁先生记得，彭仲铎曾在"历代散文选"开课自我介绍时，自嘲为"桐城谬种"（新文化运动时期，主张白话文的先锋曾以此嘲讽桐城派古文家）。彭先生每次上课都是身着长袍，肘下夹着一个布包，里面装着讲课时用到的书籍和资料——这种旧式文人学者的衣着举止颇似季羡林记忆中的陈寅恪（参见季羡林《回忆老师陈寅恪》）。彭先生很注重古典文献，他还讲授"工具书使用法"课，教学生查阅《二十五史索引》《佩文韵府》。彭先生旧学修养好，写得一笔好字，板书极为漂亮。

"历代韵文选"是孟志孙先生主讲。孟志孙可以从《诗经》《楚辞》讲起，一直到隋唐五代。再往后的文学史他不太熟悉，而当时师资又有些缺乏，因而孟先生觉得"有点孤掌难鸣"。

院系调整后，南开中文系名师云集，系主任李何林先生更是狠抓教学质量。宁先生记得，当时很多人进中文系是因为梦想当作家，但是李何林先生在开学典礼上的一段话，给这些不切实际的"梦想家"们泼了点冷水。李先生说："你们以后就是从事教学、从事研究工作，还可以做其他社会工作，但是中文系不培养作家。"笔者以为，李先生此言，一方面出于社会职业需求、学校院系确定人才培养方向的考虑，另一方面大概是李先生反对那种人人想当作家的好高骛远的学风，因为追求作家梦想，也不妨从夯实语言文学基本功做起。

在李何林先生的主持下，开设了"中国文学史"课，这门课分"先秦文学""两汉魏晋南北朝文学""隋唐五代文学""宋元文学""明清文学""近代文学"六个部分，每个部分讲授一学期，学生需要三年时间才能把这门课修读完毕。这门课程几乎都是倾全系教师之力、发挥诸位名家之所长分工协作共同完成讲授的。当时的宁宗一是多门课程的课代表，并且坚持记课堂笔记，所以对于当时的课堂教学情况记忆尤深。

先秦部分由陈介白先生主讲，两汉魏晋南北朝部分则由王达津先生主讲。朱维之先生精通梵文，所以他在两汉魏晋南北朝部分中间穿插讲魏晋时期的佛教文学。而王达津先生擅长历代散文，所以除了主讲两汉魏晋南北朝部分，他还在各部分中间穿插讲历代散文，"他从先秦、两汉一直讲到唐宋元明。虽然他的课要在各段文学史中穿插进行，可是从总的学时来说，他讲得最多，讲的时间也最长。一年多下来，他把中国散文发展史梳理得清清楚楚"。让宁先生记忆深刻的是，王达津先生开展生动热烈的课堂讨论："因为王先生有种跳跃思维，有很多闪光的东西，随时激发学生兴趣和神经。""达津先生平易近人，开朗幽默，更增添了我们对他的几分亲近感。有一次先生给我们讲《左传·宋楚泓之战》，在解释'君子不重伤，不禽二毛'时，达津先生为了讲解得形象、生动，俏皮地指着自己的花白头发说'我这个头发就是二毛'"。

孟志孙先生主讲他擅长的隋唐五代部分。宁先生记得，孟先生讲课特点是"很有激情，爱拍桌子"因而被有些学生起外号叫"三言二拍"。许政扬先生主讲宋元文学部分。许先生讲课的特点是：用练习本写就密密匝匝的讲稿；讲课时舒缓的语气中具有颇强的节奏感；用词用字和论析充满了书卷气；逻辑性极强，没有任何拖泥带水的枝蔓和影响主要论点的阐释；板书更极有特色，一色的瘦金体，结体修长，笔姿瘦硬挺拔，竖着写，从右到左，近看远看都是一黑板的漂亮的书法……"许先生的课，只要你能'跟得上'，记录下来一看，就是一篇完整的绝妙的论文。"

宋元文学史除了许政扬讲一部分，王玉章先生也讲了一部分，此外，王玉章先生还讲明清部分的戏曲。然而，大概一方面由于王先生讲课有口音，另一方面由于他"新的理论他还没有完全掌握"，主要以旧学知识体系教课，所以很遗憾很多学生觉得王先生的课不易听懂，宁宗一记王先生课的笔记，只能记50%左右，"别人有时候都记不下来"。不过宁先生记得，大家都知道王先生学问深湛，作为曲学大师吴梅先生大弟子，"是曲学研究方面的一位大家"，"而且能够吹箫、吹笛子，能够唱昆曲"，曲学理论能与实践相结合，颇受学生敬仰。朱一玄先生讲授明清部分的小说，"明代的四大奇书朱师讲得最为详尽，学生关注的《金瓶梅》评价，朱师以惯有的严谨态度对这部小说作了肯定的评价，给我们的印象也最深"。

近代文学部分是由李何林、朱维之、王达津、王泽浦、孟志孙、王玉章、陈介白、朱一玄等八位教师一同讲授，每人各讲其中一部分，因为"诸师各自术业有专攻，但是谁都驾驭不了整个近代文学史"。

此外，还有"中国现代文学史"课，这门课在院系调整

朱维之先生在给南开中文系研究生授课

之前，叫"中国新文学史"，由李何林先生和王瑶先生共同主讲，李先生讲 1942 年以前的新文学史，王先生讲 1942 年以后的新文学史。后来院系调整，便更名为"中国现代文学史"，由现代文学教研室主讲。（当时按课程设置单位，古典文学教研室主要负责"中国文学史"课，现代文学教研室负责"中国现代文学史"课）。

文学史类课程中还有一些"专门化课"（类似于现在的专题课），如李笠先生讲授"杜甫研究"，朱维之先生讲授"现代剧作选"，华粹深讲《红楼梦》等。华先生讲《红楼梦》也是受到俞平伯的影响，"一回一回地讲，但是讲了三十几回就没再讲下去"，或许这样的讲法太过于繁细？华粹深先生还讲授"人民口头创作"课，从古代歌谣一直讲到了现当代歌谣。同时，华先生邀请何迟先生在这门课中讲授民间讽刺文学，邀请吴同宾先生讲民间小戏。朱维之先生博学多才，除了在"中国文学史"中讲授魏晋佛教与文学之外，还专门讲授"外国文学"课。此外，孟志孙先生讲授"现代文选及习作"，方纪先生讲授"俄苏文学"。

除了重视文学史和文学基础知识的讲授，语言学也是南开中文系课程设置颇为重视的内容。张清常先生当初讲授"语言学概论"，宁宗一是他课上的"模特"——每当讲到北京音的时候，张先生就让宁宗一站起来读，示范北京话怎么说。邢公畹讲授"汉语语法"，令宁宗一印象深刻的是，邢先生讲语法常用的是层次分析图，常以"台上坐着主席团"为例，层层分析主谓语及定宾补等句子成分。但是学生们觉得该课程内容比较难。到了期末考试，几个对语法不熟悉的同学鼓动作为课代表的宁宗一找邢先生请求出复习题。马汉麟先生讲授古代汉语课，"他是南开第一位把'古代汉语'作为一门主课来教的"。

文艺理论和写作实践也是颇受重视的课程。先后有张怀瑾先生、顾牧丁先生、阿英先生、芦甸先生等讲授这门课。早在院系调整前，南开中文系就开设了"现代文选及习作"课，由孟志孙先生总负责主讲，其中习作部分的散文文体由孟志孙先生负责讲授，小说文体由冯大海先生负责讲授，诗歌文体由邢公畹负责讲授。宁宗一先生记得，诗歌写作课"一般都是一个礼拜写，一个礼拜评议"。当时宁先生曾以强烈的革命激情写了一首诗，正当沾沾自喜时，课上却被邢先生评为"完全是堆砌的标语口号"。当时邢先生还说："不是我写诗，应该是诗写我。"直到几十年后，宁先生才领悟到，邢先生文体意识很强，"诗写我"是说必须用诗的这种文体，写出自己心灵的东西，要用诗的文体来写，而不是堆积口号。宁先生说，邢先生和师母生活中对他十分关照，但是学习上要求却是十分严格的。

南开大学文学院教授罗宗强先生在回忆王达津先生的教诲时也曾谈道："王达津先生对于生活取随其自然的态度，而对于学问，先生却极认真。我读研究生那时，先生规定，一个星期要交一次读书笔记。不是写成文章的那种读书笔记，而是一本一本的读书记录。先生就在这记录旁边批。对于所读的书我的理解是否正确，应该如何理解才对，先生往往批得密密麻麻。

我拿回来，再读一遍，便有新的感受，理解也就深入一步。"

老中文系教师对学生的语言文学基本功要求之严格于此可见一斑。

润物无声：爱生如子的关怀与傲岸风骨的垂范

唐代韩愈说："师者，所以传道授业解惑也。"笔者以为，仅就"传道"而言，大概并非只在言传，而更在于身教。如果说老南开中文系的课堂教学更重在言传的话，那么教师在课后对学生的关爱以及生活中之言行风范，则起到"润物无声"的"身教"之作用。

老南开中文系教师在课堂之外十分关心学生的学习生活。宁宗一先生记得，三年困难时期，华粹深先生看他瘦了、饿了，就带他去起士林"打牙祭"。有一年过年的时候宁宗一没回家，李笠先生知道了，让同学带话，叫宁宗一到李先生家过年、吃年夜饭。后来"文革"中的 1976 年，宁宗一没钱买大衣，华先生给了他 30 块钱，他自己又添了 20 来块钱，终于买了一件活面儿的灰色长毛绒领大衣。这件大衣到现在还搁在宁先生的箱子里压箱底作为纪念。"我们过去的师生关系，就如同家人一样"。

那时候虽然物质贫乏，然而中文系教师总能给学生们创造丰富的"精神大餐"。那时华粹深先生家里藏有近千张戏曲唱片，每次下课时他总会问："谁上我家里去听唱片？"有时候宁宗一等几个学生一同去听一听。笔者在华粹深逝世 30 周年追思会上，也听到弥松颐先生回忆在华先生家听唱片的光景："那两溜倚墙而立的半人高的唱片柜子，和一个德国制造的落地式留声机（也有齐腰高）。这样大的留声机，我也只是在汇文中学的音乐教室里见过，放出声音来嗡嗡的。说到'汇文'，华先生也是该校毕业的呢。在装满层层唱片的柜子里，有一本蓝格'练习本'的目录，华师让我看目录找唱片，随便听……听累了，华师便拿出怹收藏的一些小字画给我看，如梅先生画的达摩，款署'畹华'，荀、程、姜（妙香）诸先生的仕女、花鸟、扇面，等等。"此外，华先生与戏曲界常有往来，宁宗一记得，俞振飞、梅兰芳等曾应华先生之邀来南开给学生表演昆曲折子戏，华先生还曾带宁宗一等学生到剧场观看京剧演出。宁宗一先生说："从事戏曲研究与教学一定要重视'场上之曲'，这是华先生奠定的优良传统，我不忘记华师的言传身教，所以有一次我带 1979 级学生集体去北京看戏，那次经历让学生们至今念念不忘……华先生的人格精神对我有很深的影响。这种人格精神不是空洞的，他以自己的身体力行给了我们最深刻的教育。"

而许政扬先生则经常带宁宗一先生到天祥市场，指点他如何买书。宁宗一先生在《淘书况味》中回忆道："跟着许政扬先生，就像跟着一位高明的书海的导游者一样，他不时指点、提醒我应该买什么书。比如《事物纪原》《古今事务考》《释常谈》《续释常谈》《通俗编》《挥麈录》《梦溪笔谈》《辍耕录》《鹤林玉露》《邵氏闻见录》（前、后）、《侯鲭录》《齐东野语》《云麓漫钞》《独醒杂志》《能改斋漫录》《夷坚志》《老学庵笔记》等等。还有其他《万有文库》本和《国学基本丛书》本中一些代表性名著，我都陆陆续续买了回来。书极便宜，出去一趟，花不了一两元钱就会满载而归。不到两年时间，学校发给每位助教的一个六层书架，就能插得严严实实。"后来宁宗一留校任教，许政扬先生又给他开的一纸书单和三点意见，使他"在一生教学治学的道路上受用无穷"："许师给我的一篇三十本书目单。这是一个既'简明'而又沉重的书目，从朱熹的《诗集传》、王逸章句、洪兴祖补注的《楚辞》，一直到龚自珍的诗。三十部书中竟包括大部头的《昭明文选》和郭茂倩编的《乐府诗集》以及仇注杜诗和王注李诗。许师看我面有难色，于是做了如下的说明：一，这些书都要一页一页地翻，一篇一篇地看，但可以'不求甚解'；二，这些注本都是最基本的也是最具'权威性'的，注文要读，目的是'滚雪球'，你可以了解更多的书，包括散佚的书；三，把有心得的意见不妨记下几条，备用备查。"

而令宁宗一先生印象尤其深刻的是，在那风雨如晦的年代里，老南开中文系教师的身上自始至终保持着知识分子的傲岸风骨。

1954 年的一场来势凶猛的关于俞平伯《红楼梦》研究的大批判运动中，宁宗一等人在南开大学图书馆发言之后，又去参加天津市的会议，路上他和李何林、华粹深边走边聊。华先生说他很紧张，不知道该在会上说什么。宁宗一先生当时是主动融入体制并很受组织和领导信任的青年教师，他坦言自己当时"什么都走在前头，很'左'的"。所以当时宁宗一跟华先生建议说："这是让您跟俞先生划清界限。"但是，李何林先生听到这话后，立刻纠正宁宗一说："划清什么界限？就是对俞平伯先生的研究有什么意见就提什么意见！"宁先生当时并不太能理解李先生的话。直到多年后他经过反思，才发现自己当年"积极向上""主动自觉走在前头"反被其单纯所累，由此不断反思自己、努力提高自己的修为。宁先生在口述历史过程中忆及当年恩师时的那种感恩、忏悔之心，那种个人在时代沉浮中的悲凉与无奈，常令笔者唏嘘不已。

当时，南开中文系开展批判胡适前前后后的经历，也是令宁先生之后常常回忆、反思并叩问自己心灵的事件。他记得，当时会上，李何林先生坚持认为胡适说"文学是表现人的思想感情的"并没有错。而宁先生立刻就"怼"李先生说："胡适这个提法根本就是错的，我们说文学是反映社会生活的。"当时，宁先生"脸红脖子粗跟李先生辩论了一番"。可是这件事过后没几天，宁宗一得了重感冒、扁桃体发炎。李何林先生得知后，拿着体温计到宿舍看望宁宗一来了，而且李先生还让他弟弟给宁宗一送粥来。可见李先生对于宁宗一此前"没大没小，不知天高地厚"的批判，并不放在心上。

而令宁先生印象更深刻的是，在批判李何林先生一个"小问题"的大辩论中，"李先生曾经孤身一人提拉了一个竹编暖瓶，到学校大礼堂举行答辩"。"李先生从来不隐瞒自己的观点。他从容不迫地走上讲台，气定神闲地对大家讲，你们批判的哪点对，哪点不对。他看我写的批评他的稿子，说我批判的不是他的观点。他跟别人不一样，是他的观点他就承认，不是他的观点，他绝对不承认，一定要辩论到底。这种气魄在知识分子中，我只见过这么一次。他拒绝错误的批判，而且光明磊落地进行答辩，讲他同意的是什么，不同意的是什么。今天回忆起当初的场面，先生的铮铮铁骨、耿介伟岸，使得整个会场都辉煌起来！"

宁先生还记得，"文革"中，南开中文系老先生中，受侮辱最突出的是李何林先生和朱维之先生。李何林先生被戴了高帽子，用厕所里铁丝的纸篓糊上纸，做成帽子套在他的脑袋上，在学校里游街。"有一个细节让我们大家都吃惊，就是游街时，那个帽子一歪，李先生就拿双手摆正了又戴好。这个细节我永远忘不了，李先生对待任何事情都是郑重其事，真的很镇静，镇静得令所有人肃然起敬！"

还有就是朱维之先生的淡定让宁先生印象颇深。当时在主楼楼道里，朱先生被要求站在一个凳子上，因为他是一个有宗教信仰的人，所以他被故意打扮成一个不伦不类的、披着像神父或者牧师的衣服、拿着一把破扇子的样子，并且脸上给抹的是蓝色的油墨。但是令人佩服的是，他白天这么受侮辱，回去以后洗了脸、吃完饭，晚上还到电影广场看电影。"我们看电影的时候，蓦然回首，一看朱先生也坐那儿看电影。朱先生并不是没有尊严，而是胸怀太坦荡了！他看透了这一切人性扭曲的悲剧，他看透了这一切令人悲悯的闹剧！"南开中文系前辈学人的傲岸风骨，于此可见一斑。

宁先生坦言，中文系前辈学人的人格精神，多元地提升了自己的思想境界，"就是让自己反思怎么做人、怎么做一个教师，怎样对待自己的老师、自己的学生，以及怎样对待你批评的对象。这些问题真是让我刻骨铭心。""做事要无愧于心、无愧于人，我觉得我这大半生，就是努力按照老师的教诲去做人的。""恩师、先贤的灵魂，一直激励我寻找、再寻找文化人格的理想境界。"

我们深信，在老南开中文系教师的身上，那种物质贫乏年代里甘于寂寞的坚守、潜心育人的大爱，那种动荡环境中笑看浮沉的淡然、坦荡做人的傲岸，还将滋养着许许多多的晚生后学，还将在一代又一代南开人的精神血脉中流淌着。

2022 年 11 月 21 日初稿　2023 年 1 月 9 日定稿

（本文刊于 2023 年 6 月 2 日《今晚报》）

附：
我所认识的宁宗一先生

我因供职于南开的缘故，与中国古典小说戏曲研究专家、南开大学中文系年逾九旬的老教授宁宗一先生有十多年的往来。这些年来，几乎每次拜访宁先生，都能有幸聆听他讲老南开的故事，尤其是老南开中文系的逸闻轶事，有些故事甚至听宁先生讲过不止一两遍。每次谈到中文系前辈学人，宁先生总是满怀感恩、谦卑与反思。这些年来，笔者深深体会到，宁先生对恩师的深情回忆、对师恩的感念赞颂，以及对自己的不断

2020 年 7 月 17 日，宁宗一先生与笔者的合影

反思，体现了他对"师道尊严"之传统的捍卫与践行。

先生践行南开大学师生亲厚的传统

我并非中文系的学者或毕业生，故而宁先生的才学，我没有资格妄评。但我了解到，宁先生的许多友人、学生都对他十分尊敬爱戴。如已故著名史学家来新夏先生曾说："宗一可以说是一位性情中人，也是一位可以放心交往的朋友。他籍隶满洲，而负笈津门，从师于华粹深、许政扬诸名家之门，奠定了深厚的古典文学基础，特别是小说戏曲方面的功底。几十年来，他在淡泊而不宁静的生活中，写下了若干著述和论文，成为这方面的知名学者……他认为文学史是心灵的历史。他从思维方式的角度立论，主张研究和写作不只是用笔墨，而应是持一种'心史'的态度，以'杜鹃啼血'的精神去研究和写作。

这无异是用双手齐按在琴键上所迸发出来的强音。"（来新夏《〈走进困惑〉序》）而在著名作家、编辑家韩小蕙心目中，宁宗一先生是中文系"四大才子"之一，她曾说："宁宗一先生是典型的文人才子，平日里但见他把腰杆一挺，头发一甩，就口若悬河地侃侃而谈……"（韩小蕙《学术人生 庄谐有致——致南开老师》）。

在宁先生记忆里，南开中文系的朱维之先生、华粹深先生、邢公畹先生、许政扬先生等都是非常谦虚，而且都对学生有莫大的信任和恩情，"当时南开的老师对学生就像对待自己的孩子似的，学生与老师之间的关系也是亦师亦友"。在此仅举宁先生经常讲述的两个小例子：其一是，邢先生当中文系主任时，有一次让宁宗一代替他到北京开会。回来后，宁宗一想给邢先生汇报会议的内容，邢先生说："不用，等开会的时候，你传达一下就行。"其二是，那时候虽然物质贫乏，然而南开中文系教师不仅时不时带学生出去"打牙祭"，还总能给学生们创造丰富的"精神大餐"——那时华粹深先生家里藏有近千张戏曲唱片，每次下课时他总会问："谁上我家里去听唱片？"宁宗一等几个学生便时常相约一同去南开大学东村华先生府上听唱片。

而我的亲身体会是，宁先生为人也是十分谦虚并不吝于提携晚生后学。每次宁先生给《南开大学报》文艺副刊赐稿，都客气地跟笔者这名小编辑说："别忘了，我们之间的'君子协定'：我的稿子要不要发、怎么删、怎么改，由你拍板决定。"作为一位大家、名教授，宁先生对鄙人如此之信任，总是让我既感到诚惶诚恐，又对宁先生的谦虚极为敬佩。

　　在南开大学百年校庆期间，我编选的《湖畔行吟——〈南开大学报〉"新开湖"副刊百期选粹》出版，宁先生收到样书后，当天晚上十点半立即给我发短信："小韦：晚上好！极粗翻了一下《湖畔行吟》。请相信我，以我的良知对你说，这一本书才是南开百年历史的形象解读，比我能看到的几本纪念文集更棒！你下了大功夫，是精选——是你眼力的一次'测试'！我敬佩你投入的时间和精力。我的'翻阅感'以后再向你汇报！这是初评！"后来，宁先生读完全书后，又郑重其事地撰写书评《一部南开人的心灵史》，发表 2020 年 1 月 2 日的《今晚报》副刊头条，并且时常向他认识的朋友、书店推荐这本文集。虽然我自知工作上还有很多不足，但是宁先生的鼓励给了我很大的动力。

　　因为编辑文艺副刊的缘故，我有时也写点散文随笔，时常受到宁先生的鼓励。大约是 2011 年，我的一篇小文《津门淘书琐忆》见诸报端，宁先生读到后给我来电嘱我去他家一趟，先生颇有些兴奋地说："我教了六十年书，爱买书是我唯一的嗜好，但我却不是一个藏书家。自己的书随时事变迁，更迭数次，现在存的书可能只是全部藏书的十分之一吧。严格地说，回想起来不无遗憾。看了你的一篇随笔，让我大吃一惊！今天的年轻人中竟然有这么一位淘书家、藏书家，这在什么都依赖电脑的时代与学人来说，令我振奋。但我又是一个遗憾：不能给你提供值得收藏的好书……"

　　这时，宁先生又一次跟我谈到当年许政扬先生带着他一起到天祥市场"淘书"的故事，讲许先生指点他如何选书买书。这些故事点滴，宁宗一先生曾在《淘书况味》一文中有专门的回忆，在此不赘述。

回忆罢，宁先生将厚厚一摞书摆在我面前说要赠送给我。看得出来，宁先生赠给我的那些书，是先生读了我那篇小文之后，特意针对我的兴趣爱好而挑选出来的。大约包括：周汝昌《红楼梦新证》、许政扬《许政扬文存》、人民文学出版社《四部古典小说评论》、周贻白《戏曲演唱论著辑释》、人民出版社《关于胡风反革命集团的材料》《胡风对文艺问题的意见》、郭沫若《李白与杜甫》、朱光潜《谈美》《诗论》《文艺心理学》、蔡仪《新美学》、陈宗枢《琴雪斋韵语》、吕荧《人的花朵》、朱万曙《沈璟评传》以及一些戏曲单行剧本、戏曲杂志、书法碑帖等。宁先生还当场在便笺上写了几段话夹在郭沫若《李白与杜甫》一书中送给我，其中写道："你在电话中说，藏书其中就有一类是属于'一个时期的印记'。所以奉上郭老的有争议的《李白与杜甫》，当属一个时代的'印记'。看看郭老这样的大学问家在那个被扭曲的时代如何扭曲了自己的学术良知！留着吧，它会让你思索很多问题，学术的、历史的、政治的，更是心灵的吧！紧紧握手！"很难忘记，临别时，宁先生紧紧握着我的手并使劲摇了摇，直把我的手摇得身体也跟着晃了一晃。这有力的大手，竟是眼前这位八十岁老人的双手呐！后来我将郭沫若《李白与杜甫》与罗宗强先生《李杜论略》比对着读，确实领悟到不同的为人、为学之态度，体会到什么是宁先生所说的"学人风骨"。

先生鼓励我接续先贤慧命、传承昆曲艺术

　　宁先生跟笔者谈及老南开中文系前辈时，经常用"风骨"一词形容。因为令宁先生印象尤其深刻的是，在那风雨如晦的年代里，南开中文系老教师身上自始至终保持着知识分子追求真知、捍卫良知的傲岸风骨。"恩师、先贤的灵魂，一直激励我寻找、再寻找文化人格的理想境界。"宁先生说。

　　宁先生曾撰写了多篇回忆南开中文系前辈学人的文章，收入《心灵文本》《点燃心灵之灯》等散文随笔集中。每当新著问世，宁先生总是惠赠我一册，捧读之，每获教益而心存敬意。最近，由宁先生口述、我的同事陈鑫采访整理的《一个教书人的心史——宁宗一九十口述》出版，而宁先生回忆恩师的篇章也成为该书的重要内容。承蒙二位抬爱，在 2020 年秋书初稿刚完成就让我先睹为快、命我"提意见"，书正式出版时，又向出版方中国大百科全书出版社推荐使用我拍摄的宁先生九十岁玉照作为书的封面。老实说，我真是诚惶诚恐。我嘱咐自己要好好研读学习，才疏学浅的我，不可心急妄言什么"意见"。几次读罢掩卷，最引发我触动的内容，还是宁先生回忆与老南开中文系前辈学人往来的故事（详见 2023 年 6 月 2日《今晚报》第 20、21 版，笔者所撰《钩沉老南开中文系师者风骨——以宁宗一先生口述历史为中心》一文）——不仅仅是因为老南开中文系前辈学人的故事令我感动，还因为宁先生所孜孜追求的"师道相传"的精神令我感动。

　　为什么舍得花这么精力撰写文章、口述历史以记述自己的恩师呢？"这种回望，既是反思自己、净化心灵的过程，同时，也是为了给历史留份底稿。"宁先生说，"南开中文系很多恩师不仅学问精深，而且他们伟岸的人格都点燃了我的心灵之灯。我年轻时只知道写一些僵硬的论文，后来之所以写这些回忆文章，是因为我练习写作这些散文随笔的过程，真的发现了文化大家们的心灵史，同时也更加清晰地认识到恩师们的人格精神与学术精神是如此紧密地结合着。"

　　宁先生还曾多次自筹资金组织举办缅怀中文系前辈学人的追思会。其中笔者亲历的就有两次关于华粹深先生的追思会（华先生逝世 30 周年追思会和逝世 40 周年追思会）。我因为喜好昆曲而被宁先生邀请参加并协助宁先生做一些会议记录工作。十年间，我对华粹深先生了解略有深入，承蒙宁先生垂

2021 年，宁宗一先生主持召开的华粹深先生逝世 40 周年追思会

青，嘱我在华先生逝世 40 周年追思暨华粹深学术思想研讨会上作题为"浅谈华粹深先生的戏曲唱腔艺术批评思想——以《听歌人语》为中心"的发言，让我有机会得到与会前辈学人的批评指点。

"从事戏曲研究与教学一定要重视'场上之曲'，这是华先生奠定的优良传统，我不忘记华师的言传身教，所以有一次我带 1979 级学生集体去北京看戏，那次经历让学生们至今念念不忘……华先生的人格精神对我有很深的影响。这种人格精神不是空洞的，他以自己的身体力行给了我们最深刻的教育。"宁先生经常跟笔者谈及当年华粹深先生常带学生去剧院欣赏戏曲演出，并强调"研究戏曲要多从'场上之曲'来分析作品"，时常忆及华先生收藏的千张戏曲唱片毁于"文革"中红卫兵之手时华先生的那一声长叹——"我这一生，可能这是最让我痛心的事了"，并感叹后来人很难接上华粹深先生、王玉章先生等前辈开辟的戏曲研究传统。

所以当宁先生得知笔者对戏曲尤其是昆曲有所喜好，即便笔者水平有限，宁先生也是时常加以鼓励。大约 2018 年的一天，天津某家电视台辗转通过内人陶丽联系上我，想让我约请宁先生接受有关昆曲传承问题的专访。我打电话给宁先生转达电视台的采访邀请，宁先生婉言谢绝了："首先，我在戏曲方面只是研究一点文本而已，我真讲不了昆曲。除非……"宁先生稍微顿了一下问我："小韦，你为什么不去讲？我身边这些人里面除了你能讲昆曲没别人能讲了。"我顿时觉得无比惶恐："就我这水平，怎么能去讲……"宁先生立即打断我："小韦，我

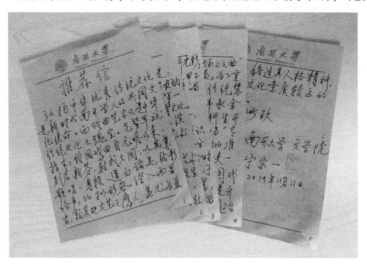

说你这么胆小，能做成什么事儿呢？"印象中宁先生从没有这么训斥过我。正所谓"师友夹持，虽懦夫亦有立志"，这次训斥顿时令我鼓起了一种勇气，促使了我产生在南开大学开设一门昆曲通识课的想法。宁先生一看我终于"胆大"了，立即跟我说："我来给你写推荐信。"要知道，九旬高龄的宁先生以白内障之疾近年来已很少动笔写字了，但老人家转天竟很快帮我写好了推荐信，足足有五页。推荐信中说，"南开大学素有传承昆曲艺术的优秀传统"，并再次提到华粹深先生一生致力于戏曲研究和教育的南开传统，认为推荐我开设昆曲通识课是"为了接续先贤之慧命""促使一代代青年学子继承我国戏曲艺术传统"。

经由宁先生推荐，陶慕宁、张铁荣诸先生支持帮助，"昆曲

2019 年 11 月，宁宗一先生为笔者在南开大学开设
"昆曲赏析与清唱"课而写的推荐信

赏析与清唱"这门课从 2020 年春开课至今，经过三年多的努力，越来越多学生选修了这门课程，很高兴很多青年人被古老昆曲的魅力吸引了。宁先生还鼓励我将研究与教学相结合，认为研究是促进教学的重要手段。最近，宁先生见到学界有人谈及一种较少受到关注的古代曲谱，立即将此信息转给我，并提示该曲谱之价值及其研究方向，建议我首先考证这个曲谱的年代，"这是关键，如确定为元明间作品，其他问题都好说了。"其次，建议我"选经典杂剧剧曲、散曲找人唱"，"选送经典杂剧单折排演，搬上舞台——这就要与今日昆曲剧团和演员合作"，"学界音乐界戏曲界认可了，可以申报非物质文化遗产。如果真成功了，补上元曲之空白，功莫大焉！"诸如此类的鼓励和帮助，让我这名学识浅薄而能力有限的兼课教师，逐渐有信心把这项工作做得更好。

通过以上这几件事我感受到，宁宗一先生身上有着那种老南开中文系前辈学人重视师道相承、重视文脉流传的传统与风骨。需要说明的是，在记叙与宁先生的往来时，夹带了先生对鄙人的谬加称赏，实无意于借此自我表彰，而是为了表明前辈的鼓励劝勉之心。我以为，宁先生对晚生后学的鼓励劝勉，是与南开前辈学人对宁先生的言传身教分不开的。由此我们相信，老南开中文系前辈学人的学风与人格，还将在南开人的精神血脉中流传下去。

　　　2022 年 11 月 24 初稿　2023 年 6 月 12 日改定

（本文刊于《世纪》杂志 2023 年第 4 期）

费孝通文化自觉论的推崇者与力行者

——记杨心恒先生

一

第一次见到杨心恒先生，是 2005 年 4 月 27 日下午南开大学在范孙楼为刚刚逝世的费孝通先生举办的追思会上。我对那次追思会印象比较深刻，一是因为费孝通先生是我国著名社会学家、人类学家和社会活动家，推动建立南开大学社会学系是费先生生前所致力的重要工作，因此追思会上南开师生那种深切的悲痛与缅怀之情十分感人。再一个是因为彼时我刚来《南开大学报》编辑部实习，那次追思会是我第一次以一名实习记者的身份参与的活动，协助编辑部的一位资深记者记录这次活动的概况和发言内容。我毕业前所学专业并非传媒类或文史哲类专业，但我因个人的兴趣，对这个领域颇有些向往，所以对这份实习工作十分珍惜，加之对老一辈南开学人非常敬仰，因

2005 年，杨心恒先生在费孝通先生
追思会上发言

而我较为细致认真地聆听、记录追思会的一些细节。

我虽然没机会见过费先生，但追思会上那些与费先生共事的老教授、费先生指导过的学生，也都是我十分敬仰的前辈学人，聆听他们对费先生的深情回忆，让我觉得费先生的精神世界仿佛离我们并不太遥远。这其中杨心恒先生的发言令我印象很深刻。

杨先生早年毕业于中国人民大学法律系，后来在南开哲学系任教，改革开放后参加由费孝通先生主讲的社会学暑期讲习班，在费先生指导下编写社会学教材《社会学概论》，为南开大学社会学学科的恢复重建多方奔走、并协助费先生推动在南开大学等高校建立社会学系。杨先生颇得费孝通先生亲炙，对费先生晚年学术活动与思想有着较为深入的了解。"先生驾鹤西去，学生万分悲痛。"追思会上，杨心恒先生满怀深情地追思缅怀恩师的人格风范和学术思想，其中特别谈到了费先生的晚年学术思想之转变，并撰挽联曰："一代宗师，驾鹤西去，独留巧思传千古；九州学子，追思先贤，惟以人本济万民。"杨先生那略显颤抖的声音，令我记忆犹新。

二

2006 年以后，我开始负责《南开大学报》副刊的编辑工作，这样便有幸得以正式认识作为校报副刊资深作者的杨心恒先生。几番往来过程中，杨先生多次提到费孝通先生对他的影响，而他尤其推崇费先生晚年提出的文化自觉论。我逐渐了解到杨先生在费孝通先生学术思想的研究和梳理方面下了很深的功夫。

经由我编辑，杨先生在《南开大学报》副刊发表了《费孝通文化自觉论探源》《文化自觉与文化自信》《说说文化相对论》《斯人去犹在》等学术随笔、散文。这些文章阐发了费先生文化自觉论之要义，以及杨先生对于费孝通先生晚年学术思想转变之缘由的理解。杨先生认为，作为社会学、人类学的一代宗师，费孝通前半生是功能论者，代表著作有《江村经济》《生育制度》《乡土中国》。而其后半生逐步转向人本主义，在功能论与人本主义之间"允执其中"，将中西文化融会贯通，

费孝通（二排右二）、杨心恒（二排右一）与南开大学社会学系
1982 级研究生合影

其晚年最突出的贡献是创立了文化自觉论。这个理论被一些学者尊崇为一种文化哲学理论，杨先生认为其要义是"对自己的文化有自知之明，知道它的来源和意义，知道它的精华和糟粕、长处和短处"，其目的是正确处理个人与个人、个人与群体、群体与群体、群体与民族、民族与民族、人类与自然之间的矛盾，建立和而不同、多元一体的人类文化体系，从而达到"各美其美，美人之美；美美与共，天下大同"的人类社会理想境界。

杨先生不仅大力推崇、传播费先生的文化自觉论，而且时常运用文化自觉论观察、分析社会问题，可谓文化自觉论的力行者。

2010 年，南开大学某知名老教授在一家颇有影响的报纸上发表文章，对当时社会上一些倡导国学、设立国学一级学科的现象提出质疑，并对中国传统文化的弊端提出批评，并反问道："倡言者把儒家文化说得那么棒，可是怎么没有把中国比较早地引导到现代化的道路？"《南开大学报》也转载了此文。对于这位老教授的部分观点，我不敢苟同，但是对于他的耿介直言与敢于质疑，我十分佩服。转天，杨先生在给我的电子邮件中对这篇文章及社会上的这两种态度谈了自己的看法，他认为当前社会"对孔学的争论走向两个极端：一个极端是全面恢复孔学，设立一级学科；另一个极端是全面否定孔学，还没有从'批林批孔'中走出来，这大半是因'批林批孔'而出名的人"，而杨先生对以上两种观点都不同意。"我持中庸态度，也是实事求是的态度。"他说。杨先生对中华传统文化有自己的看法，但他声明自己"不参加他们的讨论"。

为此，杨先生撰写了一篇杂文《孔子不倒霉〈孔子〉倒霉》投给《南开大学报》副刊。我是十分支持并乐于见到学术争鸣的。经我编辑，杨先生这篇大作很快发表在了《南开大学报》副刊上。孔子因为被后世许多人曲解、误解（包括2010年热播的电影《孔子》），因此有人认为孔子"很倒霉"、是一个"典型的悲剧人物"。杨先生则在他的杂文中认为，是电影《孔子》倒霉，而不是孔子倒霉。因为孔子是家喻户晓的中国古代思想家，拿他作为题材拍电影，首先面临一个二难选择：是拍娱乐片呢，还是拍思想教育片？演孔子艺术创作的空间很小，所以拍不成娱乐片。假如拍成思想教育片？那人家会说，还不如直接读《论语》。在这样的二难选择中，编导徘徊其间，把孔子拍成电影，是注定要倒霉的，所以是《孔子》

电影倒霉了。而孔子满腹经纶，周游列国宣传学说，即便到处碰壁、哪怕别人说他像丧家犬，他依然故我坚守理想、没有灰心。孔子以其思想之博大精深，"最终成为中国传统思想的主流，所以能够流传两千多年而不衰"。他宣讲仁义、忠恕、中庸、孝悌、诚实、守信和以德治国等思想的主旨，是实现社会秩序和稳定，"所以孔子思想在今天的中国，也是可以继承和发展的"，因而不能说"孔子倒霉"……

杨先生后来还引用费孝通先生的文化自觉论阐明自己对于中华传统文化的态度。他说，"各美其美"，就要知道本民族文化之美究竟在何处。一个民族的文化，从思想到行为式样，表现在人们生活的方方面面，不能一一列举，但是其中最重要的是精神世界。"就中华民族而言，精神文化主要来源于儒、道、佛三家……这是中国文化的美好之处，中国人当'美'自己文化之美"。

杨心恒先生对"各美其美"的这番理解，费先生泉下有知，想必也是认可的。费先生曾在《暮年漫谈》中说，自己从小接受"新学"培养，是一个对中国传统文化缺乏基本训练的知识分子。费先生晚年在回忆自己老师时总觉得自身同老师差了很多。因此他晚年常重读老师的作品，读陈寅恪、钱穆、梁漱溟等的著作以为"补课"。这大概也是在一个侧面体现费先生晚年提出文化自觉论的思想动因。

当然，杨先生强调，文化自觉的终极目的是要达到人类和宇宙自然之间的和谐共生。除了"各美其人"，还要"美人之美"——喜爱和吸纳外国文化中的优良部分，还要"美美与共"——各民族和国家之间的优良文化要互相交流、借鉴、吸纳，最终理想是"天下大同"——建立和而不同、多元一体的世界文化体系。

2014 年"世界读书日"活动期间，为倡导本校师生多读书、读好书，《南开大学报》副刊推出"好书共赏"栏目，邀请多位知名教授向读者推荐阅读书目，其中杨先生推荐了费孝通先生的《文化的生与死》。他认为这本书充分阐述了费先生的文化自觉论，可谓"微言大义"。在近五百字推荐语的末尾，杨先生加了一句英文"The Consciousness of Culture is Windows of Fei's."他在来稿的附信中对我说，这句英文大意是"文化自觉是费氏视窗"。为何没用中文表达？杨先生说"因为是小老儿（作者按：指杨心恒先生本人）的'独创发明'，没敢用中文表达，英文也不知道弄得对不对？删去也行。"后来这句英文在报纸排版时被删除了，因为编辑部讨论后当时有这样的考虑：有关编辑规范的文件要求，中文出版物中的英文应该翻译成中文表达，尽量避免一本书中英文混用的情况，且杨先生本人没想好如何表达成中文，也同意删除。另外，既然"费氏视窗"的定位是杨先生对于文化自觉论的独到理解和发现，或可等将来杨先生有专文论述再正式发表也不迟。

关于"费氏社会视窗"，杨先生曾在 2014 年 4 月 22 日给我的电子邮件中说："最近我看了习近平主席在欧洲学院的讲话，讲到国际交流，说了许多对中国传统文化的继承与发扬。这使我又想起'文化自觉'，并与世界上所有使用计算机的人都装 Windows 联系起来，于是产生了 Fei's Windows on Society：

Consciousness of Culture。这与美国人亨廷顿提出的文明冲突论是不同的，更具有积极意义。因此我想用《文化自觉——费氏社会视窗》为题，写篇文章。不知道我有没有这个能力。"后来杨先生又来信对"费氏社会视窗"解释说："美国学者亨廷顿在 1993 年提出文明冲突论，成为美国人看世界的窗口。这个理论认为，冷战结束后，世界政治进入一个新阶段，基于宗教、历史、语音和传统等方面的差异而产生的文明冲突，已替代以往的意识形态对立，成为战争的根源。所以美国必须与文化相似的国家结成联盟，并尽可能地传播它的价值观。对异族文明尽可能适应，但是如果需要，必须对抗。美国政府就是使用这个视窗看世界各地发生的事情，并以此为依据处理国际事务的。然而亨廷顿的'社会视窗'不适合中国。中国有中国的'社会视窗'。费孝通先生的文化自觉论就是其中一个。具有深厚的中国传统文化知识、又了解西方文化的费孝通先生当然不同意亨廷顿的文明冲突论，我认为，他创立的文化自觉论可以作为观察世界的窗口。"又说："知道文化自觉的核心内容，就知道它为什么能够成为观察社会的视窗了。"并且杨先生认为，当人们有了很高的道德修养，才能很好地使用"文化自觉"这个社会视窗。遗憾的是，转年（即 2015 年）杨先生因身体原因长期住院，在杨先生逝世前，他这个将费孝通先生文化自觉论定位为"费式社会视窗"的独到见解，没能够以专题文章正式发表。

三

作为一名跨越法学、哲学、社会学三大领域的学者，杨心恒先生执着于关注、思考国家与社会发展前途。晚年的杨先生勤于笔耕，而杂文作品最能体现他的忧患意识。他曾说，"杂文不是学术论文，杂文说话更直，也更生动，但是并不违反历史事实"。杨先生的杂文，往往无意于与人争辩，那些"东拉西扯"的信笔闲话，实则纵横恣肆、妙趣横生，读罢往往能让人在会心一笑之中得到启发和思考。因此，为学之广博加以文笔之通透，使得杨先生的杂文作品颇有社会影响。如他在1999年发表于《社会》杂志的作品《名人效应的那一面》，曾获得报刊杂文金奖和第十届中国新闻奖。再如他于2008年3月21日发表在《南开大学报》副刊的《大学　大楼　大师》一文，结合五十多年来的亲身经历，针砭教育界时弊，深获读者好评。报纸发行当天，著名经济学家、南开大学资深教授熊性美先生特意给编辑部打来电话评论道："早晨翻报纸，看到周报副刊发了杨心恒的文章《大学　大楼　大师》，谈了一些问题，谈得不错。这么多年了，周报的面孔终于有了一些改变，终于能有一些不一样的声音。作为一名南开老教师，作为周报老读者，我感到很高兴。"

杨先生的杂文，能言人之不敢言，"志在激浊扬清"。2010年有一次来稿，对于文中一些很关键的观点、必须保留的段落，杨先生在信中郑重说明："其中有论及唐山地震的一段话，

我打了黄色，请不要删除。如果
审阅时删除这段，那就不要发
了。"后来又说："我敢在校报发
表，说明我说的都是实话，问心
无愧。我的同辈人如何评论，我
不在乎。只在乎对后来人能有启
发，多动脑筋，思考问题。"2011
年，杨先生从国内某官方网站上
看到江苏邳州市和河北省平乡县
为了招商开发，非法征用和毁坏
数百亩麦田的事件，因此打算写
《民以食为天》来评论。他说刚

杨心恒先生赠予笔者的
杂文随笔集《岁月沧桑》

写了开头，被家人知道了，坚决反对他写："不要写! 现在不是
有粮食吃吗，就是以后没有粮食了，挨饿的也不是我们一家，
你出什么头! 要是把你逮进去了，我们怎么办?"为此，杨先
生群发一封致歉信给许多友人说："我是个什么玩意儿? 自命为
知识分子，民族的良心! 这'民族的良心'在自己家里都不
能施展，还有什么颜面见我'江东父老'。杨心恒'死了'!"

　　当然，也因为杨先生有些杂文随笔词锋颇为尖刻锐利，有
时部分不涉及主要观点的词句在编辑、审稿过程中被删除去
了。而我作为责编，难免要就这些被删节的词句向杨先生作一
些解释，请求老先生理解、包涵并继续支持我们的工作——杨
先生这样的资深作者，可谓我们的"衣食父母"啊。而杨先
生听完我的解释，总能谦虚地接受，并包涵我这名小编工作上

的不足之处。如杨先生起初有一次在信中跟我说:"我从网上看到你发了的拙作,有些'牢骚'话被'和谐'掉了,我能理解。能这样发已经太不容易了,谢谢你。不过这样一被'和谐',我的涵养就被拔高了,其实我真的没有那样高的觉悟。惭愧!"我知道,杨先生虽然接受,但是这语气中似乎对于"被拔高"仍有些"意难平"。随着往来的深入,工作上的互相了解,杨先生对于我们的工作多报以理解的态度,并作一番自我批评。如他在 2010 年 3 月 22 日的一封来信中说:"有些时候,我的观点也有偏颇之处,不宜锋芒毕露,所以经你润色有好处。"再后来,杨先生有时出于对青年编辑的爱护,对于一些言辞较为犀利的杂文作品,杨先生甚至鼓励我大胆地"斧削"。他在 2011 年的一次来信中说:"我是离休的人了,顾虑少了些。在岗的人要赚钱养家,这是最实际的……所以我从来不想用我的观点去影响在岗工作的同志,怕影响他们的饭碗。"

四

杨先生很关心鼓励晚生后学的成长。2011 年 4 月 25 日,我的追忆著名历史学家、社会学家李世瑜先生的一篇小文《忆李世瑜先生二三事》在《中老年时报》上发表,杨先生读到后转天即来信:"承金:很高兴看到你在昨天的《中老年时报》上发表写李世瑜的文章。李先生是辅仁大学社会学系毕业的,是我的前辈,是一位研究天津民俗与社会团体(会道门)的专家,有真才实学。可惜一辈子生不逢时,没有很好发挥他的才能，可惜呀！"杨老在信中对这篇小文鼓励道："你的文章写得很好。"并针对小文和我的编辑工作提出两点意见："'想象得出，面前这位老人壮年时引吭高歌，又该是怎样一种气度！'最好改为'那是何等气度！''怎样一种'是分类，没有高下之分，'何等'加在形容词之前，起着强化形容词的作用。另外，我在写杨敬年的文章中，有'在熟人家的牛棚里囚了一宿'，中老年时报和大学报发表时都把'囚'改成'住'，意思就有点不一样了。'囚'是北方方言，读第三声。我特请教了薛宝琨先生，李（世瑜）先生若在世，他也会同意用'囚'的。"这番批评让我十分受教。

当然，对于《南开大学报》副刊的工作，杨先生总是以鼓励为主，2007年9月《南开大学报》迎来复刊1000期的时候，杨先生应邀为千期特刊撰文《南开人读南开报》，文中提到副刊时说："我看得较多的是综合版（副刊），因为杂文、散文、随笔、诗词、歌赋都登在这版，间或也有研究报告在这里发表。我管这版叫抒情版和成果版。人是有思想感情的，接受外界刺激，有所反应，总想以各种文学形式抒发出来，这对作者和读者都有好处，《南开大学报》就提供了这个抒发感情的地方。最近看到一位年轻人在《南开大学报》第4版上发表的一篇散文，境界很高，布局巧妙，语言朴素，读了之后，浮想联翩，心灵受到一次洗礼。"后来，不止一位学生作者读到杨先生这段话，就问我："杨心恒先生说的那位'年轻人'，是不是我呀？"我统一答复道："应该是，应该是。"得到这样的答复，学生作者心里美滋滋的。而我作为责编，也因为工作上得到鼓励而感到很高兴。

而对于像杨先生这样年逾八旬依然笔耕不辍的老作者，曾有青年学生请教保持旺盛精力持续写作的秘诀。杨先生答曰："我的学术生涯中有三次'转业'。第一次是从法学转入哲学，第二次是从哲学转入社会学，第三次是从社会学转向文学。前两次转业都是在青壮年时期，最后一次'转业'（如果说还有'业'的话），已是六旬以上的老人了，没有十分刻苦的精神是做不到的。如果有人问我治学有什么经验？答曰：老实、认真、刻苦。"

杨先生平日还喜欢写一点旧体诗词，写一点毛笔字。有时过年时他会将自己用毛笔写的新年贺卡，拍照发给友人、学生，笔者也曾有幸收到过。杨先生的书法以技巧而言功力虽不及一些著名书家，然而用笔清健、颇有学者的独特气息。不过他总自认为是"老干体"，"拿不出手"，这是老一辈学人发自内心的谦虚。

每当杨先生有文章发表在《南开大学报》副刊上，他总会亲自到编辑部来取样报，不让我们给他送。"反正遛遛弯儿就顺便取了。"他说。杨先生住在龙兴里小区，对于年届八旬的老人来说，这一趟路不算近。2015 年的一天，杨先生又来取样报。聊起天来，杨老自叹："最近文章写得少了，毛笔也很少动了，老了，手时常发抖。"我听着，心里很不是滋味。大约从那时候起，杨老身体状况便一直不大好。

不过杨先生还是一如既往地关心《南开大学报》副刊，并不时向我推荐新的作者。我收到的杨先生最后一封电子邮件，是他在 2017 年 7 月 17 日为南开大学 1977 级哲学系校友武斌先生的散文《我的心留在了南开》写的推荐信。信中写道："承金：你好！我因病很久不和外界联系了，昨天 1977 级社会学班同学传来哲学系 1977 级毕业生武斌的回忆录，对南开情真意切，我受感动。现转发给你，看看下学期大学报版面有空时能否发表。"武斌先生是辽宁省社会科学院原副院长、沈阳故宫博物院原院长，因了杨先生的推荐，我们报纸又多了一位优秀作者。

　　2018 年春节正月初一，我给杨先生发拜年短信，未见回复。心想也许杨先生在忙着与家人团聚，那过几天再去拜访一下杨先生。没想到，正月初五（2 月 20 日），突然在南开大学主页看到"著名社会学家、南开大学社会学学科重建的重要发起人杨心恒教授因病于 2018 年 2 月 19 日 11 时 50 分逝世，享年 86 岁"的讣告。我的大学同学、商务印书馆编辑宋伟兄跟我说他也见到了讣告。于是，我们相约一同到杨先生家中吊唁。杨先生不仅是工作上给予我大力支持的资深作者，而且他的学问、人格给了我很多的启迪和教益。杨先生不仅志于传承发展费孝通先生等老一辈知识分子的学问，而且还继承发扬了老一辈知识分子的忧患意识和绝不曲学阿世的风骨。失去这样一位可敬可爱的长者，让我心中十分悲痛，特为杨先生写了一副挽联："正气千古，丹心永恒。"杨先生生前曾因其大名有时易被人听错记错而撰写杂文《"心脏病"与"恒大烟"》以自嘲，先生若九泉之下有知，是否会认为这副嵌名联有所"拔高"？

杨先生一生默默无闻，淡然看待荣誉，拒绝别人"拔高"自己，然而历史终将会记住他。2018 年底，《中国社会科学报》以"2018 逝去的背影"专版向 2018 年逝世的五十余位学人致敬，其中有一代通儒饶宗颐先生，也有我所认识的南开的学术大家倪庆饩先生、杨心恒先生。该报在编者按中说："他们的溘然长逝，是学界的巨大损失。他们身上所展现的这个时代的学者风范，将被我们永记与怀念。身为学者，当'为天地立心，为生民立命'，更当'为往圣继绝学，为万世开太平'。生命总有尽头，但学术思想可超越生命，获得永恒。他们为后人留下的精神与财富，如春风化雨，必嘉惠学林。传薪有斯人，我们定当追随他们的脚步，在求知求真的道路上，奋力前行。"信哉斯言。

> 写于 2023 年 2 月 19 日雨水节气
> 恰值杨心恒先生逝世 5 周年

（本文刊于 2023 年 3 月 24 日《中国社会科学报》）

从抗美援朝战士到
南开日本研究奠基者

——记俞辛焞先生

从一名浴血奋战的抗美援朝志愿军人，转变为一名著作等身的史学研究大家，又以呕心沥血的默默奉献而开拓了南开的日本研究事业，俞辛焞教授的经历颇具传奇色彩。

俞辛焞教授是朝鲜族人，1932 年 9 月 22 日出生于朝鲜的咸镜北道。由于少年时期深受日本殖民统治和战乱之苦，1950 年，他毅然响应"抗美援朝，保家卫国"的国家号召，弃笔从戎，参加抗美援朝战争，他曾在战斗中荣立战功。1952 年俞辛焞在战场上身负重伤，被转运至北京养伤，在养伤期间他凭借顽强的毅力学习汉语。

1955 年，这位在极其残酷的战争中历练成长起来的青年人以优异成绩考入南开大学历史学部。谈起大学生活，俞辛焞教授饱含对南开的深情："三年的南开生活，给我留下了许多美好的回忆，使我受益终身，亦奠定了我一生的方向。三年学习期间，我得到许多良师益友的大力帮助，再加上自己的努力，

俞辛焞先生

这为我以后的研究打下了很好的基础。南开对我的这段恩情，我将永生不忘。"

在南开，俞辛焞如饥似渴地沉浸于学业之中，终于在 1958 年提前毕业留校任教，由此完成了一名革命战士到人民教师的身份转变。由于精通日语、朝鲜语，俞辛焞被选中担任著名史学家吴廷璆先生的助教。

躬耕南开教坛四十余载，俞辛焞取得的突出成就。他先后出版著作 14 部、论文 109 篇，使用语言包括中、日、韩、英四种，曾赴日本、美国、俄罗斯、韩国、加拿大等国研修访问二十余次。

1964 年，根据周恩来总理关于在高校中加强外国问题研究的指示，南开大学历史学部成立了日本历史研究室，1979 年至 1985 年，俞辛焞教授历任历史学部日本史研究室讲师、副教授、教授。为进一步壮大研究力量，1988 年，在俞辛焞倡议和组织下，南开大学各系、所的日本研究人员实现横向联合，成立日本研究中心。在日本研究中心的筹建过程中，俞辛焞教授倾尽全力，牺牲了许多宝贵的科研时间，但他却为日本研究中心争取到日本国际交流基金及日本友人共达 1.5 亿多日元（折合人民币 1200 多万元）的资助。日本研究中心成立后，他又亲自担任所长、理事长，为把南开大学的日本研究推上新台阶而鞠躬尽瘁。

在学术领域，俞辛焞教授以他独辟蹊径的学术胆识和敏锐的学术洞察力，获得累累硕果。结合 20 世纪 80 年代初日本外务省公布九一八事变时期档案的良机，俞辛焞教授决定把九一八事变时期的中日外交史作为突破口。1986 年，他的日文版著作《满洲事变期の日中外交史研究》在日本东方书店出版。1988 年 6 月，他通过早稻田大学的博士论文答辩，获得博士学位。

紧接着，他又将研究重点转到辛亥革命时期的中日外交史研究上，在充分利用中文史料的基础上，对日本外务省外交史料馆、日本防卫厅防卫研究所的档案进行了仔细梳理，从资料和方法上取得重大突破。2002 年，他在日本东方书店出版的巨著《辛亥革命期の中日外交研究》获得这一领域研究专家的一致好评。日本学者久保田文次称俞辛焞教授为中国学界活用日文原始资料研究中日外交史的"先驱者""第一人"。

2003 年 6 月 20 日，南开大学在日本研究院国际学术报告厅隆重举行"俞辛焞教授离休纪念会"，各院系师生及天津社会科学院、天津大学、天津市朝鲜族联谊会等 100 余人参加了纪念会。离休之际，俞辛焞教授把 1600 余册个人珍藏图书捐赠给日本研究院，以支持研究院的发展。他说，我虽然离休了，但会继续关注和支持南开的发展，为使南开早日成为国际一流大学贡献自己的力量。

离休后，俞辛焞教授身体状况一直不太好，但他仍为南开的发展默默地奉献着。2004 年 6 月，俞辛焞教授与其夫人、校医院前副院长金贞淑向学校"我爱南开"教育基金会捐款人民币 30 万元，用于建立助学基金，资助来自农村的朝鲜族及其他少数民族家境贫寒的南开学子。

俞辛焞教授说："身为南开人，当思南开事。这既是我们每一位南开人的心意，也是我们的追求。涓涓细流，汇成江海；只要我们人人关心南开的发展，虽是沧海一粟，也会对南开的发展有益，我们自己也会感到人生的快乐。这项基金如能对莘莘学子有所帮助的话，那将是我们夫妇最大的幸福。现在，南开正上下一心，为建设南开而奋斗，我们夫妇身为南开人，能为母校的建设奉献自己绵薄之力，感到无限欣慰。"

从浴血奋斗的抗美援朝战场，到辛勤躬耕、无私奉献的教育阵地，俞辛焞教授一直在续写着自己的无悔人生。

（本文刊于 2006 年 9 月 9 日《南开大学报》）

引领青年学子"仰观宇宙之大"

——记苏宜先生

　　昨天（2021 年 5 月 15 日），"天问一号"成功着陆火星，一时间激发了许多人对天文学的兴趣。为此，笔者不禁想到一部经典的科普读物——南开大学教授苏宜先生编著的《天文学新概论》。也正是昨天，《南开大学报》副刊"读书"版刊发了天津科技馆天文学专家宋媛媛老师为《天文学新概论》撰写的书评，鄙人作为该版责任编辑，与有荣焉！

苏宜编著《天文学概论》书影

　　这本书是苏先生为南开大学文理工医等各专业学生讲授"天文学概论"通识课而编写的教材，现已出到第五版（此外还曾在台湾出版繁体字版），第二十二次印刷，是普通高等教育国家级规划教材"国家级教学团队　科学素质教育丛书"之一种。最新印本中包括了"嫦娥五号""天问一号"等最新的天文信息。

王羲之在《兰亭集序》中有言："仰观宇宙之大，俯察品类之盛，所以游目骋怀，足以极视听之娱，信可乐也。"我特别向微信朋友圈的诸位老师朋友推荐苏先生这部《天文学概论》，或许可通过苏先生的这部经典科普读物，来"仰观宇宙之大"，走入深邃而多彩的天文学世界。

苏先生 1958 年毕业于南京大学天文学系，曾在中国科学院紫金山天文台和北京天文台从事天文学研究，曾任中国天文学会理事和天津市天文学会理事长，具有深厚的学识和丰富的天文观测经验。

20 世纪 80 年代苏先生调到南开大学任教，由于南开大学没有设立天文学专业，他无法专门从事天文学研究，但始终念念不忘天文学。1993 年，那时苏先生已经是 56 岁，他作出了一个重要的决定：在南开大学为全校本科生开设"天文学概论"通识课！1997 年起又同时在天津大学开课，深受学生欢迎。二十多年间，苏先生连续不间断地讲了 49 个学期，两校共计两万多名学生选修过这门课程。

昨天中午我来到龙兴里小区拜访苏先生，有幸获赠了一册《天文学新概论》，不过不是最新版，而是第十九次印刷的版本。苏先生说："你来晚了！出版社第二十二次印刷版本的 500 册，他们各方面有需要的都已经开车拉走了，我手头的最新印

苏宜先生

摄影/韦承金

刷版也刚送没了，只能送给你一本第十九次印刷的版本。我本来说，你太忙了，我给送到你们编辑部去，可是你非要说自己来取。结果你总不来，别人捷足先登，就都送出去了。你来晚了一步，很抱歉只能给一个旧一些的版本了，不过内容是一样，都是第五版的。"

我大学时错过了选修苏先生的课，于天文学完全是"小白"。但阅读苏先生这部著作，觉得内容非常系统详尽、深入浅出，或能弥补当年没能聆听苏先生讲课的遗憾。

翻开第一页，是中国科学院院士、中国天文学会名誉理事长王绶琯先生所书篆书对联："探宇宙之无穷，识盈虚之有数。"联语化用了王勃《滕王阁序》中"天高地迥，觉宇宙之无穷；兴尽悲来，识盈虚之有数"之句，用来题赠苏先生大著，非常巧妙而贴切。而王先生书法用笔圆劲而古朴，章法理性中透着灵气，似乎取法于李斯、邓石如一路，然而用笔含蓄而蕴藉、流动而自然，了不起，我很喜欢。

书的前言，第一句话就是德国哲学家康德那句著名的"世界上有两件东西能够深深地震撼人们的心灵，一件是我们心中崇高的道德准则，另一件是我们头顶上灿烂的星空。"

苏先生深厚的学养和丰富的教学经验，让这部教材兼科普读物在多次修订再版过程中内容变得越来越丰厚，且表述深入浅出，不仅受到普通天文学爱好者的欢迎，还获得天文学专家的普遍赞誉，一些天文学专家教授甚至把《天文学新概论》作为教学参考书。南京大学孙义燧院士在该书序言中说："本书避开了数理方面的困难，全面叙述天文学的基本概念和近代发展，逻辑严谨、深入浅出、条理分明，文风朴实而优美。是一本不可多得的天文学基本读物。"

著名哲学家、南开大学教授车铭洲先生在序言中说："中华民族素有博大的、活跃的想象力，自古以来就把天、地、人贯通在一起，寻求对万物万事解释的一以贯之的原则……这种自然一体和依宇宙客观规律办事的哲理，总是很伟大的，现代哲学家和天文学家常引德国哲学家康德的名言……不知康德是否知道，远在他之前，中国人早已将二者统一在一起了。天文文化是中华民族优秀传统文化的重要组成部分。"

我跟苏先生说，我在听叶嘉莹先生的诗词讲座、阅读叶先生有关著作时，也曾见到叶先生对"天文学概论"课的推介。叶先生认为，如果一个人想提升自己的眼光和人生境界，就要对人世，对大自然、宇宙有博大的关怀，不仅要"通古今之变"，还要"究天人之际"。记得叶先生还举了例子说，有喜欢诗词的同学选了苏先生的天文学课，开阔了眼界，领悟到一些很深的人生的道理。

苏老高兴地说："是吗？我也很佩服叶先生。但我从来都不知道叶先生还在讲课的时候提到过我，你帮我找找，有没有录音或者，能不能找到哪本书有这个记录，我想看看叶先生是怎么说我的课的。"我说我一定找找。

为了这个承诺，我昨天翻了半天书，还真找出来了。在北京大学出版社 2007 年版叶先生讲演集《南宋名家词选讲》第三章中找到的，这是根据叶先生 2002 年冬在南开大学的演讲整理而成的。不过讲座录音整理者将苏先生大名打错了，可惜出版社编辑也没校对出来。

叶先生在讲座中说苏先生"不是学文学的，不懂诗词"这只是讲座过程中的口语表达，顺嘴一说，并无贬低之意。其实苏先生具有非常深的人文情怀和文学素养，苏老的散文《母亲　妻子　女儿》曾发在《南开大学报》文艺副刊上（本人担任责编），文笔洗练而生动，写得十分深情感人，这篇大作后来收在拙编《湖畔行吟》中。

苏先生的人文情怀和文学素养这在大著《天文学概论》中也有所体现。

"中国的现代天文望远镜建设"一节中，在介绍了"中国天眼"FAST 的建设过程、工作原理和科学目标之余，还介绍了 FAST 首席科学家兼总工程师南仁东先生为该项目鞠躬尽瘁的故事。

此外该书还有一段话引起我的注意："封面 FAST 照片是南

仁东先生逝世前四个月（2017 年 5 月 17 日）嘱办公室张署新主任发给本书编著者专为本书封面所用。我们深切缅怀南仁东先生。"

我说："现在这种图片在公共领域、在网络上应该都很常见，您还为了一张图特意在书里感谢南先生，真周到。"

苏先生说："南先生非常了不起，中国天眼 FAST 建设计划就是他 1994 年首先提出来的，后来历时 22 年建成。结果刚刚建成，南先生就因积劳成疾而去世，南先生为 FAST 付出了生命的代价。我跟南先生有交往，所以我跟他说我要用这张图作为封面，他很高兴，就说你别用网络上那些图，我给你发去高清图片。那时候他已经重病住院，特意委托助手发来高清图片作为我们这本书的封面图。后来过几个月南先生就去世了。"

书中还写道，在南仁东先生逝世后，苏先生特撰挽联以致敬："大器终成五百米天眼观宇宙；魂兮归来十三亿国人哀神州。"笔者以为，该挽联感情深沉而对仗颇工。"大器终成"化用《老子》中"大方无隅，大器晚成"句；而"魂兮归来"则出自屈原《楚辞·招魂》，寓意南先生病逝于国外——用典贴切而自然。又如书中"月相"一节，结合中国古诗词描述了月相的变化，将严谨理性的科学分析置于诗情画意之中。

这么生动的教材，不禁让我内心又多了一些对苏先生课堂的神往……

我问苏先生：您的天文学课还在继续讲吗？有机会我也想去听听。苏先生说："年纪大了，加之前几年夫人生病需要照顾，就不讲了。"

2021 年 5 月 23 日，苏宜先生与笔者的合影

我说："那这门课在南开就没人讲了吧？太可惜了。"

苏先生说："我曾经向南开大学申请过开设天文学专业，我说建设世界一流大学不能没有天文学科，可惜至今没有音信。后来我们南开有个学生，叫曹晨，他因为选修了我的天文学课而对天文学感兴趣，研究生改读天文学专业，后来他从中国科学院国家天文台博士毕业后，想来南开。因为我说太老了，也许不能再讲下去了。他就说他可以来南开，接着我继续讲天文学。但是后来他联系了南开大学相关部门和学院，我也帮着联系，都没有愿意接收他的。他很无奈，只好去了山东大学，现在已经他已是山大天文学空间科学系教授，并且是山东天文学会的骨干。对他个人的发展很好，假如他来南开，接着我讲通识课，未必有太好的个人发展前途。"

讲完这个故事，苏老遥望窗外，陷入沉默……

（此文原稿发布于 2021 年 5 月 16 日本人微信朋友圈，部分内容以"带你'仰观宇宙之大"为题刊发于 2021 年 6 月 16 日《今晚报》副刊）

甘做中法文化的 "摆渡者"

——记张智庭先生

2006 年 11 月 13 日，在北京 "法国文化中心"，中国前驻法大使馆商务一等秘书、南开大学外国语学院退休教师张智庭教授接受了法国驻华大使馆文化参赞代表大使和法国高等教育与科研部部长为其颁发的 "棕榈叶教育骑士勋章"，"以表彰他为介绍法国文化作出的贡献"。历史上获此殊荣的中国人不过十余名，在天津他是此勋章的首位获得者。

张智庭先生一生游历十多个国家，我想他肯定有很多不平凡的经历。可采访前他却认真地提出要求："我的工作变动较多，但都是些很平凡的经历，希望你用笔淡一些。" 我点头承诺之后，他才以缓慢的语速道出了那些 "平凡的故事" ……

欢乐的手鼓

张智庭先生 1944 年生于河北，在天津读小学、中学，经过国家的严格选拔，1964 年高中毕业后被选派到阿尔及利亚，

张智庭先生

在阿尔及尔大学文学院攻读法国语言文学专业，20 岁就开始了他漂泊的一生……

1968 年学成归国后，张智庭先生被分配到国家交通部，担任交通部援外工作的法语翻译。在交通部十二年中，交通部主要任务之一是援助几内亚和马达加斯加两国铺路建桥，作为翻译，他则为中非双方的交流"铺路建桥"。

当时非洲国家政局很不稳定，经常发生政变和冲突。"有段时间子弹就在我们身边窜来窜去，然后飞机开始来轰炸"。回想起来，张智庭先生记忆犹新，虽有点后怕，然而他感慨："非洲人的热情与真诚让我感动，所以整天奔波劳碌也不知道累。"

张智庭先生经常把这种感动写成一首首小诗记在日记本里。在其中一篇《欢乐的手鼓》里他写道："每当人们有了欢乐/你就伴他们唱歌跳舞……欢乐的手鼓/友谊的鼓/你把最好的祝愿向朋友倾诉/你在祝愿我们的友谊/像尼日尔河源远流长/你在祝愿我们的友谊/像喜马拉雅山峰高耸牢固……"

"业余"的翻译家、诗人

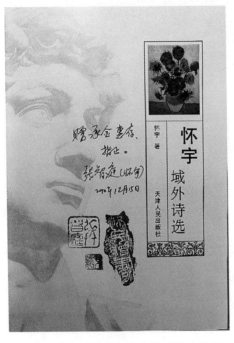

张智庭先生赠予笔者的诗集《域外诗选》

早在学生时代，张智庭先生就对诗歌创作和法国文艺理论感兴趣，因此他一直希望自己能从事学术研究和文艺创作工作。1979 年，顺利完成援外工作任务回国后，张智庭先生毅然辞去交通部的工作，进高校任教。先是在天津外国语学院和天津对外贸易学院任教，1995 年后在南开大学任教直至退休，在南开，他与其他同事共同筹建了法语专业。

兴趣促使张智庭先生选择法国文艺理论和法国符号学作为学术研究方向。虽然白天忙于教学、生活杂事等，但"时间就像海绵里的水"，人总能为自己喜欢的事业挤出时间。张智庭先生年轻的时候就养成每天晚上 10 点入睡、凌晨 4 点起床的

作息习惯。而他的二十余部译著论著大多都是早晨 8 点之前这
几个小时的业余时间写出来的，其中译著《罗兰·巴特随笔
选》还获得了 1997 年国家外国文学图书二等奖。就这样，他
还先后出版了两部诗集《欢乐的手鼓》《外交诗情》。

张智庭先生邀请我参观了他的书房。让我惊奇的是他的书
房是由阳台改造而成的，靠着墙的书架上摆着层层整齐的书
籍。打开窗帘，阳光洒进来，暖洋洋的。张智庭先生解释："阳
台是个天然的好书房，空气新鲜、阳光充足，看书之余还可以
临窗远眺。"但凡好书者都懂得选择适合自己的读书、写作
环境。

中西文化之间不倦的摆渡者

"没有大可炫耀的奖杯与勋章／只欣慰对得起只有一次的生
命／几十年风雨，半个地球上穿行／如今六十岁生日又在异乡度
过……妻子从万里之外的家里打来电话／说家人正为我吃着寿
面、举杯遥祝……"这几句诗摘自张智庭先生《六十岁生日
感怀》。

服从国家需要，1993 年张智庭先生再度奔波国外，担任
中国驻法大使馆商务一等秘书，为国家的外交工作效力。1993
至 1998 年和 2002 至 2005 年，他在法国工作了八年多。近观法
国，使他对法国社会和文化的理解又深了一层。

站在东方文化与西方文化之间，张智庭先生深刻体会到两
者的差异："法国人注重形式的创新，而中国人注重内涵的丰

富。法国人只要抓住一点就穷追不舍地深究，而中国人追求全面、注重中庸之道。"然而，人类对真善美追求有着同样的热忱，因此张智庭先生认为中西方文化是可以互相理解、互相借鉴的。

如今已退休的他正着手编写新著《符号学概论》，他觉得法国符号学对中国的文艺批评是有所启发的，可以借鉴。另一方面，他正和法国符号学家安娜·尼诺合作，想通过符号学诠释中国思想史上的"名论"，并以法文出版。他说："有时间我还要好好研读中国思想史，充充电。"

"我还想把我的经历写成文艺作品。但不知道是否有时间，还有很多工作要做呢。"张智庭先生想把他一生穿梭于东方与西方之间的点点滴滴重新拾起、收藏。然而我想，无论这个愿望将来是否能实现，张教授都是无悔的，因为他生命的长河流淌的本是一部天然的诗集，已收藏在岁月深处……

（本文刊于 2006 年 12 月 8 日《南开大学报》）

-中 篇-

人物速写

我心中的 "李大爷"

——忆李星皎先生

　　李大爷是三年前过世的一位老同事，他的大名叫李星皎。不过同事们都管他叫 "李大爷"，我也便跟着风，一直就这么喊了。

　　李大爷本是河北束鹿人，天津解放那年随父母来的天津，那时他才两岁。后来他就在天津上学，可是由于赶上各种运动等种种原因，才读了中学就参加工作了。他来到南开大学时，年仅十几岁：他在印刷厂当过学徒工、做过排字工，又在农场开过拖拉机、干过一段时间的小队统计员。不几年，调到南开大学广播站工作，兼做摄影员、电影放映员，再后来又调到南开大学外文系做电化教学工作……生计使然，他尝试过不少 "工种"。他肯用功，学习新技能领悟得也快，所以总能胜任不断变化的工作任务。

　　摄影是李大爷在学校广播站兼做摄影员时培养起来的一个爱好。后来在 "文革" 结束后，他获得一个进修的机会，由南开大学派到北京八一电影厂学习电影摄制半年，因而摄影技艺大为精进，从此摄影便成了他的职业。刚进修回来时，他先在南开大学电化教育中心做专职摄影师；20 世纪 80 年代中期又调入南开大学党委宣传部担任图片社摄影师。后来新闻中心成立，他又担任专职摄影记者。

我是 2005 年入职南开大学新闻中心的，那时候李大爷已经快退休了。新入职的员工，往往要由老员工"带一带"。新闻中心下设好几个部门，包括办公室、电视台、校报编辑部、图片社、广播站等。我被分在校报编辑部，文字的采写和编辑方面，赵明、李黎、薄晓岭、冀宁、张国等几位老师都带过我。由于新闻宣传部门工作任务特别多，要求除文字采写、编辑工作之外，我还得会拍照。对于摄影我完全是个"小白"，一开始是晓岭老师带我学摄影，有什么摄影任务时，带着我跟着一起拍，没任务时，带我拍拍校园景物。没过多久，晓岭老师跟我说："光我一个人有点带不动你了，推荐你多跟隔壁李大爷取取经。"

有一回，我担任责编的一期文艺副刊需要配一张校景图，我便来到隔壁新闻中心办公室图片机检索。终于找到一张我觉得很合适的照片，我激动得直嚷嚷："哇，大爷，这个片子是您拍的吗？"说完才想起这时已是午休时间，而李大爷正躺在工位边上的沙发上休息着呢。正当我为自己的冒失后悔而忙不迭地道歉时，李大爷已掀开盖在他身上的军大衣缓缓坐了起来："没事儿没事儿，我就是眯一会儿眼睛。我给你看看……是我拍的，怎么了？"我说："这片子拍得好，想跟您请教，是怎么

李星皎先生在办公室

能让它的主题突出而背景又虚化得恰到好处的？"李大爷直说
我这个问题问得好。他说，摄影很多时候就是你首先要有想
法，就比方说这张片子，你首先得在脑子里面对主体的构图有
想法，脑中要有意识、怎么去表现要有想法。背景需要虚化，
但并不是越虚越好。要考虑好用什么样的景深，要考虑背景和
主体的关系，让背景的虚化程度符合你的构图想法……如此这
般，李大爷兴致来了，又给我讲了光圈、快门、感光度等一大
堆的技术参数，把我整得一愣一愣的半懂不懂。

　　有时候我与李大爷"搭档"一同负责学校活动的新闻报
道，我负责文字采写，李大爷负责摄影，李大爷那种精益求精
的态度和忘我投入的精神令我印象深刻。有一回拍摄校长巡视
考场，在校长移动脚步的同时李大爷也移动脚步跟着抓拍，不
小心身体被桌角蹭了个趔趄。拍这样的照片很难吗？我向李大

爷请教。李大爷说："说难不难，说不难也难。好片子都是有很多讲究。比如这个考场巡视看起来简单，但是拍摄时背景是窗户，要考虑到逆光拍摄时的准确曝光；要体现'巡视'的动感就要抓住校长在一边行走一边低头查看时的瞬间；同时背景不要太杂乱、墙上的那根暖气管不要让它在照片成像时立在人的脑袋顶上……"这些讲究，都要在将要按动快门时同时考虑到。有一回，李大爷不顾自己的形象，趴在地上拍照，事后我请教，"这样拍是不是为了让背景板上的字恰到好处地符合构图的需要？"李大爷点着头"呵呵"地憨笑道："你在拍片子的时候，脑子得总想着怎么把片子拍好、怎么捕捉到那转瞬即逝的镜头，就会忘了自己是个什么姿势了。"

2007 年李大爷正式退休，不过我们都舍不得他，希望他能够继续来帮忙，于是他就接受了新闻中心的返聘。转年的一天，李大爷故作神秘地跟我说："过几天我们要请一个摄影高手来作讲座，你得好好听听。"李大爷说的高手，是时任《天津日报》首席摄影记者、曾两度获得世界顶级新闻摄影大奖"荷赛奖"的祁小龙老师（现为天津师范大学摄影系教授）。那次摄影讲座我听完后收获很大。不仅学习到了摄影器材的使用窍门、常规新闻摄影所需要具备的要素和基本摄影技巧，而且这还是我第一次听人介绍布列松和马格南图片社，第一次听到有人说摄影师要具备一双"思想的眼睛"……祁老师讲完后，特别邀请李大爷作点评。李大爷说的话并不是很长，但是给我印象很深的是，他提到祁老师讲座需要大家重视的两个方面：一是对手中机器的各种按键、设置要了如指掌，摄影的基本功一定过硬、要多练多拍；二是脑子里一定要有想法、有意识，这样才能敏锐地捕捉到别人发现不了的那些转瞬即逝的"决定性瞬间"——李大爷强调的这两点，可以说是言简意赅地给这次讲座画了"重点"，我以为这也是新闻摄影比较核心的内容。后来我在工作中时常琢磨这次讲座中祁老师和李大爷的经验之谈，不断有新的领悟。

　　李大爷有烟瘾，有时正跟他聊着，烟瘾来了，他就会摸出烟盒问我："你也来一根？"我就"好，来一根"。然后俩人就到楼道西面的阳台那里，边抽烟边接着聊。有一回外出集体活动，李大爷邀请我"来一根"时，正好被邹玉洁部长看到并用手机拍下照片作为"罪证"批评李大爷"带坏"年轻人，批评我"不学好"——当然，我们知道一向大度的邹老师并不是真的批评。其实我根本就没有烟瘾，但是陪着李大爷抽烟时，聊天最是轻松而无所不谈。不时能在李大爷那静静散开的烟圈里，听到一些老南开的逸闻轶事，偶尔还有对故去人事的臧否，这是在办公室里正襟危坐的时候所听不到的，也是读校史书所了解不到的。李大爷经历过解放战争和中华人民共和国成立后的各种"运动"，又在南开大学工作近六十年，他在学校工厂、农场、教学单位、机关部门都工作过，作为一名干了几十年的摄影记者，他见证过这所大学大大小小的历史事件。我常想，李大爷如果能把他的经历写出来，一定是一本精彩的回忆录，一份极为珍贵的史料。可惜他没能写出来，也没有人能够给他做口述史。

　　我的烟瘾始终没有因为李大爷的"熏陶"而被带出来，

摄影技术倒是在李大爷等前辈的带动下，几年间渐渐有点那么个意思了，有时李大爷他们忙不过来时，我也能做个临时替补代为拍一两张。再后来看到校内外有摄影比赛征稿启事什么的，我把工作中拍过的那些照片挑了挑传过去，偶尔也能获个小奖。然而李大爷很少对我有过什么表扬——当然，他对周围的人和事大抵总是这样的，诚恳而和善，极少大力赞扬谁，也极少大肆批评谁。

不过有一回李大爷不经意间对我的肯定，令我感铭至今。大约是 2013 年的一天，我正走在楼道里，李大爷与一名中年男子一边聊着什么一边迎面走过来，走到我跟前时，这名中年男子径直拍着我肩膀微笑着问："小韦啊，你在编辑部待了有几年了吧？""八九年了吧。"

我回答说。想必李大爷已经向他介绍过我，所以这位先生一见到我就直呼我"小韦"。经李大爷介绍，我才知道他是校报副刊的前辈编辑，后来读博并调到文学院任教。紧接着这位老师又跟我说："小韦我跟你说啊，在我们周报编辑部，九年可是个坎儿。你看，建强在这里待了九年，去光明日报了；你看我也是在这儿待了九年……"我明白"九年是个坎儿"是校报前辈以开玩笑的方式表达对晚辈职业前途的关心。正当我挠着头不知该如何接过这位老师的话时，李大爷以半训斥的口吻对他说："我告诉你啊，可千万别小看咱小韦。他在我们这儿默默地干好自己的，跟谁都不争不抢。但是你别去惹他……"李大爷没把最后这句话说完，而是代以他那特有的"呵呵"憨笑。这位老师听完拍着我肩膀哈哈笑道："好，好，不错啊小韦!"李大爷的夸奖我虽愧不敢当,但他那半认真半幽默的话,不仅化解了我当时的尴尬,而且让我心中有一种因为被人理解鼓舞而带来的莫名的感动。

李大爷退休前还担任图片社社长、新闻中心办公室主任等职务,承担着烦琐的办公室日常事务和管理服务工作,然而他始终没放下手中的相机,直到退休后还一直用镜头记录着南开的日新月异。他的新闻摄影善于捕捉细节和亮点,因此除了校内媒体,新华社、《人民画报》《光明日报》《天津日报》《今晚报》等也时常刊用他的作品。他的人像摄影善于捕捉情感与神态,如数学大师陈省身先生逝世后,灵堂上所使用的陈先生遗像就是李大爷的作品。那幅照片中的陈省身先生,深邃祥和的目光中流露着一种对人世的悲悯,观之顿生尊崇之感,令人过目难忘。有同事回忆:"2004 年 12 月 3 日晚上,我和大爷一起负责为陈省身先生挑选制作灵堂的吊唁照片。凌晨两点左右,我跟大爷在 513 等河图设计公司送照片。忽然听到电梯门打开的声音,我跟大爷噌地从椅子上弹起,快步走到门口楼道上,正好河图设计公司的人捧着陈先生的大照片从 510 的门口走来,大爷看到那张大照片上陈先生的头像,眼泪登时夺眶而出。多少年了,大爷在昏暗的楼道里,无声而泣的一幕一直清晰如昨。"

前几年,李大爷因为身体原因,不再续聘了,说要回家休养一段时间。我心想李大爷年事也不高,应该没啥大问题。没想到他还是那么早就走了——2019 年教师节前夕,有同事在微信群里发布讣告,李大爷因病于 9 月 9 日凌晨去世,享年 73

岁。顿时，微信群里刷屏的"李大爷走好"。同事们为失去一位好同事、好前辈而感到深深的悲痛。

想起鲁迅先生曾说："我们从古以来，就有埋头苦干的人，有拼命硬干的人，有为民请命的人，有舍身求法的人……虽是等于为帝王将相作家谱的所谓'正史'，也往往掩不住他们的光耀，这就是中国的脊梁。"李大爷正是这样的"埋头苦干的人"。他到退休时也始终没能够写出一篇"核心期刊"论文，然而他在平凡岗位上兢兢业业一辈子，成就了不平凡的一生。

于我而言，李大爷不仅是一位摄影的启蒙老师，更是一位和蔼可亲可敬可爱的前辈。前些天忽然梦见李大爷，遂于夜深人静之时，点上一支陈年香烟，在断断续续的思绪里，拉拉杂杂写了一点文字，仿佛又能与李大爷在阳台那里聊了一会儿天……

（本文刊于 2022 年 6 月 15 日《南开大学报》）

小小竹笛的美育大课堂

——记石俊生老师的民乐通识课

时下，与流行歌曲的火热相比，也许中国传统音乐给人的感觉总是要冷清些。然而，在南开大学，两门有关民族传统音乐的课程总是堂堂爆满，甚至下课了，同学们还不愿离去，争着向老师提各种问题。这两门课程就是由中国民族管弦乐协会会员、南开大学文学院文化素质教学部教师石俊生主讲的"中国民族器乐概论与欣赏"和"中国竹笛吹奏入门"。

"笛子带给我太多的快乐，中国传统艺术实在太美了，我总是想把这快乐和美与更多的人分享。"这是采访中，石俊生给笔者印象最深的一句话。并非音乐科班出身的石俊生，是如何执着地走上音乐之路的？他使的什么"招数"，能让中国传统音乐在南开园里拥有如此众多的"粉丝"呢？面对笔者的好奇，石俊生敞开心扉，娓娓道来……

耳濡目染 走上笛艺之路

1947 年，石俊生出生于天津。受家庭环境影响，他从小就喜欢上中国传统艺术。"小时候我经常在母亲的督促和指导下练习毛笔字"，石俊生说。此外，他还清楚地记得，小时候他家后院隔壁便是天津市评剧团，每当听到剧团在排练，他总禁不住地爬上墙头观看。"那韵味十足的唱腔、那美妙的乐队伴奏，深深地吸引着我"，回想起当时的情境，石俊生记忆犹新。

一个人年幼时，如果很轻易地被一种艺术迷住，也许那正是他的天赋之所在。

偶然的一个机会，石俊生从他的玩伴儿那里见到一支竹笛，他知道那是笛子，拿过来一吹，他居然就吹响了，感觉非常的兴奋。而那时候，石俊生大约才 8 岁，谁能想到，从此，他竟与小小竹笛结下了不解之缘？

笛子在我国发展到今天，已有几千年的历史，但一直以来笛子主要是作为伴奏或合奏的乐器在舞台上出现。自从 20 世纪 50 年代初，著名笛子演奏家冯子存把笛子演奏以独奏的形式首次搬上了舞台后，完成了笛子从伴奏到独奏的历史转变，从此，笛子独奏在全国蓬勃发展。那时候，人们觉得笛子独奏这种文艺演出很新奇，广播电台也经常播放冯子存演奏的《放风筝》《喜相逢》等笛子独奏曲，这优美的笛声对石俊生来说是十分巨大的"诱惑"。"我也要吹出这么好听的笛声来"，石

2006 年 11 月，石俊生（前排左二）与

南开大学笛箫协会部分成员合影

俊生摸着手中的竹笛，暗下决心。只要一放学，一有时间他就
吹笛子。

那时候娱乐方式很少，连电视机都没有。除每天广播电台
里的音乐和评剧团的排练之外，还有一个地方吸引着石俊生，
那就是他所上的小学附近有座庙，里面也有很好听的音乐。在
这样的耳濡目染之下，石俊生居然很自然地背下了许多优美的
旋律，而且居然无师自通地把一些旋律用自己的笛子吹奏出
来，"印象非常深刻，到小学毕业的时候，我已经能吹独奏曲
了"。

虽然不识谱，但用笛子不断模仿并吹奏出旋律的过程，其
实是无形中锻炼了石俊生的耳音。

小学毕业后，13 岁的石俊生面临人生的抉择：一是顺着
自己的爱好，报考天津歌舞团学习音乐，另一个选择是报考天

津体育学院。因石俊生小学时体育成绩非常出色，短跑、长跑都是他的强项，且报考天津体育学院有一个好处，就是这个学校管吃、管住、管穿，而天津歌舞团则没有这样的待遇。那时候，石俊生家境不好，"经常吃不饱，特别是从 1960 年到 1963 年，经常要节粮度荒"。为了减轻家里的负担，石俊生只好选择了报考天津体育学院，出色的体育成绩让他轻松考上了天津体育学院。

在天津体育学院，石俊生非但没有放下笛子，相反，音乐方面的特长使他在全校的各种文艺演出中如鱼得水，他很自然地当上了校学生会文艺部部长，经常组织各种演出。当时体育学院有位音乐教师，他自己写了很多曲子，而每当他哼着自己刚谱出来的曲子，石俊生就能用笛子把那旋律吹奏出来——虽然他并不识谱。老师对石俊生的音乐听音能力大加赞赏，也在乐理知识方面给了石俊生许多的帮助。

在体育学院，石俊生每天坚持到空旷的地方练笛子。而且他一有机会就去天津歌舞剧院看演出，因为那里有两位很有名的笛子演奏家——乔志忱和乔宏忱兄弟。每当有演出，石俊生最关注就是笛子独奏节目了，他会认真地记下好听的旋律，"偷学"那些演奏技法。在体育学院的几年时间里，不懈的练习和经常性的舞台实践，让石俊生在笛子演奏技法方面打下了坚实的基础。而且这时候，因为有乐队的氛围，使他对乐队指挥和其他乐器的演奏也有所涉猎，锻炼了在音乐方面综合才能。

亲历"文革"与地震 未曾向命运低头

对许多人来说,"文革"是一段黑暗的日子。但石俊生并没有太多的时间去抱怨命运的不公,而是积极地利用环境去实现人生的意义。

当时天津体育学院的学制本是十年,但"文革"开始之后,石俊生的学业就此中断了。按照毛主席的指示,知识青年要到农村去"接受再教育"。石俊生被派到宁河县(现为天津市宁河区)接受再教育,他来到宁河县政治部,因为有音乐方面的特长,上级让他和其他几个人一块负责筹建文工团。

文工团一开始是以说唱、歌舞表演为主,后来又增加了样板戏的演出,以服务贫下中农为主导思想,经常下乡演出。"环境逼着你必须演奏好了,演不好就是政治上有问题。"回想当时,石俊生的语调充满沧桑:"当时每天早晨5点就得起来排练。下乡演出也不像现在有汽车,就靠两条腿走遍了农村,经常是在打麦场上演出,晚上演出就用两个碘钨灯照明,夏天吹笛子的时候,经常是汗流浃背、手臂叮满了蚊子也不能停下来。一天下来,笛子吹到我觉得自己一点力气都没有了。"

然而,不管有多苦,石俊生仍是乐在其中的,因为他的笛子独奏"从来都能获得乡亲们热烈的掌声和欢呼声"。而这种高强度的演出对一个二十多岁的小伙子来说,更是一种演奏基本功、技巧、舞台经验等各方面的夯实。

此外,由于石俊生还会演奏胡琴、三弦等其他乐器,而且在体育学院时他还学过体操，身手灵活，因此，在演样板戏时他成了不可多得的"多面手"。石俊生十分自豪地说："比如演《沙家浜》的时候，里头有一段非常好听的笛子音乐，这段就由我来演奏，到后面，乐队需要三弦，那也是我来演奏，不需要独奏的时候，那我就在乐队低音部拉低音胡。到最后，需要一个会翻跟斗的，而演员没有这方面的训练、动作不熟练，这就巧了，我学过体操，会翻几个跟斗，那我就上去演了。"

1974 年，按照上级的指示，石俊生换一种"接受再教育"的方式，到一所小学去当教师。石俊生工作依然很努力，因为工作成绩突出，上级奖励他一级工资：每个月 6 块钱。可是好景不长，不久之后，轰动全世界的唐山大地震发生了，整个学校变成了废墟。石俊生比较幸运地逃出来了。他还清楚地记得，他还从地震灾区里抢救出了 9 个人。巨大的灾难给石俊生予灵魂的洗礼："当时就一个想法，我们还活着，那就为死去的人多做点事吧。"

这时候，地震灾区需要大量的基本建设，于是，石俊生又奋身投入重建家园的"战斗"中。在学校重建的工作中，石俊生跑前跑后："前期工作我得联系天津市建委、规划局等，以获得上级的有关批准，钢材、木材、水泥等建材我也得跑，一直到整栋大楼的设计、施工，我都得参与。"这有个好处，等到大楼建起来时，石俊生已完全熟悉基本建设的程序和各个环节的工作，积累了丰富的基建工作经验。

躬耕南开　把音乐的快乐带给学子

机缘巧合，20 世纪 80 年代初期，已是而立之年的石俊生来到了南开大学。那时候，历经地震之后的南开大学，需要引进一些基建人才。石俊生以其丰富的基建工作经验成功应聘，来到南开大学从事基建工作，他先后在南开大学基建处、原福利服务公司等单位任职。此外，他还亲自参与了南开大学东方艺术大楼的建筑工作。从 1991 年起，他受任为南开大学东方艺术大楼管理办公室主任。

机遇总是留给有准备的人。南开大学开设校公共选修课（E 类课）之后，考虑到许多学生对中国民族传统文化艺术感兴趣，石俊生怀着对民族传统音乐的一腔热情，向学校提出开设 "中国民族器乐概论与欣赏" 课的申请。他给学校立了个军令状："我一定要上好这门课！" 多年来对民族器乐的痴迷与相关知识的积累，让石俊生对自己充满信心。最终，这门课程成功申请下来了。

可是，万事开头难——石俊生没有别人的经验可借鉴，因为在当时，非音乐学校里很少有开设民族音乐课程的。石俊生找来十几套民族器乐相关的教材，各取其所长编写教案。

终于开始上课了，可是由于民族器乐并不像流行、摇滚音乐那么常见，许多学生甚至古琴和古筝都分不清。石俊生想，在学生对民族器乐还没有一定感性认识的情况下，如果光讲理论知识，那学生上课肯定要打瞌睡。怎么办？

由于长期以来喜欢民乐，所以石俊生早已收藏了好多民乐磁带、CD 唱片以及各种乐器。办法有了——石俊生把自己录音机搬到课堂，每讲一节课，涉及的乐曲，他都会在课上放给学生听，并给学生介绍乐曲的背景知识。讲到一种新的乐器，上课之前，他会把自己收藏的宝贝们拿到课堂，让学生们见识。扬琴、琵琶、三弦、二胡、葫芦丝、笙簧……只要课本上提到的乐器，石俊生总能想办法找来当作教具。而其中很多乐器是他在"文革"前后慢慢收集来的，"当时这些乐器一般都不贵，有些还是别人废弃了的，但都被我收集起来了，真没想到课堂上都摆上用场了"。

在课上能听到美妙的音乐，还能见识到许多以前自己所不了解的民族乐器，同学们高昂的兴致可想而知了。每见到一件新的乐器，都会有许多同学上前拨弄拨弄，有些大件的乐器如扬琴之类，石俊生一个人搬不过来，同学们都会争相帮忙，久而久之，几乎每学期的课，石俊生都会有几名固定的"助手"，专门协助他搬送乐器。

课下，会有许多同学向石俊生借磁带或 CD 唱片回去听。石俊生都借给他们了。久而久之，石俊生发现有些同学借走了唱片之后并没有还给他，他有点心疼，"因为毕竟是自己慢慢积累收藏的东西，有些唱片甚至已经绝版，很难再找得到"。但转而他又想得开了，"这些唱片毕竟是身外之物，学生们真喜欢，那就让他们留着听罢"。为了保证能有更多音乐资源作为课堂教学之用，石俊生并没有停止唱片的收集，每到外地，他总会该地音乐学院书店逛逛，碰到自己没有的唱片，肯定要购买回来,"有时碰见一张唱片,目录里除了一首曲子或一个演奏版本,其他曲目自己都有了,那我也一定要把这张唱片买回来,就为了那一首曲子。"

这门民族器乐概论与欣赏课的考试也很容易。考试内容一般分为两部分:一部分是"笔试",主要涉及民族器乐的基础知识;另一部分是"听力",考试时老师放一段民族器乐,要求学生说出曲名及自己的欣赏体会,而这些曲子一般都是上课的时候石俊生用录音机播放过的。

这门生动的课程,使石俊生与许多学生交上了朋友。而班上来自不同院系的许多同学互相之间也成了"知音"。

"每讲完一节课,我说今天的课就讲到这了。全体学生都给我鼓掌。"令石俊生尤为感动的是,越来越多的学生喜欢上了中国传统音乐。不止一位同学当面或以书信的形式对石老师表示感激:有同学说,自从喜欢上民乐之后,每当自己浮躁时,听上一段民乐,心情立刻沉静下来;有同学说,沉重的学业之余,听一段民乐,立刻觉得心情无比舒畅,也忘记了一天的劳累;甚至有同学说,民乐让他找到了"另一半儿"……

"不用看考试成绩,单从这些话语,就知道同学们收获很大,是真正喜欢上民族传统音乐了",石俊生说,回顾自己几十年对音乐的喜爱,再从同学们这些朴实的话语里,他看到了美育的重要作用,"美育也许对一个人来说并没有什么'实际用途'或'经济收益',但这对塑造和完善人格的作用实在太大了"。而这正是石俊生不断致力于探索中国传统音乐在美育中的重要作用的动力源泉。

越来越多的同学喜欢上这门民族器乐欣赏与概论课，甚至有许多没选上课的同学经常前来"蹭课"。具有一定欣赏能力之后，许多同学们跃跃欲试，纷纷表示想学一种民族乐器。这就催生了石俊生开设"中国竹笛吹奏入门"课的想法。

于是，从 2003 年开始，南开大学文化素质教学部新开了一门面向全校各院系学生的"中国竹笛吹奏入门"选修课，主讲教师就是石俊生。

上竹笛课必须有笛子，为了让同学们能买到最实惠的好笛子，石俊生亲自到乐器厂挑选好笛子和笛膜，这样同学们只需要花 20 元到 50 元钱的出厂价便可买到称心的学习用笛。

中国传统民族乐器的学习方法，以往大都是师父带徒弟式的口传心授，因为许多涉及"韵味"的细微之技巧或处理方法，但靠书面是无法完全表达清楚的。而公选课一开，起码就得有二三十个学生选课，这就对传统教学方法提出了很大的挑战。

石俊生不断地思索着如何改进教学方法，让这么多同学同时上课的情况下，每一位同学都能真正学会竹笛演奏基本技法。一些主要的基本技法，他在课上示范之后，让所有同学一齐吹奏，然后他走到同学们中间挨个巡视，一发现有演奏姿势、方法不对的，他立刻帮他们纠正过来。

同时，每上完一节，他都让同学们的提建议，以便不断改进教学方法。同学们来自各个专业，提的建议也五花八门：软件学院的学生希望做个三维系统，通过这个系统的演示，使老师课上示范演奏的各个角度都能让同学们看得明白；计算机系的同学希望通过录音软件把老师的分解示范录音都录下来，方便同学们课下复习……这些建议为石俊生改进教学方法提供了很大的帮助，他的竹笛教学也越来越成熟。零基础的学生，经过一个学期的学习之后，基本都能完整地演奏一两首曲子。

越来越多的南开学子想上这门竹笛课，导致南开大学东方艺术大楼后那间音乐教室经常爆满。为了满足更多同学的学习需求，石俊生把原先的每周上一次课，改为每周两次课（都上同样的内容）。几年来，选课人数从一开始的每周一次课30人，逐渐增至每周两次课共100人（不包括旁听的同学）。上课地点也从原来的音乐教室搬到能容纳更多学生的学生活动中心教室。有时候人太多没有足够椅子，前来旁听的同学只好站着听课。

课堂之外，许多同学们自发地在南开园里把竹笛艺术推广开来，每到周末晚上，新开湖畔都会传来悠扬的笛声。2005年，一个新的学生社团——南开大学笛箫协会成立了，石俊生担任该社团的指导教师。这是酷爱民族音乐的南开学子自发组织并申请成立的社团，而参加社团的许多同学，都曾上过石俊生的民族器乐概论与欣赏课或竹笛吹奏入门课。从石俊生的课堂教学，到社团活动的蓬勃开展，南开园里的笛声越来越多。许多同学在周末的时候，不约而同地来到新开湖畔相互切磋笛艺，周六晚的新开湖东岸，俨然成了一个"民乐角"。

石俊生的"中国民族器乐概论与欣赏"课和"中国竹笛吹奏入门"课不仅吸引中国的学生，而且还吸引了许多留学生前来听课，上完课之后，他们都被中国传统音乐的魅力深深吸引住了。先后有美国、加拿大、澳大利亚、韩国、日本、越南等多个国家的留学生来听石俊生的课。

来自加拿大的留学生乔治森通过学习一段时间后，参加中国民族管弦乐学会的笛子考级，取得考级证书之后，他兴奋地拿着证书跑来与石俊生合影留念，感谢恩师的指导。

更值得一提的是，来自美国的留学生华泰，十分有音乐天赋，在石俊生老师的课上，他熟练学会了《茉莉花》《牧羊曲》等多首曲子，学期末的文化素质教育汇报演出晚会上，这位"老外""风光十足"：他不仅担任民乐齐奏节目的指挥，而且自己还有笛子独奏节目。无疑，由于喜欢中国传统音乐，华泰已经爱上这个国家。

2008年汶川大地震之后，华泰觉得自己一定要为中国人民做点事情，他来到四川志愿参与灾后心理援助。这位可爱的"老外"，为用竹笛演奏了一首又一首中国曲子。当灾区群众听到中国的《茉莉花》，竟来自一位外国人的吹奏，他们被华泰那种发自内心的感情深深地感动了。"这个'老外'真是个有心人，我亲历过大地震，知道这种心灵的抚慰有多么的重要！"石俊生说。

小课堂到大课堂　春风化雨细无声

石俊生致力于美育的工作还不止于课堂教学。2001年，南开大学党委宣传部牵头，会同文学院、文化素质教学部等单位共同组织，推出"南开周末乐坛"活动，以传播高雅艺术、民族艺术为重点，旨在"用艺术力量弘扬南开精神，以文化气质培育大学品格"。八年来，石俊生一直担任南开周末乐坛的秘书长、艺术总监，几乎每场音乐会，从节目审核、彩排、灯光、布景到乐器调音等环节，石俊生都亲自参与，对节目质量进行严格把关，使"南开周末乐坛"为师生奉上高质量的节目。

八年来，"南开周末乐坛"推出过大约三百场演出，其中既有奥地利维也纳钢琴大提琴二重奏音乐会等外国经典音乐演出，也有"蜀中琴韵"古琴音乐会、天津民族乐团走进南开专场等民族音乐演出，同时还有文化素质教学汇报演出等南开学子自己的演出。每当"南开周末乐坛"有好的演出，石俊生会提前向上他的课的学生们推荐，而每到学期末，他又积极推荐同学们参加南开周末乐坛的文化素质教学汇报演出。这就为石俊生的课堂教学搭建了一个平台：通过欣赏"南开周末乐坛"，学生们可以开阔眼界，得到更多的音乐熏陶，而文化素质教学汇报演出又让锻炼了他们自身的能力。这使得石俊生的民族音乐理论与实践的教学获得了"三位一体"的教学效果。

此外，从 2006 年开始，石俊生承担了天津市文化艺术科学研究项目"东方笛韵——中国竹笛审美文化研究"。为了完成这个项目，石俊生先后拜访了刘森、乔志忱、乔宏忱等笛子演奏家以及天津音乐学院等专业院校的专家，向他们请教有关史实和问题。此外，石俊生课上的许多同学都志愿投入这个项目之中的研究来，文艺学、美学专业的同学探索竹笛艺术的审美文化内涵，历史学专业的同学则帮忙到图书馆搜索有关史料……学生们发现自己还可以利用专业特长协助石俊生进行学术研究，这就大大增进了他们的学习积极性。石俊生充满信心地说："我们希望该项目研究完成后，力求填补天津市和国内此类研究的空白。因为这凝聚了许多专业领域、许多人的智慧。"

最近，石俊生还录制了自己的竹笛独奏专辑石俊生《笛子抒情小品集》，许多同学纷纷向他索要，他都爽快地答应了。此外，他还结合教学经验，编写了《竹笛艺术与中国文化》一书。"中国传统音乐实在太美了，我想把这种美妙带给更多的人"，石俊生说。

石俊生《笛子抒情小品集》封面

"小小竹笛，其实承载着深厚的中国文化底蕴。中国传统文学艺术其实有很多相通之处，它们是互为滋养的。"石俊生还有许多雅好，如明清家具鉴赏、文房四宝收藏等。在石俊生的书房里，堆满了许多有关中国传统文学艺术的书，如《诗经》《史记》《中国美学史》……

临别时，石俊生目光深沉地说："中国竹笛艺术实在太美妙，中国传统文化实在太博大精深，花一生的时间去钻研都不为过。"

2009 年 4 月 17 日

（本文刊于《当代天津人文志》，天津社会科学院出版社
2010 年 2 月出版）

补记：石俊生老师的丧礼办完了我才得老师逝世的噩耗。
我在大二时曾选修了石老师的"中国民族器乐概论与欣赏"
课，难以忘怀石师上课时那种忘我的投入。因了石老师的启
蒙，我才对民族器乐有了更加深入的了解和喜爱。石师总不服
老，乐此不疲地帮助周围的人，2009 年我和新婚妻子在天津
买了一套二手房，是石老师帮忙请工队、帮忙砍价、帮忙监
工、帮忙选料的。石老师虽非名教授，但听说出丧时他家门口
排了好长一路花圈花束，足见老师深受周围人的爱戴。

今天是感恩节，是石老师去世后的第十九天。中午，我去
看望了师母，许久没见，师母还记得我，说我给老石写的那篇
发在《当代天津人文志》的专访，他十分满意，说着就流泪。
太突然了，我不停地安慰师母。在奠仪封包上，我用毛笔写了
"往生净土"四字——石师是在美丽的普吉岛驾鹤西去的，谨
以此四字祝愿石老师一路走好。

2013 年 11 月 28 日

南开数量经济学科孜孜不倦的开拓者
——访张晓峒教授

　　一位优秀学者可以带动一个学科，一位优秀教师可以熏陶莘莘学子，一位优秀管理者可以凝聚一个团队——南开大学经济学院数量经济研究所所长张晓峒教授，就是这样一位学术、教学、管理能力"三合一"的著名学者。

　　众所周知，南开大学的经济学科在全国是名列前茅的，但是十余年前，南开的数量经济学科在全国排名来说却是相对落后的。自从张晓峒于 1998 年留学归国执教南开之后，他为南开获得数量经济学专业博士点、建立数量经济研究所作出了突出的贡献，使南开大学的数量经济学科跃升至全国领先水平。

　　张晓峒是 1993 年到日本大阪市立大学经济学院留学的，1997 年，他从这所大学获得了经济学博士学位。毕业后张晓峒选择了回国。经过张晓峒教授与南开同仁的不懈努力，南开大学于 2001 年获得数量经济学专业博士点，并由张晓峒任博士生导师，于 2007 年底成立数量经济研究所，由张晓峒担任所长。

张晓峒教授

摄影/陈晨

　　目前，张晓峒已成为我国数量经济学界的著名学者，特别是在非经典计量经济学理论方面贡献显著。自回国以来，张晓峒承担国家级科研项目 3 项，部级科研项目 7 项。其中一项国家级项目和一项部级项目获科研优秀奖。他还出版了多部学术著作，发表过多篇颇具影响力的论文。此外，2003 年初他与南开大学出版社共同策划了一套 "21 世纪数量经济学方法论与应用丛书" 并担任丛书主编，这是目前国内唯一一套以数量经济学为专题的学术丛书，为推动我国数量经济学科的发展作出了很大的贡献。

　　作为数量经济学界的著名学者，张晓峒并不 "耍大牌"，反而以更高的标准严格要求自己。他长期坚持在教学第一线工作，亲自为博士生、硕士生、本科生授课，并多年一人同时承担经济学院博、硕士生每年约 550 人的全部计量经济学教学任务。由于过度劳累，张晓峒曾患胃出血，但他仍坚守在教学与科研岗位上，令许多师生为他竖起大拇指。

2008 年 12 月 21 日晚，张晓峒从外地出差返津，由于大雪天气而延误了航班，导致他次日凌晨 4 点多才踏进家门。但 22 日上午 8 点有 2006 级本科生的计量经济学课，刚拍下身上雪花的张晓峒教授还没休息多久，便又马不停蹄地赶往教室，准时登上了讲台。课上，张晓峒随口问同学们："我今天凌晨 4 点多给你们电子邮箱发去了课件，不知道你们收到了没有？"同学们都很纳闷：老师是不是失眠了？老师是"夜游神"？当张晓峒教授告诉大家真正的缘由之后，教室里顿时响起一阵热烈的掌声。

张晓峒的授课理论联系实际，内容深入而浅出，语言风趣而生动，使抽象的知识变得通俗易懂。计量经济学，是经济学院多数学生认为最难理解的一门课程，由于张晓峒的授课而转变成为最受学生欢迎的课程之一。每年选择上张晓峒所授计量经济学课的本科学生一般都在 200 人以上，而张晓峒为博士生、硕士生所讲的课程是南开经济学院最受欢迎的课程之一。有一名学生在互联网上评论说："我一直认为计量经济学是一门很难讲、很难懂的课程。听了张老师的课，我如同醍醐灌顶，豁然开朗。最大的感受是，如果学生听不懂（计量经济学这门课），责任完全在老师。张晓峒老师是真正做到了深入浅出的高师。"

张晓峒不仅以自己深厚的学养"浇灌"自己的学生，更以高尚的师德风范和父爱般的关怀陶铸学生的心灵。一名学子曾因受益匪浅而写信向张晓峒教授致敬，信中说："我每次听张老师的讲课都有新的体会和感受。张老师给我的感觉是，教学认真敬业，学风严谨，平易近人，没有某些自称'名师'者的浮躁之风，确实是很值得尊敬的一位学者。"

作为南开数量经济学专业的学术带头人，张晓峒对该专业的师资队伍建设影响至深。目前，南开大学已初步组建起一支职称、年龄结构合理的数量经济学师资队伍。在张晓峒组织和带动下，南开数量经济学教学团队目前已开设博士生、硕士生、本科生三个层次的计量经济学课程，并为南开大学数量经济学专业建立起完整的授课体系，除了计量经济学，还开设了统计学、多元分析、随机过程等配套课程。

由于在教书育人方面作出重要贡献，张晓峒多次获得南开大学教学优秀教师奖。他所教授的本科"计量经济学"课程于 2008 年被评为天津市精品课程。2009 年，他主编的教材《计量经济学基础》获天津市级教学成果二等奖。2009 年，他获得"天津市优秀留学人员"称号。

在南开大学担任博士生导师的同时，张晓峒还在吉林大学等两所大学兼任博士生导师，在其他四所大学任兼职教授，并担任中国数量经济学会常务理事、天津市数量经济学会理事长。自 2003 年以来，他先后到华中科技大学、吉林大学、上海财经大学、中国人民银行、国家统计局等 24 所高校和国家机关讲学，并三次组织举办全国性学术研讨会，为促进该领域

学术与教学经验交流以及数量经济学在中国的发展作出了很大
贡献。

（本文刊于 2010 年 7 月 6 日《南开大学报》）

APEC 研究为中国决策服务
也让别国获利
——访宫占奎教授

"南开大学 APEC 研究中心自 1995 年成立以来，坚持人文社会科学研究与国家部委实际工作相结合、经济理论和实际政策研究相结合的方针，为我参与 APEC 合作和我领导人出席历次 APEC 领导人非正式会议提供了大量咨询研究报告。报告内容翔实，针对性强，建议及时，为我部开展工作提供了重要参考。特别是 2001 年我主办 APEC 会议期间，中心积极配合我部工作，成功主办 APEC 研究中心联席会议，为 APEC 中国年和上海 APEC 会议的成功作出了贡献……"

9 月 4 日，外交部致信教育部，对南开大学 APEC（亚太经合组织）研究中心多年来的工作成果提出表扬。信中还表示，为使 APEC 研究中心在现有基础之上，进一步做好配合我国参与 APEC 合作的有关工作，希望教育部对南开大学 APEC 研究中心的工作继续给予指导和支持。

由于每年都为我国参与 APEC 合作及国家领导人参加

APEC 领导人非正式会议提供"靠谱"的研究报告，南开大学 APEC 研究中心曾得到外交部、商务部的多次表彰。

面对我的采访，自南开大学 APEC 研究中心成立以来一直担任中心主任的宫占奎教授介绍了十几年来，南开大学 APEC 研究中心从初创、发展到源源不断地为国家提供可行性研究报告所走过的鲜为人知的道路……

1994 年的一次 APEC 教育部长会议提出"亚太经合组织领导人教育倡议"：每个 APEC 成员都要成立一个 APEC 研究中心。APEC 研究的主要内容是贸易和投资自由化、便利化及国际经济合作，这都是属于世界经济学科领域的问题。南开世界经济领域研究能力强，经原国家教委、外交部、外经贸部协商，最终由南开大学承担 APEC 研究中心的筹建工作。

当时的国家教委要求南开大学要率先做好 APEC 研究，并协调全国的研究机构为国家提供 APEC 问题咨询研究报告。由于南开大学国际经济专业的地区国别研究是以新西兰、澳大利亚为主，而国内其他高校的地区国别研究也各有优势，如武汉大学以美国、加拿大为主，厦门大学以东南亚国家为主等。为了实现优势互补，宫占奎教授等人在仅仅 1 年的筹备时间里，联系到国内各高校世界经济研究领域的优秀专家学者。

1995 年 3 月，南开大学 APEC 研究中心成立之时，来自北大、人大、复旦以及中国社科院、商务部研究院、外交部国际问题研究所等单位的专家学者应邀参加了在南开大学举行的 APEC 研究学术会议，对如何研究好 APEC 问题、中国参加 APEC 会议的原则和基本方式，以及中国的基本立场等作了深

官占奎教授

入探讨。因此，自成立之初起，南开大学 APEC 研究中心便形成了以南开经济学科为依托、以课题为纽带、组织全国各有关研究单位人员共同研究的独特模式。在做好 APEC 研究的同时，充分发挥各研究单位的特长，与外交部、商务部等国家相关部委的官员保持信息沟通，从而保证了我国 APEC 问题研究的高质量、高水平。

官占奎教授介绍说，中心的主要任务是提供中国在 APEC 活动中的国际贸易和国际投资政策改革报告，以及中国参加 APEC 活动的各项立场、观点、选择的建议。"研究必须符合国家利益，并在 APEC 框架下提出逐步实现贸易投资自由化的方案。我们遵循的原则是为国家利益服务。但我们往往要尽可能设计出一个共赢的方案，这样既可以使咱们国家获利，也可让别国获利，共赢才能不断推动 APEC 的进程。"

由于研究工作经常有时间限制，因此中心研究人员的工作十分辛苦，几乎每年暑假都要加班。"这时候正是写报告最紧张的阶段，是我们最忙的时期。我们要了解各国近期政策，综合 APEC 秘书处的信息以及国家各部委给我们反馈的信息，综合经济学理论完成报告写完后，往往得通过学术界以及跟国家部委相关部门的讨论，最后才形成报告。"

"我们的工作过程十分烦琐，虽然任务繁重，但自己的研究结果被国家所用，为国家作贡献之后，觉得很有成就感，再累也值得。"宫占奎教授的语气里有一种沉甸甸的满足感。

（原载于 2006 年 10 月 20 日《南开大学报》）

坚守一名文化记者的担当
——记兼职教授韩小蕙校友

2005 年，著名作家、编辑家、南开大学校友韩小蕙回到母校，受聘为文学院的兼职教授，12 月 2 日，她为南开师生作了题为"怎样做一个文化记者"的精彩演讲，讲述自己以新闻、文学书写的人生。

成功的编辑要有实干精神

谈到自己的成功，韩小蕙说，成功的编辑等于七分实干加两分才能，再加一分天分。

1982 年，南开大学中文系毕业后，韩小蕙被分配到《光明日报》总编室工作。1985 年，她开始了担任"文荟"副刊主编的生涯。副刊的文章以散文为主，韩小蕙便写起了散文，多年来，她笔耕不辍。成为散文家对她来说很意外，"我只不过想取得与作家们对话的资格，以便约到一流的作品"。她曾发起"永久的悔"无奖征文活动，在她给季羡林先生的约稿信寄出三天以后，就收到季羡林先生洋洋洒洒四千多字的《赋得永久的悔》。从此，季羡林先生与韩小蕙建立了牢固的信任与友谊。

2005 年 10 月 17 日，著名作家巴金先生逝世，10 月 19 日晚，在外地出差的《光明日报》资深记者韩小蕙接到主编的电话，希望她第二天能组织一个纪念巴金先生的专版。韩小蕙立即投入工作——约稿，第二天下午，她就收到了黄宗江等作家的三篇高质量稿件。韩小蕙的工作常常是在这样的高效中进行的，她为自己钟爱的事业付出了许多常人难以想象的心血和汗水。2004 年她获得了中国新闻界最高奖"韬奋新闻奖"。

优秀的记者应该有独立见解

在 1997 年《美文》杂志创刊 5 周年座谈会上，台湾作家龙应台在内地同行面前直言不讳，认为"五四"文学传统在台湾而不在大陆，并以三个"论据"支持自己的观点：大陆没有绝对的新闻自由，所以不可能有好散文；大陆的语言大都是套话，所以不可能写出好散文；散文是需要美的，美应该是非常恬细的，大陆作家对美的感觉已经很粗糙了，最纤细的美已经没有了，所以不可能产生出好散文。即将散会时，韩小蕙申请五分钟的发言，她有力地反驳了龙应台。韩小蕙认为，文学不是纯技术的东西，好的文学作品不是华美文字的堆砌，而应是反映时代、反映社会的。"《岳阳楼记》前部分文字都很漂亮，但它若仅停留于写景，也会被埋没在大量的赞颂岳阳楼

韩小蕙在南开演讲

摄影/韦承金

的文章里面。而此文能成为千古名篇，正是那句'先天下之忧而忧，后天下之乐而乐'的深刻思想内涵。李白、杜甫所处的时代都不是很好，但他们的作品都流传了下来，因为苦难同样可以成为作家的财富。'五四'传统是搬不走的故宫，独有的民族精神是好作品的灵魂，有了灵魂才能写出好作品来。散文只有具备了人类的终极关怀意识和心灵高度，才能深刻和厚重起来。"韩小蕙不卑不亢的发言有力地反驳了龙应台。会后，著名学者余秋雨在韩小蕙的本子上题下八个字："一席发言，清风朗朗。"

"一名优秀的记者应该是一个有独立见解的记者，应该是一方专家，应该'该出手时就出手'。"韩小蕙颇有感慨。

好的散文家要有一颗爱心

"最重要的是要善良,要有一颗热爱世界的心。"韩小蕙最强调的还是做事先做人的道理。

多年来,韩小蕙在做好编辑、记者工作之余,还把人生的体验、心灵的感悟、命运的思考、历史的审视,化作篇篇散文,不少作品成为当代脍炙人口的散文名篇。她先后出版《自嘲》《悠悠心会》《中国当代散文精品文库·韩小蕙散文》《在个性的天空下自言自语——韩小蕙散文代表作》等 15 部作品集。于文学领域,她先后荣获中国首届"中华文学选刊奖"、首届"中国当代女性文学奖"、首届"冰心散文理论奖"、首届"郭沫若散文随笔奖·优秀编辑奖"、《女友》杂志读者评选的"女友心目中的十佳散文家"等奖项。臧克家、季羡林、王蒙、贾平凹等学者、作家都以不同的方式给韩小蕙以高度的评价和赞誉。

三个小时的讲座,南开师生在韩小蕙宽阔宁静的内心世界里,感受到一个朴实的灵魂的亲切,和她以自己的笔传递着真善美火种的人生。

(本文刊于 2006 年 3 月 3 日《南开大学报》)

搞社会学要有同情心和责任心
——访关信平教授

走进社会工作与社会政策系关信平教授的办公室，首先映入眼帘的是一面锦旗，上面写着"社工服务，心系孤儿——天津市儿童福利院赠"。关信平从四面都是书架的办公室中带着微笑迎出来，说起他与南开社会学的故事，眼睛里透着几分孩童般的天真。

以哲学和经济学为社会学研究插上双翼

一个偶然的机会，关信平与南开社会学结下不解之缘。关信平本科就读于四川大学哲学系，学习成绩一直名列前茅。1984年，南开大学社会学系一名教授到四川大学出差，通过这位老师的介绍，关信平对社会学产生兴趣。当年四百多人报考南开大学社会学系研究生班，关信平以第三名的成绩考入南开。

1986年，关信平从社会学研究生班毕业，由于对社会学研究的兴趣，他留校任教，并参与南开社会学系的建设发展。1994 年，他考上人口与发展研究所人口经济学博士生，并于 1998 年获得经济学博士学位。

在研究教学与科研过程中，哲学与经济学知识给关信平带来极大的帮助。他深有体会地说："哲学培养一个人思维的习惯和能力，培养一个人从多角度通过多因素综合思考问题，从而透过现象看到问题的实质。我在学哲学的时候对科学方法论比较感兴趣，方法论、认识论的训练对我的社会学研究方法起了很大的帮助作用。另外，我所从事的社会政策研究需要社会学和经济学两大知识体系的支撑，南开有许多经济学老教授，使我获益匪浅。"

就这样，用哲学与经济学为社会学插上"双翼"的关信平在学术研究中如鱼得水。

"社会学研究很辛苦，但很有意义"

1986 年留校任教以来，关信平一直从事社会学教学与研究工作，而社会政策研究则是他在该领域的主要研究方向。20 世纪 90 年代以来，他开始关注农村贫困问题，几乎每年都到农村调研，走访了我国中西部许多贫困地区。2005 年，关信平被国务院完善社会保障体系试点小组聘为专家组成员，为我国社会保障改革与发展的重大决策提供咨询。

20 世纪 90 年代中期以后，我国下岗失业问题突出，城市贫困问题日渐突出。但当时学术界并没有十分关注这个问题。

关信平教授

关信平却敏锐地意识到城市贫困问题的严重性。1994 年下半年，他以"我国大城市贫困问题研究"为题目，申请了国家哲学社会科学基金项目。为了对中国城市贫困现象作定性定量的分析，并探求其产生的原因，为政府提供解决问题的政策建议，以缓解并解决贫困问题，避免社会动荡，他下定决心深入研究。

"研究工作是非常辛苦的。"关信平坦言。1997 年 5 月和 1998 年 1 月，他先后两次在香港中文大学社会学系访问进修，利用进修的机会，他查到许多资料，包括复印和购买回来的研究资料，有七八箱之多。"当时研究经费只有 1.5 万元，少得可怜。我走访了天津市的许多贫困家庭，对天津一千多户居民做了调查，学生也跟着帮忙，到一些企业去调查。"该研究荣获教育部第三届哲学社会科学研究优秀成果二等奖。"现在想起来还是觉得当时没白花工夫，做了件很有意义的事情。"

"要有同情心和责任心"

"我觉得我们应该关注弱势群体，如果只顾自己往前走，而忽略了一些处于弱势的人，或者因制度不合理，把他们甩掉了，那这个社会肯定要有问题，因为大家都生活在一个地球上、一个国家中，不可能把他们甩掉，而应该共同发展、共同进步。"关信平认为，作为一名社会学学者，最重要的责任就是"对现实问题进行理论研究并转化成政策性建议，以解决中国社会问题，把社会学做好"。

"要有同情心和责任心"——关信平不仅在自己的学术研究贯彻这样的理念，而且在家庭教育中也这样坚守。他经常带自己的孩子去农村看看，认为"同情心和责任心要从儿时起培养"。

除了科研，近年来，关信平一直在教学第一线工作。他长期为本科生、硕士生和博士生授课，每年讲授八九门课，其中主讲"社会政策概论"双语教学课程收到了很好的效果。多年来他培养的硕士和博士在国内外的教学科研和实际工作岗位上获得了很高的评价。他还主编了"面向21世纪课程教材"《社会政策概论》等教材，并在推动社会学学科发展方面做了大量的工作。

　　"做老师，看着学生都有很好的成就，自己挺满足的。另外，做学者也挺好的，可以独立思考，自由发挥自己的才能，可以很好地实现自我价值，同时也可以给社会作贡献。"关信平说。

　　（本文刊于 2006 年 3 月 17 日《南开大学报》）

与学生和技工"打成一片"的科学家
——记严秀平教授

1993 年至 2000 年，严秀平相继完成了在北京大学化学系、德国 Perkin-Elmer 仪器公司应用研究部、比利时 Antwerp 大学研究院痕微量化学研究中心及加拿大 Saskatchewan 大学地球科学系博士后研究，归国来到南开。短短的几年，他先后获得了国家杰出青年科学基金（2000 年）和国家自然科学奖二等奖（2003 年），并连续两次获得中国分析测试协会科学技术奖一等奖（2003 年和 2004 年）。在教学科研工作中，他善于与实验室技工和学生"打成一片"，并形成了一整套以科研促进教学、以教学带动科研，使教学科研互相促进的教学方法，广受师生好评。

"他总泡在实验室"

在南开大学化学学院，有一句广为流传的话："严老师很好找，他总泡在实验室。"自从 2000 年来到南开大学中心实验室

严秀平教授

之后，严秀平很快和这里的技术人员"打成一片"，他丰富的理论知识和技术人员们优秀的技术能力形成优势互补，为他的教学和科研工作创造了有利的条件。

南开大学中心实验室建于 1982 年，在世界银行贷款资助和国家教委"211 工程"项目的支持下，得到不断发展和完善。严秀平发现，这里不但有种类齐全的大中型测试仪器，还有一支科学态度严谨、测试经验丰富的高素质技术队伍，这些技术人员都是实验室建成之后从有关单位调来负责仪器维护工作的专门人才，都是一些操作管理能力很强的工程师，对机器的运行了如指掌。他们的学历也许并不高，但在操作技术方面非常优秀。这让从事分析化学研究的严秀平获益匪浅，他经常泡在实验室，向他们请教各类技术问题。久而久之，这些技术人员成了严秀平亲密的合作伙伴和朋友。2003 年和 2004 年，严秀平带领的研究组连续两次获得的中国分析测试协会科学技术奖一等奖，中心实验室的江焱等技术人员也榜上有名。

在和谐愉快的工作环境中，严秀平醉心于科研，并发表了很多高水平的论文。他在国内外分析化学和环境化学的重要期刊上发表研究论文达 80 余篇（被 SCI 收录 70 多篇，被 SCI 期刊他人引用 880 多次），申请中国发明专利 6 项。以第一作者或通讯联系人，在美国化学会杂志 *Analytical Chemistry* 和 *Environmental Science&Technology* 上发表研究论文 15 篇。

他发展了一系列环境和生物体系中痕量元素及其形态的在线吸附预富集分离和联用检测新技术方法；提出了测定电热原子吸收光谱法中等温原子化过程的动力学级数、活化能和频率因子的新方法，并以"等温原子化严秀平模式"写入科学出版社分析化学丛书中；建立了获取电热原子吸收光谱法中升温原子形成过程的反应级数和活化能的新方法，在文献中被称为"严法"。他所领导的课题组近年在 "*Angewandte Chemie International Edition*" "*Analytical Chemistry*" 和 "*Environmental Science & Technology*" 等影响因子 3.0 以上的化学和环境科学期刊上发表研究论文约 30 篇。

此外，2000 年以来，他还应邀担任了国际分析化学期刊 *Talanta*、*Analytica Chimica Acta*、*Journal of Analytical Atomic Spectrometry*（ASU）以及国内分析化学期刊《分析化学》《环境化学》《光谱学与光谱分析》《现代科学仪器》和《分析测试学报》的编委。

教学相长 情义融融

实验室技术人员在实验操作、仪器使用方面技术优秀，然而相关理论知识结构不够完整；研究生的理论知识结构相对完整，然而实验操作能力却相对较弱——针对两者不同特点，严秀平在研究生教学上，采取技工与学生"教学相长、优势互补"的方法，这些技术人员协助他带研究生，他教育学生尊重这些技工老师，过年、过节、聚餐，都不要忘了这些技工老师。

这样，严秀平的学生也经常"泡"在实验室里，在大家的相互熏陶、知识结构相互融合之下，实验室技术人员们懂得了更多的理论知识，他们做的工作不再仅仅是简单操作了，而且有了分析方法研究、仪器功能开发研究，并结合实践，开发出这些仪器更多的功能，从而为师生科研提供更好的服务。与此同时，学生从这些实验室技术人员身上学到了许多科研、实验的实际操作技术，为他们在理论上的研究提供了有力的支持。

分析化学是一门研究确定物质组成、结构和形态的仪器、技术和方法的科学，被誉为"科学技术的眼睛"。严秀平对自己所从事分析化学研究工作的认识很深入，并且也经常向学生强调分析化学在当今科学技术中的重要性，向他们介绍分析化学研究的前沿问题，使他们对学习和研究保持着浓厚的兴趣。

课堂上，严秀平常以自己在实验中遇到的困难为例，给学生们以启发。他说，做实验要有恒心，不要一遇到困难就退缩，坚持下去就能"柳暗花明"。他还鼓励学生们多看国外的专业著作，上网查询各类外文资料来拓宽眼界、增长学识。

在科研与教学上，严秀平都是十分严谨的。他的学生唐安娜说："严老师最让我们难忘的就是他一丝不苟的治学作风；看到他平时认真的科研态度，我们学习中就不敢有丝毫懈怠，很怕论文中有疏漏被他指出来。"

尹学博是严秀平的第一位博士生，他已于2003年毕业，并于2005年留校任教，成为南开大学分析化学学科的又一名骨干研究人员。尹学博还清楚地记得他当年写第一篇英文论文时的情景。"当时，我的英语水平十分有限，无法胜任论文的英文写作，严老师就逐字逐句地指导我，帮我修改。这让我在感动的同时意识到自己的不足。后来经过努力，我的英语水平突飞猛进，现在已经可以轻松地查阅专业英文资料。"尹学博满怀感激地说："严老师对我的帮助令我终生难忘。"

尹学博介绍，与工作中恰恰相反，严秀平在生活上是一个随和的人。他爱好钓鱼、打羽毛球，喜欢和学生们打成一片，像朋友一样关心他们。"记得有一次，一位硕士生生病住院，严老师特地让妻子煮汤前往看望。"

正因为教学方法上的科学严谨、生活上对学生无微不至的关怀，严秀平来南开这短短几年时间里，所培养的研究生中，有两名获得"南开十杰"称号，一名获得"第二届中国青少年科技创新奖""第六届全国毛细管电泳及相关微分离分析学术研讨会优秀论文奖"。

　　然而，面对自己的成绩，严秀平显得很低调，每每有记者要采访他，他总是婉言拒绝："对不起，我没有什么可宣传的，我希望把更多的时间多放在教学和实验上。"

　　（本文刊于 2006 年 9 月 8 日《南开大学报》，该报记者张剑对本文亦有贡献）

"南开合唱团是我的孩子"

——访孟超美教授

南开大学学生合唱团在北京举行十年团庆专场音乐会前夕，笔者来到大学生活动中心，合唱团指挥孟超美教授正在指挥学生排练《春天来了》。排练结束了，面对笔者，方才还激情充沛的孟超美，此时多了几分平和。她擦了擦额头的汗水，如数家珍般地向笔者讲述了她与学生合唱团之间一个又一个"平凡"的故事……

"打游击战的日子"

学生合唱团的雏形是"军训合唱团"。

1995 年，南开大学一场毕业晚会迟迟找不到人唱校歌，学校正准备从校外聘请专业合唱团时，孟超美觉得校外的人唱不出对南开的情感，于是提议组织本校学生演唱，并从正在军训的新生中挑选 60 人组成合唱团。

孟超美教授在指挥合唱团

　　然而，演出结束后，许多学生已对合唱艺术、对这个团体恋恋不舍了。她深深明白那一双双淳朴眼神里蕴含着对艺术的渴望。这样，南开大学学生合唱团就"保存"了下来。"由于当时条件较差，没有排练地点，我们只好找寻校园里的安静角落排练，到处打'游击战'。"孟超美回忆道。

　　1996年至1997年，孟超美申请到中央音乐学院音乐学系研究生课程班学习，同时在指挥系进修。在这一年里，孟超美每周一到周五在北京中央音乐学院上课，周末则回到南开为合唱团排练。

"心心相通时我最幸福"

在那样艰苦的条件下，使孟超美坚持下去的动力是什么呢？孟超美动情地说："在唱歌的时候，我和学生之间已忘掉师生关系，只是一种心灵的交流。不管是举手还是投足，我感觉和他们像被无形的力连在一起。配合默契时，我能感受到他们的情感——当某个音符该付出某种感情时，他们就能恰如其分地表现出来。那时的幸福是不能用言语表达出来的，我会感动得热泪盈眶。我觉得他们能坚持抽出时间来唱歌，也是希望能得到这种幸福。"

是的，不需要很动听，也不需要太嘹亮，只要能唱出这种心心相通的默契，这就是世界上最动听的歌。对孟超美来说这就是世界上最幸福的事。

"合唱团是我的孩子"

十年来，南开合唱团在孟超美的带领下一步步成长起来，他们不仅走出天津，而且走出国门，并一次次唱响在国际舞台。

孟超美音乐功底扎实、指挥风格严谨，2002 年，在韩国釜山举行的第二届世界奥林匹克合唱比赛，她获得了最佳指挥奖，京剧合唱《盛世梨园情》获得有表演民谣合唱金奖冠军，合唱团团员们激动地把孟超美高高抛起……

然而，对于获奖的事，孟超美似乎不想说得太多，她谈得最多的还是学生。她说，大家练习时互相磨合，相互鼓舞，常常为能克服某一个声部的难关而欢欣鼓舞，体现出极强的集体凝聚力。

有位 1996 级同学，性格内向，不爱言语。合唱团招生时他怕考不上，没敢去报名，但常悄悄地去合唱团听歌。一次，一位团员对孟超美说："有个男生在男低音的位置上老跑调，以后别让他来了。"孟超美一看原来就是那位 1996 级同学，就问他为什么跟着唱，没想到他说是不知不觉跟着唱的。他怕孟超美赶他走，就说："千万别让我走，我好不容易找到一个充满爱心和凝聚力的集体，是音乐向我敞开了天窗，您可千万不要把它关闭。"后来细心的孟超美了解到，他从小父母离异，常遭到别人的白眼，一直感到很压抑，心理有障碍。为了帮助他解除心理障碍，提高自信心，孟超美让这位同学和队员们一起排练。1998 年去北京参赛前夕，这位同学生病住了院，没想到他却提前出院找到孟超美说，就是自费也要和合唱团一起去，哪怕是当后勤。孟超美被深深地打动了，不但允许他一同前往，而且还让他参加了交流演出。

谈起对学生合唱团的感情，孟超美眼含幸福的泪水哽咽地说："合唱团是我的一个孩子，一个既稚嫩又成熟的孩子，这个孩子虽然才十岁，但她是一个完备的象征，我为她付出的关爱比亲生孩子还多。孩子是未来，是希望，有了孩子，就有了自信，有了生活的乐趣和目标，就会觉得不管做什么事情都特别踏实。"

（本文刊于 2005 年 10 月 21 日《南开大学报》）

为我国应对人口老龄化出谋划策
——访原新教授

南开大学人口与发展研究所老龄发展战略研究中心主任原新教授负责的课题组，历经两年完成了《中国人口老龄化发展趋势预测研究报告》（以下简称《报告》），并于 2006 年 2 月 23 日在全国老龄工作委员会召开的新闻发布会上正式发布。这是中国首次发布关于人口老龄化预测的报告，《报告》预测了 21 世纪中国人口老龄化的趋势，为中国社会保障问题的解决和国家"十一五"规划提供了重要依据。《报告》提出的 21 世纪中国"未富先老"的人口老龄化严峻形势，受到社会各界广泛关注。

《报告》认为，"21 世纪的中国将是一个不可逆转的老龄社会，"头二十年将成为"快速老龄化"阶段，随后的三十年为"加速老龄化"阶段，其后的五十年则达到"稳定的重度老龄化"阶段。发达国家进入老龄化时，人均 GDP 已达到 5000 到 10000 美元，也就是"先富后老"，而目前中国人均国内生产总值才刚刚超过 1000 美元，属于"未富先老"。

原新教授

接受采访时，原新教授表示，"一起看着夕阳慢慢变老"是美好的畅想，可目前中国应对人口老龄化的经济实力还比较薄弱，人口老龄化带来的养老、医疗等社会保障的一系列问题，面临着严峻挑战与考验。

五十多家中央和北京重点新闻单位参加了 2 月 23 日的新闻发布会。会议之后，《报告》研究成果被央视 1 套《晚间新闻》、新闻频道《整点新闻》作为新闻头条滚动播出。原新教授说："能够看到自己的研究成果被国家参考、采纳真是一件乐事。""高校教师的学术研究一方面要推动理论的发展，另一方面应该发挥学术研究特长，为国家发展战略决策服务。"

在科研道路上，原新教授一直坚持"服务国家战略发展"的思路。他参与的原国家计生委重大项目"中国未来人口发展与生育政策研究"，其成果为 2000 年出台的《中共中央、国务院关于加强人口与计划生育工作稳定低生育水平的决定》提供了理论支撑；我国发布的《21 世纪中国人口、环境与发展白皮书》也依据了原新教授等人的科研成果。近年来，他参加过中国/联合国人口基金合作项目、国家自然科学基金、国家社科基金、教育部人文社科基金等十余项课题的研究，其中有八项成果获得省部级一、二等奖。

在科研方法上，原新教授坚持"实践第一"的观点，注重理论与实践相结合。1998 年来到南开之前，原新教授在新疆大学人口研究所从事科研与教学工作，当时的一辆工作用车，带着他在新疆"跑了三十多万公里，跑了新疆 80% 的县市"。来到南开之后，原新教授仍经常参加由原国家计生委等国家机构组织的城乡调研工作。他深有体会地说："科研要做到服务于国家战略发展，就必须走理论和实践相结合的道路。坐在象牙塔里写出来的东西，不一定符合实际。""基层调研过程中，能看到国家政策对基层工作的影响，通过这些影响和变化，可以反思理论研究的得失，有时候在理论研究上会有一种豁然开朗的感觉，这对我来说是一种乐趣。"在南开的这些年，由于出色的科研能力，他每年都获得学校的人文社会科学研究优秀成果奖励。

出色的科研工作促进了原新教授的教学工作。由于科研工作的关系，他与许多国际知名学府保持联系，并经常通过这些关系引进最新的教学资料、把一些前沿性科研热点引入课堂，他还积极推荐研究生参加国际学术交流活动。

严谨的风格使原新教授养成每教一门课必备一套完整课件的习惯。2001 年至今，他先后培养了一名博士后、九名博士生和八名硕士生。在今后的教学工作中，他打算结合自己近年来的科研工作，编写一部教材，把自己的科研成果融入教学工作之中。"能把自己所学到的东西传授给学生，是我十分喜欢干的事。"原新教授的话朴实而真诚。

原新教授说他信奉中国古人所说的"人生三不朽"："太上立德，其次立功，其次立言。"他一直追求做人、做事和做学问相统一。他说："做人是最起码的要求，是放在第一位的。做人、做事、做学问是人格魅力和高尚情操的综合体现，是终身奋斗的事情，要活到老、奋斗到老。"

（本文刊于 2006 年 6 月 2 日《南开大学报》）

追寻"清刚朴正、适性自在"的书风
——记刘运峰教授

"功不唐捐",佛家语也,意为世上任何的努力都不会白白付出。

作为《刘运峰书法集》的"开篇之作",这四个字是刘运峰教授赠给儿子刘璁的书法作品。这幅作品的背后,是一位父亲对儿子的深情之凝望,然而这种勉励并非空喊说教——细品这朴正浑厚之中透着清刚之气的书法,回顾刘运峰几十年如一日的执着求索历程,我们不难体会到,这幅作品饱含着刘运峰半世躬行的深切体悟。

一

刘运峰喜欢上书法起初是因为家庭的熏陶。小时候他喜欢看父亲写春联,喜欢那淡淡的墨香、方正的大字。然而在他童年的感觉中,"只有大人才能拿毛笔写字,小孩子是无缘毛笔的"。因此,当有一天父亲提出要教他写毛笔字时,刘运峰感

刘运峰教授在讲授书法课

摄影/韦承金

到"既紧张、又兴奋"。那一年,他九岁。从趴在木箱子上、以旧报纸临摹父亲的示范字样开始,怀着这种对于书法的朴素的敬畏和喜爱,刘运峰走上了孜孜以求的习书之路。

当然,最初的习字只是断断续续的。不过,少时他还喜好美术,喜欢照着报纸、小人书、年画,描摹红小兵、孙悟空、老虎之类,而勾线、着色、署名都离不开毛笔,这让他算是没有将毛笔丢掉,在技术层面这也算是有益于书法的练习。另外,就艺术层面而言,对于美术的自觉喜好,表明他对于造型艺术之美开始有了"懵懵懂"的理解和亲近。

"美之为物有二种:一曰优美,二曰壮美。"——王国维学贯中西,他将西方哲学、美学理论与中国古代文学艺术进行对接、贯通,提出"优美"和"壮美"这两个相对的审美范畴。而近代以来,中国书法领域曾有"碑学""帖学"之争。大抵上,主"帖学"者,意在表现温润、飘逸、妍丽、精致、含蓄之类的韵致，取法多以晋唐楷行草尤其"二王"书风为"正脉"，审美取向趋于王国维所谓"优美"；而主"碑学"者，倡导取法先秦至魏晋南北朝之间钟鼎铭文、碑版石刻中雄浑、质朴、高古、险峻、生拙、野逸之意象，于风格种类上多有开拓，审美取向大抵趋于王国维所谓"壮美"。

西方谚语云："趣味无争辩。"中国类似的俗语是"萝卜白菜各有所爱"。这就是说，在审美取向上，不同的趣味都有其存在的合理性，无须强求一致。可见对于书法学习者来说，碑学或帖学不必争长短与高下，学书者只要能够充分认识自己的秉性，按照兴趣之所在选择碑帖学习，上下而求索，皆可有所成。

20 世纪 80 年代初，只身闯荡津门的刘运峰在努力改变自身命运的过程中，遇见了日后对他产生极为重要影响的著名书法家孙伯翔先生。孙先生于北碑用功最深，被誉为当代书坛碑学巨擘。彼时孙先生那种奇崛方雄的书风鼓荡着刘运峰的心弦，令他在生活艰辛困顿之时得到精神上的慰藉和极大的鼓舞。一个偶然的机会，他得以拜孙先生为师学习书法，从此，书法融入了他的生命。

毫无疑问，就性之所近，刘运峰更钟情于碑学。在《刘运峰书法集》诸多临作中，以魏晋南北朝以前的钟鼎铭书、碑版石刻为主，如《临周虢季子白盘铭》《节临秦石鼓文》《节临汉张迁碑》《节临汉祀三公山碑》《节临南朝宋爨龙颜碑》《临北魏始平公造像记》《节临北魏张猛龙碑》等。而其中又以《始平公造像记》用功最深，这些年来几乎每年他都要临上几通。有几本纸张不太好的字帖，已经破烂不堪，无法使用。有一回他在北京旧书店见到上海书画出版社出版的《始平公造像记》字帖，每册仅售两元，他一下就买了十多本，以备不时之需。

"当年，王学仲先生对孙伯翔师说，要把魏碑写得像钢打的、铁铸的那样富有质感。多年后，伯翔师告诫我，临写《始平公》，一定要把笔扎下去，要把字写结实。你将来不一定以《始平公》的面目出现，但首先要在厚重、雄强上打基础，只有这样，点画才立得住，才不软媚。"刘运峰谨记恩师的教诲，临习时笔下从不敢轻滑、草率。

书画大师齐白石曾说："学我者生，似我者死。"当代著名书画家王镛也说过类似的话："你有幸拜大师为师，但是大师对你的笼罩性与你的盲目崇拜会使你失去自我。"刘运峰对此是有所警醒的。他虽拜孙伯翔先生为师，更多的是力求学习老师的方法，而不是追摹老师的字形。这从他所临《始平公造像记》《张猛龙碑》有别于孙伯翔先生临作的面貌可以得到证明。

刘运峰认为，《始平公造像记》"外表是方的，因此被称为方笔的代表，但又有圆浑的一面，绝非处处棱角分明，剑拔弩张。细加品味，它并非一味地张扬外向、锋芒毕露，而是有一种沉郁、内敛之气充盈在点画之间"。基于这样的理解，他的临作追求方中寓圆、清刚而不失内敛、沉着而不失轻松……他在调和着这些"矛盾"。

刘运峰总是试图在他的笔下调和许多"矛盾"。他认为"碑学""帖学"本身并无高下之分，关键在于各取其长化为己用。不难发现，"碑学"之外，他在"帖学"也下了一番苦功。

就我所知，近年来他对于苏东坡、赵孟頫、鲜于枢、沈尹默的法帖都有所涉猎。在这里不得不提刘运峰所勤于临习的颜真卿书法，颜书的笔法带有篆籀遗意，其行书骨力遒劲而洒脱磊落，刘运峰遂将其作为沟通"碑学""帖学"之枢纽。而颜真卿、苏东坡书法所蕴含的那种凛然贯日月的浩然之气，令他玩味再三，心摹手追，废寝忘食。

"临习也好，创作也罢，实际上都是一种体验和表达的过程。"刘运峰如是说。也许在他看来，技法只要为书家所用，只要能利于书家表达自己的体验，便是好的技法，从这个意义上说，"碑学""帖学"是不分家的。

在书法逐渐退出实用领域的当今社会，学书法的人大抵有两种：一种是在取法上固守一家为"正宗"，即使有所拓展，也仅限于同一派或相似的风格，具有很强的"排他性"。这种学习方法可能越写越娴熟，但时间长以后可能越写越僵化。另外一部分人就性之所近，选择某一种经典碑帖切入，根基扎实后按照自己的审美取向将百家之长熔于一炉，在"矛盾"中取得"统一"从而成就自己的风格。我以为，后一种学习方法更有长久的生命力。

我们看到，刘运峰虽筑基于北碑，但并未因为用力过猛而流于荒率。他扎根于北碑，上溯秦汉，下探唐宋元明清及近现代，悉心探究，朝夕揣摩，终于逐渐形成了清刚朴正、方圆兼济的书风。

二

陆放翁尝言："汝果欲学诗，功夫在诗外。"若将这两个句子中的"诗"字换成"书"字，完全适于书法的学习。刘运峰清刚朴正、方圆兼济的书法风格之形成，离不开"书外功夫"的涵养。这种精神内涵，既来自其质朴家风之熏陶、来自勤奋求索、广泛涉略的学识，又来自逆境中对于生命本质的参悟。

在刘运峰出生的前一年，他八十岁的祖父没能挺过"三年困难时期"而去世，祖父只是无权无势的平民百姓，然而以好打抱不平而闻名于乡里。虽然没见过面，但每当听别人说起祖父的逸事，刘运峰总会肃然起敬，那种刚正气节给了他潜移默化的影响。生于 1963 年的刘运峰，刚来到这个世界上便赶上饥饿贫困和暗无天日的"运动"，清白正直的父亲在"文革"中蒙冤受批斗，令这个本来生活境况并不好的家庭又雪上加霜。"文革"结束，年仅 16 岁的刘运峰中断学业，离开家乡河北束鹿县（今辛集市），只身闯荡天津，为养家糊口顶替父亲当起了学徒工，四年后又以自学之苦功通过高考进入大学读书。毕业后他曾在期刊做过编辑、在报社做过兼职记者、在电台电视台当过主持人，后来又回到南开大学执教鞭……这一路的奔突，让刘运峰对于人生有着异于常人的感悟。

"勇猛精进"是刘运峰先生推崇的人生观。面对生活的困顿与坎坷，刘运峰选择了迎难而上而不是避世退缩。他感悟

刘运峰书鲁迅诗

到，必定需要一种坚忍不拔之"力"才有可能实现人生理想。于是，他通过对"碑学"的精研来表现他对于生命之"力"的体悟。

刘运峰人生之"力"的一个重要精神支柱是读书，尤其是读鲁迅的文学作品。他还经常抄录鲁迅的旧体诗，收在《刘运峰书法集》中的《无题·万家墨面没蒿莱》《自题小像》《悼柔石》等，便是他深受鲁迅精神鼓舞、情动于中而发诸笔端的书法作品。

"鲁迅给了我力量。"刘运峰在他《鲁迅著作考辨》一书的"后记"中回忆当年"遇见"鲁迅对他造成的影响："在这种困顿、苦闷和寂寞之中，我用了将近一个月的收入，买下了一部外表有些残损的《鲁迅全集》。从此，我似乎找到了精神上的伴侣，也找到了心灵上的慰藉。这部书，使我产生了静下心来，努力做一些事的念头。"从此，每当自己将要懈怠之时，鲁迅的一句"要赶快做"仿佛就在耳边响起，时时催促着他不断进取。

然而刘运峰的进取绝非是为营私利而不择手段的那种"进取"，他是一位敏于行的理想主义者，想尽己之所能，以勤勉的工作实现个人价值、服务社会，这是一种入世担当、光明磊落之精神。体现在书风上，便是一种清刚劲健的格调，绝无扭捏作态之姿。

同时，刘运峰又有一种朴实、节制的人生底色，这从一些生活细节中就可以看出来。比如，有一回刘运峰出门倒垃圾，看到邻居刚刚扔出来的两个红酒包装盒，他觉得那么精致的包装盒被当作垃圾处理掉很是可惜，于是便捡了回来，夫人责备说，一个大教授怎么能去捡拾人家的破烂儿，也不怕掉价儿。然而他却丝毫不觉得"掉价儿"。他用这两个包装盒盛放从北京荣宝斋、上海朵云轩搜集而来的各种雅致、精美的笺纸，直到如今依然放在他书架的顶部。再比如，刘运峰平时习字所用的纸多是廉价的机制元书纸或书画纸，甚至偶尔还用废弃的牛皮纸信封或者报纸。他觉得，用廉价的纸墨习字时心理上就可以放松，不必考虑纸墨的花销，因而更能够挥洒自如。这种朴实、节制的秉性，与清刚劲健的内在追求相结合，体现在刘运峰的书法作品中，便是一种清刚朴正、文质彬彬的韵致。

"我自知天资愚钝，身单力薄，但时刻在想着如何能够把字写得更好一些。"这是刘运峰在书法集自序中说的一句话。我与他相识近十年，类似这样自谓"天资愚钝"的话，我听他说过不止一次。然而，每次与他见面，他总乐于向我介绍最近做的事情：要么又读了一本好书，要么又出了一本新书，要么又给学生开了一门新课，要么又画了一本花鸟册页，要么又临了几遍《石鼓文》或者《黄州寒食诗帖》……提起这些事情，他总是兴致盎然，满满的成就感，但他丝毫不是为了"显摆"，而是十分谦虚地让我给他的新成果、新进展"提提意见"。我这人不知天高地厚，有时免不了狂语妄言，但刘运峰总是显示出超人的耐心和涵养，觉得我讲得不无道理则点点头，若不同意我的观点，则明言其不同的理解。

昔曾国藩亦曾自谓"天分不甚高明，专赖学问以求精明"，刘运峰"自知天资愚钝"云云与曾国藩所言可谓异曲同工。若说刘运峰为人处世之法与曾国藩神似，话固然说大了，但二者为人为学所循之道何其相似：在他们身上，也许无法分明见到天马行空的纵横才气，然而他们绝不投机取巧，勇于积苦力学，肯于下"笨功夫"，扎死寨，打硬仗，遇到问题反复琢磨直至钻透。这样，也许要历经很长时间才能逐渐掌握一种学问，但他们往往学得扎实、悟得通透——而这恰恰是他们比常人的高明之处。

最令我惊叹不已的是，在电脑普及的今天，刘运峰却一直坚持在日常生活中使用毛笔：他用毛笔给朋友写信，而且坚持了很多年；他用毛笔给学生的作业打分、写评语；每当淘到了一册心仪已久的书籍，他往往会用毛笔在扉页上写一则题跋，记其收藏经过或趣闻、感言。

这种貌似"笨拙"的行为，也许曾让许多人无法理解甚或嘲笑。然而，俗语有谓"拳不离手，曲不离口"，正是这种"笨拙"的方法，不仅让刘运峰越来越自如地挥洒他手中的毛笔，同时也在不知不觉中锻炼了自己的心性。其实真的很难说，到底是书法影响了刘运峰的性情，还是其性情影响了他的书法呢？大概兼而有之吧！

我曾"斗胆"跟刘运峰说，有时候觉得您的字太过于一本正经了。我大概以为，书法作为"艺术"，不应太过于"一本正经"。记不得他当时作何回答了。但现在想来，"一本正经"，不正是刘运峰为人为学之特点吗？他外表温和而内心刚毅，与人为善然却又和而不同的人格，不正契合于这种清刚朴正、方圆兼济的书法风格吗？

清代学者刘熙载云："书者，如也。如其学，如其才，如其志，总之曰：如其人而已。"中国传统艺术的要义，乃是表现作者的处世之道、思想状态和生命精神。如果说刘运峰书法的艺术风格与他的为人为学处世之道是契合的，这难道不是很成功的吗？

三

"人生当适性自乐，安能降志辱身，与时俯仰。由是胸怀恬澹，不慕荣利。升沉宠辱，委之自然。"这是著名学者张舜徽在其《八十自述》中所说的一段话。

刘运峰在近"知天命"之年，心中某些困惑久久思索不得解之时，偶然读到这段话，顿觉柳暗花明、豁然开朗。遂奋笔疾书"适性自乐"（见《刘运峰书法集》）置于座右，以时时自警自省。

于是，不改书生本色的刘运峰步伐愈发稳健而明快地向我们走来。

正所谓"功不唐捐"，刘运峰的努力的确没有白费——除了这部沉甸甸的《刘运峰书法集》可以证明，我们还看到，2015年6月他还在天津美术馆成功举办了"艺海泛槎——刘运峰书法展"，同时还推出了一部颇有分量的理论著作《中国书法赏珍》（上海远东出版社2015年5月出版）。

当然，对于正当盛年的刘运峰来说，这些成就只是其书法艺术的一个驿站。我们期待，在下一站相遇时，他能够更加自如自在——不论其书或是其人，皆是如此。我们知道，刘运峰有这样的自信。

2015年7月5日

（本文刊于2015年9月19日《中国书画报》，发表时限于版面有所删节，此文原稿）

"援疆支教，我不后悔、去得值"
——访南开附中朱树松校长

三年前，南开大学附中副校长朱树松作为中共中央组织部下派的援疆干部，从渤海之滨的繁华大都市来到昆仑山下的边陲小城，来到祖国最西端的城市——喀什，走入新疆生产建设兵团农三师中学开始他的援疆支教生涯。为了边疆的教育事业，他一心扑在工作上，一步一个脚印，步步浸透心血与汗水；一层一个台阶，层层闪烁璀璨的光辉。三年中，他历任农三师中学副校长、校长，援疆业绩得到当地人的高度评价，受到上级主管部门充分肯定，先后被评为农三师"优秀共产党员""先进个人""民族团结模范个人"等。

2002 年 7 月，当朱树松作出奔赴祖国西部支援边疆建设的决定时，正值家中老人年迈体弱生病住院，妻子经常在外地出差，8 岁的双胞胎女儿上小学。得知朱树松即将奔赴新疆时，妻子女儿曾有过埋怨。然而，在家庭和理想、事业之间，他选择了理想，选择了事业。就这样，妻子默默地为他收拾好行装，一双可爱的女儿更是舍不得朝夕相处的父亲。出发的时

朱树松在办公室

候，家人泪眼相送，依依惜别。当飞机起飞的一刹那，朱树松落下了热泪。这个强壮伟岸的汉子的内心也有着寸寸柔情，他说："我也是个凡人，每逢佳节来临，每当思念涌起，我也曾有过后悔，也曾有过动摇。我知道，我最对不住的就是自己的亲人。"

然而，他的援疆支教信念始终坚定不移。西部这片热土上那一望无际的沙漠、雪山和戈壁，以及那并不富裕但勤劳好客的人民，还有新疆生产建设兵团在亘古荒原上艰苦创业的精神，给朱树松留下了深刻的印象。他深知，这个偏远的地方需要更多的爱。2002 年 8 月至 2004 年 5 月，朱树松任农三师中学副校长，分管学校教育教学工作，具体负责教研、课改、现代教育技术实验的管理与实施；2004 年 6 月至 2005 年 8 月，朱树松任农三师中学校长，主持学校行政全局工作。

从工作第一天起，朱树松就着手了解、熟悉学校的基本情况，与校党组织成员一起明确学校的发展方向和工作重点，制定学校近几年的教育教学工作目标，耐心听取教师、学生和家长的意见……他放弃许多休息时间，经常早出晚归。

当笔者问及管理方面有什么"好招儿"时，朱树松谦逊地说："其实说白了就是对学生要求更严格，管理也更灵活些。"以前农三师中学都没有上晚自习的习惯，朱树松上任以来，坚持每天晚自习到各班巡视，发现问题及时解决。以前，农三师中学把班级分为尖子班、慢班、差班三种，把较多的精力放在了尖子班上，中考、高考的上线率一直徘徊不前。朱树松积极查找问题，将慢班、差班合并为平行班，让一个班有一半学习好的学生起领头羊的作用。

在全校老师、同学的互助下，各班都形成了你追我赶的学习氛围，教学质量稳步上升。2003 年和 2004 年的高考前，朱树松审时度势，从高三学生的实际出发，果断提出"统考统练"的做法，即高三所有班级每周一、二、四、五的晚上 8 点到 11 点半，进行高考科目强化训练，要求教师认真评卷，及时将教学中存在的问题反馈给学生。实践证明，这个做法是成功的。2003 年和 2004 年的高考中，该校参加高考的 608 名学生中，554 人被全国各大专院校录取，录取率 91.15%，重点率 30.9%，其中三名考生考入清华、北大。

在抓教师队伍建设上，他既抓教学常规管理，又抓教学改革研究，形成一套具有自身特色的管理方法。在备课、上课、教改、考试、评估五个环节上，制定了详细的评比标准，对教师进行以量为基础、以绩为重点的考核评价。假期探亲归来，朱树松总是带来大量的书刊资料，及时将先进的教学理念、教育教学管理的先进经验传达给领导班子成员及全体教师，加快了当地教育理论向教育能力的转化过程。在教育教学业务的决策、组织、指导等工作中，他也注重以改革的眼光、创新的意识来指导学校的工作。

由于朱树松出色的业绩，2004 年 6 月，经农三师党委考察，当地学校民主评议，朱树松走上了校长的领导岗位，负责学校行政全面工作，为此他主动向师党委提出延长援疆时间一年。在新的岗位上，他设立了一个新的目标，就是要努力使农三师中学各方面的工作逐步达到"五个第一"，即一流的教育理念，一流的校园环境，一流的教学设备，一流的教学质量，一流的管理水平，坚持以人为本，注重学生的全面发展和进步。

在喀什少数民族地区工作，朱树松深知民族团结的重要。得知高三文科班一位名叫迪丽拜尔的维吾尔族学生因家庭贫困，难以支付学费，学习生活压力大，他毫不迟疑地捐出 1000 元，并承诺他考上大学继续给予资助。

2004 年 10 月 5 日深夜 2 点半，有两个学生扶着一名叫张龙的学生走出宿舍楼，恰好被在校园查夜的朱树松碰见。得知张龙生病后，朱树松背起张龙就往学校附近的工人医院跑，等张龙打完点滴，确定没有危险才离开，此时已是凌晨 5 点多。张龙的家长激动地说："有这样关心学生的校领导，我们把孩子放在这里一百个放心。"

由于长期过度劳累，朱树松身患高血压、冠心病、内分泌失调综合征等多种疾病。2003 年，他做了一次喉部手术，住院四十多天。手术不久，他又回到农三师中学，回到师生中间。

　　转眼三年过去，可面对这片工作、生活了三年的热土，朱树松是那么依依不舍，他不无遗憾地说："可惜很多想法都还没实现。"笔者问道，如果用最简单的一句话概括这三年援疆工作，该怎么说？沉吟片刻之后，朱树松轻轻吐出六个字："不后悔，去得值。"

　　（本文刊于 2005 年 9 月 23 日《南开大学报》）

以"心"照亮"心"

——访袁辛教授

近日，由南开大学学生心理健康指导中心主任袁辛教授策划的"青春·阳光——相约 2006 心理月"活动已进入尾声。活动过程中，"对话企业家""音画媚影""文化论坛""心海同游""爱在我心中，我手写我心"等一系列活动，成为南开学子津津乐道的心理大餐。

每天忙着为学生提供心理咨询，忙着备课、上课，忙着学校各类心理健康教育讲座、培训……十多年来，袁辛一直这样忙碌着。然而，眼前的她并没有表现出工作忙碌所带来的疲倦，言谈之间，她脸上总露出恬静而柔和的微笑。

"对不起，老师的嗓子坏了"

1990 年，袁辛在南开大学社会学系社会心理学专业获得硕士学位，毕业留校任教，先后开设了"大学生心理卫生""人格心理学""电影中的人类心理""大学生生涯辅导""大学生活导航"等课程。多年来，她一直辛勤耕耘在教学第一线，任务繁重，却乐此不疲。

"我只是一个很平凡的教师。"面对笔者的采访，袁辛强调说，"也许没什么可圈可点的地方让你写，但如果能通过你的文字让人们知道，一个平凡的大学教师能够全身心地投入工作，得益于学校创造的良好工作环境，感动于所深爱着的学生们的支持，那我可以接受采访。"

一个个"平凡"的故事就这样在一位"平凡大学教师"的深情回忆里娓娓道来……

在袁辛的电子邮箱里保留着这么一封信："袁老师，我宁愿默默地跟您走，也不愿意再听您多说一句话，几个星期以来，您上课时的开场白都是'对不起，老师的嗓子坏了'，看着您我很心痛。"袁辛清楚记得那是 2002 年秋季，她有很重的工作任务，嗓子总是不好，自己没觉察，细心的学生却发现了。袁辛说每次读着信，她都含泪深信："这是支撑着我的精神力量。"

精神内核：博大爱心与感恩之心

十多年来，袁辛可谓身兼多任，除了忙于课堂教学一线，忙于各类心理讲座、培训，还忙于为学生做心理辅导，用自己的关爱之心驱除学生的心理阴影。

来自新疆的王勇（化名）1996 年收到南开录取通知书，然而由于家庭困难，为了能让他读大学，学习成绩优秀的大姐被迫放弃考大学的机会，并因此患上了精神分裂症，母亲在去

袁辛教授

看望大姐的途中遇车祸落下残疾。王勇就这样肩负着全家人的厚望来到南开，可他却发现自己无法适应新的环境，第一学期就有两门课"挂科"。他无法接受这个现实，躺在学校广场草坪上割脉试图自杀。被及时发现并脱离生命危险后，他被送到了袁辛这里。在王勇一年的休学期间，袁辛排除了他的心理危机，使他重新获得人生的自信。

从死亡线上被拉回的王勇十分感激袁辛，复学后主动帮袁辛做心理咨询网站维护工作，并以亲身经历与学弟学妹分享心灵成长的经历。毕业后，他在北京找到了工作。逢年过节都要打电话向袁辛问候。2004 年教师节，有了女朋友的王勇特意发来一条祝福短信：袁老师好，祝您教师节快乐，要特别告诉您的是，这短信是女朋友让我给您发的。她说要我一辈子记得您、祝福您！

袁辛满怀深情地说："能够成为一名心理辅导教师，是我的荣幸。能够通过自己力所能及的工作，使他们重新拥有人生的自信和生活的热情，让我感到很幸福。"

2004 级一名来自农村的新生，由于心理压力过大想退学。当时，袁辛说出了她十多年学生心理辅导生涯里最强硬的一句话："老师不准你退学！无论是学习上还是生活上的困难，我们一起来努力……"说完之后袁辛激动得哭了。顺利走出心理阴影之后，这名学生感激地问袁辛："我一直不明白：您每天要面对那么多学生，当时面对非亲非故的我，您为什么会为我而哭？"

"我对学生有一种很深的情感，觉得他们是我的亲人。我感激他们能在生命低谷的时候给我一份信任，让我陪伴着他们渡过难关。"袁辛真诚地说，"对人类命运的深切关怀，对学生的爱、对生活的感激，是我工作的内在动力。"

"我坚信人类朝着'美丽'的方向前进"

袁辛在互联网上有个人博客网页，内容除了心理学方面的文章之外，还有她的摄影作品："绿叶翩跹""一树梨花""海棠依依"……她为自己的每一幅得意之作一一命名。"我一直很喜欢摄影和素描，喜欢记下身边点点滴滴的美丽瞬间。"

　　"我觉得艺术和人类的心灵是最为贴近的，是人类心理情感的升华。"袁辛在给学生做心理辅导过程中一直考虑艺术干预的途径，而电影艺术则成为袁辛实施艺术干预的途径之一。"电影通过艺术形式，把生活中各种事件艺术地再现，学生可以在欣赏电影的过程中思考人生，通过这样的思考可以促进他们的成长。"

　　袁辛说她一直有一个愿望："希望能建立一个音乐治疗室。音乐能给予人们心灵的宁静、压力的释放，并且能够提示为内在的心灵美。""当一个人有很多美的感受的时候，他看世界的视角是不一样的，他的心理一定是健康的。"

　　"我坚信人类始终是朝着'美丽'的方向前进。"袁辛说。

　　（本文刊于 2006 年 6 月 23 日《南开大学报》）

"跟南开学生一起玩交响乐很开心"
——访指挥家丁乙留先生

采访时间定在下午 4 点，我提前 5 分钟来到学生交响乐团艺术总监兼常任指挥丁乙留（Elahiuvon Erlenbach）住宿的二十斋宿舍门口，门锁着。过了两三分钟，一名约莫 1.9 米身高的瘦高个年轻男子，拎着一瓶矿泉水出现在楼梯口，噌噌噌连走带跑快步而来，蓝色的眼睛，飘逸的金发，一袭黑衣清新而超脱，南开园之中，具有如此特征者，非丁乙留莫属。来到我面前，丁乙留喘着大气一脸严肃地问："我迟到了？或者，你来早了？"得知自己没迟到时，他如释重负般"噢"的一声长叹，紧锁的双眉舒展开来，像见到故友一样与我热情地握手。

在中国已经工作生活了七年的丁乙留用他那带着外国口音却颇为流利的汉语娓娓道出他的南开之缘。1996 年，正在柏林国家音乐学院学习的丁乙留，通过他的一位中国同学开始了解中国，了解中国文化和中国音乐，从而萌生了到中国来的想法。

1998 年学业结束后，他如愿以偿地来到中国，踏上了魂

丁乙留在指挥交响乐团

牵梦绕的云南大地。得知丁乙留的到来，云南省歌舞剧院请他指挥排练，其间，巧遇中央芭蕾舞团的一位领导前来观看，以此牵线搭桥，丁乙留成为我国第一位受聘于原国家文化部的外籍指挥家。

几年来，他一直活跃在中国乐坛，曾在中央芭蕾舞团管弦乐团、北京交响乐团、天津歌舞剧院管弦乐团担任签约指挥，在国家电影乐团、云南省歌舞团、天津交响乐团等许多单位担任过客座指挥。2003年至今，丁乙留受聘为南开大学学生交响乐团艺术总监兼常任指挥。

辗转中国几大专业交响乐团之后，是什么使丁乙留留在了南开呢？丁乙留的答案很简单："跟这些南开年轻人在一起玩交响乐觉得很开心，在南开我有许许多多的朋友，如果离开他们我会很难受。"他说，南开学生交响乐团的这群学生充满激情和活力，有很多有天赋的学生，有人甚至比中国专业交响乐团的成员还有灵性。

在南开学生交响乐团里，大家都亲切叫丁乙留为"老丁"。他告诉我，南开学生交响乐团年年都有学生毕业，有时候，觉得必须做一些重复性的工作，"就像被罚推石上山的西绪弗斯，每次快到山顶，巨石就滚回山脚，他不得不重复这徒劳的苦役"。

然而，只要一站到指挥台上，面对这群热爱音乐的孩子，丁乙留又重新充满激情。学生交响乐团的一名同学告诉我："排练起来老丁那可真是投入得没得说。有时跟着音乐唱，有时跟着音乐跳，音乐悲伤时表情痛苦，音乐欢快时眉飞色舞。有时全身都调动起来，又跺脚、又挥臂，一高兴指挥棒也给扔了，带着我们也钻进了音乐中。"

2005年7月20日，南开大学学生交响乐团在丁乙留带领下，参加全国大学生文艺展演决赛，夺得器乐组一等奖第一名。这正是丁乙留倾心投入的结果。

谈起全国文艺展演冠军，丁乙留感慨地说："极不可能的事情，让我们变成了现实。"为什么这么说呢？原来，年初初赛时，通过观看录像丁乙留得知，清华大学交响乐团是一支很强的队伍，用他的话就是"比中国某些专业团体还优秀"。南开学生交响乐团则相形见绌，许多声部缺人，排练困难重重。

不过，看到乐团里学生那热情洋溢的面孔，一种不屈的信念使丁乙留坚持下来了。在暑假炎热的天气里，他曾创下连续

13 小时的排练纪录，从弦乐到管乐，再到打击乐，一个声部一个声部地分排，各声部可以轮流休息，丁乙留却必须始终全身心地站在指挥台上。

一分耕耘一分收获，最终，南开学生交响乐团终于夺得了一等奖第一名。丁乙留用他那特有的语法自信地说："我相信，在中国，没有一个交响乐团演《西班牙狂想曲》会比我们南开交响乐团更好。"

庆功宴上，交响乐团的学生一次次把丁乙留高高地抛起……

（本文刊于 2005 年 10 月 28 日《南开大学报》）

从数学"跳"到经济学
——访蒋殿春教授

第十一届孙冶方经济科学奖近日揭晓，南开大学经济学院国际经济研究所教授、跨国公司研究中心研究员蒋殿春获得论文奖。在经济学领域从事教学科研工作不到十年，他如何取得如此成就？获奖论文都有哪些神来之笔呢？到底是什么促使他从数学转攻经济学？9月9日下午，带着种种好奇，我敲开经济学院12楼蒋殿春教授的办公室，走进这位年轻学者的心灵世界。

"对自己的论文充满信心"

获奖论文《中国经济的增长——GDP 数据的可信度以及增长的微观基础》是由蒋殿春教授与经济学院兼职教授、中国人民银行金融稳定局局长张新合作完成的。

正当面临中国经济快速增长与微观盈利持续恶化的悖论时，他们创新地用经济增加值（EVA）分析方法，明确地揭示

蒋殿春教授

了我国宏观和微观经济之间并不存在本质的背离，它们的共同点是都呈现粗放型经济增长方式，经济运行效率低。在此基础上，他们明确提出，如果不改变这种经济增长方式，中国经济的增长将是不可持续的，未来中国政府关注的重点应是寻找持续的经济增长模式和激励机制。

谈起获得孙冶方奖的过程，蒋殿春教授感慨地说："终究是全国最高的经济学奖，报上去的高质量论文、专著很多，但当时我们对自己的文章充满自信。以前 GDP 是大家关注的唯一经济指标，显然党中央也觉察到这一点，并由此提出'科学发展'的战略目标，但是否受这篇论文影响，我们不敢说，但它确实与党中央的精神相吻合了。"

为什么从数学"跳"到经济学

"很偶然，但归根到底是源于兴趣。"蒋殿春教授一句话概括了他从数学转攻经济学的缘由。

他1985年本科毕业于云南大学数学系，1987年在四川大学完成研究生学业，而后从事六年的高等数学教学工作。在此过程中，蒋殿春教授感觉到，他在数学领域很难再深入。虽然做一个普普通通的教师安分地过一辈子也不错，但又觉得作为一个年轻人总不能没有事业追求吧！

当时蒋殿春十分迷茫，不甘心，便产生了转行的念头。看过一些物理学、社会学的书，但并不喜欢。一个偶然的机会，他看了萨缪尔森的《经济学》，一下子就被吸引了："这是我看的第一本经济学著作，可能也是缘分吧，看了之后特别感兴趣，让我体会到思想的乐趣。"

1993年，他考入南开大学国际经济研究所，攻读博士研究生。回忆起这三年，蒋殿春教授心中充满感激，他表示"国经所老一辈经济学家学识渊博，关爱学生，不仅使我学业长进，同时还培养了我的信心。我开始觉得自己能在经济学领域里做一些事情，可以把自己的终身研究领域扎根于经济学"。

"我觉得自己天生就应该是做学术的"

淡色衣着，从里到外，蒋殿春教授是这样一位朴实的学者。他喜欢听古典音乐，还弹过古典吉他，"曾经为买到一个好的谱本而兴奋好几个礼拜，然后连续好几个小时抱着吉他练习。"他认为，体育锻炼可以使一个人体格强健，欣赏音乐则对人的精神有好处。

蒋殿春教授认为自己的性格相对内向，喜欢安静，喜欢读书、听音乐、思考。他说："我觉得自己天生就应该是做学术的。不是说我这方面非常有天赋，我认为每个人都有不同的性格，每一种性格适合做不同的事。我觉得自己的性格比较适合作学术研究，它可以给我的思想很大的自由度，任思维在思辨的王国里自由驰骋。"

难道作研究轻松吗？不。蒋殿春教授说："作研究有时候觉得很枯燥，有时在思考问题、写论文的时候觉得苦不堪言，总是过不来。突然有一天过了那道坎儿，那是一件很让人兴奋的事情。"

谁说尝遍酸甜苦辣的人生不是丰厚的人生？谁能轻易获得这种生命的厚度？透过蒋殿春教授平淡而自信的语气，我想到，当一个人极尽人生各种可能，并最终把自己喜欢的事情作为终身事业，那是一件多么美好的事情，最大限度地满足了社会需要，也最大限度实现自身价值。如果一个社会都由这些为自己喜欢的事业孜孜以求的人组成，这是一个多么高效的社会！

（本文刊于 2005 年 9 月 16 日《南开大学报》）

脚踏实地做事　荣誉只是意外之幸
——访李秀芳教授

　　一个阳光明媚的五月天，敲开南开经济学院 10 楼李秀芳教授的办公室，一股清风迎面扑来，窗户大开着，一盆万年青在窗下摇曳着清凉，办公桌上是摆放得整整齐齐的硕士生毕业论文……看到笔者的到来，李教授爽朗地笑着说："其实没什么可采访的，我只是一个普通的人。"李教授并不着意打扮，身着一件普通的紫色 T 恤，无论走在南开园的哪个角落，看起来的确是一个"普通"人，很难有人知道她是中国最早具有国际精算师资格的女精算师，是迄今为止唯一在高校从事精算教育的中国精算师，还是 2005 年"天津青年五四奖章"的获奖者。

机遇留给有准备的人

　　李教授上中学时就表现出过人的数理逻辑思维能力。高考时她的数学成绩很好，考上了南开大学数学系。这种过人的逻

李秀芳教授

辑思维能力成为李教授精算之路的铺路石。

　　这种过人的数理逻辑能力如何通过训练而得到？李教授觉得其实没什么奥秘可言，她认为人的大脑就像电脑内存一样，每个人的内存容量差不多。而她对自己不感兴趣的东西不"存盘"，所以"硬盘"里边存下来的东西就少，运行空间就较大，运行速度自然较快。

　　在数学系学习期间，李教授数学成绩一直不错。大三的暑假，她得知金融系准备招收精算研究生，觉得是一个机会，就决定考研。1988 年，她考上首届南开大学——北美精算学会精算研究生项目。开学典礼十分隆重，"想到自己将成为中国精算事业的开拓者或者铺路石，心里有着一种神圣的历史责任感"。十名外教都是北美精算学会著名精算师，课程设置很正规。由于数理基础比较好，李教授对精算掌握得非常快。

　　毕业后，李教授选择了留校任教，她说："当老师挺好的，时间是自由的，思想是自由的，行动是自由的。而且我对南开的精算学科很有感情。"

1992 年，南开大学精算考试中心成功申请下来，当时精算教师可以免费参加北美精算师学会准会员（ASA）资格考试，李教授用了一年半的时间通过了资格考试。回想起来，李教授平淡而谦逊地说："当时只是觉得不参加的话有点对不起这个机会了，没想到居然考得很好。其实这都是历史机缘造成的。"

脚踏实地　顺其自然

留校任教期间，李教授长期从事保险与精算的教学、科研工作，一直负责南开——SOA 精算教育合作项目，并一直坚持在教学第一线，为本科生、研究生讲课，主持了对本科生、研究生课程体系建设和精算学科的建设发展。

这些年，她还完成专著、主编、译著及参编著作三十余本，独自撰写 200 万字左右。"并不是为了著书或者出名，在我内心里，我认为我有责任发展南开的精算教育，有责任为中国的精算教育与精算职业的发展做一些工作。"李教授感慨地说。

由于当年上的是中外联合培养的研究生班，李教授与国际精算组织联系较多，她经常邀请国际精算界的专家来南开作学术交流。近年来，南开大学已经成功举办过多次高水平的国际精算会议，而且与许多外资企业有合作项目，极大推动了中国精算学科在国际上的影响。

谈起这些成绩，李教授依旧语调很淡然："一切都是顺其自然、水到渠成，只要踏踏实实地把该做的事做好，机会总会来找你。"

荣誉只是意外之幸

采访中，李教授总是笑容满面，侃侃而谈。有人说，快乐的人才能给别人带来快乐。李教授就是这种快乐的人。她生活、工作得很开心，她说："有些人把自己的成功当成一生的包袱，那样会非常辛苦。虽然我得到过很多荣誉和别人对我的尊重，但我觉得这些荣誉都属于意外。得不到这些东西是正常的，得到了应该是一种幸运。"

最近，李教授获得"天津青年五四奖章"。过后，一些朋友问她："为什么也不告诉我一声，庆祝一番嘛！"李教授淡然地说："我不知道自己上了报，况且每天都会有人上报纸的。"

谈起"中国最早具有国际精算师资格的女精算师"这个荣誉，李教授谦逊地说："我只不过参加了一个考试，拿到了一个所谓的什么资格，这根本不是什么成绩。十几年前的精算资格对现在的精算师来说不再是什么有价值的东西了，它只不过是一个历史的记录而已。"

李教授业余爱好广泛，听音乐、看电影、旅游等等，"我还想将来岁数大了，是不是学学书法呀，不为了显示自己会什么，只为修身养性"。话未说完，李教授又露出她那阳光般的笑容。

（本文刊于 2005 年 5 月 27 日《南开大学报》）

"人文关怀能让科研之路走得更远"
——访陈军教授

近日，天津市人民政府公布了 2006 年度天津市科学技术奖名单，南开大学化学学院陈军教授等人参加完成的"清洁能源材料与高能化学电源"项目获得了唯一的一等奖。

作为一名虔诚于教育科研之路的跋涉者，陈军谈起这一路的点点滴滴，感慨良深："赶上这么好的时代，拥有这么好的工作环境，我唯一需要做的就是加倍努力工作，踏实走好每一步。"

1985 年秋，陈军从安徽的农村如愿考入南开大学化学系，从此开始了他的化学之路。至今他还清楚地记得当初是如何选择南开的："高中时的一期《中学生数理化》杂志在封面上刊登了杨石先、何炳林、申泮文等学部委员的介绍，当时觉得南开的化学真好，高考第一志愿就填了南开大学。"

本科四年，陈军打下了坚实的基础。而兴趣促使他选择了当时被视为"冷门"的无机化学作为研究方向。硕士三载，在张允什教授的指导下，他参加了国家 863 重大项目"镍氢电

池产业化"的研发，硕士论文《新型储氢电极合金及其表面
处理的研究》于 1992 年获南开大学优秀硕士论文一等奖。

1992 年毕业之后，陈军留校，从事镍氢电池关键材料与
技术最佳化的产业化研究工作。他与同事合作申请获得了五项
中国发明专利，并在此基础上申请获得四项美国专利。相关研
究成果在美国《材料研究》等期刊上发表，并受到来自国内
外先进材料界精英们的高度关注。

三年工作实践使陈军深感现代科技发展的日新月异，从而
激起了他更强烈的求知欲。1995 年，陈军收到三所国外知名
高校的录取通知书，他最终选择到专业对口的澳大利亚伍伦贡
大学材料工程系深造。在攻读博士学位期间，他在《美国电化
学学会》等期刊上发表 SCI 收录论文 17 篇（其中 15 篇为第一
作者），申请澳大利亚专利一项，并于 1998 年荣获澳大利亚工
程师学会优秀博士生及伍伦贡大学储能材料研究奖。

通过澳大利亚三年多的求学，陈军的知识结构日臻完善，
可他觉得自己"还年轻，学的东西还不够，更应该把基础研究
和应用开发结合起来。"于是，1999 年他远赴化学电源研究的
重镇——日本产业技术总合研究所关西中心。在日本三年，他
作为新能源产业技术研究员，不断留心日本的高能电池的研发
工作，得到了极大的锻炼。

2001 年，在日本三年的工作合同到期，陈军本可以续签，
但他却毅然决定回国。"我觉得我应该回来了。国内需要我，
南开需要我。"2002 年陈军回国，加入南开大学新能源材料研
究所，学校各方面的支持使他很快融入这个优秀的科研团队。

陈军教授在南开大学授课

摄影/韦承金

　　这五年来，陈军已在国内外核心期刊上发表科研论文30余篇，其中在化学与材料领域著名的学术刊物《美国化学会期刊》、德国《应用化学》及《先进材料》上共发表12篇，申请中国发明专利10项（其中3项已获授权），第一作者编写国家高新技术科普丛书《新能源材料》和21世纪化学丛书《能源化学》，在国内外学术会议上作邀请报告十余次，并同美、日、德、英、法、加、澳等国课题组开展氢能研究的合作。2002年，在法国召开的金属氢基础研究与应用国际会议上，他荣获E. Wicke国际学术奖，2002年入选教育部跨世纪优秀人才，2003年获得国家杰出青年科学基金，2004年获天津青年五四奖章。现兼任教育部科技委学部委员、科技部863计划领域专家、中国仪表材料学会理事兼储能与动力电源专业委员会副主任、中国可再生能源学会氢能专业委员会委员、南京大学介观化学教育部重点实验室学术委员，欧洲《固体状态科学》《中国化学前沿》《电源技术》等期刊编委。

如今,对年届不惑的陈军来说,做好"传帮带"工作是一件更重要的事。陈军所在的科研团队是一个老中青结合的优秀团队。"这次获奖是我们科研团队 8 年来共同努力的结果。我们项目组共 7 人,老一辈如袁华堂教授贡献很大,同时还有年轻的副教授和讲师,让我欣慰的是,还有两名博士生也在其中。"

在教学方面,他主讲化学学院博士生必修课"当代化学前沿——新能源材料"、博士与硕士研究生选修课"材料物理与化学"、本科生选修课"能源化学研究新进展"。他指导的第一位硕士生李锁龙和第一位博士生陶占良均获得南开特等奖学金。"希望更多的年轻人关注能源问题,未来发展还是要靠年轻人。"

一个人但凡能沉浸于某个领域并取得一定成果必有其内在的动力。也许有人认为陈军对那些与自己科研方向不相关的其他领域毫不关心,才有可能取得上述科研与教学成就。但是陈军却认为,一名科研工作者,同时要有人文关怀,"要了解中国和西方的哲学思想,这样能让科学探索之路走得更远"。

陈军很尊崇孔子"知者不惑,仁者不忧,勇者不惧"的思想,并且他认为,要有独立的思想、自由的精神,要有探索未知的韧性、理性批判的勇气,并以求真务实的作风脚踏实地上下求索,才能不断提高自己的科学内涵和创新能力。

"我时常为人类的能源危机感到焦虑,而不断的思索让我保持着科研的兴趣和动力。我思索着如何进一步开发新的能源材料，如何使能源得到清洁高效利用，如何节能降耗，而解决这些问题需要科学理论与应用市场开发相结合。"陈军深有体会地感慨，"看到所从事的科研能为人类生存和社会发展服务，并不断培养新人，对我来说是最大的快乐"。

（本文刊于 2007 年 4 月 13 日《南开大学报》）

愿扎根南开的"海归"青年科学家

——访陈威教授

年仅 36 岁的陈威，目前已是南开大学特聘教授、博士生导师、天津市"城市生态环境修复与污染防治"重点实验室主任。

1994 年毕业于南开大学环境科学系之后，陈威赴美国莱斯大学环境科学与工程系求学，并于 1999 年获博士学位，归国后回到南开任教，从事环境科学研究。由于在教学与科研中做出的优异成绩，陈威入选教育部 2005 年"新世纪优秀人才支持计划"。2006 年 3 月，他又获得霍英东教育基金会第十届高等院校青年教师奖。

求学之路："衣带渐宽终不悔"

1988 年，陈威考上了南开，就读于环境科学系环境化学专业，本科毕业后，他仍选择本专业攻读硕士学位，在南开求学的六年中，陈威认真勤奋，这为他后来的教学科研工作打下了坚实的基础。

为了进一步深造，攻读硕士研究生期间，陈威产生了出国求学的想法。"当时只是抱着试一试的心态参加出国考试，没想到成绩还挺好，一下子被几个学校录取了。"陈威最后选择了美国莱斯大学。

初到美国，生活、学习上困难重重。陈威说："作为一个'老外'，当时我的英语水平很差，生活上还有很多不适应的地方，但是我觉得总能努力地去克服困难，认真做好每一件该做的事。"

很快地，他在学习生活各方面能力与水平都提高了。"我感觉美国人做事认真，因为我的努力，周围的人对我的学习、科研很认可。"1997 年，陈威于美国莱斯大学环境科学与工程系获得硕士学位，两年后获得博士学位。

博士毕业后，陈威在美国面临三个就业选择：其一是去一所大学任教，其二是为某家公司做经营策划，其三是为一家环境工程公司做技术指导。"去学校任教很不错，但我就没有机会去做实践工作了；为企业作经营策划工作也不错，薪水很高，但工作性质与我的专业无关。"最终，陈威选择了从基层做起，为美国 Brownand Caldwell 环境工程公司作技术指导。在这五年中，只要有去第一线采样等工作机会，他都积极争取，"虽然很辛苦，但这些实践经验对后来的教学科研都是无价之宝"。

陈威教授

学成归国:"我的根在中国,在南开"

当笔者问及为何选择回国任教时,陈威一笑:"什么事都有两面性嘛,萝卜白菜各有所爱吧。如果说我放弃什么的话,那就是比较安逸的生活罢了。我的根在中国,在南开,这里有我的亲人、朋友。这几年中国社会经济发展迅猛,南开大学对人才引进十分重视,所以感觉回国发展挺好的。"

近年来,南开大学推出特聘教授岗位制度,旨在世界范围内延揽杰出人才、遴选并造就有国际领先水平的学科带头人。2004 年回到南开后,34 岁的陈威便被聘为学校特聘教授、博士生导师。他当时觉得"学校对自己很重视,所以压力很大,干不好的话会愧对母校"。

然而,陈威以实际行动证明了自己的能力。两年来,他承担了包括国家自然科学基金、教育部科学技术研究重点项目等在内的多项科研项目,并指导了8名硕士生、5名博士生。

2004年,南开大学"城市生态环境修复与污染防治"重点实验室被认定为天津市重点实验室,陈威担任实验室主任至今。回国之后,他一直跟美国的几所高校保持联系,经过他的联系,促成了南开大学与美国高校的多项合作。

2006年3月,南开大学与美国莱斯大学达成协议,双方以天津市"城市生态环境修复与污染防治"重点实验室为依托,合作成立"中美环境修复与可持续发展中心",在生态环境修复、能源与可持续发展、新型纳米材料的环境效应以及环境教育等领域开展长期交流合作。

"我们想通过国家'十一五规划'和天津滨海新区发展的机遇,促进国际合作,提高教学科研水平。"陈威认为,科研工作应与国家需求、国家战略发展目标相结合。"科研工作不应和实际工作脱节,天津市市区和滨海新区的发展将面临不少环境问题,科研工作者有责任为其寻找有效的解决方式。作为环境科学研究工作者,我们应在了解国家发展需求的基础上,把科研方向作适当的调整,做一些对国家有意义的工作。"

处世原则:"踏实做人,认真做事"

在接受采访时,陈威谈得最多的是"认真"二字。他说,在南开求学期间,导师朱坦教授的为人与治学给他很深的影响,回想起来,陈威记忆犹新:"朱老师经常对我说,做人最基本的,也是最重要的原则是认真。"

陈威喜欢听古典音乐,这个爱好已有二十多年的历史。他认为听音乐对一个人的性格和人生观有很大的影响。他最喜欢的音乐家是奥地利的马勒,马勒的交响乐以结构庞大、严谨著称。"在性格和人生观方面,我和马勒是比较接近的,严谨认真。因为做事严谨,所以我觉得自己比较适合做科学研究工作。教学工作中,我对我的学生说清楚了,别看我平时生活中嘻嘻哈哈的,很随便,在教学科研方面我绝对是一丝不苟的,不能容忍别人和自己犯错误。"

谈及人生,他说:"也有一些长远打算,但更重要的是把眼前的具体工作踏踏实实做好。"

陈威说话声音不高,但话语清晰有力,平和的语言中蕴含着的自信与从容,阐释着南开人独有的魅力。

(本文刊于 2006 年 5 月 12 日《南开大学报》)

当数学问题豁然开朗时最快乐
——访孙文昌教授

2006 年 6 月，微软亚洲研究院公布首届"微软青年教授奖"获奖名单，全国七位青年学者获得该项荣誉，其中包括南开大学数学学院教授孙文昌。

"做数学很快乐"

"微软青年教授奖"项目旨在发掘并支持国内高校在计算机科研及人才培育方面拥有巨大潜力、富有创新精神的青年学者，帮助他们发挥潜能，转化科研成果，并为他们提供丰富的学术交流及合作机会，从而带动更多青年学者的成长与进步。鉴于在小波分析与信号处理方面的研究成果，孙文昌获得了本届"微软青年教授奖"。

"我觉得做数学很快乐。"孙文昌说，要在某个领域取得成就需要对这个领域有极大的兴趣。"当一个问题引起我的兴趣时，不管是吃饭还是散步，这个问题整天都会在我的脑海里

孙文昌教授

钻来钻去。有时候坐公交车,偶然灵感触动,突然想到那个点上,就立刻用笔纸记下来。那时候的豁然开朗最快乐。"

孙文昌从小就对数学着迷了,高中时参加过一次全国数学竞赛,因为成绩优秀,1989 年他被保送到南开大学数学学院基础数学专业。

"奖励只是对过去的工作给予肯定"

在数学学院求学十年,孙文昌完成了本科生、硕士研究生、博士研究生的学业,于 1998 年获得博士学位。

孙文昌说,在南开的这些年,对他影响最大的就是教过他的老师。本科时，在数学试点班的学习对他帮助很大，老师们认真负责的授课使自己受益匪浅，"特别是顾沛教授，他对学生既严格要求又很关心"。

而孙文昌的硕士、博士研究生导师周性伟教授，则教会他在阅读论文时如何提出问题，并解决这些未完的"悬案"。"写论文时，周老师非常严格，他要求我们先打草稿，准备充分后再下笔，脱稿之前，至少要经过十几遍的修改。"

严师的诲人不倦加上自身的聪颖好学，孙文昌养成了踏实严谨的科研作风，并发表了许多高质量论文。至今他已在《中国数学》《美国数学学会会报》《应用与计算调和分析》等国内外学术刊物上发表了二十多篇论文，并被 SCI 收录，SCI 他人引用五十多篇次。部分论文在国外出版的小波分析专著中得到很高的评价，这些专著分别用"重要（important）""最早（first）""不同寻常（remarkable）""最全面（mostgeneral）"等词语来描述孙文昌的研究成果。

获得"微软青年教授奖"之前，孙文昌曾获得多个奖项，1999 年中国博士后科学基金一等资助金，2000 年钟家庆数学奖，2002 年霍英东青年教师奖，2004 年入选教育部首届"新世纪优秀人才支持计划"。

面对这些荣誉，孙文昌说："奖励嘛，那只是对过去的工作给予的肯定，而明天还有更多的工作等着我去做好。"

"我希望能把数学的快乐带给更多的人"

2000 年 7 月，完成陈省身数学研究所的博士后工作出站后，孙文昌留校任教，并于 2002 年 12 月晋升教授，2003 年 12 月被评为博士生导师。近年来他主讲了"小波""应用随机过程"等本科生课程以及"小波分析及应用""Fourier 分析基础"等研究生课程。

尽管任教时间不长，但孙文昌细致认真的授课态度受到了许多学生的好评。在网络论坛"我爱南开 BBS"的"数学科学学院"讨论区上，谈到专业选修课时，有学生发帖推荐同学们选孙文昌讲授的课："孙老师的课讲得很好，自修可学不来这么多。"看着这类"帖子"，孙文昌无比幸福地说："当老师的蛮喜欢听到学生的好评，能得到学生的认可真的很高兴。"

"我希望把学习数学的快乐带给更多的人。"孙文昌说。

（本文刊于 2006 年 9 月 22 日《南开大学报》）

-下 篇-

讲坛札记

"跑野马"之境

——聆听叶嘉莹先生古典诗词讲座札记

　　听过叶嘉莹先生（号"迦陵"，以下敬称"迦陵先生"）讲课的，大约都会有这样的印象：先生一向不看讲稿，任凭自己的联想来发挥——从一首诗或一阕词发端，引申到老庄孔孟，到《诗经》、古诗十九首，到屈原、陶渊明，到张惠言《词选序》、王国维《人间词话》，忽然又从中国儒释道讲到西方符号学……就这样滔滔不绝站着讲两三个小时，兴之所至，如羚羊挂角，无迹可寻。恰苍茫旷野流连处，一声喃喃自语"又'跑野马'了"，好似"缰绳"一收，这"野马"就被拉回来了……迦陵先生管"跑题"叫作"跑野马"，我以为这其实是先生的自谦，先生授课的艺术魅力之所在，恰恰是"跑野马"。

　　自 1979 年开始回国讲学至今，迦陵先生已在南开大学执教 42 年。因缘巧合，我有幸聆听先生的古典诗词讲座近二十年。自知学识疏阔浅薄，不敢妄评先生之学问文章，唯先生授课时"跑野马"一事自感受益良多，因而最为难忘。故而不揣谫陋，借助记录的片段，试述迦陵先生授课印象之一二，敬乞诸位师友、同道赐正为盼。

以渊博学识而致 "跑野马" 之 "纵横无涯"

　　一般教师讲课，总会有按章节分类目的讲稿、教案或PPT，按部就班，清晰明了，学生也便于记笔记。而迦陵先生从没有准备讲稿的习惯，PPT上往往只演示课上将要阐释的几首古诗词。一旦讲起来，则常常因即兴的感发而征引许多材料来对所讲的古诗词加以阐发。

　　讲词的美感特质，迦陵先生先以PPT演示了温庭筠的词《菩萨蛮》，然后以体现古音之平仄韵律的声调、句读步节分明的节奏朗诵一遍这首词——"小山重叠金明灭"的"叠"字，普通话是阳平声，迦陵先生一定要按古音读成短促的入声字，这样才合乎词谱的格律，体现词的平仄声韵之美感。讲到"菩萨蛮"曲牌名，迦陵先生顺带介绍了作为中国古代两种不同的音乐文学传统之一的"曲牌体"之特点，以及"菩萨蛮"这个曲牌在唐朝的流传情况，兼及古诗吟诵，以此阐释诗词的音乐之美感。我上大学时开始喜欢昆曲，因而对南北曲的音乐与文学之间的关系很感兴趣。而先生对于宋词音乐与文学关系的阐释及偶尔的吟诵示范，虽然只是"跑野马"式的点到而止，但却让我对中国音乐与文学之关系有一种探源溯流而贯通的求知欲望。此后我读吴梅、任中敏、杨荫浏、洛地等学者的著作，除了喜欢昆曲的原因，与迦陵先生课上的启发不无关系，因而在阅读过程中，不仅仅关注曲学知识，更关注这背后

2016 年，叶嘉莹先生在南开大学东方艺术大楼演讲

摄影/韦承金

的中国音乐文学之大传统。

随之，迦陵先生又由有关妇女相思怨别的一类词作，讲到美国学者劳伦斯·利普金在《弃妇与诗歌传统》所谈到的西方古代类似作品——由此让人明白东西方文学作品之共通性。

而在审美意象及典故之解读上，迦陵先生极尽"跑野马"之能事：由"小山重叠金明灭"句，讲到古代的山眉、枕头、屏风；由"懒起画蛾眉，弄妆梳洗迟"讲到历代诗词中的"蛾眉"意象，又从"弄"字引出"云破月来花弄影"等带"弄"字的古诗词句；讲到温庭筠《菩萨蛮》中"照花前后镜，花面交相映"，又佐以杜甫诗句"种竹交加翠，栽桃烂漫红"以证文学中之饱满笔力；讲到《菩萨蛮》作者温庭筠的身世，以其诗句"有气干牛斗，无人识辘轳"引出《晋书·张华传》关于"牛斗"的典故和"温八叉"的怀才不遇……

又从起床化妆的"照花前后镜，花面交相映""新贴绣罗

襦"的衣裳之美讲到其妆饰之华妍"乃离骚初服之意"。又由
《离骚》之"初服"引出《论语》"士志于道"、杜甫"致君
尧舜上，再使风俗淳"、范仲淹"先天下之忧而忧，后天下之
乐而乐"等所代表的士的传统和士人的精神境界——由此，从
诗歌"意象"之解说，转到了更抽象、更具精神本质解读的
各种不同学术观点之阐释。

　　如何抽象地概括词的美感特质呢？这时候，迦陵先生将
"野马"的缰绳一收，前面所讲种种类比、阐释，都通向了最
终的理性概括：张惠言以"比兴"论词过于褊狭，王国维以
"境界"论词过于含糊。在没有相应的传统文学理论的情况
下，迦陵先生提出，德国美学家沃夫岗·伊塞尔所提出的"潜
能"一词或可概括引起读者丰富联想的内在原因，解释词的深
微幽隐的言外意蕴之美……

　　——以上是迦陵先生 2006 年在南开大学东方艺术大楼所
作的"爱情与道德的矛盾和超越——谈词学发展的过程"讲
座中的一个片段。在这场长达两个多小时的讲座之中，风雅
颂、赋比兴，屈骚陶诗、李杜苏辛，儒释道学说、诗论文
论……不时与西方文艺美学思想甚或中西古今奇闻杂谈"串通
一气"，可谓旁征博引、左右逢源，似乎全是无法可依、无章
可循的"跑野马"。

　　然而仔细回味之后会发现，迦陵先生对于诗词之评析虽是
"跑野马"，但理路是脉络分明的。这匹纵横上下、奔腾八方
的"野马"，始终在迦陵先生的掌控之中，始终没有脱离"爱
情与道德的矛盾和超越——谈词学发展的过程"的主轴。

以古典诗词"兴发感动"之生命精神而
致"跑野马"之"全任神行"

迦陵先生"跑野马"的神奇之处，还在于先生以己之诗心解古人之诗心的"全任神行"，来引导学生之"兴发感动"。

以迦陵先生讲东坡词《八声甘州·寄参寥子》为例。

这是苏东坡 56 岁时写给他的朋友参寥子的赠别词。此前的苏东坡，辗转杭州、密州、徐州、湖州……经历了"乌台诗案"之后，被贬谪黄州、转登州……一度被召回朝廷，后来又因论政不合而一再被贬谪。讲这首词之前，迦陵先生的"野马"先"驰骋"在苏东坡那历尽坎坷起伏的人生"旷野"里，时而穿插着《定风波》（莫听穿林打叶声）等苏东坡其他诗词作品的讲说，以对比苏东坡不同时期的内心精神状态。

苏东坡如此百转千回的人生，究竟有什么样的诗词呢？

"你看他第一句开头，真是'天风海涛之曲'——'有情风万里卷潮来，无情送潮归。'写得真是好！"为什么好呢？迦陵先生的"野马"跑到自己的海边观潮经历、人生感悟，介绍自己所体悟的东坡词之境界："远远的一条白线——到你眼前——翻滚得波浪滔天……它来了，它又走了，如果来是有情，走就是无情……人世间的盛衰兴亡就如同那潮来潮退，如同那日升日落……"

"'不用思量今古，俯仰昔人非。'在北宋苏东坡那个时候的新旧党争之间，多少人上台了，多少人下台了，朝廷上整天所搬演的就是这种升降祸福的剧目……" 迦陵先生的"野马"不知不觉跑到北宋时期广阔的社会背景中去，可是，缰绳一收，又"跑"回来了："这时，苏东坡忽然间一转，所以这首词真是抑扬起伏：不但有这样博大的气势，而且有这样低回婉转的变化，他说：'谁似东坡老，白首忘机'……'记取西湖西畔，正春山好处，空翠烟霏。'这真是写得美！刚才的'有情风万里卷潮来'，写得如此之波涛澎湃；而现在写的却如同'春花散空'……"

由是，东坡词境之高妙，经过迦陵先生的条分缕析，在我的脑海里不断地升腾，如沐春风，如饮甘泉。

"现在苏东坡就要被朝廷召回到首都去，他跟他的好朋友参寥子说'约他年'，将来'东还海道'，我像当年的谢安一样，会坐着船回到杭州这里来，我还会在杭州这么美丽的空翠烟霏、春山好处的地方与你再相见。可是人有多少理想，都能够完成吗……"讲到这里，讲台下许多人与我一样，不禁热泪盈眶。

"他说'他年'的'东还海道'，谢公的'雅志莫相违'，他有多少忧危念乱的话？可是都没有说出来。他说'莫相违'，说'不应回首'，写得这样低回婉转……在朝廷的党争之间，他此去的安危祸福，有很多话不能说，环境也不允许他说。于是在这种低回掩抑之中，他写出这样幽约怨悱的好词。这是苏东坡的上乘佳作，这可谓'天风海涛之曲，中多幽咽怨断之音'。"由是，我渐次明白东坡词这种洒脱豪迈之中有博大浑厚、痛快淋漓之中有沉着苍茫的境界之缘由。

讲解这首东坡词竟花了迦陵先生大约一节课的时间，这是由于讲解过程中迦陵先生不断地"跑野马"：讲到海潮，又"跑"到苏曼殊"何时归看浙江潮""跑"到迦陵先生自己观海潮的美妙体验里；讲到"几度斜晖"，与晏殊"夕阳西下几时回"的境界作对比；讲到"白首忘机"，又"穿越"到《红楼梦》里与王熙凤"机关算尽太聪明"作对比；讲到"诗人相得"，迦陵先生介绍古代诗人的"惺惺相惜"，感慨"人生得一知己死而无憾"……

在对《八声甘州》进行逐句讲解的"纵轴"上，迦陵先生的"野马"不时"跑"到苏东坡的人生经历、社会背景里，"跑"到同一词语在历代诗词中的意象里，乃至"跑"到迦陵先生自己的人生经历、体悟里，苏东坡的词境与迦陵先生的人生境界纵横交错、水乳交融。迦陵先生的语调，或慷慨激昂或低回婉转，仿佛与那千年前的另一个生命同频共振……我感觉整个人都随着迦陵先生的"野马"，穿越到一片"前不见古人，后不见来者"的苍茫宽阔旷野里，不知不觉之间，东坡先生的音容笑貌仿佛就在眼前，东坡先生的悲欣慷慨仿佛就奔腾在我的血液里了。

——那是 2008 年 11 月 15 日。那次讲座，迦陵先生连续讲了两个多小时，发现"野马"跑得远了，就带着歉意对我们说："我今天讲得太啰唆了，很抱歉没有时间了，讲座的题目还没有讲完。我还需要再讲一次才能结束这个题目……"（于是，在原计划的三讲之后，先生又在 2008 年 11 月 28 日晚讲了第四讲，才完成"王国维《人间词话》问世百年的词学反思"这一主题的系列讲演。）而台下的听众非但没有"怪罪"于先生，反而报以持久热烈的掌声。

襟怀宽广而著手成春　不激不厉而风规自远

迦陵先生在讲课中经常对大家说，如果想提升你的眼光，一是要对人世有博大的关怀，杜甫的诗之所以伟大，就是因为他的关怀是博大的；另一个是要有对大自然、对宇宙的关怀，这两方面的关怀可以提高人的境界。不仅要"通古今之变"，还要"究天人之际"，这样眼光才能开阔起来。

我发现，除中西文学、美学理论等之外，其他门类的文艺乃至日常生活中的琐事、大自然中的奇闻，也时常成为迦陵先生的"野马"素材，而且就像先生熟稔的古诗词一样即兴而为、信手拈来。

比如：讲到陈廷焯在《白雨斋词话》中评价吴梦窗《唐多令》这首词"几于油腔滑调，在梦窗集中最属下乘"，迦陵先生解释道，一般说起来，中国人讲究书品、画品，书画要求"宁拙勿巧，宁丑勿媚"，如果作品油滑浅俗有媚态，其品格自然低下；讲到歌辞之词、诗化之词、赋化之词各具其美时，迦陵先生认为，欣赏评论词的人不能老用同一标准来衡量，正如"你不能够用衡量篮球的方法来衡量足球，也不能用衡量乒乓球的方法来衡量游泳对不对"；谈到自作词"莲实有心应不死"，迦陵先生引用报纸上登的一则消息，说某地方挖掘古墓时挖出了一个千年的莲子来，有人把它培养种植，后来居然长叶开花了；讲到晏殊词《山亭柳·赠歌者》里的歌者"博艺随身"，迦陵先生说，有的武侠小说，写一个人自己的本领打不过人家了，就祭起一个法宝来，就把那个人捉住了。而所谓"博艺随身"者，不是身外的法宝，是自己真正的能力，不是假借外在的力量，是自己的才能；谈到诗词表达的含蓄，迦陵先生说，一定要能给读者留下回想、体味的余地才称得上是好诗，不能是如同白开水一样的大白话、喊口号，这也是现代白话诗出现"朦胧诗"的缘由，而梦窗词奇情壮采的想象力，具有像现代朦胧诗一样的超越现实的感发力……此类旁征博引，在迦陵先生讲座中都是信手拈来。盖因迦陵先生不仅将各方面学问熔铸于诗词之炉，而且对人世、对大自然有着深切的关怀，那些多么微妙的情感、多么细小的变化在诗词意境的触发之下，都不知不觉"跑"出来成为先生讲课的素材了。

迦陵先生"跑野马"的魅力不仅体现在为后生授课的小课堂，也体现在名流荟萃的大会堂。

2004年秋在南开大学"庆祝叶嘉莹教授八十华诞暨词与词学国际学术研讨会"上，面对来自陈省身、杨振宁、文怀沙、冯其庸、范曾等名家和社会各界的赞誉，迦陵先生引用孟子"声闻过情，君子耻之"来表达自己的"惶恐""惭愧"，然后从容自若地开始"跑野马"式的讲故事，从谋生的需要做了教师引起对古典诗词传承的关怀，谈到后来在海内外各地讲学的坎坷经历，娓娓道出自己从事古典诗词教学六十余载而"人生易老梦偏痴"的缘由："我觉得，我们国家、民族，现在虽然是日臻富强了，可是我常常想，我们在追求物质这方面的

2019 年 9 月 10 日，叶嘉莹先生（右一）在归国执教四十周年
暨中华诗教国际学术研讨会上

摄影/韦承金

成就之外，我们的精神、我们民族的精神、国民的品质，也同样是非常重要的……我们虽然生命是短暂的，但我们的感情、我们的理想、我们的希望、我们的追求是永远的，我们诗歌的生命、我们中国文化的那个血脉的源流，这种精神是生生不已的。"迦陵先生那种对中华古典诗词的爱恋之深切，溢于言表。

2005 年秋某日，范曾先生以"大丈夫之词"为题在南开大学主楼小礼堂讲稼轩词。"富贵不能淫，贫贱不能移，威武不能屈""诗词要与天地精神相往还""辛稼轩有大丈夫之襟怀和肝胆，然后有大丈夫之辞章"……范先生的讲座引经据典、滔滔不绝、气势飞扬，可谓先声夺人。

当时迦陵先生被邀请为点评嘉宾。范曾先生讲完之后，迦陵先生并不立即点评讲座内容，而是先从与范曾相识、交往的故事开始"跑野马"，然后谦逊地表示自己"既非高才，也不是丈夫，不敢妄加点评"。最后，迦陵先生才从词的起源和美感特质谈起，以她一以贯之的"弱德之美"观点分析了自己对于稼轩词的不同理解，表示以此"向范先生请教"。

迦陵先生说，稼轩的词之所以好，不仅因为其词之豪放，更在于其中有一种幽微婉曲、低徊要眇的韵致隐藏在范曾先生所举的这些豪壮激烈的稼轩词中——稼轩有一种向上的男子的大丈夫的志向，而作为一个臣子，他又处处不得不在与小女子相类（"臣妾"）的地位上遭受许多屈辱、许多挫折，这使得他的词低回婉转、百转千回，虽豪放却有一种要眇幽微的双重意蕴。

迦陵先生如此阐释之后，现场听众对于稼轩词的理解仿佛又进入另外一层境界，顿时主楼小礼堂里掌声雷响、经久不息……

先生常常自谦"小女子"，却有一种敢于"跑野马"并且收放自如的大气度。先生的发言自始至终都是一如既往的不激不厉，却因为内中有一种透彻的了悟，使得先生能做到"和而不同"；先生虽然没有与他人一争高下之心，却总能自然而然地展现一种强韧、自信和自在。

"信马由缰"，得大自在

鲜有人知的是，迦陵先生那不羁的"野马"也有受到束缚而备感艰辛的时候。2012 年初春，迦陵先生讲授"小词中的修养境界"公开课。讲课过程中，某摄制组从录像效果的角度，对现场观众提出这样那样的要求，比如为了观众席"美观"要求观众按照个子高矮调换座位，个子较高的学生被要求"腰身弯着点儿，不要坐得太直"，开拍前先让迦陵先生试音，然后先生开始讲了，却被告知暂停，说是得让场记板打下之后才能开讲。而讲课过程中，除了几次由摄制组策划的鼓掌外，场内除了演讲者的声音，别人不能发出其他任何声音……迦陵先生很克制很配合地按部就班地讲完了那次课。等摄像机关上之后，迦陵先生才对几位摄制组工作人员悄悄地说："你们这么拍，非常造作！这让我讲得支离破碎，不成样儿了……"很少见到迦陵先生如此难过。那时，我也很难过。那次课，迦陵先生讲得非常拘束，以前讲课几乎每次都"跑野马"，唯独那次，因为要配合摄制组的录制，先生的"野马"好像困顿了一样，始终没能"跑"起来。

对迦陵先生来说，讲课是一门艺术，需要较为轻松自由的氛围，如果授课各环节过于"安排"、受到过多的外部干预，则讲课很难有出人意料的精彩发挥，更不可有现场随机生发灵思妙悟的"跑野马"了。这种领悟，由于五年后 2017 年 4 月 9 日我听了"镜中之影——《迦陵诗词稿》中的心路历程"讲座而更为深刻。

那天南开大学东方艺术大楼的听众，除了南开大学的青年学生，还有迦陵先生早年在台湾的学生——虽已是满头华发，但他们望向先生的眼神，与座中青年学子一样真诚炽热而满怀敬仰。先生不无激动地说："今天我们的讲座现场来了一些台湾的朋友，是我多年的老友。另外，还来了一些新的朋友。我实在是太开心、太激动了！"

先生回忆了自己当年初到海外讲学流离失所、受语言所限而无比怀念国内讲学的"跑野马"，提起1970年写下的《鹏飞》一诗："鹏飞谁与话云程，失所今悲匍地行。北海南溟俱往事，一枝聊此托余生。"先生感叹道："那时候（国内讲学时期）哪有课件呀，我讲课就是用一支粉笔。我想到哪里就讲到哪里，真是自由！要是跑得远了再拉回来。现在受英语限制，只能用课件，都把人限制了，好像在地上爬一样，都跑不起来了。"这般幽默的解释，引起了台下一片会心的笑声和掌声。

当晚，93岁高龄的迦陵先生依然是站立演讲，"野马"跑得很远，往往由自己创作的一首诗词引发，"跑"在自己的近百年人生的坎坷经历"旷野"里，跑在古今中外学问的"天地"间，浩浩荡荡、横无际涯。而迦陵先生抑扬顿挫的声音配以她那"独家"的手势，让台下每一角落的观众都能感受她的致意，举手投足之间的那种风度，仿佛嵇康诗所言"目送归鸿，手挥五弦。俯仰自得，游心太玄"之境界，又仿佛庄子所言"独与天地精神相往来"之境界……演讲结束时，观众席中的所有人都站了起来，讲座之余韵伴着掌声久久绕梁。

迦陵先生尝言："我首先是老师，其次是研究者，最后才是诗人。"而我以为，先生的教师、学者、诗人三重身份是相辅相成的。先生授课"信马由缰"之境界，有赖于先生作为大诗人的灵心妙悟和作为大学者的融会儒释道、贯通中西学之学识根柢；同时，先生在中华传统文化式微之时，以"知其不可而为之"的信念，做传承传播中华传统文化和古典诗词的"入世"之事业，孜孜不倦躬耕三尺讲坛七十余载，在这过程中，先生以"足乎己无待于外"的定力，践行并锻炼了其诗心与学养，正如先生早年诗句所言："入世已拼愁似海，逃禅不借隐为名。"亦正如先生课上之所常言："真正伟大的诗人，是用生命来写自己的诗篇、用自己的生活来实践自己的诗篇。"

如今，年近百岁的迦陵先生，渐臻于"得大自在"的至高人生境界。能有机会聆听先生的教诲，乃吾辈之幸也！

2019 年 12 月 11 日初稿

2021 年 3 月 21 日改定

（本文原载《世纪》杂志 2021 年第 4 期，题为"在南开聆听叶嘉莹先生古典诗词讲座"；后收录于沈立岩主编、南开大学出版社 2021 年出版的《为有荷花唤我来——叶嘉莹在南开》，题为"'跑野马'之境——在南开聆听叶嘉莹先生古典诗词讲座札记"，略有删节）

附：

以诗词之"兴发感动"沟通中西文化

叶嘉莹口述 韦承金整理

我与诗词相伴近百年，有一个体会，中华古典诗词在本质

2020 年，叶嘉莹先生在南开大学寓所

摄影/韦承金

上自有其永恒不变的某种质素。固然，中国语言文字的独体单音和平仄四声之特征，使诗词具备了独一无二的声韵美感，然而这只是诗词之特质的一个方面。我以为，诗词中所体现出来的诗人、词人内心的感情和生命之境界，才是诗词最具根本性的质素。我在经过了多年的诗词写作和批评实践、并与古人之诗说相印证之后，才为这种质素提出一个较为明确的说法，那就是诗词中"兴发感动"之作用。

在中国文学的历史中，许多伟大的诗人如屈原、陶渊明、李白、杜甫、苏东坡、辛稼轩……他们的诗词作品中具有一种热诚真挚的兴发感动之力量，这种力量体现了他们的胸襟、意志、修养、人格等精神品质，这是中国文化中最宝贵的精神遗产。尽管这些诗人也各有被他们的时代和生活背景所造成的缺憾和局限，但是他们的诗词作品所具有的那种兴发感动之作用，在本质上所具有的"形而上"之恒久价值，足以超越时代、地域之局限。

故而我以为，在东西方交流更加频繁、日益密切的时代，中华古典诗词是可以向西方人士、向全人类共同分享的精神飨宴。习近平主席曾在中国文联十一大、中国作协十大开幕式上说："以文化人，更能凝结心灵；以艺通心，更易沟通世界。"党的二十大报告也提出要"传承中华优秀传统文化""深化文明交流互鉴，推动中华文化更好走向世界"。这体现了一种传承发展中华优秀传统文化、推进中西文化交流沟通的愿望和共识。如果说，要我总结出最希望将中华诗词的哪一种美感向西方世界传播，就是那字里行间流淌着的中国人的情感、意志与品性，就是几千年来的中国人的精神。

然而，以我多年的切身体验而言，这样的工作实在是不容易做好。无论是其独一无二的声韵之美感，还是其"兴发感动"的生命之力量，中华诗词那种意韵之美，是难以言传的。当语言文字发生改变时，诗词的感觉和其所蕴含的情志甚至有可能就被完全改变了。当然，中国古典诗词也曾有极好的英译，我听过，将唐诗"还君明珠双泪垂，恨不相逢未嫁时"翻译成"I return you the pearls with my tears/that we didn't meet in earlier years"。这种声音与感情结合得很好的翻译，需要译者具有诗人的情怀和才华，达到这种水平很难。当我在加拿大不列颠哥伦比亚大学（UBC）需要用英文教授本科学生中国古典文学课的时候，和向中国学生讲课时是一样的，就是"掰开了、揉碎了"地向他们进行讲解，尽力将诗词中"兴发感动"之力量讲出来。所幸，我大概天生就是吃教书饭的，尽管英文语法未必完全正确，发音也不见得标准，甚至每日的备课都需要查字典这样的笨方法，可是学生们对我的教学还是极感兴趣，课堂积极性很高。我想，这还是与我真正用生命将诗词的"兴发感动"之力量诠释出来有极大的关系。当然，我在课堂上的吟诗诵词，也吸引学生们陶醉于中国传统文化。

中国诗词蕴含着久远的文化传统，只有对中国的古典文化理解得越多、越丰富，才能更好、更多地体味诗词中的意味。以用典为例，只有真正理解了所用典故的含义，才能更好地体味诗人、词人用典的良苦用心。在这方面，外国汉学家面临着许多困难。但真正的汉学家对中国诗词的研究非常用功与认真。我在 UBC 的学生施吉瑞（Jerry D. Schmidt），博士毕业后留在 UBC 教书。我退休之后，他就接了我的课，教授中国古典诗歌。他十分注重中国传统文化知识的累积，能把中国古典的书籍、材料查得非常清楚、详细，书上标满了注解。正是得益于切实而严谨的治学态度，才能够更好地理解中国古典诗词。我与海陶玮先生（Professor Hightower，哈佛大学东亚系主任）初识于 1966 年之夏，之后的合作也持续了数十年。初识海陶玮先生时，海先生正在研究陶渊明的诗，他具有极佳的眼光：认识到西方文化对中国传统有许多不理解的地方，需要和精通中国传统文化的人进行合作，打通中西文化交流的路径。因此，他诚挚地邀请我与他合作。在与他合作的过程中，我切身感受到了跨国合作这种形式对于中华文化向外传播的重要性。

当然，也要认识到东西方的思维模式不同，东西方文化各有所长。因缘巧合，我在西方文论很发达的时候来到了西方，幸而能够将西方文论与中国传统诗词理论结合起来分析诗词，发现了中国诗词的一些更加丰富而微妙的作用与内涵。

记得我当年在哈佛大学教书的时候，有一个会议室里边挂了一副对联："文明新旧能相益，心理东西本自同。"我相信，中西文明、新旧文化之间是可以互相融合、互相增益的，从而在文化发展中会有更新的作用、更丰富的内涵。

（本文由叶嘉莹先生口述、韦承金整理，刊于《世纪》杂志 2023 年第 2 期卷首语）

罗宗强：还原真实历史
——从王阳明说起

　　2005 年 11 月 23 日晚，古代文学史研究专家、南开大学文学院教授罗宗强先生应邀作题为"事件与人物——从王阳明说起"的讲座。当天晚上，东方艺术大楼逸夫厅内座无虚席。这是南开大学文学院为 2005 级新生举办的"初识南开"名师讲座之一。讲座由南开大学副校长、文学院院长陈洪教授主持。

　　"事件与人物，可以说包括了人世上的一切，除了事件与人物，人世还有什么呢？这样空泛的大而无当的题目，是不可能像专题研究那样谈出深刻的道理来的。好在我还有一个副标题：从王阳明说起。从一个人物说起，就可以随便一点，甚至可以东拉西扯，漫无边际……"这是罗宗强先生讲座的开场白，听起来有些自我调侃，又颇有些"跑野马"的意味。

　　然而，在整场讲座精彩纷呈的旁征博引中，罗宗强先生虽自谦为"东拉西扯，漫无边际"，却没有离开"事件与人物"这个主题。罗宗强先生认为，我们从事学术研究，在史料中可以看到一个个事件——事件有具体的叙述，有经过，有参与的人物及其行为——这些都是可见的。然而事件是"死"的，而人是"活"的，历史留给我们的，除事件之外，还应当有隐藏在事件背后的人的心灵活动。为此，通过历史人物的诗文来探讨他们的内心世界，或许能帮助我们了解更为真实的历史面貌。

罗宗强先生从王阳明平定宁王宸濠叛乱这一事件谈起。对于这一历史事件，史料中有着不同的记载，其中一些让人怀疑王阳明与反叛者勾结的史料尤为引人注目。如《明武宗实录》中记此事，含混其词，大意是说，宸濠乱前，阳明与之"交通"（可以理解为有来往，也可以理解为勾结）。再如，综合《明武宗实录》《明史·陆完传》《四友斋丛说》记载，王阳明被怀疑为，打败宸濠进入南昌的宁王府时，王阳明烧毁了王府的文件，而且是有选择地烧毁——这一行为，生发出一种推断，就是王阳明要毁灭自己与宸濠勾结的罪证。

这个事件中，上述史料所记载的这些疑点牵连到一个很重要的问题，那就是对王阳明的评价问题：如果确实与宁王宸濠有勾结，那么王阳明就是一个阴谋家，一个理论上说一套、行为是另一套的人。那么，如何透过史料的重重迷雾，判断出一个真实的王阳明呢？

"时间已流逝久远，史料中所记录下来的事件真假难辨。而虚灵飘忽、难以把握的人的心灵，有没有踪迹可寻？"罗宗强认为，如能找到古人内心活动留下的蛛丝马迹，那将是拨云见日的重要根据。这就需要分析古人的诗文。"他们的诗文，就是他们内心活动的流露。虽然他们的诗文是否真能反映他们

罗宗强先生

真实的内心世界，不能一概而论，真真假假，要经过认真地分析判断。但是经过分析，还是可以分出真假，寻找到他们内心活动大致线索的。"

罗宗强先生以王阳明的几首诗为例，分析了宁王宸濠叛乱前后王阳明的内心世界，认为这些诗体现了王阳明绝无与宸濠谋反的心迹，相反，他追求的理想人生是致良知以提升道德之境界，而不在于仕途立功。

如写于正德十三年（1518 年，宁王宸濠叛乱前一年）的《送德声叔父归姚》："犹记垂髫共学年，于今鬓发两苍然。穷通只好浮云看，岁月真同逝水悬。归鸟长空随所适，秋江落木正无边。何时却返阳明洞，萝月松风扫石眠。"这首写给叔父

的诗中，王阳明表达了自己向往"归鸟长空随所适"的自由
自在，期待回到阳明洞，过起"萝月松风扫石眠"的隐逸生
活。这一时期王阳明在平定盗贼之后写给父亲写的一封信，告
知自己请求致仕的想法，也印证了他诗中表达的思想。"古人
的书信，是不能全相信的。他们的书信有不同的接受对象。对
于官场上的一般朋友，信上有时就不免说些官场话，真真假
假，不必太认真看待。但对于亲人，除非有特殊原因，一般是
可信的，是真话。"因此，罗宗强认为，在平定盗贼到宸濠叛
乱的这段时间，王阳明厌倦仕途、向往隐逸的心理是可信的。

这种厌倦仕途的心理，在《即事漫谈》四首其二等诗作
中也有反映，而且这些诗都没有要与宸濠一起叛乱的野心，相
反，往往多是"烟水沧江从鹤好，风云溟海任龙争"的隐逸
之意。再如，嘉庆三年（1798）时，朝廷之上正为大礼议展开
激烈的斗争，而此时王阳明的《夜坐》诗写道："独坐秋庭月
色新，乾坤何处更闲人！高歌度与清风去，幽意自随流水春。
千圣本无心外诀，六经须拂镜中尘。却怜扰扰周公梦，未及惺
惺陋巷贫。"意谓人世间你争我斗，都在不停地忙碌着，而王
阳明呢？他所追求的与他们不同，是"高歌度与清风去"，内
心深处之"幽意"是像曾点那样，"春服既成，冠者五六人，
童子六七人，浴乎沂，风乎舞雩，咏而归"。而曾点这样的人
生境界，被后世理学家们认为只有心中没有任何私欲、没有任
何牵挂的时候，才会有这样平静的愉悦的心境。"理学家们把
这样一种心境，称为圣人气象。并且把这样的心境，当作一个
人自我修养的最高境界。"罗宗强先生说，王阳明推崇的正是

向内修心以致良知的境界，因为王阳明认为圣人之所以成为圣人、皆由于修心，没有修心之外的秘诀，六经应该用来拂去心上的尘埃，所以是"千圣本无心外诀，六经须拂镜中尘"。而"却怜扰扰周公梦，未及惺惺陋巷贫"则是觉得那些做着周公辅成王的美梦的人真是可怜，实在比不上颜回的安于陋巷。

通过分析王宸濠叛乱前后王阳明的诗歌，罗宗强认为，我们可以因此了解王阳明的人生追求。他看不起追求权力的人，而向往圣人境。他的这些诗作所体现的内心活动，证明他的理想不是做大官，而是提高自我修养、追求圣人之境界，因此不可能参与宁王宸濠的叛乱阴谋。

那么，为什么这个事件会留下了王阳明参与叛乱阴谋的疑点？问题出在什么地方呢？罗宗强先生说，我们回过头来再仔细核验史料，问题就出在史料的真实性上。王阳明受命平叛，是兵部尚书王琼推荐的，但《明武宗实录》总裁杨廷和与王琼有很大的矛盾。而王阳明对杨廷和又颇为冷落，这就导致杨廷和在编《明武宗实录》时有意掩盖事实真相，以隐约之言辞给人以王阳明参与叛乱阴谋的暗示。

由王阳明被怀疑与反叛者勾结这一事件，回到"事件与人物"的讲座主题，罗宗强先生认为，"我们在面对历史的时候，要注意到事件的来龙去脉，史料的真实性，也要注意到参与者的内心活动。只有注意到人的内心活动，展现在我们面前的才会是有血有肉的历史"。

由此，罗宗强先生提出一个研究古代史经常遇到的一个难题，那就是：应当如何对待史料？哪些史料可靠、哪些不可靠？"史料都应该经过认真考证之后，才能作为证据使用。"
罗宗强先生以关于明代作家屠隆的一些离奇的民间传闻为例，
提出"史料中有不少传闻之词，是不能相信的"。又以李白有
多个"出生地"为例，提出"对待地方志也应该慎重"。

"如何对待历史，是一个十分严肃的问题，历史是不能胡
编乱造的。"为此，罗宗强先生归结出一个"如何通过史料重
构历史"的古代史研究方法。他认为，首先要有冷静客观的态
度，史料的收集与辨别的慎重、小心、谨慎，这是研究工作的
一个阶段；而如何通过史料的整合而重构历史，则是历史研究
的又一阶段，要有较为开阔的视野，才能要有独立的眼光，才
能更为全面地看清历史的本来面目。

"正所谓'尽信书，不如无书'。我们读书应该是书的主
人，不是书的奴隶。""我们应该是一个思想者，不应该是一架
放映机。"讲座最后，罗宗强先生寄语青年学子，"要以创造性
的思维来学习，来探讨问题、研究问题"。

这场连续近两小时而一气呵成的讲座中，罗宗强先生引经
据典而深入浅出，既富于理论性，又通俗易懂，讲座内容发人
深思，现场气氛十分热烈。

（本文刊于 2005 年 11 月 29 日南开大学新闻网）

宁宗一：人要有执着追求理想的精神
——说不尽的《牡丹亭》

2021 年春节期间，国家图书馆、中国图书馆学会联合主办"赏春意 品书香 暖万家"春节主题活动，围绕非物质文化遗产保护、文学鉴赏、艺术欣赏、文化交流与共荣、教育课堂、科学技术等六个专题，线上推出百场国图公开课。其中有著名古典小说戏曲研究专家、南开大学文学院教授宁宗一先生主讲的"说不尽的《牡丹亭》"。

报告中，宁宗一先生以经典文本的界定标准及阅读经典的意义、戏曲欣赏的关键为切入点，从《牡丹亭》的历史地位及影响力、《牡丹亭》在戏曲表演发展过程中的接受史等方面，对明代戏曲家汤显祖的代表作《牡丹亭》进行全方位解读，希望昆曲能在当代拥有越来越多的知音，也希望当代人能在经典名作中找到现实意义。

何谓"经典"？经典文本的核心价值何在？宁宗一先生认为，经典文本的核心价值应该是"审美化、心灵化的，应该具有一种心灵史的意义"。凡是文学经典文本，必然有三个标志：

经过历史筛选，真正进入了一个民族的文化史和文学史里；有原创性，具有永恒的艺术魅力及划时代的意义；当是一部里程碑式的作品，以当时最完美的艺术表现形式，表现了那个时代的人民的真实生活，写出当时人们的"心灵"。而汤显祖的作品《牡丹亭》，正是这样的文学经典文本。

通过汤显祖的自评，沈德符、冯小青等对《牡丹亭》的高度评价，以及《牡丹亭》对曹雪芹《红楼梦》的影响，宁宗一先生介绍了《牡丹亭》在文学史上的崇高地位及巨大影响力。

《牡丹亭》的题材，与其他大多传奇剧本一样，都是渊源有自的。它吸取了明代画本小说《杜丽娘慕色还魂》的故事框架作为题材、素材，在某种意义上说也不过是一种改编而已，单从情节来看，这是一出有些俗套的才子佳人戏，为什么它能获得如此崇高的历史地位和影响力呢？宁宗一先生认为，因为《牡丹亭》"实现了一次真正的、崭新的审美超越。"

"剧作中展示了一朵美丽的爱情之花，但它却生长在一个完全不适合、不允许它生长的土壤中，既不合时宜，也不合地宜。这种正常人在非人境遇中的自然而又合理的向往与渴求，本身就可以看作是对既定传统观念的一种反驳、一种蔑视，它表明了青年男女的生命精神和人性之光。"宁宗一先生认为，"汤显祖的伟大之处就在于他给予了'才子佳人信有之、状元及第大团圆'的俗套子以真正的审美超越"。

"《牡丹亭》在当时显示出来的人性之广、人性之美，使其具有了一种精神号召的作用。特别是在随意埋葬、扼杀真正

宁宗一先生在演讲

摄影/韦承金

最美的东西的时代，《牡丹亭》的号召力更是大到不可估量。"
宁宗一先生以《牡丹亭·寻梦》一折为例分析道，"有一支曲
子叫《江儿水》，曲词唱道：'似这般花花草草由人恋，生生
死死随人愿，便酸酸楚楚无人怨'，这是杜丽娘从心灵深处发
出憧憬自由生活的呼喊，可谓深沉有力。与此同时，我们又可
以从中看出一个少女内心深处的凄楚和哀怨，这全是来自当时
社会的压抑，那不自由自主的世界给杜丽娘的内心投下了暗
影。汤显祖是一个才华横溢的戏曲家，他以呼唤'情'来表
示对那种违反人性的所谓的'理'的彻底否定。"

　　"《惊梦》里有一首关键曲叫《醉扶归》，里面有一句唱词
是'可知我一生儿爱好是天然'，这是全剧的关键句，不仅是
杜丽娘的心灵自白，更是汤显祖的心灵自白。"以《牡丹亭
惊梦》为例，宁宗一先生进一步分析道，"由此不难发现，正
是由于杜丽娘对自由意志的执着追求，她才会去'寻梦'。梦

在哪里？梦是寻不到的。于是她因情而病，感病而死。表面上看，杜丽娘的死因是太过痴情，得了一种莫名其妙的相思病，而一旦进一步追索，我们就会明白这是一种和自由意志绝对对立的理学戕害的结果。"

即便在我们今天看来，《惊梦》《幽媾》《回生》这些关目都属于艺术虚构的范畴，现实中是不可能存在的，"但它们却是从现实生活中生发出来的"。"因此我们说，《牡丹亭》是对现实生活的一种虚拟、一种隐喻，是现实生活的象征，也是对现实生活中人们的一种呼唤的反映。"宁宗一先生说。

这样的艺术虚构，要向今天的我们传递些什么呢？宁宗一认为，作为精神产品的《牡丹亭》的故事情节虽然是虚构的，但它所传递的精神不是虚构的。通过《牡丹亭》，我们清晰地看到了汤显祖用自己奇丽的想象在艺术的浩瀚天空里伸展飞翔的翅膀，也看到了他渴望这种美好的理想可以在现实生活中得到真正实现的愿望。"人需要有理想，有一种执着追求理想的精神，需要有不断追求理想的热情。理想、执着、热情，像追求爱情生活一样，这些是我们做任何事都不可或缺的重要品性。"

"大凡看过《牡丹亭》的人，都会被它的生命精神和人性之美所感染，将它作为隐形的精神摇篮。四百多年前的汤显祖能写出这样的作品，可见他具有相当强大的精神力量。"宁宗一先生进一步总结道，"真正优秀的文学艺术作品都是捍卫人性的，越是在灵魂不安的时代越需要优秀的文学艺术作品来对我们进行抚慰，这就是经典的力量，也是我们应该从中汲取的真正的鼓舞。"

讲座中，宁宗一先生还介绍了《牡丹亭》的传播史和接受史。他认为，这部具有生命精神和人性之美的传奇剧在评论和改编中不断发展、前行。对于《牡丹亭》的评论，内容繁多且众说纷纭，对于《牡丹亭》的改编，也是各种各样层出不穷。但无论是肯定它或是否定它，再或者是围绕它进行激烈的争论，都是没有止境的，《牡丹亭》就这样在说不尽中流动。

以华粹深先生整理改编、俞平伯先生校订的缩编版《牡丹亭》和白先勇先生改编的青春版《牡丹亭》为例，宁宗一先生分析了《牡丹亭》在当代的改编和传播特点。他认为，《牡丹亭》经过当代的重新解读和阐释，它所包含的青春之美、心灵之美及对心灵自由的关注再次迸发出了新的生命力。当代的改编版把一个个活生生的心灵拖出水面，让当代人能够与前人实现真正意义上的心灵互动。

"汤显祖是一位诗人，也是一位美学家、一位伦理学家，更是我们绝好的知己……我相信《牡丹亭》已经进入经典，《牡丹亭》是说不尽的，《牡丹亭》永远活在舞台上。"宁宗一先生说。

据悉，此次"赏春意 品书香 暖万家"主题百场国图公开课，旨在深入贯彻落实习近平总书记给国图老专家回信精神，充分发挥图书馆"滋养民族心灵、培育文化自信"的重要作用，加强文化传承和社会服务力，在疫情防控常态化的形势下丰富春节期间广大读者的精神文化生活。

（本文刊于 2021 年 2 月 13 日南开大学新闻网）

刘泽华：漫议国学热及尊孔思潮

2015 年 10 月 12 日，著名史学家、南开大学历史学院教授刘泽华先生做客"南开名人讲座"，在津南校区历史学院楼作题为"漫议国学热及尊孔思潮"的演讲。这也是南开大学在津南校区举办的首场"南开名人讲座"，活动由南开大学党委宣传部、历史学院共同主办。

刘泽华先生多年来致力于中国古代政治思想史的研究，讲座中，刘泽华结合自己的学术经历和研究心得，对 20 世纪 80 年代以来国学热及尊孔思潮兴起的缘由、应如何认识儒学思想体系、如何看待国学热及尊孔思潮等，提出了自己的见解。

刘泽华先生认为，国学热及尊孔思潮早在 20 世纪 80 年代就已初现端倪，它的兴起有着深刻的社会背景，与我国政治与学术风气的转变不无关系，也可说是随着意识形态领域上的矛盾、冲突而出现的一个现象。

刘泽华先生说，近年来虽然国学很"热"，但是普通大众甚至部分知名学者对于究竟何为"国学"认识并不清晰。讲座中，他对"国学""儒学"等时下常见于众的概念提出了自

刘泽华先生在演讲

摄影/吴军辉

己的定义与评价。

"文化在某些方面也许可以超越时代，但是文化体系、思想体系不可能超越时代。"刘泽华先生认为，他认为，中华文化精神是复杂的系统，只看到其精华显然不全面。思想文化形态是一个综合性的整体，要把国学、儒学放在其产生的那个时代来考量。

他认为，孔子是一个非常热衷政治的人，不是一个纯粹讲道德讲文化的人。作为生活于"帝制时代"的人，孔子的思想体系也是与"帝制社会""王权主义"相适应的，那是一个"权力支配社会"的时代，孔子的学说"是一个更适合于帝王体制的思想体系"。"人之为人，要知道不是只有中国，而要知道还有世界。孔子那个时代，他不知道世界有多大，他不知道世界是个什么样子。"针对那些谈及孔子及其学说，只谈孔子道德、文化方面论述，刘泽华先生批评道："有些大人物，一讲到讲儒家，就说儒家主张和平，儒家讲的是'和谐'——这不扯淡嘛?!"

当然，对于国学及儒家学说，刘泽华表示他"一直持反思和分析的态度，不是全盘肯定，也不是全盘否定"。他认为学问是个人的事，应由个人自由选择。官方不应迎合当下国学热潮而大量投资。

那么，该如何对待国学或者说是中华传统文化呢? 刘泽华先生认为，要把它视为一种资源。没有这些资源的国家，是贫乏的。但有了这些资源，该怎么使用、开发? 这是留给当代人的一个重要课题。刘泽华先生寄语在座青年学子，我们国家有一个丰厚的"后院"，用之不竭。无论是儒家也好，道家也好，还是其他流派的学说……都是你们这代人的资源，如何进行资源开发，是需要你们这一代人考虑的。你们的责任不是简单地复兴什么传统，而是要以一种创造性思维来对待这些资源。

刘泽华先生还提出当今社会出现的诸多所谓的道德层面的问题，其实是自主道德、公民意识觉醒的表现，是社会发展与转型时期不可避免的，对此他持以乐观主义的态度。他还对在座南开学子提出殷切希望：作为历史研究者，要努力"在分析中找到合乎历史的理性"。

讲座结束后，刘泽华还与青年学子们进行了交流互动，耐心回答了同学们的提问，整场活动持续两个半小时。

2015 年 10 月 20 日

范曾：奇迹　偶然　天才　独化

——八大山人新论

　　2006 年 11 月 13 日晚，著名学者、书画家范曾教授登上文学院"初识南开"讲坛，作了题为"八大山人新论"的演讲，讲座由常务副校长、文学院院长陈洪教授主持。

　　范曾教授以"奇迹、偶然、天才、独化"概括了他对八大山人的认识。围绕这八个字，范曾教授从艺术学、社会学的视角入手，介绍了八大山人书画艺术作品的特点及其产生的时代背景，并结合中国思想史和禅学，阐发了他对八大山人深邃的艺术精神和心灵世界的体悟。

　　范曾教授认为，八大山人少年时代"逃禅"，源于他"惯看人类不可救药的自私和愚蠢、社会人生的幻化无常以及历史的扑朔迷离之后的最佳选择"。"顿悟"使他"处处无碍，事事通达，心头永是一片光明"。这在其艺术作品上则表现为宁静、空灵。八大山人中年自书"哑"字、自称"净土人"，则包含着他对心中一片光明自在之境的礼赞，也包含着对外在世界何处净土的追问。

八大山人绘画作品多钤印或题字"涉事",对此,范曾教授有自己的理解。他认为,八大山人悟得"空无"的"本心",而以有限之笔墨去证得这无限之"空无",使八大山人陷入二律背反的尴尬境地。八大山人想把对禅的理解通过最简练的笔墨描绘出来,于是他"涉事"了,所以题"涉事"。然而范曾教授认为,禅宗的高深并不意味着一言不发,而在于"要言不烦"的"妙悟",八大山人的"妙悟"体现在他的绘画作品中以简练的笔墨表达无限的禅境,这是八大山人的高明之处。

1681 年以后,八大山人在绘画作品中开始署名"驴",这一做法一直为中国美术史研究者所不解。范曾教授则在此次演讲中为这个"疑案"的破解阐发他的一家之言。他认为,八大山人署名"驴"源于禅学典故"骑驴觅驴"。署名"驴"在八大山人绘画作品中的出现,表示八大山人最终顿悟"骑驴觅驴"的枉费心机,这预示着八大山人禅修的新境来临,"这次心灵激变是巨大的,其精神光亮将照耀中国的千秋画史"。

范曾教授还以同时代其他艺术家的艺术风格与八大山人作对比,阐述了八大山人的独到与高明之处。他认为八大山人绘画风格简约至于极致,源于他的"平常心",他有着十分坎坷的人生,然而他"将大悲恸化为大慰藉,大执着化为大自在",因此他的艺术作品富哲思、具悲怀,使人心灵宁静。为此,范曾教授十分推崇八大山人的绘画艺术,认为八大山人的伟大,只有西方文艺复兴时期的米开朗琪罗可以与之媲美。

演讲后,陈洪教授和历史学院朱彦民副教授对范曾教授的

范曾先生在演讲

摄影/翟学忠

演讲进行了点评。

　　八大山人（1626—1705）为清代书画家，"清初四僧"之一，本名朱耷，号雪个、八大山人等，江西南昌人。其书画作品往往以象征手法抒写心意，空灵、简净、洗练、自然，对后世影响极大。今年 9 月，作为八大山人诞辰 380 周年系列纪念活动之一，范曾教授的艺术作品在江西省博物馆"尊贤画展"展出，其中有他拟八大山人作品 20 幅，自创作品 20 幅，均为其得意之作。

　　（本文刊于 2006 年 11 月 24 日《南开大学报》）

葛墨林：兴趣、勤奋、悟性与创造

2007 年 11 月 18 日上午，著名理论物理学家、中国科学院院士、南开大学教授葛墨林为第十届"挑战杯"竞赛创新论坛带来题为"兴趣、勤奋、悟性与创造"的讲座，各参赛高校代表团、观摩团及南开师生聆听了演讲。当天，主楼小礼堂内座无虚席，座位旁的通道、讲台周围都坐满了听众。

欲求知多提问

"物理学基础研究引起了伟大的发现，改变了人类的生活。基础研究规律告诉我们，要做好科学研究，就必须在求知的过程中经常发现问题，并努力去解决问题。"讲座中，葛墨林院士以物理学为例子，分析了科学研究发展的特点以及物理学在各行各业的应用情况。他认为，20 世纪物理学以发现新规律为科学研究的主导，而 21 世纪则以广深、交叉学科为主导。

葛墨林院士有针对性地剖析了科学与技术的关系、探索真理与解决问题的关系。他认为，科学和技术是两个相联系但不

葛墨林先生在授课

摄影/韦承金

相同的概念：科学主要指的是求知，技术则主要指的是应用。
求知的过程是一个探索的过程，主要研究自然界的组成、基本
规律及其可能的应用。而技术则不然，明确其应用范围，要求
必须有计划和步骤。"两者在思维上有相当大的区别，但彼此
是有联系的。"

基于此，他希望青年学子在探索问题的时候，不要被莫名
其妙的追问所吓倒，应坚定求知信念，探求自然界的规律。
"要多提问，然后一步一步追下去，这是自然科学研究正确的
方法。事实证明，只要是自然的发展规律都将大有用处，这些
规律说不定可以改变人类的生活。"

勤奋不是一切 悟性才是关键

"勤奋不是一切，悟性才是关键。每个人都能勤奋。在此

基础上，成功取决于好的悟性。"讲座中，葛墨林以陈省身先生等前辈学人的成功经验为例，为在座青年学子提出一条"以兴趣为基础、以勤奋为习惯、以悟性为指导、以创造为目标"的成长之路。他希望青年学子们在求知过程中一定要重视灵感的积累。他说："勤奋积累的目的是为了创造，而创造性思维的基础是必须有一定的悟性，有悟性才能产生灵感，有灵感才能产生创造。"

"找到适合自己发展的路径是最重要的。对哪一门学科有兴趣，就应尝试着去做。有了兴趣，就是别人阻止你，你也能克服重重困难去做好。"葛墨林说，勤奋应源于兴趣的指引，青年学子应该按照自己的兴趣，把握机遇，找到适合自己发展的学科。

以兴趣引导学习，这样才能收到好的学习效果。葛墨林认为："学习的主动性是最重要的，强迫自己去学习是永远学不好的。每个人的自身特点、家庭背景、个人条件等都不一样，没有适合普遍人的普遍学习规律，要明白学习是你自己的事。"

要有良好的科研素质并勇于创造

葛墨林毫不吝啬地传授了科研素质培养的"要诀"，鼓励青年学子勇于创造。他说，培养科研素质关键要打好理论基础，要一心一意作研究，兴趣不能过于广泛，学习过程要不断提出问题，要有合作的精神，并善于听取别人的意见。

讲座最后，葛墨林院士寄语青年学子："我们的前辈经过了千辛万苦的努力，树起了人类的科学大厦，造就了人类现代文明生活，青年学生即将成为构造这幢大厦的一员。你们要谦虚谨慎，明白自己的责任，明确自己的抱负。在碰到困难的时候，千万不要气馁，因为那只是一时的挫折。不管碰到什么困难，要有自己的主见，以求知作为自己的乐趣。"

葛墨林 1938 年 12 月生于北京，1965 年兰州大学理论物理研究生毕业，1986 年任南开大学教授、博士生导师，2003 年当选中国科学院院士。现任陈省身数学研究所副所长，国务院学位委员会物理、天文学科组成员，亚洲太平洋地区理论物理中心一般委员会委员等职，早期从事基本粒子理论、广义相对论研究，之后长期集中研究杨-密尔斯场的可积性及其无穷维代数结构、杨-巴克斯特系统、量子群（包括量子代数及 Yangian 代数）及其物理效应与应用和处理量子多体模型的新方法等。

（本文刊于 2017 年 11 月 23 日《南开大学报》）

胡显章：文化是大学之魂

2008 年 4 月 19 日至 20 日，北方地区高等学校文化素质教育教学研讨会在南开大学东方艺术大楼举行。与会专家学者认为：应该大力推进大学生文化素质教育和大学文化建设，建设中华民族共有的精神家园。教育部高等学校文化素质教育指导委员会顾问、清华大学教授胡显章以"深化文化素质教育"为主题，作了大会首场主题报告。

民族复兴需要优秀文化的兴起和传播

英国前首相撒切尔夫人曾说，中国不会成为超级大国，"因为中国没有那种可用来推进自己的潜力……今天的中国出口的是电视机而不是思想观念"。胡显章认为，这种观点受"西方文化中心论"影响，虽失之偏颇，却反映了一个现实，即中国在文化交流上是"入超国"，这与经济出超形成鲜明的对比。一个时期以来，我国在大学的发展、变革取得巨大成就的同时，也越来越明显地出现了一种衰微现象，其表现是大学人文

胡显章先生在演讲

摄影/李星皎

精神的滑坡和办学目标的功利化倾向。

"中国的文明崛起和伟大复兴将是世界文明史上的大事，也是 21 世纪的大事。中国要实现向创新型国家的转型，在世界上确立良好的影响，离不开优秀文化的吸引力和感染力。"胡显章说。

"当前，中国自身特别是肩负振兴中华民族历史使命的大学，在文化发展上并未作出应有的贡献。作为民族复兴之路的生力军，在文化上并没有作好应有的准备，他们常常缺乏必要的文化自觉和理性精神。"胡显章认为，中国大学应以高度的文化自觉，抓住机遇，肩负起发展文化的重大历史使命。

中国大学如何实现文化自觉？

"在反思中国近百年历史的基础上，1997 年费孝通先生提出了'文化自觉'的命题。2005 年第一届中国文化论坛上，杨振宁教授提出大学教育应当把'文化自觉'这一理念注入每一位学生心中。"胡显章说，"这不仅仅是对高校学生的要求，更是对高等教育工作者的呼吁。"

如何实现文化自觉这一教育理念呢？通过对中国文化与西方文化、科学文化与人文文化、通识教育与专业教育等关系的分析，胡显章认为，应当体现为重视文化的作用，并在对全球文化与自身文化清醒认识的基础上，进行正确、自主的选择、创新和传播。既要继承和发扬中国传统文化的精髓，确立中国文化之根，同时吸纳作为现代化之魂的西方文化之理性精神。应当融合科学与人文，为营造两种文化和谐发展的"第三种文化"而努力。应当使学生从狭窄的专业中走出来，使他们对中国的历史、文化、经济等都有所了解，从而达到文化自觉。

守护和建设大学的精神家园

在实现文化自觉的基础上，胡显章提出应当"守护和建设大学的精神家园"。他解释道："所谓大学精神是指一所大学在成长过程中，长期积淀而成的师生员工共同的理想追求、文化传统、价值观念和行为准则。大学精神是一所大学生命力、凝聚力和创造力的根源，它决定着其发展和影响力。"因此胡显章认为，守护和建设大学的精神家园"是文化素质教育向深度和广度发展的重要途径"。

胡显章进一步指出，"教师自身的文化素质和文化自觉，是影响文化素质教育质量的关键性因素"，因为他们在教学过程中体现大学精神。胡显章说，实现文化自觉还需要广大教育工作者不断提高文化自觉和自身的文化素养，统筹规划通识教育与专业教育，在专业教育教学中，促进科学与人文、为人与为学的和谐发展。

对于文化素质教育的课程体系建设，胡显章认为应包括六个方面：弘扬中国传统文化和民族精神，介绍中国古代人文经典；介绍全人类优秀文化中的人文精神；重视艺术和美育教育；介绍生态文明以及人与自然和谐相处的自然哲学理论；研究关于构建人类公平、正义社会探索性成果，作为构建社会主义和谐社会的参考；面向文科学生开设自然科学知识课程。

"我们有一批全国教学名师和精品课程，为我们探索了道路，积累了丰富宝贵的经验。"胡显章举例说，南开大学教授顾沛领衔的数学文化教学团队，在教学中以数学史、数学知识和数学问题为载体，介绍数学思想、数学方法和数学精神，调动了学生的学习积极性，被学生誉为"塑造灵魂的文化课"，是值得推广的宝贵的文化素质教育教学经验。

胡显章现为清华大学新闻与传播学院顾问委员会顾问、清华-日经传媒研究所理事长、清华大学亚洲研究中心副理事长、中俄战略合作研究所学术委员会主席、清华大学国家大学生文化素质教育基地顾问等。1963 年毕业于清华大学并留校工作。1987—1989 年曾赴美从事纳米定位技术研究。1991—2002 年任清华大学党委副书记，2002—2005 年任校务委员会副主任。曾兼任人文社会科学学院院长、新闻与传播学院常务副院长、21 世纪发展研究院副院长、软科学研究中心主任、传播系主任、美育委员会主任、清华大学文科工作领导小组副组长，参与领导清华文科恢复建设工作。

（本文刊于 2008 年 4 月 25 日《南开大学报》）

杜维明：文明对话的哲学反思

2005 年 10 月 28 日，美国人文科学院院士、哈佛大学教授、哈佛燕京学社社长杜维明先生做客南开名人讲座，作了题为"文明对话的哲学反思"的精彩演讲。讲座前，南开大学校长侯自新会见了杜维明先生，副校长陈洪参加会见并主持讲座。来自南开大学及其他高校师生近五百人听取了演讲。

杜维明于 1940 年生于云南昆明，1961 年毕业于台湾东海大学，1968 年获哈佛大学历史与东亚语言学博士学位，曾先后执教于美国普林斯顿大学和加州大学伯克利分校；从 1981 年起任哈佛大学中国历史和哲学教授至今；1996 年起，任哈佛燕京学社社长。现为哈佛大学中国历史及哲学教授，长期致力于研究中国儒家学说及其现代转化，对于向世界弘扬中国传统文化尤其是儒学所作的贡献甚巨，被称为当代"新儒家"代表人物。由于其杰出的贡献，曾获多种荣誉称号，包括 1988 年获选为美国人文科学院院士，2001 年和 2002 年分别荣获第九届国际 T'oegye 研究奖和联合国颁发的生态宗教奖等奖项。

讲座中，杜维明先生从自己作为联合国"推动文明对话杰出人士小组"成员的经历谈起，介绍了在全球化与文化多样性情境下，不同国家、民族、文化开展文明对话的可能性和必要性。

一般而言，很多人是从经济全球化角度来了解全球化的，亦即西化和现代化的延伸，这就使得"全球化"有一个趋同的倾向。"很多学者不相信各国各民族各有不同的现代性，也有各种不同的全球化过程，认为就是一根而发，谁有钱、谁有权、谁有势谁就有影响力。所谓的'现代性'的出现仅仅是一种文明或者西方文明，一种窄制型的发展。只有西方的'现代性'所代表的'现代性'才是真的'现代性'。"杜维明认为这个思想是值得质疑的，"在这个情况下，文明对话根本没什么可能"。他并不认为文化全球化是与经济全球化同步的。

杜维明先生首先介绍了美国社会学家皮特·伯格（Peter Berger）关于"全球化"观念的转变。皮特·伯格认为文化全球化其实也就是经济全球化的一个表象。比如英文逐渐成为国际语言，各种不同的娱乐特别是电视、电影等，通过旅游、通过交通而影响遍布全球，大家的语言、观念、构想等沟通得非常频繁，因此他曾认为全球文化的同质化不可抗拒。

但是当皮特·伯格联合数十位学者开展两年的调查研究之后，完全改变了原先文化全球化和经济全球化同步进行的观点，并提出所谓"多元现代性"的问题，其研究成果论文集由牛津大学出版，题目叫作 *Many Globalizations*（各种不同的全球化），*Culture Multiplicity*（*in*）*the Contemporary Society*（现代社会中的文化多样性）。

杜维明先生在演讲

摄影/翟学忠

同时，杜维明先生在近十几年的现代性中的传统问题研究中也发现，如果从文化角度来看全球化"地图"，那么世界上的多元性情况与其文化传统和宗教传统有很大关系。如法国人担心英语势力太强，美国也有人担心西班牙语势力太强等，这是一个很值得注意的文化多样性的倾向。再如从基督教、伊斯兰教，还有中国的儒家、道家出发，可以看出不同文化圈的不同特色，不可与经济、政治混为一谈。

"正如法国的现代性是受法国文化传统的影响、英国的现代性是受英国文化传统的影响，美国的现代性受美国文化传统的影响一样。东亚的现代性或者其他地区的现代性当然也会受到各自传统的影响。"杜维明认为，东亚的现代性和受到儒家文化影响的中国、日本、韩国各个地区有密切的关系。"东亚的现代性是西方文明以外第一次在现代化过程中比较成功的例子，表示在西方文明之外，也可能有一种现代性出现。因为有现代性的出现，所以我们的文化传统之中，传统文化的声音远远比西化的声音要强，这是不争的事实。我们都市因为现代化了，多半是受到西方文化特别是英美文化的影响，这个毋庸讳言。但是我们在东亚社会所发展出来的生命形态，又具有很多与西方文明相当不同的特色。这些特色不能够完全归因于受到西方文明的影响，不一定是同质化的东西，所以现代化也可能有异质化的倾向。"

"人类文明的发展从迷信的宗教，经过形而上的哲学进入当今科学理性的世界，宗教的力量渐渐退潮……然而我们了解到，在 20 世纪的下半期到 21 世纪，文化认同的问题突然非常突出。"杜维明先生提出，有一个现象尤其值得注意，就是随着世界经济一体化趋势的出现，大家对自己文化的认同、自己族群的认同反而越来越明确，寻找自己的根源性的倾向越来越明显。而且这种文化意识、族群意识、语言意识有时候受到打压之后不是越来越弱，而是越来越强的。

杜维明先生以印度为例：印度受到殖民主义的影响，但它长期对音乐、艺术、哲学、舞蹈等自己的文化传统是非常尊重的，哪怕是西化观念比甘地要重一些的尼赫鲁，都说过，假如印度的精神文明与西方文明有冲突的时候，我们是绝对不会放弃自己的精神文明的。"如果你到印度去，和印度哲学家接触，和它的音乐家接触，你可以了解到它的文化底蕴非常深厚。"杜维明说。

文化认同的问题是复杂的，有可能会导致下意识的文化之间的冲突，这就需要文明对话以增进互相了解。杜维明先生介绍了近年来他应联合国之邀在文明对话方面做的一些工作。2001 年，应联合国秘书长安南之邀，杜维明先生参加联合国"推动文明对话杰出人士小组"（Group of Eminent Persons for the Dialogue Among Civilizations），进行文明对话活动。2004 年，他应邀在联合国教科文组织执事局和 58 国代表会谈世界性"文明对话"的哲学含义及发展策略。

"希望逐渐从文明对话发展出一种对话的文明，这种文明是建筑在各种不同类型对话的基础上，而不是建筑在矛盾冲突斗争上。"杜维明认为，如果对文化认同的问题了解得不全面，而想要促进社会资本，想要发展文化能力、培养伦理智慧，是很难的。

杜维明先生针对文明对话提出三个策略：一是区域性的文明对话；二是发展亚洲地区哲学家与阿拉伯世界哲学家的对话；三是进行东西文明对话。

杜维明先生介绍了近些年他参与的联合国组织的文明对话，活动中大家一致认为，"容忍"是对话的最低要求。此外，著名哲学家、神学家汉斯·昆等与杜维明先生达成一个共识，就是认为儒家"己所不欲勿施于人"思想是对话的起点和基本原则。

"人多半总是把与自己不同的文化、文明当作危险和矛盾的可能，总感到因为跟我不同就会对我有威胁，常常把异己者当作敌人。"然而，杜维明认为，将来世界上能够不断发展的民族，一定是能够向外学习文化的民族，"文明对话的可能是建构在人类社会的持续重组之上的"。

"'多元'是很难的，'多元'意味着要有对异己者的尊重。如果要真正的'和'，就要尊重多样性，如果对不同的声音、对异己者觉得紧张，那就不可能'和'……对话真正目的不是要去说服对方，而是为自己创造一个倾听的机会，听完全不同的声音，使自己的视野能够扩展，自省能力和思考问题的能力加深。"杜维明认为，儒家文化主张对他人持开放态度，儒家"和为贵""和而不同"的思想，可以作为人类文明对话的思想方法基础。而对话的双赢结果将是不同的文化之间互相分享最好的价值。

杜维明认为，文明对话最大的理想、最诗意的结果，是著名社会学家费孝通先生所提出的"各美其美，美人之美，美美与共，天下大同"。而中国传统文化所蕴含的包容与开放性，将为这个理想的实现作出应有的贡献。

演讲结束后，南开大学师生还就"儒家文化与科技的相互作用""日本文化与儒家文化的关系""马克思主义与世界文明的对话"等问题与杜维明先生进行深入交流。

2005 年 10 月 30 日

王立平：音乐创作与人生

2005 年 10 月 15 日晚，著名作曲家王立平做客南开名人讲座，在伯苓楼报告厅演讲"音乐创作与人生"。讲座中，王立平从他坎坷的人生经历谈起，讲述了自己把人生感悟注入音乐作品，并赋予其生命的理念。校长侯自新主持了讲座。

出生于 1941 年的王立平，青年时期是大时代的波折之中度过的，"文革"期间他曾被下放到农场劳动，后来又从农场调到中央新闻纪录制片厂。那时候虽然对音乐感兴趣，然而那是有歌不敢写的时代，偶尔忍不住写了一支曲子，只与交心朋友互相听，总怕艺术问题变成政治问题。虽然这些创作的尝试在那个年代"谈不上对艺术的追求"，但是这段经历却让他更懂得如何珍惜艺术与生活，并促使他在此后数十年的音乐生涯中，将酸甜苦辣的人生滋味融入音乐创作之中。

王立平创作了许多脍炙人口的歌曲，如《驼铃》《牧羊曲》《枉凝眉》《葬花吟》《大海啊，故乡》《太阳岛上》《潜海姑娘》《鸽子》《海港之歌》等。"送战友踏征程，任重道远多艰辛，洒下一路驼铃声……战友啊战友，亲爱的弟兄，待到春风传佳讯，我们再相逢……"这首《驼铃》是 1980 年电影《戴手铐的旅客》的主题曲，当初这只是"应命之作"，至于此曲后来传唱大江南北则有些出乎王立平的意料，其中有两件事让王立平觉得是"从未感受过的荣誉"：一是参加对越南自卫反击战的战士用《驼铃》送别上前线以及离去的战友的场景；二是邓颖超要求用拍她听《驼铃》的场面来表达对周总理的怀念。王立平认为，质朴而饱含深情是这首曲子的生命力之所在，因为他在创作这首《驼铃》之前，反复研读了电影剧本，被主人公在人生关键时刻放弃个人利益，心怀国家、民族和至死不渝之理想的精神所深深感动，因此有感而发创作了这首曲子。

《大海啊，故乡》也深受听众喜爱，曲中唱道"小时候妈妈对我讲，大海就是我故乡，海边出生、海里成长……大海呀大海，就像妈妈一样，走遍天涯海角，总在我的身旁。"曲子所表达的感情真挚而不事雕琢。谈及此曲的创作，王立平深有感触地说，在蹲牛棚的时候，自己想叫妈没有人当我妈，自己热爱祖国却被认为是"反革命"。而当年一些高喊爱国口号的一些人，后来却出国"捞金"了，倒是自己这个"反革命"还在为祖国兢兢业业，心中就有一种即使"海风吹，海浪涌"然而大海"就像妈妈一样""走遍天涯海角，总在我身旁"的始终不渝之感情。歌词中无一"爱"字，但曲子表达的却是一种始终不渝的真挚的爱。王立平认为，这种真挚可以跨越时间和空间、跨越平常生活中难以跨越的距离，让音乐使人们心连心。

王立平的名作很多，而为 1987 版电视剧《红楼梦》作曲

王立平先生在演讲

让他投入了最长的时间、倾注了最多的心血。谈及《红楼梦》
作曲，王立平的感受也是异常的深刻。他说，以电视剧而言，
导演、编剧、服装、道具等，都可以从曹雪芹原著中找到依
据。《红楼梦》真是一本活的百科全书，里面什么都有，但是
唯独没有音乐、没有旋律。所以自己只能"无中生有"。王立
平在中学时就读过《红楼梦》，"文革"后重读《红楼梦》让他
觉得有了更深的体悟，他从《红楼梦》中体味到中国人的思
想、传统、喜怒哀乐、恩恩怨怨，体验到许多人生的酸甜苦
辣、悲欢离合。从 1982 年开始构思，花了一年多时间，他才
将《枉凝眉》创作出来，"这是用我的心流着的血写出来的"。
又花了一年多的时间，苦思"曹雪芹为何对林黛玉寄予了这样
特殊的爱"，最终写出凄婉深沉的《葬花吟》。最终，随着
1987 年《红楼梦》播出后，《枉凝眉》《葬花吟》等歌曲"红"
遍中国、深入亿万听众内心，王立平因此也被誉为"用音乐写

《红楼梦》的人"。回想起来，王立平认为《红楼梦》组曲的成功，当归功于自己对《红楼梦》中人生况味的理解，他将这种理解概括为"满腔惆怅，无限感慨"八个字。他说，这感慨既是曹雪芹的，也是曹雪芹笔下许许多多不同命运的人物的。而这些惆怅和感慨也是《红楼梦》能让人们依然感动的原因所在。

"有人问我：你的美妙旋律是从哪儿来的？我觉得，可能是在最痛苦的时候；可能是对幸福向往最热烈的时候；也许是在最黑暗的时候，是人对光明最渴望的时候。艺术需要感情，感情需要真挚，只有真挚才有力量。"王立平的演讲语调朴实而饱含深情，每到动情处，不禁热泪盈眶，深深感染了在场的每一位听众。讲座过程中，南开大学伯苓楼报告厅里传来一次又一次听众发自内心的热烈掌声。

（本文刊于 2005 年 10 月 21 日《南开大学报》）

张伯礼：中医药现代化与文化自信

2022 年 9 月 29 日，天津中医药大学名誉校长、中国工程院院士、国医大师张伯礼先生为南开大学师生带来题为"中医药现代化与文化自信"的线上讲座，这也是南开大学"名师引领"通识选修课"医药前沿与挑战"第二季之首讲。

张伯礼先生长期从事中医药现代化研究，他善于用现代医学语言阐释中医药作用规律及科学内涵，创建了以组分配伍研制现代中药的模式、建立关键技术体系、研制多个组分中药，开拓了中成药二次开发领域、培育了中药大品种群，并率先建立中医药循证关键技术体系。

曾获国家科技进步一、二等奖 7 项，国家教学成果一等奖 2 项，以及全国创新争先奖、光华工程科技奖等多项奖励。

两年多前新冠肺炎疫情发生，年逾古稀的张伯礼临危受命，主持研究制定了中西医结合的救治方案，指导中医药全过程介入新冠肺炎救治，为我国抗击新冠肺炎疫情作出了杰出贡献，因此获得"人民英雄"国家荣誉称号。

"中医药全过程介入新冠肺炎救治，中西医结合、中西药并用，为疫情防控作出重大贡献，也成为中国抗疫方案的一个亮点。"讲座中，张伯礼从世界疫情动态谈起，结合自己参加"抗疫"的亲身经验，介绍了中西医结合全程介入新冠肺炎救治的医学实践原理，并分析中医药其中发挥的独特作用。

"中医抗疫文字记载历史达三千年，从先秦两汉到新中国都有很多记载，中医药有着与疫病斗争的深厚实践基础，在防疫抗疫中功不可没。"新冠疫情发生后，以张伯礼代表的专家坚定文化自信，结合现代医学智慧，从中国古典医籍、传统方剂中挖掘精华，充分利用中药调节机体免疫和多脏器保护等多靶点的综合效应的特点，筛选出"三药三方"（即金花清感颗粒、连花清瘟胶囊、血必净注射液及清肺排毒汤、化湿败毒方、宣肺败毒方），用于新冠病毒肺炎治疗的不同阶段。

抗疫过程中，这些中医药手段促进了轻症患者的痊愈，降低了轻症患者向重症和危重症转变的概率，在重症和危重症新冠肺炎患者的治疗中，中医药的使用有效缩短病程，提高治愈率。"不仅为我们整个中国的抗疫战斗提供了有力的武器，同时也支援了其他国家。"

张伯礼先生认为，正所谓"正气存内，邪不可干"，中医药作用的主要原理，是调节人体免疫力，提高人体的正气，让人体自己调动内源性保护物质，跟病毒作斗争。从现代科学机制层面讲，就是中医药改变了病毒与人体相互作用的过程。"不论是新冠肺炎，还是其他疫病，都是病毒与人体抵抗力之间的博弈。也就是说，我们人体的免疫功能强大了，就容易战胜病毒。"

张伯礼先生在演讲

　　与西医相比，中医有什么样的特点和长处呢？"中西医学在历史文化背景、思维方式、理论基础以及研究对象、研究方法、诊断治疗方法等方面都不一样，各有各自的优势，优势可以互补，但是不能互相取代。"张伯礼先生认为，中医是以整体观念为指导，追求人与自然的和谐共生，从整体上系统把握人体健康，重视患病的"人"，而不仅是人的"病"；在生理上，以"脏腑经络、气血津液"为基础，主张阴阳平衡，气血畅通；在治疗上，以辨证论治为特点的个体化诊疗，重视个体差异和疾病的动态演变；在方药上，根据药物性味归经，运用七情和合的配伍法则，使用方剂起到减毒增效的作用。

　　那么，为何古老的中医在现代社会依旧能够继续发挥作用呢？张伯礼认为："中医药的精华，虽然古老，但是理念并不落后。""现代医学也讲求人与自然的和谐，讲究系统科学、精准医疗、重视预防，在药物方面重视组合药物。但中医早在两年前便提出来天人合一、整体观念、辨证论治、养生保健、复方治疗等理念，这与现代医学的理念是不谋而合的，只是表述方式不一样而已。换个角度说，现代医学的这些前沿理念，早在是两千年前我们中国人就已经系统总结出来了。"

有人认为中医几千年不变，而西医是几年就一变。针对这种说法，张伯礼先生提出自己的见解："这个'变'和'不变'不是根本的问题，关键是在于它正确与错误，正确的就不用变，不正确就要修订的。说中医几千年不变也不对，中医药学中的哲学思维和理念是相对恒定的，为什么不变呢？因为它正确呀。但是它的'理、法、方、药'技术却是与时俱进的。"张伯礼举例说，根据我国三千多年关于瘟疫历史的文字记载，大大小小的有三百多次，但每次都不一样。而这次新冠肺炎有明显湿毒致病的特点，我们根据疫情的变化也展开有针对性地应对，总结了很多不一样的经验。"这是中医的'变'，这也是几千年来中医历久弥新、学术常青的内生动力。"

张伯礼先生认为，正因为中医药传承发展的过程有其不变的哲学思维与理念，同时也是不断吸收不同时代科技成果而与时俱进的发展过程，因而推动中医药发展应遵循守正创新的理念，以中医药学的理念与现代科技结合，能产生原创性医学成果、促进医学发展。他举例说，屠呦呦从《肘后备急方》中受到启发，带领团队研发出强有力的抗疟药物，在全球特别是发展中国家挽救了数百万人的生命，获得了 2015 年诺贝尔生理学或医学奖，这是用现代科技发掘中医药伟大宝库的成功范例，也是中医药守正创新的生动实践。

不过，谈到中医药产业发展的现状与未来趋势，张伯礼院士坦言还存在很多困难。这其中包括中医药服务能力水平与新时代人民群众的需求有差距、中医药科研综合实力与承担的使命还有一定的差距、人才队伍与中医药发展要求还不相适应等等。而中药的质量与临床证据，更是中医药传承发展的瓶颈。"中药材有一种独特的'抗逆性'生长特性，恶劣环境往往长出好药，大肥大水种不出好中药来，但是不施肥也不一定能让中药长好，所以中药如何规范化的栽培，就是一道大课题。"张伯礼先生举例说，"所以我们要大力推广无公害中药材精细栽培，保障中药材产业健康发展。还要用现代科学加强研究论证，说明白、讲清楚中医药的疗效和作用机理。"

结合自己从事的中医药现代化研究工作，张伯礼先生认为，中医药发展必须坚持传承精华、守正创新，新时代中医药发展应与现代科技相结合，进行科技创新、融合发展，从而实现标准化和数据化，同时也需要与产业结合，将研究成果转化落地，让中医药更广泛地得到推广应用，提升中医药的国际竞争力。

讲座尾声，张伯礼先生总结说："中医药和西医药相互补充、协调发展，是我国卫生健康事业的显著优势。两套医学优势互补，可以更好地服务人民健康事业发展和健康中国建设。中医药服务能力和可及性显著提升，以及中医药深度融入医改大局，可以以较少资源提供了较多服务，用中国式办法为解决世界医改难题提供思路，为构建人类卫生健康共同体作出积极贡献。"

张伯礼先生勉励广大青年学生道，在中国乃至世界卫生健康体系中，流传数千年的中医药文化瑰宝熠熠闪光。我们增强文化自觉和文化自信，勇攀医学高峰，把中医药继承好、发展好，推动中医药走向世界，相信中医药一定能够为解决世界医学难题作出更多贡献。

2022 年 10 月 8 日

（南开大学新闻中心记者付坤对此文亦有贡献）

陈洪：水浒好汉文化的"基因图谱"

2018 年 4 月 14 日下午，南开大学讲席教授、天津市文联主席陈洪先生做客首都图书馆，以"水浒好汉文化的'基因图谱'"为题，纵论古典小说名著《水浒传》背后的中国传统文化根源。该讲座是首都图书馆、人民文学出版社联合主办的"阅读文学经典"系列讲座第二场。

"《水浒传》讲的是什么？主题是什么？有好多种说法……"讲座开始，陈洪教授首先概括性地介绍了几种对《水浒传》核心思想的不同理解，如"农民起义的颂歌""为市井细民写心""为流民写心""太行山群盗的自我写照""中国人的精神地狱"，等等。

陈洪选取其中两种影响最大、同时也是分歧最大的"农民起义的颂歌"说和"中国人的精神地狱"说，来分析其合理之处与偏颇之处。

他认为，"农民起义的颂歌"这种说法与农民战争有关联，但存在不少问题让这种说法无法立脚：一百零八条好汉里几乎没有农民，只有一个，是九尾龟陶宗旺，而且《水浒传》中此人地位不高，几乎没他的戏；整个情节里没有关注过农民的利益诉求，尤其土地的要求；如果是歌颂农民起义，怎么后来受招安，倒过去打方腊了？

而认为《水浒传》是中国人的精神地狱，是近年另一种影响较大说法。陈洪认为这个说法有一定道理，因为《水浒传》里写了很多血腥和暴力。但由此推论，则也有几个问题不好解释：一是，小说中风雪山神庙、拳打镇关西、武松打虎等体现正直与善良的人被逼无路奋起反抗、表现英雄气质的情节脍炙人口，让人们看了感到很痛快、很喜欢，这与精神地狱的说法相悖；二是，以偏概全、双重标准，"扬之九天贬之九地，走极端了"；三是，这种逻辑不可避免地否定掉许多的中外文学艺术经典。因此"这个说法作为一种文学批评是要不得的"。

为什么同一部作品会有差别这么大的评价？理解分歧这么大？陈洪教授认为："主要是因为这部作品内在的复杂性。它如果很简单，就是一杯白开水，就不会有这么多差异巨大的理解。它不是白开水，里面有很多不同的成分，所以见仁见智。"

通过对上述几种影响较大的理解进行分析与批评之后，陈洪教授以"亦侠亦盗"四字概括自己对《水浒传》的理解。他认为，《水浒传》是一部"正义和野蛮的交响乐"。

什么是"侠"？陈洪教授认为，侠是一种精神和一类行为，"就是在体制之外，凭靠个人的力量来伸张正义"。而行侠仗义就得有本钱，得有武勇，所以就有了武侠，武侠都得是超人。于是就产生了一种传奇文学——武侠，而《水浒传》正是中国白话小说写武侠的第一部著作。"行侠仗义是我们中华

陈洪先生在演讲

摄影/韦承金

民族文化的一个传统，如果没有这个传统，我们的民族文化就有点偏柔弱了。讲侠，就是提倡在公平与正义面前的热血、担当。"陈洪举例道，《水浒传》的"侠"体现为"见义勇为""仗义疏财""一诺千金""不计利害"等精神品格。"'侠'是中华民族一个好传统，但这种精神其实也不限于中国，比如英国民间传说中的侠盗罗宾汉也是。"

什么是"盗"？陈洪教授解释道，广义地讲，是破坏社会秩序，人身侵害、血腥、暴力，等等。《水浒传》里这些方面的描写也不少，包括杀人越货、劫掠城乡、草菅人命等。陈洪认为，根据小说改编的电视剧主题曲《好汉歌》就把《水浒传》亦侠亦盗的两面全表现出来了。"例如'生死之交一碗酒'，你可以说是侠肠热血，也可以说是某种近乎黑社会的形态。'你有我有全都有'，也是同样的情况。"

从《水浒传》的文化渊源分析，陈洪教授提出其"'大''小'杂糅说"。他认为，文化传统有大传统、小传统。大传统指的是社会上层的一种文化，小传统则是民间的、江湖的。而《水浒传》所体现的文化传统"大""小"两个都有，杂糅在一起。以大传统而言，从孔孟、墨家学说及《史记》等，都能找到比《水浒传》更早的侠的定义和赞歌；而从小传统上说，水浒好汉的故事，在《花和尚》《武行者》《青面兽》《石头孙立》等宋代书场里，以及《黑旋风》《争报恩》《黄花峪》等杂剧，都在表演。"这些民间小传统和大传统杂糅一起就是我们今天看到的《水浒传》"。

为此，陈洪教授点出此次讲座的主题"水浒好汉文化的'基因图谱'"。他解释道，这是借用生物学的术语。决定一个生命体性状且可传承的基本因素，就叫"基因"，而"图谱"就是基因的排列、呈现。"我们借用来，就是要在文化传统里对《水浒传》做一个溯源的工作，找出这部小说之所以这么写的根儿从何而来。"

如何溯源呢？陈洪教授介绍了一种文学批评的重要方法——互文法。"什么叫'互文'？简单说，一个文本不是孤立的存在，里面重要的语词、意象，甚或结构、情节，往往在过去的文本里出现过。那文本之间就存在着互文的关系。对于阐释一个文本，发掘这种血脉联系是很重要很有效的途径。"

陈洪教授首先以鲁智深为例，对其人物形象与文化内涵作溯源分析。

通过互文法分析，陈洪教授首先发现，《红楼梦》中，薛宝钗尤其喜欢《鲁智深大闹五台山》这出戏，认为戏中那支《寄生草》曲牌（"慢揾英雄泪，相离处士家。谢慈悲，剃度在莲台下。没缘法，转眼分离乍。赤条条来去无牵挂。那里讨烟蓑雨笠卷单行？一任俺芒鞋破钵随缘化！"）尤其好。薛宝钗这一说，勾起了贾宝玉学禅、写偈语，此后林黛玉又跟着续写，薛宝钗又来一起讨论禅理。

进一步分析《水浒传》中对鲁智深的描写细节，陈洪教授认为，也许大多数读者都能够注意到这样一些细节：被迫剃度，破戒、喝酒吃肉，醉打山门、毁坏佛像，卷堂大散，大相国寺威震泼皮，桃花庄打抱不平……然而，另外一些不为常人注意但是很重要的细节，是跟"禅"连在一起的。如诗赞"且把威风惊贼胆，谩将妙理悦禅心""铁石禅机已点开，三竺山中归去来"，而智真长老、大慧禅师等高僧都认为鲁智深修行的果位很高，可见"《水浒传》里是要表现鲁智深跟佛门、跟禅宗有关联的"。

因此，《水浒传》文本中，鲁智深的形象有佛门与非佛门两个方面。为什么会如此？这两方面是哪来的？非佛门细节方面，在《水浒传》成书之前，杂剧、话本等早就有了鲁智深的故事，如《癸辛杂识续编·宋江三十六人赞》《大宋宣和遗事》《鲁智深喜赏黄花峪》《豹子和尚自还俗》等，都在讲他的故事。

然而陈洪教授发现，这些故事中的鲁智深形象与《水浒传》中的鲁智深形象有很大的不同。"特别是那些和佛教、和禅宗相关联的内容，在《水浒传》今本之前通通没有。"进一步考索溯源，陈洪教授发现，《水浒传》文本中鲁智深有关佛门的形象与《五灯会元》中天然和尚的事迹有许多相似之处。

他认为，这个发现的意义可以从两个角度来说。一个角度是，《水浒传》里所描写的鲁智深关于非佛门和佛门的两方面行为，就可以连接起来作"狂禅"的理解。所谓狂禅，是禅宗发展到第三、第四个阶段的一个支脉，其特点以丹霞天然的话说，就是"无道可修，无法可证，佛之一字，永不喜闻"，用不着读经、苦修，只要回归本性，就能达到修行的最高境界。陈洪教授认为，狂禅的特点跟"侠"有相通之处："就是高扬主体，不受一切束缚。好处呢？斩截痛快。所有的形式的东西通通扔掉，就是放任本性而行动。所以鲁智深这个形象一面是一个侠客，一面由于他和尚的这个身份，《水浒传》作者把丹霞天然的某些事迹，特别是这些事迹里面的那个精神，拿过来灌注到鲁智深这个形象里。"另一个角度是，由于互文的关系，发现《水浒传》的鲁智深与《五灯会元》里禅门大德丹霞天然的事迹有关联，这种精神血脉使鲁智深的形象丰厚而复杂，从而赢得了李卓吾、金圣叹、曹雪芹的欣赏。如李卓吾评点《水浒传》，在提到鲁智深之处多次批上"佛！真佛！活佛！"；金圣叹评《水浒传》，认为"真正善知识胸中便有丹霞烧佛眼界"；而薛宝钗赞赏鲁智深，其实就是体现了《红楼梦》作者曹雪芹对鲁智深的赞赏。

采用同样的"互文法"，陈洪教授分析了《水浒传》梁山好汉中人物性格最为复杂的人物——宋江。"宋江身上有两条截然不同的精神血脉（江湖血脉与庙堂血脉），彼此隔阂之

大，大到你都很难把他说圆通了。"陈洪教授感叹道，"'孝义'
'守法'与'权谋''野心'，两种东西同时出现在一个人身
上，一面是道德楷模，另一面是黑社会老大。"

通过考索《水浒传》问世之前的各种文本中宋江形象，
又比对《史记》中关于郭解的侠义事迹，陈洪教授梳理出宋
江从原来简单的"勇悍狂侠"形象变成了《水浒传》里的
"江湖教父"形象这样一条"江湖血脉"，其特点是"在江湖
里谁都服他，不管是什么人"。通过《水浒传》关于宋江见李
师师、李逵反对宋江招安等情节，与《论语》中关于孔子见
南子、子路反对孔子去做官等事迹比对，陈洪教授梳理出宋江
性格中的"庙堂血脉"，表现为口口声声想招安、为朝廷出
力，"处江湖之远，则忧其君"。这种"道德领袖"现象怎么形
成的？"因为中国古代——尤其是从宋代以后，有一个大家奉
为天经地义的信条，就是'修身、齐家、治国、平天下'。也
说成是'内圣外王'。要在政治上、在社会上做一个领袖，首
先要在道德上成为最好的楷模。这个观念形成了一种传统，拿
弗洛伊德的话说是一种'超我'，在大家的思想深处，觉得就
应该如此。"陈洪教授说。

《史记》《论语》为何对《水浒传》所造成这样的影响？陈
洪认为："《论语》《史记》对当时的读书人来说，都是必读书。
如果只有一二相似点，可以说是偶然、巧合，但一系列的相
似，只能说是有关联。不是说，施耐庵有意识比照郭解、孔子
来塑造宋江，而是说，在塑造宋江的时候，《论语》《史记》的
内容自然而然产生了影响。也就是说，《水浒传》里宋江身上

这两条血脉都有早期的经典里的基因。不是说作者简单套下来、搬过来，而是这种基因不自觉、不期然而然地进入了文学艺术的血脉里。"

基于上述分析，陈洪最后的总结再次点题："《水浒传》的一些好汉形象与传统文化的经典有血脉联系。换言之，文化传统的'基因'进入了这些文学形象之中。而多源'基因'的进入，使得这些好汉形象趋于复杂、丰厚。但是，不同来源的'基因'（如庙堂基因与江湖基因）相互有一定的排异性，又造成了一定程度的人格分裂。"陈洪教授认为，金圣叹评《水浒传》之所以有"独恶宋江""奸雄欺人"的极端评语，正是因为不同文化基因在《水浒传》中无法完全融合。

（本文刊于 2018 年 4 月 23 日南开大学新闻网）

黄万盛：哲学第三次转向是
人文精神回归

　　"我们生活在一个重要的历史时刻，历史在发生方向性的改变。当代人的思想方式、生活方式、价值立场以及对未来的信念都在发生深刻的变化，我们究竟是随波逐流，还是应当作出历史和文化的回应？"哈佛学者黄万盛对此提出质疑。他说："后者是哲学研究工作者的责任。"

　　受我校哲学系邀请，日前，哈佛大学燕京学社研究员黄万盛在范孙楼作了题为"当代哲学的发展趋向"的演讲。在三天的主题演讲和座谈交流中，报告会现场座无虚席，黄万盛的独到见解与渊博学识赢得与会者阵阵掌声。

"哲学典范有待超越"

　　演讲中，黄万盛从文学、历史学、经济学、人类学等领域关注的前沿问题切入，阐述了当代哲学精神性转向的内在逻辑和外在条件。

　　黄万盛认为，在西方哲学发展的历史过程中，曾经出现两个大的哲学典范，就是以柏拉图为代表的典范和以康德为代表的典范。这两个哲学典范在世界范围获得了广泛认同，同时这也是两个有待超越的哲学典范。

　　理性是柏拉图哲学典范所强调的核心，但是在柏拉图那里，理性是外在于人的世界，是高高在上的"太阳"。人只有在理性的照耀下才能够形成自己的认识能力、判断能力，人是受制于理性的。而康德则把世界区分为此岸和彼岸，把事物分为主体和客体。在柏拉图那里重要的是彼岸的真理；但在康德这里，此岸的真理被突出了。主体性成为康德考虑的主要问题。

　　因此，黄万盛认为，"对于这两种典范的挑战和超越，不仅是理论家的思想冲动，而且是当代社会变革和发展的普遍要求"，而这正是当代哲学转向的内在动力。

"是什么侵蚀了人文精神"

　　"科学技术的发展和全球化的蔓延及两者的互动互渗，给传统哲学提出了许多棘手的问题。"黄万盛提出他的忧虑。他说，为了追求发展、追求效益，科学技术被人类肆无忌惮地滥用，环境和资源的破坏已经严重威胁到人的基本生存条件。一部分资源和生态是不能再生的，其破坏是不可逆转的，虽然"技术对解决生态危机仍然有意义，但仅仅靠科学技术不可能解决生态危机"。只有通过诉诸人的心灵回归，通过人的心灵

黄万盛先生在演讲

净化、境界培养和人格塑造，培养人对自然的情感与责任，才能从根本上解决人与环境的关系，让人和自然和谐相处、唇齿相依、生生与共。

黄万盛认为，全球化把以消费为主导的生活方式传入了四面八方，把许多东西不合理地市场价格化，这使得人类的精神质量下降，消费成了生活的主导，而"如果纯粹发展物质欲望，人与动物将没什么区别"。

黄万盛着重分析了未成年人的教育问题。他认为，全球化的时代，家庭正在逐渐失去其对孩子的影响，而网络与电子媒体对他们的生活起到了越来越大的制约作用。"科学技术是不应当自主的，它应服务于人，因此必须'以人为本'来审视科学技术，而不是简单地迷恋科学技术的无限创造力"，黄万盛说，诸多社会问题的出现，向哲学家提出了挑战，为哲学典范的第三次转向提供了外在条件。

"撑起人文精神回归的旗帜"

世界哲学发展的内在逻辑和外在条件将促使其典范发生转向。黄万盛说，被哈佛大学一些哲学家命名为"精神性转向"或"价值性转向"的哲学第三次转向已开始出现，精神性问题和价值性问题将重新回到哲学的主流中。

黄万盛介绍道，哈佛大学哲学家罗尔斯的《正义论》体现了当代哲学的精神性转向。罗尔斯本是著名的分析哲学家，然而美国社会问题促使他的思考发生了转变，从而使他突破分析哲学的框架。在罗尔斯看来，这个世界上"有一种更深刻的价值，那就是'正义'"。

"培养学生的深刻人文性是很重要的"，黄万盛以比尔·盖茨获补学士学位的故事为例子，介绍了哈佛大学对人文精神的重视。比尔·盖茨在哈佛没念到大二就出去打拼天下了。近几年他成立了儿童基金会、妇女基金会等，在各种场合捐款。因此，哈佛大学董事会认为，比尔·盖茨已成长为一个有人文性的人，有道德良知来面对世界，符合哈佛的人文理念，并授给他一个"学士学位"。

黄万盛主要从事思想史、文化批评、比较文化研究等，现为美国哈佛大学燕京学社研究员，兼任清华大学伟伦特聘教授，西安交通大学等校客座教授或研究员。研究领域包括哲学、伦理学、政治学、社会学、教育学等。1977 年毕业于上海交通大学，1981 年毕业于社会科学院哲学研究所，曾任上海社会科学院比较文化研究中心、比较哲学研究室主任，1992年至 1997 年任法国国家科学研究中心客座研究员。2001 年以来主编"哈佛燕京学术系列"著作：《公共理性和现代学术》《儒家与自由主义》《理性主义及其限制》《全球化与文明对话》《启蒙的反思》等，有上百篇文章发表于中国、美国、法国、德国及中国台湾和中国香港的多个刊物。

　　（本文刊于 2008 年 5 月 2 日南开大学新闻网、2008 年 5 月30 日《南开大学报》）

陶慕宁：“饮食男女”中的国学

2016 年 8 月 27 日上午，著名美食家、南开大学文学院陶慕宁教授以“‘饮食男女’中的国学”为题，应邀在天津图书馆复康路馆二楼报告厅畅谈饮食与中国传统文化。这是天津图书馆“海津讲坛”公益文化系列讲座之一，精彩的演讲受到市民读者们的热烈欢迎。

“当下有一种社会现象叫‘国学热’，很多大学都设有国学院。那么，什么是国学？”陶慕宁教授首先从大众关注的“国学热”现象谈起，分析了“国学”的概念及其内涵。通过列举《周礼·春官·乐师》中“乐师掌国学之政，以教国子小舞”等古代典籍中有关“国学”的内容，陶慕宁教授认为，“国学”一词在古代本义指国家所设立的代表国家教育制度的学校。又通过介绍了晚清以来在西方列强入侵、盲目西化思潮蔓延等社会背景下，章太炎等一批传统文化根柢深厚的近代学人为传承弘扬中国传统文化、振兴民族精神而提出的“研究国学，保存国粹”等主张，陶慕宁教授认为，这是现代意义上“国学”的起点。

“中国传统文化其实不全都是精华，里面也有很多糟粕。”

陶慕宁先生在演讲

摄影／韦承金

陶慕宁教授提出，研究国学不能故步自封、唯我独尊、视其他国家和民族的优秀文化为异己，对待中国传统文化要善于"取其精华，去其糟粕"。他说，饮食虽只是中华民族几千年来的文化发展之一隅，然而却凝聚着古人多方面的智慧，体现了中国传统文化的底蕴与特色。

"饮食在人类的童年，只有一个用处——果腹。生存需要满足以后，就会逐渐上升到文化、审美的层面。由于地域环境、风俗习惯的不同，世界各民族也逐渐形成了各具特色的饮食文化。"讲座中，陶慕宁教授以比较文化的视野，分析中西不同饮食文化理念的哲学根源。他认为，与西方文艺复兴以后崇尚科学主义，如政治方面，西方从古希腊的城邦奴隶制开始，就将官员的职司、监督、惩罚纳入一整套的权力体制内，其国家管理重视制度与理性，再如饮食方面，西方强调食物的营养成分而对滋味有所忽视。与西方不同，中国古代尤其是儒家的治国理念重视的是"养"，是基于"民以食为天"的人本主义思想，而中国烹饪讲究的是"味"，追求的是色、香、味、形、器的整体和谐和表里兼顾、水火相济的美味，具有中国哲学重宏观、整体、辩证的特点。"《红楼梦》里的那一道'茄鲞'，固然揭橥了荣国府的奢靡，但从另一个角度也可以领略到中国烹饪的艺术性。"

那么，饮食体现了怎样的传统文化之"精义"呢？陶慕宁教授认为，中国饮食所蕴含的传统文化观念，首先体现为一种顺应自然、天人合一的理念。"一切食物的取径都要遵循大自然的规律，春播夏耘，秋收冬藏，不可失时，不能逾度。"如《黄帝内经·素问》的"五谷为养，五果为助，五畜为益，五菜为充"就体现了一种养生的、顺应自然的理念，再如老子所言"治大国若烹小鲜"，以饮食比喻政治治理的大道理；其次体现为围绕"礼"的活动所必不可少的重要环节，以至饮食文化渗透中国人社会生活与礼仪的方方面面，甚至与敦睦家族、礼敬宾客、维系亲情、治国理政密切相关，"直到今天，中国人的婚丧嫁娶、庆寿贺节，重头戏都还是饮酒聚餐"。

陶慕宁教授感叹：饮食在国人生活中如此之重要，以至于古人有关做人的品格、风度等方面，都以饮食来比喻——如"莼羹鲈脍"的典故则是关于魏晋风度的形象阐释，唐代的司空图则用"味外之旨"比喻好诗的境界，再如一个女人长得十分美丽，可以用"秀色可餐"来形容——都体现了饮食深厚之文化内涵。而饮酒，则与中国文化尤其文艺创作联系尤为紧密，中国历史上因为饮酒而传之久远的文化故事实在不胜枚举。"中国是诗的国度，酒则是诗的媒蘖。如果将涉及饮酒的篇章剥离出去，那会是多么煞风景的事啊！"

以中国传统文化的巅峰——两宋文化为例，陶慕宁教授具体分析了饮食在中国文化中的重要地位。他认为，宋时，大量庶族士人经科举进入政府管理机构、城市经济得到长足发展以至形成丰富多彩的市民文化，在这种前提的交相作用下，中国饮食文化产生了飞跃式的发展。他以宋人笔记如《东京梦华录》《梦粱录》《武林旧事》《都城纪胜》《西湖老人繁胜录》等关于烹饪方法、饮食逸事的大量记载为例，总结出宋人在饮食方面"富于想象、多有创造，新意迭出、穷极精妙"的特点。陶慕宁教授认为，饮食文化地位的提高，与文人士大夫的参与有关。宋代士大夫都很有学问，做官的薪水很高。他们也喜欢谈论饮食，往往颇有趣味，甚至可以上升到哲理的层面。如苏东坡《赤壁赋》所昭示出的宋代士大夫的精神品位，熔西部的粗放与江南的文雅于一炉，集文章之妙品与食物之珍奇为一境，因品食而至论道，由口腹而至精神，可以体味宋人玄谈的风范。

基于对饮食文化的精湛研究和饮馔烹饪的深刻体验，陶慕宁教授认为，欲以哺啜家（今称美食家）名世者，当先具四质素："一者，识见广博，兼采并蓄。须味觉灵敏，足践四方，雅俗精粗，亲尝遍历。二者，腹笥稍丰，涉笔成趣。须读书多且杂，善言谈而有味，擅属文而能尽饮馔之趣。三者，穷达亨困，谙练世情。须命途有舛，曾经沉浮。若一生闭处于钟鸣鼎食之家，不知世间疾苦，终只是'何不食肉糜'之辈。四者，心境冲和，无欲之欲。须斥去功利，但求审美。若生意场上，官宴之席，心怀觊觎之念，情限尊卑之阻，炮凤烹龙，珍馐罗列，亦不免味同嚼蜡矣。"

陶慕宁教授的讲座娴于掌故、妙语连连，既有丰富的历代典籍史料为依据，又结合古典诗词、绘画、京剧等艺术门类以佐证饮食之美，更融入了陶教授自己的饮馔烹饪之切身体验，因而讲得生动而富于启发。

先贤有言："饮食男女，人之大欲存焉""食色，性也"。陶慕宁教授认为，"饮食"和"男女"里有着很博大精深的学问，一个人能把这两点弄明白了，学问就不小了。本来讲座之前陶慕宁教授打算讲完"饮食"之后，围绕"男女"问题也展开讲演。由于整场讲座已持续了两个小时，时间关系，"男女"部分未能深入展开。散场时，听众们纷纷表示意犹未尽。

陶慕宁，南开大学著名教授，博士生导师。主要研究方向为古典小说、戏曲及传统文化。著有《采菊东篱——诗酒流连的生活美学》《论明代中叶以后杂剧创作的主体意识》《论元明两朝杂剧士人形象所反映的社会思潮之歧异》《元曲菁华》《无问无应集》《忆金寄水先生》《钓雪集序》等。主持教育部人文社会科学研究项目"青楼文学与中国文化"，主持国家社会科学基金项目"中国近世文学中的两性观念研究"等。

"海津讲坛"公益文化讲座以"传承文明，情系百姓生活，共建和谐精神家园"为宗旨，曾邀请葛剑雄、叶嘉莹、梁晓声、刘心武、肖复兴等全国著名学者、作家、艺术家担任主讲嘉宾。

（本文刊于 2016 年 8 月 30 日南开大学新闻网）

张铁荣：寄意寒星荃不察
——鲁迅人生的悖论

2016 年 7 月 23 日，著名鲁迅研究专家、南开大学文学院张铁荣教授做客天津图书馆，以"寄意寒星荃不察——鲁迅人生的悖论"为题畅谈鲁迅的人生与文学。这是天津图书馆"海津讲坛"公益文化系列讲座的第 379 讲。

"曾经听到很多人评价鲁迅说：他脾气不好，爱骂人，逮谁批谁，这种人很难接触。我就想：为何像鲁迅这样的大作家，心情却这么不顺畅？我们要研究一下。"张铁荣教授以通俗易懂的话语，抛出一个非常引人深思的开场白。

讲座中，张铁荣以两封信绝交信（一是 1923 年 7 月 19 日周作人致鲁迅信札，另一是 1936 年 8 月发表的公开信《答徐懋庸并关于抗日统一战线问题》）谈起，条分缕析地探究鲁迅在这两个重要人生节点中的心路历程，借此管窥鲁迅的心为何与他周围的人总是会产生某种的不协调。

1923 年 7 月 19 日周作人致鲁迅信札所引发的鲁迅周作人兄弟失和的原因历来众说纷纭，学界的各种推断归类起来大抵上不外乎有"经济说""误会说""非礼说"等。张铁荣教授分析了以上几种推断的不甚妥当之处，并提出自己的"文化差异说"。他认为，这场家庭风波的产生源于中日文化在这个家庭中的相互悖论，由这个悖论而产生误解所致。也就是说，鲁迅与羽太信子在中日文化认知上发生了错位。鲁迅是以日本人的思维方式看羽太信子：鲁迅筹措到了给周作人的医药费或者有其他非常重要的事，必须马上去告诉羽太信子，而当时的羽太信子有可能不巧正在洗澡，鲁迅就在这个时空中对她说了这个事情（按日本人的生活习惯，这绝没有什么不妥的。因为男女混浴是日本的民间习俗，在有要事相告时碰巧看见洗澡，算不上什么大不了的事情）。而作为日本人的羽太信子，嫁给了中国人之后，不得不以中国人的习俗来要求自己，并以中国人的思维方式看鲁迅，于是矛盾便这样在悖论中产生了。

张铁荣教授坚信，在此家庭风波中，鲁迅是坦荡的："试想，如果鲁迅真的有问题的话，他怎么能让这封绝交信保存到今天呢？这是文字证据，一般人收到后早就把它销毁了。"张铁荣教授认为，鲁迅因为文化差异失去了他最有文学作为的弟弟，他只能努力创作、自疗伤痛。在《野草》中，那种撕心裂肺的痛苦像地火和岩浆，通过文学语言一股脑儿地奔突、宣泄得淋漓尽致。而后来收在《彷徨》里的小说《兄弟》《伤逝》等，都有明暗隐约表达他兄弟情愫的成分，对此十分敏感的周作人当然会感觉得到，但等他真正明白的时候，一切都已经来得太晚了。

而在 1936 年 5 月 2 日致徐懋庸的信和 1936 年 8 月发表的

张铁荣先生在演讲

摄影/韦承金

公开信《答徐懋庸并关于抗日统一战线问题》中，鲁迅表达了他对"左联"领导人宗派主义的愤怒。张铁荣教授分析道，本来"左联"的成立代表了主流意识和进步思潮，与革命共同着生命的鲁迅，是拥护这个团体，愿意为它的出现呐喊的，虽然其中有一些他所不喜欢的作家。但是后来"左联"发展到后来，他才知道这个团体有着强烈的教条主义和宗派主义倾向，一些青年领袖年轻气盛、摆着不知天高地厚的官架子，这使鲁迅陷入了"道尽援绝"之境。其次，在"左联"内部鲁迅与年轻干部的关注点完全不同，鲁迅出于好意对"左联"青年的创作提出建议却不被理解，鲁迅希望青年作家踏踏实实地搞创作，多做文学和翻译的实事，而在青年领袖们却忙着传达上级指示，不间断地开会。再次，鲁迅受到"左翼"作家化名的攻击批判。大权在握的周扬有事不找鲁迅，鲁迅本来就心有怨气、十分不满，此时连徐懋庸也觉得可以在鲁迅面前指手画脚，并且徐懋庸居然不顾鲁迅正在生病且在气头上，纠结小事来质问鲁迅，并且上纲上线帽子满天飞。这足以证明，以他为代表的青年作家是真的不尊重鲁迅，于是激怒鲁迅写出了《答徐懋庸并关于抗日统一战线问题》。

张铁荣教授认为，鲁迅参加"左联"是为了扩大实力，培养青年作家，和他们一起向黑暗的旧势力和腐败的体制作斗争，他也确实扶植和培养了一大批青年作家。但同时他又是有个性的作家，从不迁就任何人，为了坚持正义和保持起码的尊严，他不惜和看不惯的任何人决裂。而那些青年作家（包括周扬、徐懋庸等人）本质都不算坏，创作毕竟是一个短期不出风头的艰苦工作，鲁迅是一个接近老年的作家，青年们的急功近利本来也是可以理解的。只是他们阅历太浅、不知人间愁滋味。鲁迅常常就事论事、理解但不迁就他们，但他们并不理解鲁迅，这种悖论就是鲁迅的苦闷之所在。

讲座过程中，张铁荣教授通过追寻历史现场的细节，分析矛盾双方历史人物各自的矛盾心理，关照当事人双方的各自想法，以客观公允的态度解析矛盾双方各自的正确一面，以"了解之同情"剖析鲁迅内心的苦闷及其与他人产生冲突的深层原因。

"鲁迅的诗句'寄意寒星荃不察'正是他极端痛苦时的心灵表述——这首作于1903年的诗，先后被鲁迅重抄了五次。"张铁荣教授认为，从鲁迅一生来看，"荃不察"的阴影可能一直笼罩在鲁迅的心头，那种欲说还休的苦闷，也许没有多少人能理解。然而正是在与周围产生巨大反差的过程中，才有了鲁迅的文学创作。这是一种智者的寂寞，是一种伟大的孤独。

张铁荣教授早年毕业于南开大学中文系，曾师承李何林先生专修鲁迅研究，1988 年至 1994 年赴日本讲学。现为南开大学文学院教授、中国鲁迅研究学会理事、中华史料学会理事、天津市现代文学学会副秘书长。

（本文刊于 2016 年 7 月 27 日南开大学新闻网）

龚克：博闻强识才有可能出大成果

2014 年 7 月 5 日，在第一届天津市计算机学科研究生学术会议上，南开大学校长、天津市学位与研究生教育学会理事会会长龚克应邀作主题报告。他通过对"学术交流""研究生""计算机"三个关键词的解读，寄语青年学子：在学科分门别类细化的当今社会，只有博闻强识、加强学术交流，才有可能出大成果。

中国科协原主席周培源曾讲："学术交流活动是科学技术工作中个人钻研和集体智慧相结合的一种形式。"龚克也认为，在学界，学术交流是科学研究、学术研究工作必不可少的组成部分，是科学存在和赖以发展的基本方式之一，也是学者的重要生活方式。从思维科学来说，有人认为创造性思想通常都含有来自思想者自身之外的激励、启迪和由此造成的跃迁——可见学术交流对学者有多么重要，希望青年学者、研究生们切实加强学术交流。

"按学科培养研究生的机制存在的局限在于，学科的分门别类过细，易造成研究生知识面过窄。学科边界如果变成思想

龚克先生在演讲

摄影/韦承金

边界，是非常可怕的。这将导致我们难以看到全局、难以出大成果。"龚克认为，突破这个局限，需要研究生博学多闻，加强学术交流。龚克希望大家乐于交流、善于交流、勤于交流。要善于从经济社会发展的现实困境中寻找选题，进一步，可以扩大学术交流范围，做到学术交流与产业交流相结合，促进经济社会发展。

当然，学术交流如果局限于本学科、同课题组之内，是远远不够的。龚克特别建议，作为科研生力军的研究生，既要扎根于自己的学科，也要跳出自己的学科。"要博闻强识，而不能孤陋寡闻，中国古人做学问最讲究的就是博闻强识。"

近来，计算机与生态环境的关系日益密切，绿色计算问题成为生态文明时代人们关注的热点问题。因此，龚克在致辞的最后给在座研究生们留了"一道题"："生态文明时代的计算机和计算应该是什么样的，希望大家有所考虑。"

第一届天津市计算机学科研究生学术会议还就如何提高计算机科学研究生培养水平、促进天津计算机学科发展展开深入探讨。龚克等专家学者表示，以大数据、云计算、移动互联网等为代表的新一代信息技术是我国实现新型工业化、信息化、城镇化、农业现代化的重要动力。在这样的大环境之下，作为现代信息技术产业的重要技术基础之一，计算机学科有责任也有条件实现大发展、作出大贡献。信息技术产业也是天津市重点发展的支柱产业之一，新一代信息技术是促进天津产业转型升级的重要推手。提高计算机学科研究生培养质量，特别是学生创新意识和能力的培养，对于国家和社会的长远发展意义重大。

（本文刊于 2014 年 7 月 5 日《南开大学报》）

罗振亚：如何破译新诗经典

2022 年 10 月 15 日上午，著名新诗研究专家、南开大学穆旦新诗研究中心主任、文学院教授罗振亚先生应邀通过腾讯会议举办题为"如何破译新诗经典"的学术讲座。活动由闽南师范大学文学院主办。

"现代人虽然都置身现代文化当中，并不一定真正了解现代文化。正所谓，'不识庐山真面目，只缘身在此山中'。"讲座中，罗振亚教授开门见山提出新诗"读不懂"的缘由主要有：一是社会分工网络的定位化，使每一个个体的视野、体验都存在着相对的局限性；二是新诗语言和日常口语也不是等同的，其非常态和张扬能指的审美品性很难把握；三是每个民族、时代以及人类个体的文化、审美思维的差异性，决定了读者们各自的文化背景、观念也不容易统一和沟通。"几个原因聚合在一起，注定新诗不容易读懂的。"

罗振亚选取了 1920 年代的李金发、1930 年代的废名、1940 年代的穆旦、1950 年代的洛夫，以及 1980 年代的舒婷、欧阳江河等人为例，分析了中国新诗史上几位典型诗人让读者"读不懂"的原因之所在。譬如废名，其新诗多半涉及佛教禅

罗振亚先生在演讲

宗的参悟，理解难度之大使得刘半农在日记中感叹"无一首可解"；穆旦诗的难懂，是由于其基督教的背景，及其心灵的自我搏斗和种种痛苦而丰富的体验，一般人很难进入他的精神世界；洛夫诗的费解，是因为他在诗中谈论哲学，其哲学思想的高度是很多人没法企及的，所以显得晦涩难懂……

"中国现当代文学史上确实有很多不读懂的怪诗的典型，从这意义上说，建立中国新诗解读学是非常必要而且迫切的。"罗振亚感慨道，"至于怎么建构一种新诗解读理论使我们的原始的自发的阅读行为，上升到一种自觉的审美的鉴赏层次，这是一个仁者见仁智者见智的事情"。

那么，如此难以读懂的新诗，是否有经典？经典之标准的确定，莫衷一是，因经典有其的相对性和流动性。然而，罗振亚对于新诗成为经典的标准有着自己的看法。他认为，"文学是不是繁荣，其中一个最重要的标准，就是看它有没有相对稳定的偶像时期和天才代表"，在文学繁荣时期，总有相对稳定的偶像时期与天才代表，往往能够引领当时的写作风气，这样的诗人，其代表作品就是经典作品。

那么，怎么样走进新诗、读懂新诗经典呢？罗振亚介绍了三个主要的方法。

一是审美标准与历史视角兼顾。罗振亚认为，对每首诗的评价都应该把它放在当时特定的文学和历史语境中加以考察，而不能完全用当下的经典标准去苛求。或者说不应该仅仅从审美标准出发，还要同时兼顾历史视角。只有这样才能得出客观、公正、实事求是的结论。罗振亚以路遥小说《人生》中高加林抛弃刘巧珍的行为引出道德原则和情感原则，提出文学评价是多标准、多维度的，必须将其置于特定的文学和历史语境中加以考察。并以胡适《蝴蝶》、郭沫若《凤凰涅槃》等诗的解读，认为其体现了五四以来新诗通过对旧诗的破坏以探求诗体解放的旨归，以此分析文学作品的审美标准与历史视角的辩证关系。

二是审美维度的经典评判。首先，罗振亚通过援引郑愁予《错误》、舒婷《致橡树》《神女峰》等作品，分析了破译诗歌意象对解读经典作品的重要性。新诗首先要以意象说话，诗歌的本性决定它应该借助意象之间的组合与转换来完成诗意的传达，好诗的意象本身具有原创、鲜活的特点。不同于古典诗歌合乎常规的意象特征，新诗意象的新品质在于：或寻求与象征的联系，铸成主题的多义性与多重性，表现出一定的朦胧美（如戴望舒《雨巷》）；或喜欢进行非常规的意象组合，新诗意象为了传达高深的思想和复杂的情感，常借助意象之间的非常规组合与突兀的转换，表现出陌生化和模糊化的特点（如穆旦的《春》)。其次，品味新诗体现情绪律动的自由化语言对于解读新诗经典也很重要。罗振亚认为，多数诗人能发掘语言的潜能，突破用词、语法和修辞方面的规范，使熟悉的语言给人以陌生的感觉，善于运用通感、远取譬和虚实镶嵌等手法（如冯至的《蛇》)。有许多诗人走返璞归真的路数，挣脱修饰性的枷锁，还语言纯净的本色，平朴干脆、单纯简隽。但它是精心设计后由复杂到简单的单纯，绚烂之极的平淡。返璞归真的口语诗歌有时将语感视为诗之灵魂，并借它达到了诗人、生存、语言三位一体的融合，有时甚至语义已不重要，语感成为自足的语言本体。再次，罗振亚以顾城《一代人》、卞之琳《断章》等诗歌为例，分析了捕捉诗情智化的倾向对于解读新诗经典很重要。罗振亚认为，诗的起点恰是哲学的终点，最深沉的哲学和最扣人心弦的诗都挤在哲学与诗的交界点上。"优秀的诗人既是驾驭文字的高手，又是智慧的思想家。大凡有冲击力的好诗都是凝结着哲学分子只不过以感性形态呈示出来而已。因为诗歌从本质上讲它不仅仅是一种情感，一种思想，而是主客契合的情感哲学。甚至可以说，诗歌以及一切优秀的文学作品的最高层是哲理它在生活、情感的律动中总是流贯着智慧的节奏，它的意蕴也常常是无法穷尽的。"

三是贴近经典实质的解读方法。罗振亚认为，诗人林林总总，作品也是千差万别，所以没有一种"放之四海而皆准"的新诗解读方法，阐释不同流派或不同诗人的诗歌决不能使用同一把尺子。"这就要求我们既要针对具体对象，采用相应的解读策略；更要广泛而多向度地拓展研究方法和思路，贴近文本实质。"他结合自己的研究心得重点介绍了三种方法：其一，引进比较法。罗振亚引用了钱钟书回复厦门大学学者郑朝宗的"打通"二字，认为新诗研究也要站在古今中外的比较视野，在主题、意象、语言、构思等方面进行多元比较"打通"。其二，整体阅读与细读统一。其三，创造性的"悟"读，即在阅读中进行审美的再造。

正如施蛰存所言，"新诗既要求解，又要不求甚解"。罗振亚认为，与古典诗歌相比，新诗有不可完全解读性。

"也许读者在读一首诗的时候，这首诗也在召唤读者的阅读和参与，去想象诗人的精神天地，去创造自己灵魂驰骋的空间，这首诗的魅力之一，就是产生一种特殊的心境，没有读者的主体的参和悟，这首诗的美就不存在，当然，悟多悟少，悟深悟浅，甚至悟对悟错，都是很正常的。只要你感到其中的一种情绪，一种氛围，或者一种思想，就算读懂了这首诗。"

罗振亚认为，"现代诗的魅力之一，就是它的美在于隐藏自己和流露自己之间，朦胧和清楚之间，可解与不可解之间它具有一种不可完全解读性，或者说，完全能够读懂的，每个字词都可坐实的那不是诗，而是散文，这也是现代诗独自享有的本质和权力。"

本次讲座为线上线下同步举行，除了线下会议室参会的闽南师范大学师生，讲座线上平台吸引了南开大学、武汉大学、大连理工大学、黑龙江大学、广西民族大学、大连外国语大学、天津外国语大学、贵州财经大学等院校师生二百多人参加。

（本文刊于 2022 年 10 月 19 日南开大学新闻网）

李扬：沈从文文学作品中的自然人性

2020 年 7 月 4 日，沈从文研究专家、南开大学文学院李扬教授做客首图讲坛云课堂，以"沈从文：自然人性的乡村牧歌"为题纵谈沈从文经典作品。该讲座是由首都图书馆、人民文学出版社、人民日报社联合主办的"阅读文学经典"——中国现代文学名家名作系列讲座之一。

"沈从文先生是现代中国的一个传奇性人物。"讲座开始，李扬教授开门见山，概括性地介绍了沈从文一生的传奇经历和伟大成就：他虽然仅有以小学毕业生的学历的，但通过自己的不懈努力，最终成为现代中国最著名的小说家，西南联合大学、北京大学教授，著名的文化史研究专家，著名的文艺副刊编辑家，有着自己独特风格的书法家……

沈从文一生的成就是多方面的，而此次讲座主要从沈从文的文学成就分析其创作的独特性。"他要建造供奉人性的神庙，要表现一种'人生的形式'，一种'优美，健康，自然，而又不悖乎人性的人生形式'……"李扬教授说，沈从文自觉地选择了一种不同于"左翼作家联盟"、也不同于"民族主义文

李扬先生在学术研讨会上发言

摄影／韦承金

学"的独特的文学理想。

那么，一个小学毕业生，是如何通过自己的努力而最终实现这样崇高的文学理想、取得如此高的文学成就呢？李扬教授分析道，首先是沈从文在写作上下了非常"耐烦"的功夫，他自认为"不是天才，只是耐烦"，他的文学作品在写作过程中总是三番五次地修改、发表以后还要下苦功进一步完善。他作为作家、教授、编辑家、物质文化史研究专家、书法家……无论从事哪项工作，他都以心无旁骛的态度全身心地投入。其次，他时刻都在努力扩大自己的知识面。他不仅大量阅读中外典籍、博取广收，而且从社会中、从"朋友圈"中拼命地获取知识、借鉴经验，升华了他对于生命、对于文学艺术的独特理解。

这种独特理解体现为沈从文文学追求的与众不同。"沈从文自称是'乡下人',这体现了他对生命的独特理解,也是他在文学上表现人生的一种独特方式。"李扬教授说,沈从文从乡下来到都市之后,发现许多都市人缺乏一种人应有的生命的气息。而如果过于讲究中国传统文化的所谓"中庸"、过于强调忠孝节义,人的精神就容易缺乏一种生命力,这对于人性而言是一种扭曲。基于这样的独特理解,沈从文以自己的文学作品为国人开出了自己的药方——"以自然人性重新激活中国人的内在生命力"。

讲座中,李扬教授以《神巫之爱》《龙朱》《阿黑小史》等作品为例,分析了沈从文在湘西民间故事中追寻一种浪漫、充满野性的原始生命力的探索过程。并以《边城》等作品中所体现的"自然人性的田园牧歌"为例,分析了沈从文对人、人性以及人的命运的深邃思考,认为这体现了沈从文为中华民族品德的重造寻找道路的不懈努力——挽留正在逝去的生命之热情与正直、并为中华民族文化精神注入新的美德与活力。

李扬教授认为,从终极意义上讲,文学是对人的生命世界的一种呈现,它召唤人们思考人生的意义、人的命运。当文学的世界成为一种关乎个体生命的肉身化世界的时候,文学经典将不再是外在于人的生命的存在,它将凯旋般地归来,成为与当代作者血肉相连的存在。

"判断一部文学作品是否能成为经典之作,有一个很重要的指标,就是这部作品是否具有一种超越时间和空间的能力。"李扬说,直到如今,生活在科技文明高度发达、物质生活极度丰富的当代读者,依然能在沈从文的文学作品里,找到了一个能够安放自己的灵魂和身体的地方。"这就让沈从文的作品超越了时间和空间的阻隔，拥有了永恒的艺术魅力。"恰如沈从文本人所言："照我思索，能理解'我'。照我思索，可认识'人'。"

据悉，本季"阅读文学经典"——中国现代文学名家名作系列讲座以每两周一次的频率从今年 5 月持续到 7 月。本季活动以"曾经风雅 走近大师"为主题，围绕中国现代文学史上的六位大家——鲁迅、茅盾、巴金、老舍、沈从文、萧红，特邀请黄乔生、钱振纲、周立民、傅光明、李扬、季红真等六位学者，引领读者走进中国现代文学的殿堂，共同品读经典，感悟充满魅力的"中国现代文学三十年"。

（本文刊于 2020 年 7 月 8 日南开新闻网）

施一公：生命之美　结构之绚

　　2022 年 4 月 22 日，中国科学院院士、西湖大学校长、结构生物学家施一公教授应邀做客南开大学，在省身楼二楼报告厅作题为"生命之美　结构之绚"的讲座。讲座由中国工程院院士、南开大学校长曹雪涛主持。该讲座也是南开大学"名师引领"通识选修课"医药前沿与挑战"之第六讲，精彩的讲座不时赢得南开师生热烈的掌声，线下课堂之外，更有逾 10 万人线上听课。

　　"我今天讲的是'结构'，大家肯定会猜测，'结构'指的是不是施一公所研究的蛋白质结构、分子结构？不全是。我讲的既有宏观结构，也有微观结构。"施一公院士以设问的方式引出讲座主题。从大到宇宙和天体层面的宏观结构，小到分子和电子的微观结构，这位结构生物学家在讲座中结合自己的科研心得，围绕"结构决定功能"这一科学理念，深入浅出地讲解了宇宙运行之规律与生命活动之规律，分享了自己心中的物质世界结构之美和生命科学之美。

　　从宇宙起源谈到天体运行规律，再到地球生物进化、人类

施一公先生在演讲

摄影/宗琪琪

文明发展历史，施一公院士结合精美的科学模型与生物、天体图片，带领大家认识自然界之结构的奥妙。他以 2016 年科研人员宣布首次探测到来自大约 13 亿年前双黑洞合并的引力波信号为例，溯源到爱因斯坦的广义相对论。"检测这个理论的真实性，牵扯到诸多工程项目和工程设计，跨越数学、物理、化学……多个领域。"施一公院士通过介绍科学家从理论推导到检测验证以认识物理之"结构"的历尽艰辛而终获成功的过程，分析了人类对自然界宏观结构认识的不断深入，所带来的科技进步。

基于以上诸多例子，施一公院士引出"结构决定功能"的方法论："我们存在的世界是各种结构与功能的体现。比如我们每个人，我们能说话、走路、跑步，是因为人体有这样的结构，才决定我们具备那样的功能。整个宇宙如果有亘古不变的定理的话，那就是'结构决定功能'。"

由宏观转而微观，施一公院士以来自分子和电子的超微观世界之美谈起，阐释了生命科学的微观结构之美。从伦琴发现 X 射线，布拉格父子得出晶体衍射公式，再到 DNA 双螺旋结构的发现，施一公院士介绍了人类对生命微观结构的认识不断推进的过程。"X 射线衍射原理的突破，使人类对微观世界的认识大大提高。"施一公院士重点介绍科学家利用 X 射线衍射等技术，准确地观察到构成生命的各种蛋白质的形态等生命微观结构的过程。他"蛋白激酶 BTK 在 B 细胞恶性肿瘤的作用"为例，介绍了自己参与研制奥布替尼的过程，认为这是"结构生物学参与药物发现的很好的例子"。以生物微观结构的发现推动生命科学、现代医学进步为例，施一公院士的演说进一步印证了"结构决定功能"这一科学理念。

结合自己的科研方向，施一公院士与大家重点分享了结构生物学的发展和魅力。他认为，结构生物学通过解析生物大分子（蛋白质、核酸、分子机器等）、细胞器、组织、器官的空间三维结构，理解它们的功能及工作机理，从而解答生命科学中的重大问题。他举例说，结构生物学通过微观结构的解析，揭示新的药物靶点，帮助科学家在此基础上进行药物设计。这也是"结构决定功能"的体现。施一公院士进一步介绍了人类在面对心血管疾病、癌症、神经退行性疾病等医学难题时，结构生物学通过 X 射线衍射晶体学、冷冻电子显微学、核磁共振等重要手段，通过对生物微观结构的研究分析其致病机理、提出治疗方案方面所作出的努力和贡献。

讲座中，施一公院士还结合自己的重要科研经历，讲述了科学道路上不懈探索终能苦尽甘来的故事。他说，作为结构生物学家，他通过研究观察到一个新的结构时，有时会激动一天，有时会激动一个小时，但有一个结构，却让施一公"血压高了一个半月"，因为"这个剪接体由三十多种蛋白和核酸组成，我起初根本不知道怎么去解析，太难了"。而最终克服重重困难之后，施一公团队终于于 2015 年首次解析了原子分辨率的剪接体三维结构，这项成果不仅标志着人类对生命过程和本质的理解又向前迈进了关键一步，也标志着一直以来充满神秘感的剪接体的三维结构终于被揭示，施一公自认为"这可能是我的学术生涯中对世界科学做出的最大的一个贡献"。

作为一名活跃于科学前沿领域的科学家，施一公院士结合其研究方向，对当前科学界前沿热点话题人工智能（AI）提出自己的看法。他认为，高质量的 AI 结构预测，将充分释放结构生物学的学科能量，对该领域将是一个颠覆性的突破。"AI 一定会影响我们的研究，不管你是否愿意被它影响。"面对 AI 对科学带来的机遇和挑战，施一公说："有句话叫不破不立，当你背水一战的时候，你就必须全力以赴。"

谈到技术研究如何推动创新制药，施一公院士向在座青年学子提出建议："如何你将来想从事制药工作的话，你能够将制药工作往前推动的关键，是做一个好的科学家，而不是仅仅学习制药的技术和手段。只学技术，学到一点具体的东西，却可能反而丢掉了方法论，要靠基础研究来推动创新制药。"

讲座结束后，施一公院士还围绕针对青年学子们提出的 AI 与临床医学未来发展、创新创业、科技伦理等问题进行深入互动交流。

　　"施一公先生是国际顶尖的科学家，也是有情怀的老师、教育家。相信大家听完讲座，更加熟知了'谁是施一公'，更加理解'施一公是谁'。听完讲座我也是深受教育，收获很大。"曹雪涛院士听完讲座后，在总结发言中分享了自己的体会，"首先，掌握正确、先进的方法论十分重要，施一公院士的讲座从宇宙之宏观到生物学之微观，阐释了'结构决定功能'的哲理，这是认识世界的方法，无论我们从事什么工作，都是需要这样的方法；第二，要有不断的攻坚克难的创新精神，施一公院士选择世界级难题挑战，创新难度始终在增加，优秀的科学家素质，就是不断挑战学界难题，我们要向他学习；第三，要以开放的心态拥抱世界、面向未来。谈到 AI 带来的挑战和机遇，施一公院士展现的开放乐观的积极心态，我想，只有这样的心态，才能在科研领域不断创造新的业绩，造福人类。"

　　　　　　　　　　　　　　　　2022 年 4 月 30 日

刘岳兵：春秋公羊学在近代日本

2022 年 9 月 22 日，日本思想史研究专家、中华日本学会副会长、中国日本史学会常务理事、南开大学日本研究院院长刘岳兵教授应邀在南开大学哲学院作主题为"春秋公羊学在近代日本——从皮锡瑞到狩野直喜、小岛祐马"的讲座。该讲座是南开大学哲学院为庆祝南开大学哲学学科建立 103 周年、哲学系建系 100 周年暨复建 60 周年而举办的"院庆高端系列讲座"第二讲，校内外三百余名师生校友线上线下共同参加。

作为哲学系系友，刘岳兵教授深情回忆了 20 世纪 80 年代中到 90 年代初，自己从本科到硕士在南开大学哲学系求学的难忘时光，并以"此心安处"四字概括了他的南开求学生涯和治学心得。

"对于一个从农村考到大城市天津的学生来说，初到南开时那种孤陋寡闻的感觉对我冲击很大。因为以前读书主要都是应试，除了书本外，知道的很少，农村家里很穷，很少买书。刚来到南开时非常自卑，大中路上走路都不敢抬头看人。于是，就时常钻到图书馆里面看书。"日积月累，在南开哲学系求学的七年中，刘岳兵不仅在专业学习方面日益精进，而且培养了诗歌、音乐、篆刻等人文艺术方面的诸多兴趣爱好。"回想起来，那真是最美好的青春。"

"我觉得，学校给你提供了平台，你不要局限于自己的专业，而是要去充分利用这个平台，去挖掘属于你自己的意义。只要你想学的，都是可以学的，都是可以把它钻研成自己的学问。"刘岳兵感触颇深地向学弟学妹们介绍自己的心得，"哲学是'学问的学问'，如果你没有学问的话，怎么有'学问的学问'呢？一定要把自己的眼界打开，然后找到一个可以让自己安心的领域，钻下去。我觉得，'哲学'是什么样的学问？我觉得说得比较通俗一点，是能够求得自己安心的一门学问。"

"我现在从事的研究方向，似乎离哲学比较远。比如今天的话题，偏向于历史。但是我以为，你研究一种思想，首先要把历史事实搞清楚，这需要'与史料肉搏'，靠史料说话，才敢说有所发现，在此基础上再去解释这个思想、再去谈论它的影响，我认为这样的工作才更有意义。"回忆南开求学生涯之后，刘岳兵教授结合自己目前的研究方向，巧妙地将话题引到当天的讲座主题上来。

一般认为，因为公羊学主张"革命"思想，与日本的"国体"不合，所以在日本没有什么影响。"事实上究竟如何，还值得研究。"刘岳兵教授"靠史料说话"，通过梳理史料，他对近代之前的春秋公羊学在日本的发展作了详细介绍，包括《日本国见在书目录》中的收录情况、大宝学令与《令集解》等史料中的记载、德川时代相关儒者的论述以及近现代的相关

刘岳兵先生在演讲

摄影/韦承金

研究等。

在此基础上，刘岳兵教授从日本京都中国学与中国近代湘学之间关系的视角切入论题，在结合中日各方史料的基础上，探讨了晚清公羊学家皮锡瑞（1850—1908）对日本近代的中国思想研究的影响。

依据可靠史料，刘岳兵教授从"皮锡瑞在近代湘学的地位及其在日本的影响""狩野直喜《春秋》研究中所见皮锡瑞的影响""小岛祐马的经学（公羊学）研究与运用"等三个部分展开讨论。他认为，狩野直喜既是"京都中国学"的奠基者，也是日本汉学界继承清朝考据学学统的传人，致力于中国古典解释学的现代复兴，其经学研究在多方面都体现出皮锡瑞的影响，特别是其著作《春秋研究》明显体现出皮氏公羊学思想的直接影响。而狩野直喜的弟子小岛祐马作为京都大学中国哲学学科中社会思想史研究方法和学风的开创者，不仅标点了皮锡瑞的《经学历史》在日本出版，而且将其公羊学思想运用到自己的社会思想史研究中，并在晚年提出只有中国文化才是通向世界和平的唯一之道。为此，刘岳兵教授尊之为"日本的现代新儒家"。"作为一个儒者、一个学者，我觉得他是非常安心的，他找到了他自己可以安心的地方。"刘岳兵教授说。

讲座结束后，南开大学哲学院副院长卢兴教授对讲座作了评议。结合刘岳兵教授的一系列著作，卢兴对刘岳兵广阔的视野、扎实的功底以及卓越的成就表达了赞赏与崇敬。卢兴教授认为，本次讲座在内容上纵贯古今、横跨中日，为当代中国经学思想研究扩展了国际视野，同时报告中所展现的治学门径，如学术兴趣的培养、问题意识的提炼、文献资料的搜集、研究方法的总结等等，对于广大师生的学术研究都具有重要的借鉴意义。

南开大学哲学院院长翟锦程在总结发言中认为，近代中国"哲学""论理学"等术语是直接接受了日本和制汉字术语的用法，但其本意是西方的术语。中国近代以来的学术体系，尤其是术语体系在很大程度上受到了日本的影响，其中既有成就也有问题。当下，我们要构建中国特色哲学社会科学的学科体系、学术体系、话语体系，就需要全面了解学科的发展源流，反思其中的问题，挺立中国文化主体自觉，探索自主合理的言说方式。就此而论，刘岳兵教授的这场讲座，揭示了近代中日思想文化交流史上的重要面向，具有重要的理论意义和现实意义。

（本文刊于2022年10月4日南开大学新闻网，通讯员李鑫昊对本文亦有贡献）

祁小龙：新闻摄影之"技"与"道"

2008 年 6 月 20 日，天津日报社摄影记者、两度获得世界新闻摄影最高奖"荷赛奖"（2003 年、2008 年）的摄影家祁小龙先生应邀做客南开大学党委宣传部（新闻中心）青年文化沙龙，结合自己的多年摄影经验，畅谈新闻摄影的"技"与"道"。

祁小龙首先强调认识摄影器材功能和学习摄影基本技巧的重要性。他通过详细介绍光圈、焦距、快门速度的调节与控制，以及闪光灯的使用等相机功能的运用，来分析如何将景深、透视、动态、光线等效果为我所用，达到自己的摄影意图。"一个好的摄影师首先要把手中摄影器材的功能琢磨透了。"祁小龙认为："好照片不依赖于好相机，你的相机可能不那么高级、不那么专业，你要是把你的相机功能都研究透，假如我用一台好相机可能只用到其功能的百分之十，而你用小相机的用到它功能的百分之九十九，那么你就能比我拍得好。"他还举例说，"国外很多记者使用的是手动对焦的胶片相机，这么简陋的器材在国内记者看来都是不可想象的，但人家却能拍

祁小龙先生

出非常精彩的照片。"

　　结合日常新闻报道工作中的具体摄影实践，祁小龙详细分析了会议、会见、参观、运动等场景的拍摄技巧。并根据自己的经验提出，一名摄影师在拍摄一场活动或一次新闻事件时，往往要兼顾资料保存的全面性和报刊需求的新闻性等方面，因此要在拍摄前就要对自己需要拍摄到哪些画面做到"胸有成竹"，方可做到游刃有余地完成拍摄任务。对于一些不易抓拍到的画面，祁小龙还介绍了一些容易抓拍到合格照片的时机。例如，主客会见时的握手，至少有三次机会可以抓住：第一次机会是主客人初次见面热情握手，第二次机会是双方互赠礼物之后的握手，第三次机会是临别时的握手。其中第二、第三次握手机会是最容易拍到合格照片的。"这是比较实用的，甚至可以说有点投机取巧的，因为你毕竟经验不足，那就需要这些比较巧的时机、需要一些窍门来弥补经验的不足。"然而祁小龙强调，"等你有了经验，你就要去尽力去把握那些不易抓到的决定性瞬间。比如主客会见，就尽量要把第一次初次见面的握手拍下，因为主客之间第一面的感觉（包括人物表情、姿态等）是后面所没有的。"至于像 1972 年周恩来总理在机场迎接来访的美国总统尼克松时的握手，尼克松和周恩来将要握手的瞬间被摄影师抓拍到——这张照片所记录的那一瞬间体现了美国主动向中国伸出友谊之手。祁小龙认为，这需要高超的技术，同时需要头脑的清醒，才能抓住那转瞬即逝的决定性瞬间。

"作为校报的编辑、新闻网站的编辑，你不仅要会拍照片，更重要的是会辨别照片。记者、通讯员拍来一些照片，需要你挑一些登在网站上、报纸上，什么样的照片是好照片，这就需要编辑有眼力、真正懂得什么是好的新闻照片……当然，国际上一些太新的理念，我们国内理解起来还是有困难的。我大概给大家泛泛地讲一讲，开阔一下视野。"为此，由"技"而"道"，祁小龙介绍了新闻摄影发展一百多年来的一些发展规律和新闻摄影前沿理念，包括马格南图片社的传奇、布列松的"决定性瞬间"理念等。

通过分析一些国际一流摄影师的作品之后，祁小龙总结了好的新闻摄影作品一般所具备的特征主要有：焦点要突出，画面要有动感，要在二维平面中拍出空间感，要通过不同景别达到不同的摄影目的，要以人为中心。同时，他强调，摄影记者要有职业道德，不能为了达到某种摄影效果和目的而不顾伦理道德，有时宁可让照片存在缺憾，也不能做违背职业道德的事情。

讲座之后，南开大学新闻中心摄影记者李星皎老师应邀作点评。李老师认为，祁小龙老师的讲座需要大家重视的两个方面，一个是对手中机器的各种按键、设置要了如指掌，摄影的基本功一定过硬、要多练多拍；二个是脑子里一定要有想法、有意识，这样才能敏锐地捕捉到别人发现不了那些转瞬即逝的"决定性瞬间"。"现在我们拥有的摄影器材性能比过去强太多了，所以大家更应注重技术和基本功的训练。同时，要有拍摄的意识、想法，做到'胸有成竹'——当然这需要长时间的学习、思考、积累。"李星皎老师说。

-附 录-

从校报副刊管窥百年南开的精神传统

《湖畔行吟——〈南开大学报〉"新开湖" 副刊百期选粹》编辑感言

　　最近这些年，"大学精神"是中国高等教育界乃至社会上热议的话题。"精神"为什么那么重要？从大处说，我们中华民族五千多年文明沿袭不断，原因固然有许多，而中国人的精神是贯穿古今的生生不息的力量源泉。而对于一所百年老大学来说，其成长自然离不开这所学校一代代教师、学生积累起来的精神传统。

　　个体的精神"支流"又是如何汇入一所大学的精神之"干流"呢？大学老师、学生的精神状态又是通过什么媒介能观察到？我以为，探寻一所大学的发展史，离不开关于这所大学的各种校史资料；而探寻一所百年大学的文化血脉、精神传统，则绕不开鲜活体现了这所大学教师及学生精神状态的校报文艺副刊。

　　在南开大学迎来建校 100 周年之际，《南开大学报》"新开湖"副刊也迎来了创刊 100 期。我们不妨来翻一翻这一份文艺副刊……

"大学"与"精神"

在大学里，最受尊重的是学人的学问与修养。我们可以从"新开湖"副刊上读书随感、学术随笔或治学经历一类文章中，品味南开人质朴睿智、博大精深的学养境界，诚恳扎实、刚毅笃定的治学精神和汲汲骎骎、月异日新的生命精神。

数学大师陈省身先生在《人生·数学》中说："把奥妙变为常识，复杂变为简单，数学是一种奇妙有力、不可或缺的科学工具。人生也是一样，越是单纯的人，就越容易成功。"这篇散文逸笔草草、言简意赅，体现了一种朴素而天真、质简而深邃的学养境界。

读书治学是要讲究方法的。历史学家来新夏先生在《闲话读书》里，以答客问的形式，深入浅出地向读者介绍他80年的读书治学心得："立足于勤，持之以韧，植根于博，专务乎精。"中国科学院院士、无机化学家、教育家申泮文先生一生从未停止学习，他在耄耋之年才开始学电脑，且凭借多媒体教科书软件获得国家级教学成果一等奖，他在《我学外语》一文中向青年学子介绍学英语的科学方法。这是南开人的诚恳扎实、坚韧笃定的治学精神。

中国古典诗词研究大师叶嘉莹先生的《谈我与荷花及南开的因缘》《九十回眸》等散文、演讲稿，通过介绍自作诗词的心路历程来回顾自己的求学治学经历，其诗词和解说都体现了学贯中西的学识和诚朴的人格境界。

《湖畔行吟——〈南开大学报〉"新开湖"副刊
百期选粹》，南开大学出版社 2019 年 8 月出版

当然，读书为学之要，在于博览群书、融会贯通而变化气质、提升精神品格。在"新开湖"副刊上，不乏南开知名学者面向后学者的"经验之谈"。比如，中国古典小说戏曲研究专家宁宗一先生在《经典与经典的阅读》中认为，阅读经典作品是一个人精神成长的必由之路。而天天与书打交道的编辑出版家刘运峰教授则在《读书　治学　做人》一文中，总结了近现代著名学人、教育家的读书治学经验。

此外，《〈郑天挺西南联大日记〉序》（郑克晟）重温了一代联大学人的筚路蓝缕、刚毅坚卓，《还历史之"原"》（罗宗强）为追求"历史实感"所探讨的文学思想史研究方法，体现了作者求真求通的治学精神。《品味赫胥黎的散文》（倪庆饩）、《品老舍味儿》（范亦豪）、《苦难选中这母女作喉舌》

（谷羽）、《特瓦尔多夫斯基：索尔仁尼琴的"伯乐"》（龙飞）、《秦亡谁之罪》（陈生玺）、《丰碑之础》（陶慕宁）、《与陶渊明生活在桃花源》（程滨）、《电影的观看之道》（刘忠波）、《此世的超越》（卢兴）、《沽上访书略记》（刘苑）等读书访书、治学求学随笔，都在字里行间体现了作者真诚的求知精神。

一流的大学要有文化的积淀，更要有开放、包容的办学理念，追求真理的精神。"新开湖"副刊一些文章体现了南开人多元、开放、包容的理念，前瞻的思维和敏思求新的精神状态。

社会学教授杨心恒先生对著名教育家梅贻琦先生的名言"所谓大学者，非谓有大楼之谓也，有大师之谓也"有深刻的理解和论述。在《大学 大楼 大师》一文中，他对中国教育中长期存在的"往学生头脑里灌输"的教育方式和教育界层层不断的评审制度表示反思，对歧视知识分子的社会现象表示忧虑。

追求真理离不开学术争鸣。近年来，"国学热"的推动下，有些学者呼吁高校把国学设为独立的一级学科，对此，中国古代思想史研究专家刘泽华先生在《关于倡导国学几个问题的质疑》中提出异议，认为"学问是个人的事，由个人自由选择，建立学科就比较复杂""对传统文化的价值判定要有分寸，不宜过分夸张""即使有所继承也只能是在分析、再创造中吸取某些养分"。

文学院教授张学正先生《忆"百花" 话"争鸣"》一

文，通过对 1949 年以来文化发展的曲折历程，并结合数千年来世界各个国家、各个民族的文学发展史得出结论："承认并尊重文学艺术的多元性、流动性，这才是'百花齐放，百家争鸣'的本质与本义……如果社会能有一个'宽松、宽容、宽厚'的环境，则百花齐放、百家争鸣的文艺大繁荣时代将指日可待。"

在《新版〈红楼梦〉的"三大遗憾"》（张圣康）、《"大学之道"与学术创新》（李锡龙）、《寻找你的另一半》（刘畅）、《中国"新穷人"的焦虑与网络消费的狂欢》（周志强）、《如何能让我们抵达学问》（胡学常）、《道成丹青》（吴克峰）、《莫让诗词"热"一时》（刘佳）等随笔中，作者们都面对生活和工作、学习中观察到的新问题，提出自己的思考，其中不乏在社会上产生很大影响的创见。

"新开湖"副刊上的回忆先贤、感念师友的文章，体现了南开人对师道的尊崇，并矢志传承与发扬前辈优秀南开人留下的宝贵精神财富。

经济学家杨敬年先生在《我的人生历程与经研所的五位老师》一文中，回忆了与几位恩师的往来："南开经研所的特色是，师生关系密切，感情深厚，老师们不但教书，而且育人。"

历史学家王敦书教授在《师恩重于山》一文中，概括自己与恩师雷海宗先生的关系："父亲之交，师生之恩。受教恨短，勉承师学。凄凉送终，情同父子。"

现当代文学研究专家张铁荣教授在《难忘恩师李何林》中，再现了恩师李何林先生的教诲："他说：'你要读《鲁迅全集》，只读一遍不行，要针对问题反复读，还要看当时的资料，看别人的研究文章，看了以后要思考，要想一想他说得对不对，不对就要纠正，要说自己的话！'"

而哲学系陈晏清教授回忆同事刘文英教授的《悼念文英》一文，那惺惺相惜的情谊之中，蕴含着学为人师、行为世范的师道尊严："他的学术研究都是开拓性的，都是扎扎实实的。他有把中国文化推向世界的雄心，又有把自己关在书房里坐冷板凳的耐心。……文英的为人，归纳起来就是一个'实'字：真实，老实，朴实，扎实，诚实。"

此外，《忆恩师霁野先生》（常耀信）、《旧句新吟忆恩师》（李剑鸣）、《父亲是一位教师》（王兰仲）、《怀念我的父亲许政扬》（许檀）《书生情谊》（焦静宜）、《开显历史之大美》（刘刚、李冬君）、《张圣康老师》（祝晓风）、《师恩永恒》（田本相）、《徐清，别走，咱们再聊聊天》（李润霞）等文章，都鲜活刻画了南开先辈学人的风范。一所大学的精神传统使身在其中的老师和学生都受其鼓舞、激发，同时这些老师、学生因受到鼓舞而激发出各自的特质，又给予大学的精神传统不断地充实，乃至生生不息。

"新开湖"副刊上关于南开校园各时期学习生活场景的回忆文章，体现了大学以其无形的精神"场域"陶铸了一代代学子、影响着身在其中的每一名师生。

物理学家吴大猷先生、植物生理学家殷宏章先生分别在《十年的南开生活》《南开十年》里回忆了 20 世纪二三十年代的生活场景，再现了多姿多彩的南开早期校园生活。张伯苓、老舍、姜立夫、饶毓泰、邱宗岳、李继侗等著名教育家、大师在他们笔下如跃纸上。

文学家曹禺先生在《我与南开新剧》中回忆南开生涯对自己的影响："在这短短的，对我又似很长、很长的六年里，新剧团扩大了我的眼界，决定了我一生从事话剧事业……我的青年时光可以说是在这个极可爱的团体里度过的。"

古典文学研究专家张怀瑾先生则对西南联大的求学岁月难以忘怀："除了完成公共必修课，中文系的教授每学期轮流开设各种不同的选修课……给我影响最大者，是我在三年级选修罗膺中先生开设的《楚辞》（上），闻一多先生开设的《楚辞》（下）。"（《学〈楚辞〉的契机》）著名语言学家邢公畹先生哲嗣邢源在《杨校长家的小花园》一文中，回忆了20世纪40年代到80年代南开大学东村的逸事，杨石先、王玉哲、华粹深、杨敬年、吴大任、郑天挺等学人鲜为人知的生活轶闻在他笔下娓娓道来。

从中国人民大学毕业，后来到南开大学法学院执教并居住在南开大学北村的周长龄先生，在《北村之恋》中描述了20世纪八九十年代南开精神"场域"对他的影响："决定我人生十五年来心迹走向的，当属北村'精神'二字了！譬如北村晚上那窗的灯光，不正是那两代学人'精神'的发光吗？"

作家韩小蕙、赵玫分别在《学术人生庄谐有致》《唯有读书》中，回忆了改革开放初期进入南开求学的难忘经历。数学家龙以明的《我们如此之幸运》、学者武斌的《我的心留在了南开》、知名媒体人陈建强的《美好的日子》、作家黄桂元的

《咱们的"诗魂社"》、青年学者汪梦川的《迦陵学舍海棠雅集序》，还有阿阳的《"陈老板"的幸福生活》、佚名的《南开气度》、冀宁的《"一宿"》、莫训强的《〈南开花事〉的来历》、方向华的《南开园，自行车》、张志伟《我与迎水道相识的十年》……也都再现了改革开放以来各年代的南开生活场景。"新开湖"副刊上这类校园生活回忆散文，涵盖了整个南开大学的百年历史，从不同侧面描绘了这所百年学府的校园生活史。而文章作者，都各自受到南开精神"场域"的影响，同时，又在文章道出自己心中的南开，传扬给众多读者。

"新开湖"副刊上记录南开人日常生活点滴的散文诗歌，或感旧怀人、或托物寄兴，或深情贯注、或怡然自得……未必与"南开"有关，却都从不同侧面体现了南开人丰富多彩的精神生活和内心世界。

天文学专家、八旬老教授苏宜在《母亲妻子女儿》一文中，讲述在历经战争、经济困难时期的几十年坎坷中，一家人相濡以沫的故事，文笔朴厚而饱含深情。

文学院教授耿传明在《楝子花开》一文中，重温儿时故乡楝子花开的清爽、明净的早晨，回忆里有篱笆墙上的豆角、慵懒的虎斑猫，充满生趣；无独有偶，青年学子曲维民的《童年里有株槐树花开》回忆了童年里的槐树花香和一个与槐树花有关的友情故事，平淡而有味。两文文笔俱是简朴而隽永、令人回味无穷。

韩籍南开博士李贞玉在《韩国胃中国味》一文中，讲述自己在中国从品味地方特色小吃到吃遍鲁川粤闽苏浙湘徽八大菜系的经历和体验，并比较中韩饮食文化的异同，文笔生动风趣。

《1977，改变命运的那次高考》（周荐）、《阿姆斯特丹的"贡多拉"》（何杰）、《故乡琐记》（李向阳）、《春泥》（朱赢）、《重访谭嗣同故居》（吴丛丛）、《草木有情》（黄华勇）、《做冬不拉的老人》（李悦）等散文，或关于故土风物、怀人忆旧，或关于异域风情、旅行随感，都在一个个故事里体现了作者各具特质的情怀和内心世界。

此外，还有许多诗歌佳作，如《论诗绝句十七首》（李剑国）、《我愿做一潭湖水》（李国忠）、《水调歌头》（李东宾）、《阅读穆旦》（宋智勇）、《献诗》（赵长东）、《浪淘沙慢·毕业留别请君》（东山）、《摸鱼儿》（曲天舒）……记录下了各自生活中兴怀感发的瞬间，鲜活反映了作者的感情和志趣。

值得一提的是，"新开湖"副刊上少量文章的作者，并非南开大学的老师或学生，但他们刻画了南开的精神面貌，令南开的形象愈加丰富鲜活。著名数学家丘成桐先生的《祭省身先生文》、著名诗词家周大成先生的《鹧鸪天·南开园赏荷》，即属于此类。再如，著名红学家、古典文学研究家周汝昌先生在南开中学求学时，国文老师是孟志孙先生，他的《缅怀业师孟志孙先生》感人至深，诗的序言说："先生往矣，德泽永在邑里，南开精神，先生其一楷模也。"

"新开湖"副刊作者面广，精品多多，不一而足。我以为，一所高等学府的精神特质，正是由这所学府的每一个具体的老师和学生的精神状态来体现的。诚如著名学者陈平原先生所言:"学校办得好不好,除了可以量化的论文、专利、获奖等,还得看这所大学教师及学生的精神状态。"

古人云"文以载道"。我以为,就个体而言,一个人的文章、言论是其精神状态的重要载体;反过来说,一个人的精神若是很有影响力,其文其言必然能够得到传扬。所以鲁迅说:"从来不朽之笔,须传不朽之人,于是人以文传,文以人传——究竟谁靠谁传,渐渐的不甚了然起来。"西方彦哲则认为,人类在精神上有一种超越有限、追求无限以达到永恒的一种精神渴望,叫作"终极关怀",而哲思与审美观照恰是人类"终极关怀"重要的两种方式,文学作品正是能够体现哲思与审美观照的重要形式。

大学的精神,不是呼之即来的,其形成和传承的过程,是一种人文的过程,是不断积淀的结果。我坚信,校报文艺副刊的优秀作品,经得起岁月长河的"浪淘沙",并将有助于这所百年学府的大学精神历久弥新。

"桥梁"和"窗口"

如果说扎实的专业知识能使大学教师站稳讲台、使大学生走出校门充满底气的话,那么我以为,唯有更高层面的、基于所学专业又超越其专业的视野,才能使一个大学的课堂充满灵气、大气。大学教育不仅在于学科知识教学,更在于"传道"、育人以"变化气质",学科知识的传授是"技"的层面,而只有超越了专业知识关切到人的思想、素养的视野,才是

"道"的境界。

　　有"中国现代副刊之父""副刊大王"之誉的现代著名编辑家孙伏园先生认为，副刊作品应力求"避去教科书或讲义式的艰深沉闷的弊病"。为此，他认为"文学艺术这一类作品"，理应是副刊的"主要部分，比学术思想的作品尤为重要"。孙伏园先生又说，"文学艺术的文字与学术思想的文字能够打通是最好的"，而就"文艺论文艺，那么，文艺与人生是无论如何不能脱离的"（孙伏园《理想中的日报附张》，1924 年 12 月 5 日《京报副刊》第 1 号）。孙伏园先生的这些经典论述，道出了中文报纸诞生以来许许多多副刊编辑所共同追求的理想和目标。《南开大学报》"新开湖"副刊自然也是以文学艺术类作品为主。其整体风貌，恰因其作者主要是大学的教师、学生等——可以说是学人、知识分子群体，故而其文章的整体风格与孙伏园先生"文学艺术的文字与学术思想的文字能够打通"这一副刊理想颇有暗合之处，"新开湖"副刊上许多文章本身就是有关人生经历的回忆与感怀，一些文章虽然不谈论自己的人生，然而其中体现作者的人格精神也是与人生息息相关的——这就意味着，其中的优秀作品对读者的人生当有所启发，其教育意义自不待言。

　　因此，高校校报文艺副刊重要的一个特点在于，它其实也是大学的"第二课堂"。而且，这个课堂不仅仅是面向其中某个专业领域的师生，更要面向全校所有专业领域的师生，这就要求副刊文章要超越学科知识的探讨，上升到哲思与审美观照，成为读者能够理解接受的文学作品形式。正因为如此，"新开湖"文艺副刊可以说是无形中承担了师生精神交流的"桥梁"和传道育人的"熏陶"功能，成为展示师生精神风貌的一个窗口。

校报有很多读者，很多老读者一直坚持读每一期《南开大学报》，编辑部时而会收到一些读者直接或间接的反馈。比如有一回，我接到一位读者的电话，电话那头是苍老的语调："早晨翻报纸，看到周报（《南开大学报》前身为《南开周报》，老读者习惯沿用老称呼）副刊发了杨教授的一篇文章，谈了一些问题，谈得很好。文笔老练，思想深刻，好文章！周报的面孔终于有了一些改进。作为一名南开老教师，作为周报老读者，我感到非常欣慰，我为南开高兴。"后来才得知，这位读者是大名鼎鼎的经济学家熊性美先生。他读到的那篇文章，所探讨的并不是他的专业领域的问题，但通过校报副刊这个"桥梁"，两个不同专业的大学教师获得共鸣、互相鼓舞的效果，这对彼此的学问无疑是起到了切磋琢磨、互相促进的作用。

《人民日报》驻天津记者站采编部原主任、《今晚报》副总编辑陈杰在《校报：校园精神史的标记》一文中说："《南开大学报》是一份优秀的校报，它的版式风格疏朗大气，留白讲究，特别是近期的'新开湖'副刊，文采蕴藉，晶亮剔透，名家多多，精品多多，值得深读。"他认为"校报是校园精神史的标记""没有任何报纸可以取代它在私人空间的位置"。

校报副刊老读者、老作者，南开大学社会学系杨心恒教授在《南开人读南开报》一文中说："我看得较多的是副刊版，因为杂文、散文、随笔、诗词、歌赋都登在这版，间或也有研究报告在这里发表。我管这版叫抒情版和成果版。人是有思想感情的，接受外界刺激，有所反应，总想以各种文学形式抒发出来，这对作者和读者都有好处，《南开大学报》就提供了这个抒发感情的地方。"这位老教授还对他所不认识的青年后学的文章不吝给予赞赏："最近看到一位年轻人在《南开大学报》上发表的一篇散文，境界很高，布局巧妙，语言朴素，读了之后，浮想联翩，心灵受到一次洗礼。"校报副刊的作者，有很多是像杨心恒教授这样的知名学者、作家，也有很多是像杨教授所提到的思想深刻、文采斐然的"年轻人"。

许多老作者对校报副刊有很深的感情，每有佳作，总是将校报副刊作为首发媒体。这些佳作还不时被校外知名报刊转载，如来新夏先生的《闲话读书》，于 2008 年 9 月 26 日首发于校报副刊，后来被《博览群书》杂志转载，又于 2009 年被《新华文摘》杂志转载。还有不少优秀作品曾被《天津日报》《今晚报》《天津教育报》等报刊转载，扩大了这些佳作的社会影响力。我想，这也是大学以"学问"和"精神"服务大众精神生活的一种体现。

很多在校的大学生读者，读到校报副刊上的精彩文章，不时会在微博、微信上分享。不久前我就接到一位同事转给我一幅微博的截图，是外国语学院的一名学生在微博上"晒"校报"新开湖"副刊上龙飞教授撰写的一篇分析苏联文学作品的随笔。这名学生当时正在修读相关内容的课程，读完这篇文章后觉得作者关于某位作家的思想和人生经历的阐述很精彩，见解深刻且深入浅出，让他（她）得到非常大的思想启迪和教益，自言很感动，所以发微博分享"点赞"。类似这样的故事很多……我想，副刊文章的这种感染力，大概可以从一个侧面体现了校报的育人功能。

南开校歌中有一句"美哉大仁，智勇真纯。以铸以陶，文质彬彬"，讲的不正是一个熏陶、熔铸的道理吗？正如有学者所说的，熏陶是不教之教，是最有效也最省力的教育，好的素质是熏陶出来的。亦梅贻琦先生所谓："学校犹水也，师生犹鱼也，其行动犹游泳也，大鱼前导，小鱼尾随，是从游也，从游既久，其濡染观摩之效，自不求而至，不为而成。"我以为，大学的理想状态，就应当让青年学子从明师"游"，在其熏陶之下自然而然地成长、成才。

"湖畔行吟"的由来

南开大学校园内有两处人工湖，新开湖和马蹄湖。"新开湖"字面之意是指新开挖的湖，又因校训中有"日新月异"句，故而这个湖名又寓意着"新的南开""日新月异之南开"。其北侧是老图书馆，南侧是大中路和东方艺术大楼，西南面是第一主教学楼，西侧是第二主教学楼，湖边种着的法国梧桐，四季风景各异，连同四周楼宇，倒映在湖面上，风景十分宜人。每天都有很多青年人来湖边散步，或者坐在湖畔看书、聚会。

新开湖东面不远处则是南开大学最早的湖——马蹄湖，这里种着一池荷花。荷花被古人喻为"花之君子"，所谓"清水出芙蓉，天然去雕饰""出淤泥而不染""香远益清"，说的是荷花朴素自然、高洁脱俗的品格。马蹄湖一池荷花是许多南开人内心深处的"情结"，所以有一年南开师生校友在网上进行公开投票，荷花高票当选为南开的"校花"。可以说马蹄湖、新开湖一带是南开园里最有人文气息的所在。所以，这两个湖被誉为"南开的眼睛""南开大学最具灵魂的地方"。

　　"新开湖"副刊百期走过的近二十年，也是我与南开有交集的二十年。近二十年间，几乎天天都经过新开湖和马蹄湖畔。一开始觉得，那些来来往往的人，似乎每天都是不一样的。但久而久之，我发现了一些熟悉面孔。每天总有那么大约十位老先生结队漫步于新开湖、马蹄湖畔一带，他们衣着朴素，举止与"路人甲""路人乙"似乎没多大区别。偶尔远远看见他们一起讨论着什么，时而扼腕叹息、时而又相视会心一笑，间或有个别老先生，各自沿着湖畔独自行走，有时还一边独自低声吟哦着，目光深邃而从容……这些神态，让我觉得这些老人又似乎与普通路人不太一样。

　　后来我才渐渐了解到，这些每天结队漫步湖畔的老先生多是南开的老教授，而且多是校报副刊的老作者：郝世峰先生、魏宏运先生、鲁德才先生、张学正先生、郑克晟先生、米庆余先生、任家智先生、张菊香先生、张象先生……我记得，早些年有时能在湖畔遇见杨敬年先生、申泮文先生、来新夏先生、朱一玄先生、戴树桂先生等，不过他们不参与结队漫步。杨敬年先生身体不便，靠轮椅出行，而申先生则经常骑着自行车路过……这些早晨漫步湖畔的老教授，走过身边，有时能听到有些老先生哼着一些若有若无的曲调，漫不经心，有时灵感来了，写篇散文、诗歌，发在副刊上与读者共享同乐。

有的老教授，一边在湖边散步，一边还顺手将地上偶尔出现的生活垃圾拾起来扔到垃圾桶（此事曾受到社会媒体的关注、报道）。而漫步于马蹄湖畔的著名古典文学研究专家王达津先生，则被东方艺术系学生唤作"那个大爷"拉来当作写生的模特（王红《我请达老当模特儿》）。

这些年，因为在校报编辑部工作的关系，我有幸接触到许多这样的南开老教授。他们未必都是很有名气，然而对于教书、做学问都甘于"坐冷板凳"，在别人看来很清苦，他们却是甘之若饴、乐此不疲，生活虽清苦，讲台上却颇有一种"精神贵族"的风范。比如，20世纪80年代执鞭南开讲台的来新夏先生，给他的学生、现已是著名学者的刘刚、李冬君的印象是："他洁白似云，高蹈如鹤，哪像刚从'牛棚'里出来的？身上为何没有受煎熬的痕迹，神情何以没有气馁的样子？头发一丝不乱，裤线根根笔挺，一开口便金声玉振，一抬头就眼高于顶，真是'岩岩若孤松之独立'，如魏晋士醉眄庭柯，目送归鸿。"（《开显历史之大美——再拜来新夏师》）来先生一生笔耕不辍，晚年更是在"难得人生老更忙"中度过的，然而在来先生夫人焦静宜的回忆中，来先生也是自得自在的："先生在忙碌中生活井然有序，平时上午在电脑前读书写作，下午自娱看报待客，饮食起居，情趣怡然，还不时小有新意。"（《他在余霞满天中走进历史》）再比如张圣康先生，平时写了影评、随笔，都是亲自送到编辑部，都八十岁的老人了，我不止一次跟张先生建议，"您下次打个电话我骑车去取一下就可以了，不用麻烦您走那么老远的路"。老先生答道："嗨，不远嘛，几步路，到湖边遛个弯儿，顺便就送过来了，不麻烦，一点都不麻烦。"末了还不忘叮嘱我："我只是写了给你看看而已，不一定要发表，千万别为难。"张先生从不催稿，记得有一篇影评因为我的疏忽差点遗漏了，最终隔了一年多才在校报上发出来。我给张先生送去样报后，老先生只是憨憨一笑："我都差点儿忘了有这么一篇，哈哈。"正如张先生的学生、中国社科院文学研究所编审、作家祝晓风在《张圣康老师》一文中所说的："性格的散（散淡），学术兴趣的漫，加上为人处世的淡，可以说是张老师几个特点……他保持了一个普通知识分子的本色，一介文人的淡泊与正直。这也是中国传统文人的风骨。""张老师是个普通的知识分子，但是个觉悟的人。这是超越物质层面的智慧，需要非凡的境界和决绝的勇气。"孔子有言："一箪食，一瓢饮，在陋巷，人不堪其忧，回也不改其乐。""新开湖"副刊的不少作者都是像颜回这样的。

　　湖畔的故事，还有一件令人难忘：2004 年 12 月 3 日晚，数学大师陈省身先生与世长辞，数千名手持蜡烛的南开学子自发聚集新开湖畔，默默为大师送行。星光点点，烛光点点，泪光点点，都映在新开湖里，这景象让我非常感动，以前从未觉得这湖是如此之博大、如此之深邃……新开湖畔，人来人往，一年又一年。那琅琅晨读声、朗诵声，是青年学子们的踽踽前行、上下求索；那叮叮咚咚的六弦琴分解和弦伴着的那沙哑歌喉里，是青年学子们的悲欣慷慨、且行且吟。每次从他们边上走过时，我的心里头便有一种莫名的温暖涌了上来。

百年守素，且行且吟。百年来，多少人从这所大学的校门进进出出……大多数南开人的心事，如同新开湖畔的晚风，未必都能够在世间留下什么痕迹，也许只是曾在某个不经意的夜晚，进入故事主人的梦中。

机缘巧合，适逢南开大学建校百年，《南开大学报》"新开湖"办满百期，一部"湖畔行吟集"就这样应运而生了。这份校报文艺副刊，不可能留下所有南开人的姓名，正如许多南开人的故事都消失在湖畔的风中了一样。与近二十年来约二百万字的副刊作品相比，这本"选粹"也显得有点儿薄。我只是尽己所能，希望这本"新开湖"副刊作品选集，能折射出南开百年博大深邃的精神传统。而这个传统，对于此时此刻正走在新百年路上的南开人、对于关注高等教育前途命运的社会各界同仁，也许是不无裨益的吧？

书稿付梓之际，忽然记起几年前的一次偶遇：那时我正走在编辑部门口楼道里，我们新闻中心的前辈摄影师李星皎伯伯与一名中年男子边聊边向我迎面走来，走到我跟前，这位中年男子好似早就认识了我一般，上来就拍我肩膀，笑着问："小韦啊，你在编辑部待了有几年了吧？""八九年了吧。"我回答说。心里有些抱歉：我一定是在哪里跟这位先生见过面，可是竟一时想不起来他是谁了。这位中年男子接着我的话茬，以半认真半玩笑的语气说："小韦我跟你说啊，在我们编辑部，九年可是个'坎儿'。你看，陈建强在这里待了九年，去光明日报了；你看，我也是在这儿待了九年……"后来我才知道，这位就是传说中的校报副刊前辈"胡编"胡学常老师，我虽久闻胡老师的一些逸事，但我确信此前与胡老师素不相识，但他竟径直那么熟络地跟我聊起天来，真是奇人。也可见，校报副刊的前辈们一直在默默关心着这份报纸，即便只是初次见面，对后辈编辑却是毫不生分，令人感动。

当然，每个人的因缘不同。无论处在怎样的"坎儿"，我总珍惜当下的每一刻。恰因为一直还在校报编辑部编副刊，故而我如此之幸运——我有幸在年复一年的人来人往中，听到"新开湖"畔的那些"行吟"声，高远而深邃、余音不绝如缕，仿佛从茫茫亘古中来、向遥远未来而去……

（本文分为上篇、下篇分别刊载于 2019 年 12 月 15 日、2020 年 1 月 1 日《南开大学报》）

后 记

《斯文有传》共收录小文五十九篇，主要涉及我在南开园二十年来所知见之学者五十四人。绝大部分文章已见诸报刊，此次结集出版时稍有增补或修订。

文章以人物年齿为序，涵盖 8 个年代出生的学人（自 1900 年代至 1970 年代每个年代均有涉及）。其中"长者侧影"篇，以较长篇幅的散文随笔为主，以我的视角记叙了十多位具有深厚文化修养的老辈学人风范（以 80 岁以上学人为主）；"人物速写"篇，则大多是以记者身份所撰写的人物通讯，记叙了代表着南开教学科研中坚力量的专家学者（以中青年及 80 岁以下学人为主）；"讲坛札记"篇，记述了我在南开聆听的名家讲座约 20 场。附录《从校报副刊管窥百年南开的精神传统》一篇，是我编辑《湖畔行吟：〈南开大学报〉"新开湖"副刊百期选粹》（南开大学百年校庆"南开永远年青"丛书之一种）一书的感言，文中谈及我在担任校报文艺副刊编辑时接触的多位南开学人，所以也收录到这本书中。

这本书能够问世，要真诚感谢南开大学党委宣传部、新闻中心、《南开大学报》编辑部领导的厚爱和支持。本书中较早期的文章大多曾在《南开大学报》上发表过，刘景泉先生作为报纸主编，在选题、审稿等方面都给予了严谨细致的指导和帮助。李向阳先生在任南开大学党委宣传部部长、新闻中心主任时，对南开的人文精神和文化传承发展有着非凡的战略眼光，因此才有出版这套丛书的决策，也正因为他对本人工作多年以来的鼓励、扶助，这本书才有幸作为丛书之第一种出版。2023 年 10 月，李向阳先生履新山东大学之后，接任南开大学党委宣传部部长、新闻中心主任的刘凤义先生作为丛书主编，高度重视、接力推动丛书出版工作，才使得本书能够高效地面世。感谢校报编辑部原同事、校史研究室现任主任陈鑫先生，他为本丛书方案的策划施行和本书出版流程推进等方面都颇为费心费力，并对本书编排体例提出中肯意见。书中文章在撰写过程中，承蒙许多同事、师友的指点、帮助；文章在发表过程中，承蒙各报刊编辑师友们（其中也有我的同事）的悉心编审、校对；在此次结集出版时，部分文章配图采用了新闻中心摄影师同事的作品——在此谨致谢忱。

本书在编辑出版过程中，还得到了一些编辑出版专家、资深编辑同行的帮助。尤其感谢南开大学新闻与传播学院教授、博士生导师、现代出版研究中心主任刘运峰先生，刘老师在几年前担任南开大学出版社社长、总编辑时，就建议并敦促我撰著一本关于南开学人的散文集。最近得知本书即将结集出版，刘老师又在篇目排序、章节架构等方面提出了专业而中肯的意见。感谢《新华每日电讯》"草地"副刊资深编辑雷琨女士，她在撰写《诗生南开》（刊发于 2023 年 10 月 13 日《新华每日电讯》"草地"副刊）一文过程中对我进行了采访，其专业、深刻的提问，促进了我对自己这些年工作的思考和梳理。我以回答这次采访提问的内容作为底稿，再稍加整理、修改，就成为了本书的自序。

感谢天津社会科学院出版社精心而高效地推进这本书的出版，尤其是副社长韩鹏先生亲自部署本书出版工作、并在诸多编审出版具体流程中亲力亲为，责任编辑、美编、审校高效协作，付出了辛苦的劳动，他们细致、认真的专业精神，让我感动。

感谢我的父母、岳父母和妻儿，我的工作时常要占用家庭的时间，没有他们理解、支持、帮助，就不可能有这本书的问世。我的爱人陶丽在抚养、辅导小儿韦牧等家庭事务中付出了大量心血。同时，她作为毕业于南开历史系的校友，以一名史学研究者的学养和对母校南开的感情，对我的工作提供了许多帮助，我无以为报，这本书也是献给她和小南开人韦牧的礼物。

著者于南开园

2023 年 10 月 17 日